江月年年

Jiang Yue Nian Nian

著

竹雅

Zhu and Zhi

完·结·篇

江苏凤凰文艺出版社
JIANGSU PHOENIX LITERATURE AND
ART PUBLISHING

图书在版编目（CIP）数据

竹稚．完结篇 / 江月年年著 . — 南京：江苏凤凰
文艺出版社，2024.7
ISBN 978-7-5594-8236-5

Ⅰ.①竹… Ⅱ.①江… Ⅲ.①长篇小说 – 中国 – 当代
Ⅳ.① I247.5

中国国家版本馆 CIP 数据核字 (2024) 第 008391 号

竹稚．完结篇

江月年年 著

责任编辑	周颖若
责任印制	杨 丹
特约编辑	王泓湉
封面设计	吴思龙 @4666 啊
出版发行	江苏凤凰文艺出版社
	南京市中央路 165 号，邮编：210009
网 址	http://www.jswenyi.com
印 刷	嘉业印刷（天津）有限公司
开 本	880mm×1230mm 1/32
印 张	10.5
字 数	334 千字
版 次	2024 年 7 月第 1 版
印 次	2024 年 7 月第 1 次印刷
书 号	ISBN 978-7-5594-8236-5
定 价	48.00 元

江苏凤凰文艺版图书凡印刷、装订错误，可向出版社调换，联系电话 025-83280257

我们是一见钟情。

你一开始就对我图谋不轨，贪图我的皮囊。

竹雅

CONTENTS 目录

"我其实以前不喜欢雪。"

"真的吗？"

"对，但我现在觉得很美。很美。"

宜烟宜雨又宜风，

拂水藏村复间松。

侵阶藓拆春芽迸，

绕经沙微夏荫浓。

Zhu and Zhi

第一章

丹山拍卖会

签名

辛云茂

观察局内，苗沥最近按时来经济开发科报到，被迫接受用直播带货还债的提议。

实际上，黑猫警长频频想以公务为由推拒，然而三番五次接受微笑教育后，还是不得不萎靡地低下猫头。毕竟辛云茂只会嘴上嘲他是吃干饭的，但楚稚水真有可能让食堂安排干饭（猫粮）。

每周直播次数不多，一共有两次，每次一小时。现在观局的官方网店开张，顾客们可以在上面看见直播回放，加购各类商品也变得容易。当然，官方网店里东西非常少，目前就只有风味姜糖和头皮滋养膏。

苗沥一连直播好几回，一般是他在前面摆尾巴，陈珠慧在镜头外讲解，介绍店内的两款产品。

陈珠慧最常挂在嘴边的话就是"姜糖是给人吃的，滋养膏是给人用的，猫猫吃姜不太行"和"苗处麻烦您看一下镜头"，这才推动了直播的正常运转。刚开始直播没什么观看者，基本是回购姜糖的顾客，还有一些傅承卓的粉丝。

"实不相瞒，我点进来以为是卖宠物用品的。"
"买回家才发现滋养膏是给人用的！不是给猫猫用的！"
"家里全是毛，还给猫滋养，这不合适吧？"

直播间的评论很少，让负责此工作的陈珠慧相当苦恼。她轻叹一声，无奈道："直播数据不太行，还是以前的那些人。"

"很正常，我们产品又不多，直播时间还短，加上没有推广，有这数据可以了。"楚稚水安慰。

陈珠慧观看其他直播间，低落道："但是这些直播间的人就好多，卖的东西也跟猫或狗没关系，只要出现小动物，弹幕就特别活跃。"

陈珠慧还没有毕业进社会，来观察局是她第一份实习工作，加上在校时成绩不错挺上进，当然怀揣着要做出点什么的雄心壮志。小姑娘认认真真地上网学排版，力求将页面做得尽善尽美。但生活就是如此无奈，学习能做到一分耕耘一分收获，上班工作却充斥着变数，没准付出和回报并不相等。

　　楚稚水劝过她两回，但陈珠慧做事上心，总想着要改变现状。相较之下，苗处不愧是职场老油条，按时来到点走，管什么数据量？苗处本来就没心，所以从来不操心。

　　黑猫每次来办公室直播，金渝都会找借口溜出去，只剩下屋内二人二妖。

　　辛云茂旁观直播多次，得知工作成效一般，还露出早有预料的表情。他凑到楚稚水身边，看她手机屏幕上正在切换的其他直播——那上面的小狗狗热情作揖，还有些是小猫追着自己尾巴玩，总之都是憨态可掬的卖萌表现。这些直播间的弹幕赞美一片，不少人夸猫猫狗狗可爱。但黑猫已经是大猫，而且不喜欢装傻黏人，看着效果就没有那么好。

　　"你都化人那么多年，居然没未开智的猫受欢迎。"辛云茂瞄一眼苗沥，露出意味深长的神情，果断道，"你不行。"

　　他早就看穿这只猫做什么都不行，偶尔会矫揉造作地黏人，但比起同类也差一大截，只是局里没别的猫而已。

　　"这跟化人有什么关系？"苗沥刚刚直播完，他从猫身变回人形，不悦地哈气，"难道你以为用你做的竹筒饭就会更香吗？"

　　黑猫警长不接受业务上的批评，他觉得糊弄人类一小时，已经是他忍耐力的上限。

　　辛云茂一指楚稚水，面无表情道："那肯定更香，不信你问她。"

　　苗沥："？"

　　楚稚水面对苗处震撼的神情，当机立断地甩脱关系，争辩道："别问我，我没拿你烧过饭！"

　　辛云茂迟疑："但你不是吃过——"

　　楚稚水直接将一块姜糖塞他嘴里，打断对方的胡言乱语，她满脸严肃地警告："住嘴。"

　　辛云茂看上去颇不服，但他被喂了一颗姜糖，又偷瞄她神色，老实地收声，安安静静吃起糖来。

苗沥懒洋洋道："我只是懒得取悦这些人罢了。"

"能力差可以直说，不要用懒做借口。"辛云茂吃完姜糖，又开始跟黑猫针锋相对，说一些尖酸刻薄的话刺激对方。

"是你不明白，偶尔逗人很好玩，天天逗人会很烦。"苗沥不满道，"我才不要装蠢取悦他们，应该是他们自己追着我来，顺着我的心情才对，这才是猫科的秉性。"

陈珠慧露出复杂神情，总感觉哪里不太对。

楚稚水捂住对方耳朵，温声道："'渣猫'言论，小孩子不要听。"

苗沥眼珠子一转，莫名流露出狡黠，提议道："这样吧，过两天再直播一次，我会努力提高效果，但我有一个条件。"

楚稚水："什么条件？"

"如果事情顺利的话，我要求减少直播工作量，改成每周一次，一次就一小时。"苗沥讨价还价道。

"可以。"楚稚水痛快地点头，"只要效果到位，一次两次无所谓。"

"一言为定，喵。"

没过两天，苗沥再次来到经济开发科，按时来参加直播带货。

"这回一定行。"苗沥愉快地说完，他就找一个角落变回本体，又是乌黑白爪的柔软猫身，一双淡金色的猫眼熠熠生辉。

陈珠慧架起机器，仔细打量起黑猫，心里涌现出些许异样，忍不住看了一眼又一眼，犹豫道："苗处今天状态好像很好。"

楚稚水原本没注意这边，她听到此话顺着看过去，果然瞧见阳光下黑猫油光水滑的皮毛。

黑猫的爪子洁白如雪，身上却是如墨的深黑，站起身时体形流畅，看上去威风凛凛。它懒散地斜躺在桌上，漫不经心地舔舔爪子，毛茸茸的尾巴还在半空中大摆，偶尔会弯曲钩住桌角，看上去灵活又自如。猫耳朵偶尔一颤，金色的猫瞳闪亮，让人感觉今天是只漂亮大猫。楚稚水一直盯着黑猫瞧，总觉得此场面似曾相识，无奈又想不起上次有这种感觉是何时。

"真狡猾。"辛云茂察觉到苗沥的小把戏，他双臂环胸，不由喷一声，"你果然又偷懒。"

"喵——"黑猫好似对他的话极为不屑。

辛云茂往旁边一看，发现楚稚水直勾勾盯着黑猫，他当即眉头微蹙，伸指一点她额头，酸溜溜道："有那么好看吗？"

灵台一片清明，古怪的吸引力烟消云散。楚稚水回过神来，她再看黑猫警长，就没了方才的美颜滤镜，解释道："不是，我是感觉有点熟悉。"

她以前好似感受过相同氛围，但不是在苗处的身上，只是迟迟想不起来。

辛云茂却不听，反而生起闷气，还怪罪起苗沥："四处勾搭的贼猫。"

今天的直播效果有进步，居然达到带货量新高，但整体数据依旧不算高。苗沥临走时，楚稚水惋惜道："看来苗处还得一周两次。"

"不要急。"苗沥悠哉道，"这回要是还没效果，不是我能力不行，是胡局能力不行，责任得给局长扛。"

楚稚水："？"

陈珠慧每天做完直播，还会剪辑一些视频段落，放在官博或公众号上。

楚稚水负责整体业务把握，金渝负责文书等工作，陈珠慧就专门搞宣传。尽管这些新账号都一片荒芜，但陈珠慧还是会抽出时间经营。

网络的兴起让资讯格外丰富，永远没人知道下一条爆火的视频是什么。某短视频平台上，一条猫猫集锦视频大火，尤其是一只漂亮黑猫引人注意。

视频里，无数猫猫的动人瞬间被剪辑在一起，但闲散随意的黑猫无疑最惊艳，让所有人都没法忽视它。它慵懒地卧在桌上，沐浴着柔和阳光，毛发根根分明，说不出的矜贵。即便它没有刻意献媚，金色的明亮猫眸一抬，依旧展现出无穷的魅力。

"单身久了，看一只猫都眉清目秀。"
"小猫咪，嘿嘿嘿，给姨姨亲亲。"
"为啥它看着好英俊？"
"呜呜呜呜它好帅，我居然被只猫帅到，玩世不恭的贵公子范儿。"
"它有白手套！是黑猫警长！"
"原来它是警长，嘶哈嘶哈不行了。"
"这是哪个宠物博主的？我要去云吸帅猫猫！"
"没搜到。"

"我好像见过它，不是宠物博主的，是一家卖糖网店的。"

"卓卓别担心！我今晚只是去找猫猫！"

视频评论区一片芳心荡漾，更有无数人张贴寻猫启事，想要知道黑猫原视频在哪儿。

然而，观局在短视频平台上并没有账号，还是热心网友们顺藤摸瓜一阵寻找，才发现这只有两款商品的朴素小店。东西不多，销量还可以，透着小本经营的质朴无华，看上去就没有营销广告的实力。

黑猫每周就直播两次，一次也才一小时，更不像专业搞这个的。好在陈珠慧有认真地录屏，还将过去的视频集结在一起，放在官博和公众号上，让涌来的网友能够补档。

"原来是清贫猫公子，家境不幸没落，只能直播带货。"

"我买糖！给它买猫条！"

"为什么这周开始改一次直播？多放它出来看看呀！"

"猫猫好乖好懂事帮家里卖货么么哒。"

"天哪，天哪，有好多新评论。"陈珠慧捧着手机刷个不停，欣喜道，"连店里滋养膏的销量都变多了，现在已经有四五千了。"

风味姜糖最初靠"傅承卓同款"带爆，但同店铺头皮滋养膏一直销量平平，直播时的巅峰数据就是847件。这是没有办法的事，猫猫和男艺人的人气还是有差距。

不过苗沥长期驻扎在局里，想要用他做宣传就很容易，慢慢运营起来更加稳定。傅承卓首周带货的销量一爆，后续数据就会逐渐疲软，现在用黑猫稳固起顾客群，也算是减缓流量的消失。

苗沥还没有达到知名男艺人的咖位，却很快摆出男艺人的架子，果断要求直播减少到一周一次。

楚稚水望着网友们对黑猫的溢美之词，心里不由长叹一声：人类还是天真易受骗。

网友总觉得黑猫英俊潇洒、乖巧懂事，谁知道这是只馋嘴的破坏猫，其实心里每天想的都是如何敷衍人类。不要追猫猫，会变得不幸。

楚稚水翻来覆去地看视频，她被辛云茂点过额头后，就再也研究不出结果，问道："为什么这条视频会数据暴涨？"

虽然以前偶尔有网友夸夸黑猫，但绝对不会蜂拥而至来围观。

"贼猫用了一根胡臣瑞的毛。"辛云茂冷嗤道，"胡臣瑞的种族天赋是吸引人类，可以放大自身的魅力点。"

胡臣瑞是狐狸，自带魅力值加成，不是简单迷惑对方，而是放大自己的优点和强项，更容易让旁人注意其闪光点。有时候，人说不出为何喜欢，恰恰就是惊鸿一瞥，便稀里哗啦地沦陷。

金渝表情微妙："啊，苗处去捡胡局的毛了吗？确实像他会做的事。"

只是不知胡局有没有发现，自己莫名其妙丢了一根毛。

"那我们为什么不直接邀请胡局来直播？"陈珠慧疑道，"因为是局长，所以不行吗？"

楚稚水淡然道："因为胡局露出本体，可能被带走。"

局里只有黑猫能解释，但有狐狸不太好解释。

陈珠慧："？"

头皮滋养膏的销量稳中有进，直播带货的工作也进入正轨。

暑假一晃，陈珠慧在局里的实习告一段落，要收拾东西准备去大学报到的事。她高考擦线考入银海大学一个"万金油"专业，但好在银大奖学金和补助很多，也算适合她的情况。因为直播带货工作顺利进行，所以楚稚水从局里申请了一笔实习工资，作为陈珠慧暑假的酬劳。

陈珠慧得知消息，连忙摆手婉拒道："不不不，我不能拿了，当时就说是来还稚水姐的红包。"

"没事，一笔算一笔，这是局里开的实习工资，跟我又没什么关系。"楚稚水平和道，"你的专业就业时比较难找特别对口的岗，那就要在校期间多刷简历了。以后实习也要拿实习工资的，多少无所谓，但得有一点，不然不是什么正经公司。"

陈珠慧推托不过，她涌起一些感动，低声道："但你们都对我很好，其实我暑假也很开心，想要一直待在这里工作。"

她整个假期都待在局里，平时在经济开发科工作，偶尔跑到茶园看须爷爷，完全远离凡尘琐事的困扰，更不会被感情不好的亲戚骚扰，简直是乐不思蜀的日子。

楚稚水："完了，居然还产生一直在单位工作的想法，你以后还是不要有这种念头为好。"

陈珠慧似懂非懂，她转而笑道："开学后我也会经营账号的，到时候课后把内容发给稚水姐看！"

随着观局网店的正常运营，公司账户里的钱逐渐充盈，只是楚稚水暂时没加绩效，打算攒一攒再作为年终奖和精神文明奖发出来。如果中间有什么大情况，起码还能有些资金周转，而且老白新研发的人参泡脚粉也在起步期，需要经费。

金渝现在收入增高，连工作都干劲十足，激动道："如果继续这样发展下去，工资会不会越来越高？可以破五万、十万、一百万！"

"你可真敢想呢，不能发那么多，总会有上限的。"楚稚水笑道，"但多出来的钱攒下来，可以换成别的东西发，比如节日礼品或劳保用品，还有生日送点蛋糕券什么的。"

这就是不少人认为的稳定单位的优势，逢年过节发东西很多，能够有大病医疗，生病或怀孕后影响较小，真遇到重病大灾，起码有单位帮兜底。不过妖怪好像不太会生病，观察局在这方面开支小。

银海局将多出来的钱盖楼盖食堂，楚稚水见识过那边的繁华奢侈，心里同样有个小小的念想：有生之年能不能把办公楼换了？好歹得装配上正常的电梯吧？

楚稚水被金渝提醒，她倏地想起什么，提议道："对了，最近没什么节日，但可以跟洪处商量一下，职工生日发点小礼物。你们的生日是什么时候？"

槐江观察局盖楼过于遥远，但发生日礼物很容易，可以展现一下单位对职工的温暖关怀。洪熙鸣是人事行政处处长，应该就管着这方面的事。

金渝好奇："生日该怎么算？"

"你出生的那一天？"

"如果算上化人前，我就记不太清楚了，那时候混混沌沌，没有彻底的灵智，只是一条小鱼。"金渝懵懂道，"我是化人那一天，才听到天地给我的名字，然后才是金渝，这算是生日吗？"

楚稚水点头："我觉得算。"

金渝答道："那就是中秋节后的第五天。"

"真不错。"楚稚水回头询问辛云茂，"你的生日呢？"

辛云茂睫毛一颤，不解道："生日？"

"对，你是哪天化人的，可以到时候庆祝下。"

辛云茂听到此话，突然陷入沉默，眼眸如阴天里的深潭，泛不起一点波澜，低声道："我化人那天不是值得庆祝的日子。"

他从灵竹转化为人，没过多久战争便至，原本祥和的大地血流无数，甚至污染了天地赐给他的名字。他在熊熊龙焰中被燃烧，待到龙神战败之后，就是永无止境的虚无。他并不觉得化人是幸福的事情，化人后的生活似乎还不及从前，其他妖怪估计也觉得那天不该被庆祝。

楚稚水一怔："谁说的？"

辛云茂："我说的。"

她没好气道："原来是你说的，我还以为哪个大作家说的，是什么真知灼见；或者是法院说的，是什么金科玉律。"

辛云茂："？"

辛云茂被撺，不由瞪她，似愤愤不平，还有点怨念。

"看我做什么？说日子就行。"楚稚水故意板着脸，难得搬出上级身份，"领导问什么，你就答什么，别自由发挥，有没有常识？"

辛云茂思考片刻，好似在回忆日子，老实地答道："惊蛰后的第一天。"

"微雨众卉新，一雷惊蛰始。"春雷响，万物长。惊蛰是万物生长的美好时光。

楚稚水若有所思："哦，那今年已经过了，你的礼物要等明年了。"

很遗憾，辛云茂没赶上局里有钱的好日子，今年的惊蛰早就过去了。

辛云茂："你的生日是哪天？"

"11月7日。"楚稚水道，"跟你们说日子的方式不一样。"

妖怪好像习惯说节气，而且基本不带年份。

"那天是立冬。"辛云茂根据她年龄推算，补充道，"冬天的第一个节气。"

"哦，是吗？"

惊蛰是万物苏醒的日子，立冬正好是万物冬眠。

他们的生日在节气上对应。辛云茂自动忽略自己是惊蛰后一天，他越发满意地点点头，感叹自己挑信徒眼光好，连诞生的日子都如此有默契，实在是说不出来地巧。

这样一想，这两天确实都值得庆祝，而且应当普天同庆才对。

秋高气爽，和风习习。

熬过难耐的暑气，迎来醉人的清风，人参同样进入收获的季节。

林区内，老白在暑假时常跟陈珠慧碰面，但种参的工作一点都没落下。楚稚水每回载着辛云茂和陈珠慧过来，她和辛云茂就去浇灌人参，陈珠慧则陪老白干活。现在，小姑娘到银海市上大学，林区里浸润妖气的人参，也在不知不觉中成熟。

老白种植的园参是人参泡脚粉原料，目前没办法立刻回本，但林区内的野山参却可以参加人参拍卖会。

今年共选出三根野山参，最厉害的一根足有22.3克，是老白当初一眼就盯上、直接从林区里圈出来、完全没有被移动和干预过的野山参。它经历完辛云茂妖气的沐浴，五形六体长得越发完美，连老白采摘时都小心翼翼，生怕破坏到参体。剩下两根野山参年数较少，克数自然会轻，一根有7.2克，一根有7.1克，状态也算不错。

三根人参加起来克数不多，但放到市面上价值连城，尤其是22.3克那根，连彭老板都没有贸然收。他看完楚稚水发来的图片资料，专门跟她打了一通电话，交流采购人参的事情。

电话里，彭老板的声音依旧热情和气："小楚啊，你拍的照片我看过了，你们这个克数的人参，直接卖给我其实有点不合适。像园参什么的可以随便收，但五形六体不错的野山参，我们都是要送去鉴定出证书，然后报名参加人参拍卖会的。"

人参都有鉴别标准，肯定不能像老白一样，说是什么参就是什么参，得有专业机构来开具证书。人参的五形是"芦、芋、纹、体、须"，六体是"灵、笨、老、嫩、横、顺"，人们常用这些来评判人参的属性和品质。

"人参拍卖会？"楚稚水请教道，"这是业内组织的吗？"

"没错，现在市面上人参真假对半、参差不齐，优质的野山参只要通过筛选，就会被送到拍卖会供大家近距离观看，会有一个起拍价，然后让人竞价来采购。"彭老板解释，"有些人着急用野山参，出的价格就会比较高，这都要看缘分的。"

彭老板是实诚的老企业家，倒没有用低价直接买参的意思，还约楚稚水一起参加第三届丹山人参拍卖会。丹山是知名的人参产区，有专门的鉴定机构，每年都举办拍卖会。

彭老板认为那根22.3克的野山参市价至少大几十万元，要是运气不错，没准能上百万，不参加拍卖会实在可惜。剩下两根野山参克数轻，但现在野山参储备量极低，加上流入市场的很少，没准也能卖出好价格。

楚稚水听完彭老板的估价，感慨卖人参真是暴利行业，难怪野山参市场上假货横飞。

既然收入如此可观，那去一趟丹山也行。

楚稚水决定打申请订票，但她刚刚浏览起飞机票，倏忽间却想起点什么。

辛云茂当初通过吊坠去银海市，只在机场外面溜达了一圈，很遗憾没真正乘坐飞机。人参收获跟他的妖气息息相关，他又没有从局里拿钱，或许该用其他方式来弥补。

她在心里一盘算：人参拍卖会是工作日进行，周末还可以在丹山转转，那边有不少自然风景区，比较适合槐江土妖旅游长见识。

局长办公室内，胡臣瑞坐在小茶几旁泡茶，他听懂楚稚水委婉暗示，二话不说就同意："可以啊，只要他愿意，你带他去吧。"

楚稚水见胡局如此痛快，反而有点意外，迟疑道："……您跟叶局确实是两个态度。"叶局对辛云茂的事恨不得大呼小叫，胡局却自始至终从容淡定，甚至最初没告诉她真相。

"那肯定是两个态度，他待在局里多少年，怎么着都该习惯了。"胡臣瑞笑眯眯道，"再说他们当初踢皮球非让我来槐江，我偶尔会想不然全毁灭算了。"

楚稚水："？"看来局长们工作压力很大，以至于胡局产生这种阴暗想法。

辛云茂是在槐江诞生，槐江观察局属于烫手山芋，当初谁都不愿意凑过来，最后还是胡臣瑞来了。他最初同样忌惮对方，但日子一长感觉还行，只要不招惹神君，神君基本不惹事。

"不过最近没这想法了，这两个月局里绩效不错，还是安生点过日子。"胡臣瑞悠然喝茶，说道，"丹山好像在空桑局辖区边缘，那边偶尔妖怪多，你带着他也挺好。"

楚稚水疑道："妖怪多？"

"对，咱们局里主要处理人妖纠纷，但实际上有不少地方的人上赶着跟妖怪沾边。"胡臣瑞道，"不过你在局里有编制，他们一般不敢惹你，要是还带上他，那就更没问题。"

楚稚水了解地点头。这听上去妖怪好像也有小江湖。

胡臣瑞："对了，你要是不会给妖怪订票，可以找熙鸣帮忙，我平时也坐飞机。"胡臣瑞是槐江局出差最频繁的，每年还要为事业费奔赴银海，自然对人类社会极为熟悉。

观察局同样有证件渠道，只是要到洪熙鸣那边登记。金渝他们进局里时会拿到在人类社会通行的证件，不过辛云茂不在观察局编制内，加上他一直都不怎么离开槐江，所以很长时间都用不到这些。

人事处和局长办公室相隔不远，都位于办公楼的四层。办公室内，楚稚水进屋后跟洪熙鸣讲明事由，洪熙鸣便坐到电脑前，噼里啪啦地输入信息。

洪处负责人事工作，当初将楚稚水的名字登记到名册上开眼，现在则是将辛云茂的名字登记到另一系统。

"订票的话需要身份证，现在得输入信息才行。"洪熙鸣笑道，"出生地就选槐江，生日该选哪一天？"

妖怪的证件需要设置信息，洪处不太了解辛云茂，自然不知道该怎么填。

楚稚水答道："惊蛰后第一天。"

"好，那出生年份是哪年？"洪熙鸣停顿一下，询问道，"你感觉他像人类几岁？"

我感觉他像人类三岁，但这显然不能当证件信息，他带着三岁的证件出门太离谱。楚稚水这样想，然后温声道："洪姐，您看着选一个吧，都可以。"

"行，那我瞧瞧你属什么。"洪熙鸣动作利落地调出职工信息栏，从中找到楚稚水的档案，说道，"从你的三合生肖里挑一个给他。"

"啊？"楚稚水一愣，犹豫道，"这不合适吧。"

这是什么操作思路？为什么要看她的属相给他选？

洪熙鸣声音洪亮而爽利："合适，反正随便选一个，那就随你的便呗。"

楚稚水："……"

妖怪搞证件的速度挺快，经济开发科准备出发那天，辛云茂正好拿到自己的证件。

槐江机场门口，楚稚水在不起眼的角落里唤出辛云茂。

辛云茂出现时穿着白衣黑裤，整个人高瘦挺拔，两只手都没有什么行李，唯有右手里握着一张薄卡。妖怪证件的外观看上去跟身份证无差别，但他好似也是第一次见识到这个，正在认真地研究上面的文字。

"你居然什么行李都没有？"楚稚水诧异道，"说起来，你每次从哪里掏出伞？明明平时也没带在身边。"

她从来没有见过辛云茂背包，还真是时刻如一根干净竹子，浑身上下除叶子什么都无。青墨色的龙骨伞是他最常用的东西，直柄的纸伞明显不能折叠，却不知闲置时被他藏在哪里。

楚稚水由于要坐飞机，穿着简约舒适的衣服，一只手还握着行李箱拉杆。

辛云茂没有正面回答她的问题，他自然而然地拉过她的行李箱，答道："现在有行李了。"

"那是我的，真不客气。"楚稚水挑眉，"怎么？你还想穿女装？"

这叫什么？你的行李很好，但现在归我了？

辛云茂震撼地望她一眼，他眼眸轻颤，表情挺微妙："我的衣服不用带在身边。"

楚稚水一想，他都是打响指换衣，加上没必要进食，还会用清洁法术，倒真不需要带什么行李。植物的生活真是便利，每天喝点水晒太阳就行，神君已达到仙人境界，靠喝仙露就能维持生活。

"行，那我们走吧，这回坐飞机试试。"楚稚水笑着带他往安检的地方走，她原本还想接过自己的行李箱，无奈辛云茂牢牢地拽着不撒手。

楚稚水握着拉杆，然而却没法拉回来。她望着拉杆上紧握不放的修长手指，愣道："做什么？"

辛云茂无辜地眨眼："没拉过。"

楚稚水只得松开手，任由他拿自己行李，但她心底却疑惑：他在银海机场好像拉过行李。

辛云茂面上波澜不惊，但显然是在假装矜持。他身处陌生的机场环境，眼底显露出一丝新奇，饶有兴致地观察起来，看着身边的行人拉着行李箱来来往往。

竹子妖对现代交通很感兴趣，平时坐汽车就能看出来，即便他的法术可以完成瞬移，但他依旧对人类的交通工具怀揣好奇。

楚稚水带着他一路过安检，必然要掏出自己的证件。

安检一过，辛云茂直接从传送带上取下行李箱，他一只手继续握拉杆，一只手向楚稚水讨要证件："看看你的。"

"没什么差别，我那天研究过。"楚稚水看他什么都要探究，随手将自己的身份证递给他。

辛云茂对比起两张证件，他望着上面的信息，评价道："好巧，我们都是槐江的。"

楚稚水无语地斜他一眼，心想这不是早就知道。

"好巧，生肖居然是三合。"

楚稚水语塞，欲盖弥彰道："我们这边都不看生肖。"

"但我们都看。"

她当然知道妖怪都看生肖！这就是洪处拿她的三合生肖设置出来的！

辛云茂满意地点头："胡臣瑞他们的发明有点意思。"

"……该走了。"

机舱内，楚稚水和辛云茂是二人一排的座位。

辛云茂将行李箱放置在上方，他落座后就开始身躯紧绷，看上去坐立不安，跟第一次坐车时极为相像。

楚稚水察觉他的僵硬，又确认他系好了安全带，连忙安抚道："没事，跟坐车差不多。"

辛云茂不言，还是没有动。

片刻后，飞机在滑行后正式起飞，迎着天空向上方升起，气流让机身颠簸震荡起来，带给乘客们一阵耳鸣鼻塞的冲击感。

腾空的瞬间，辛云茂紧握座位的把手，用力得骨节发白，肩膀都一动不动。他完全没有看向窗外，沉默地将下颌线绷紧，让人怀疑他是在屏住呼吸，大气都不敢出。毕竟是植物妖，脱离大地的依托，对他是有违常理的。

"不用怕。"楚稚水瞧出他紧张，软言道，"很快进平流层就平稳了。"

辛云茂用余光瞥她一眼，漆黑的眼眸似晃神，很快又在她脸上聚焦。

楚稚水见他望自己，问道："怎么？"

"你在说什么？我怎么可能会怕？"辛云茂冷嗤一声，他语气凉薄，淡声道，"我跟凡人不一样，是你自己害怕吧。"

楚稚水没有作答，她的目光垂向他左手——正紧握着座椅把手，手指一刻都不松开。他放最狠的话，却不敢松手。

楚稚水听他强作镇定，内心早就爆笑如雷，但面上又不敢表露，隐忍地压下嘴角："嗯嗯，是我害怕，神君不怕。"

辛云茂闻言一愣，他的手指一缩，让出座椅把手："那你扶着。"

"大可不必，好好握着吧。"楚稚水重新将他的手搭在把手上，还一丝不苟地将其手指摁回去，还原成五指紧握的状态，生怕他当真心脏停搏。

她的指尖温热，指腹柔软细腻，滑过他微凉的手背带来一丝丝暖意，温度从接触过的地方如水波般扩散蔓延，一下子就分散了他的注意力，缓解了神经紧绷的状态。她很认真地将他的手指摁回去，但他听到她的话，差点反手握住她的，还以为是让他好好握着她。

他最初有一点惊讶，现在又有一丝怅然，最后化为一抹遗憾。

辛云茂只感觉胸腔内有岩浆打转，自己好像还未喷发的火山，只能让高热在身体里蒸腾。他嘴唇紧抿，这回不再目视前方，反而侧头看向窗外，望着下方渐渐渺小的景物，驱散心里难以名状的怪异滋味。他没法开口说话，就好像火山裂出缝隙，滚热的熔岩就会汹涌爆发。

楚稚水看他侧头，劝道："真要不舒服，可以睡会儿。"

楚稚水发现了他的异样：辛云茂的体温偏凉一点，但他的手指紧握双方中间的把手，时不时会贴到她胳膊，暴露出的皮肤莫名其妙有点发烫。

他支吾："嗯。"

片刻后，飞机进入平流层，不再有颠簸的感觉。辛云茂刚开始的不适也烟消云散，有闲心欣赏起小窗外的淡蓝天空和厚厚云层。

楚稚水坐在靠通道那侧，专程将靠窗位置让给他，就是觉得他可能对天空感兴趣。

辛云茂的头靠着窗户，他遥望一碧如洗的天空及洁白如雪的云海，下方的槐江市早就不见踪影，地面被巨大幕布般的白云遮蔽，他竟头一次对天地产生更深刻的认识。

远离他无所不至的广阔大地，原来天上还有这样的景象，只是人类鸟兽平时无法驻足。难以想象这是人类做到的。

"人类的发明有点意思。"辛云茂垂眸，他将蓝天轻云尽收眼底，说这句话时声音极轻。

楚稚水却清晰地捕捉到此话，她内心柔软下来，竟突然与有荣焉，笑道："谢谢夸奖。"

他说有点意思，就是很有意思。

无所不能的辛云茂都说这话，应该是对这个发明的极高肯定。

从槐江到丹山，需要漫长的飞行时间。

辛云茂观赏完窗外的风景，又被不远处小屏幕吸引注意。机舱内总会播放一些视频，为无聊的乘客们打发时间，一般都是纪录片或者丹山介绍片，今天播放的恰好是植物类纪录片。

屏幕上是嫩芽从地里破土的特写镜头，纪录片通过四季顺序串联多种名花，将它们成长和绽放的美好瞬间记录，同时介绍每一种名花背后丰富的人文寓意。这部纪录片制作得不错，据说还获得过不少奖项，所以经常在各类场所出现。漂亮的高清镜头和文雅的文案讲述，能让不少观众更好地了解各类植物。

然而，辛云茂却越看表情越古怪，他眉头微蹙，又眼神回避，似不忍直视。无奈小屏幕就在正前方，他只要抬眼就能看到画面，想找机会避开都没办法。辛云茂终于坐不住，他转头询问楚稚水："为什么要放这个？"

"让大家打发时间？"楚稚水抬起头，她瞄一眼屏幕，"你不喜欢吗？我看过这部，里面确实没竹子，但你凑合着看吧。"

她误以为辛云茂发现人类知名植物纪录片里没竹子，又开始愤愤不平，认为制作者是有眼无珠，要为自己讨说法。

辛云茂瞠目结舌地看她，没想到她看过这部片，更没想到她还说没竹子！辛云茂由于她风轻云淡的口气深受冲击，他诧异地上下扫视她，一时间竟不知如何措辞，欲言又止道："你们大庭广众看这些……"

"大庭广众才看这些，大庭广众不是只能看这些？"

他更感耳根发烫，面红耳热地质疑："……这样污秽不堪的东西？"

"啊？"楚稚水惊异地回头看他，这才瞧见他满脸羞愤，她顿时也像被火烫伤，刚要高声反驳对方，又想起还在公共场合，赶紧咬着牙压低音量，"你在说什么？什么的东西？！"

这哪里有污秽不堪？！这部纪录片明明在电视台播放过！

辛云茂分外别扭，他似不齿说出此话，闷声道："就授粉，还有……总之不堪入目！"

楚稚水："？"

楚稚水望望小屏幕上的画面，又瞧瞧辛云茂变幻莫测的脸色，她终于在此刻恍然大悟，原来纪录片中的部分镜头，对他来说不亚于刺激性画面。

天啊，植物授粉算什么淫秽画面？那农业频道岂不是不能播了！

楚稚水原本还没什么感觉，甚至都没闲心看纪录片，但她现在领悟他的感受，同样有些如坐针毡，只感觉气氛不对劲，尤其两人还并排。

但他们只是在看植物纪录片啊！这东西有什么可值得发散思维的？！

尴尬一定会传染，不得不说辛云茂成功了，他将他的尴尬传递给了她。

楚稚水此时头皮发麻，只感觉身上一半凉一半烫，循环往复地将她苦苦折磨。她现在都有点坐不住，一度想着要不要借口去洗手间，打破当下灼热而难熬的氛围，起码不要跟他一起看植物片。

她不敢再直视辛云茂，脸上稀里糊涂发热，还有点口干舌燥，干巴巴地劝说："实在不行，你就闭眼吧。"她也没办法让空姐将视频关了，其他人只会觉得他俩有毛病。

她如今再挨着辛云茂，只觉那半边身体犹如火烧，现在感觉不到他体温高，主要他们的温度都很高。

奇怪的思维一发散，连各类感官都敏锐起来，不光是体温交换，她甚至能嗅到他清浅的味道。雨后竹林般的清新，淡淡地扑面而来，冲破机舱内的沉闷，若有若无地将她环绕，直刺进她混沌的大脑。

辛云茂喉结微动，他突然想起什么，眸色深沉泛黑，声音微哑地指责："你上次在招待所也大半夜给我放这个。"

他们上回待在银海局招待所，她当时也给他找植物纪录片，只是那时候她没有反应过来。

楚稚水羞恼道："不要用看变态的眼神看我！"

正前方的屏幕上依旧在播放纪录片，导致双方间的化学反应越发激烈。楚稚水从未在飞机上如此煎熬，只恨座椅上没有弹出设备，直接让她弹射离开机舱才好。

累了，毁灭吧。

但身边还坐着紧盯她的竹子妖，她连自我毁灭的机会都找不到。她努力平心静气，想打破焦心僵局，强装出温柔和善，循循善诱道："这是物种间文化差异，你确实是误会了，不要像一个老古董。"

正确的生理知识教育迫在眉睫，就是某些人过分敏感。再说纪录片里没竹子，按理说跟他没关系，就像鸟和鱼，一个天上一个水里，八竿子打不着。

辛云茂蹙眉："我老古董？"

"不是吗？"楚稚水婉言道，"您今年贵庚？"

辛云茂："……"

辛云茂先遭遇植物纪录片冲击，现在又是一波年龄攻击，一度露出恍惚的神色，严重怀疑是他太久没离开槐江，着实跟不上新时代。

楚稚水见他安静下来露出郁闷神情，终于松一口气，知道此事翻篇过去。她现在担忧起返程来，到时候该不会又放纪录片，还得经历一遍相似的事情。

飞机平安降落在丹山机场。

丹山机场远不如银海的繁华，作为地图上不够有名的城市，机场内的设施也显得老旧。不过丹山有着壮观的自然风景，在旅游旺季时人流密集，一年四季的风光各有特色。

离开机场后，两人乘车前往预订好的酒店。丹山酒店是彭老板推荐的，他每年来都会住在此处，距离鉴定机构和拍卖会现场都不远。

楚稚水在前台开出两间房，又给工作人员留下发票抬头，便跟辛云茂回屋检查酒店设施。

酒店房间不算大，屋里摆着床铺及电视，角落里有茶几和长榻，收拾得还算干净。卫生间里洗漱用品很全，而且还是人参洗发水，彰显出丹山当地的特色。楚稚水拧开瓶盖，嗅嗅洗发水的味道，考察一下竞争产品的水平。

"看上去还行。"楚稚水环顾一圈，"你要是需要什么，到时候就找我借，或者我们出去买。"

辛云茂什么行李都没有，但他需要的东西不多，随时采购也没问题。

休整过后，楚稚水给彭老板发去一条消息，得知对方要晚上才抵达酒店。她根据对方的指导，先将人参送到鉴定机构，委托工作人员锁进保险柜保管，这才有闲心带着辛云茂转一转。

丹山市街道跟槐江差不多，只是恰逢第三届丹山人参拍卖会，广场上搭建起一片热闹的集市，有不少当地商户聚集在此叫卖。这里人声喧哗、鱼龙混杂，跟拍卖会的井然有序不同，各类人参被直接铺在桌面上，旁边还草率地放着价格牌。

角落里立着一块警示牌，写着"请您理性消费，小心上当受骗"，跟杂乱的场合分外相配，只差对外地游客喊"快跑"，疯狂明示这里都在宰人。

尽管如此，集市里游客依旧很多，辛云茂紧跟楚稚水身边，偶尔还会帮她挡一挡，隔开突然穿行而过的路人。他的容貌和身高在人群里扎眼，常有路过的游客回头仔细打量，又被他生人勿扰的冷漠气场击退。

楚稚水当然不会在这里买人参当冤大头，现在正逢金秋收获季，桌面上有各类植物种子，店铺边还有结果盆栽，吸引了她的注意力。她突然想起自己的期房，当时专门买的带小院的房子，算是城里人对种菜的无知美梦。现在，她天天上班种茶和种参，早没有种菜的闲情逸致，但或许可以搞一些简单易活的花草种子，总不能将院子彻底空着。

楚稚水的目光在桌上来回，她想要搞点丹山特有的种子，可又害怕带回槐江种不活。

"你在找什么？"辛云茂出言询问，他发现楚稚水的小动作，顺着她的视线望向桌面。

楚稚水听见他的声音，突然想起他算专家，虚心请教道："我想在家里院子种点花草，平时上班没空打理，有没有什么好养活的？稍微疏忽也不会死。"

辛云茂速答："竹子。"

楚稚水眉毛微扬，质疑道："不是，这不合适吧？做推荐不要掺杂个人情感。"

"没有掺杂个人情感。"辛云茂振振有词，"竹子一直常伴文人墨客，以前是住宅内常见植物，'宁可食无肉，不可居无竹'，你没听说过？"

"行行行，不可居无竹，但也不能只有竹，还有其他能种的吗？"楚稚水琢磨不然水果也行，就是不知会不会容易招虫。

辛云茂不悦地双臂环胸："有竹子还要种别的？"

"那要想吃果子呢？"楚稚水好声好气道，"总不能干啃竹子，我又不是大熊猫。"

辛云茂一听她要吃，这才收起脾气来，他转头寻找一圈，说道："我去那边看看，你想要吃什么？"

"有没有丹山特有的？"

"我找找。"

这家店铺的桌子很长，上面都是各类种子，下方有极小的牌子，注明究竟是什么。楚稚水和辛云茂一左一右，各自从两边浏览起来，搜寻有用的植物种子。

由于集市里人流汹涌，他们稍一错开身，中间就有人隔开，没法像刚进来时挨那么近。楚稚水正低头看种子，忽感一侧挤过来一人。

那男子看着二三十岁，他皮肤黝黑，浓眉大眼，说话豪气十足，热络地揽客道："你要找什么？来丹山就要看人参，看这些是浪费时间！"

楚稚水一听此话，便领悟对方来意，无非想忽悠她买参。这些摊位的老板个个都嘴皮子利落，稍不留神就会被他们哄得晕头转向，不然门口怎么会有警示牌？她可能是太像外地游客，所以才会被对方盯上。

"谢谢，我就是想浪费时间。"

黑肤小伙被拒也不恼，继续游说道："哎呀，你说话真有意思！不然你说要找啥，我来帮你找找看，我们摊子在那边，也有各种种子卖！"

"谢谢，真不用了。"楚稚水怀疑自己过于面善，这才被当地推销人员缠住。

"别客气，我带你去看看，东西还更全乎……"

正值此时，旁边响起冰冷彻骨的男声："你的师父没教过你，不要随便跟别人的信徒搭讪吗？"

黑肤小伙听到此话，莫名其妙打一个激灵，扭头就看到俊美的黑发青年，在拥挤的人群中气质格外出众。

辛云茂绕过身边的游客，从长桌那头走来，便看到眼前景象。他此时眉间紧蹙，凛若冰霜，不可一世地斜睨对方，冷飕飕道："别人不愿意，就别再纠缠，你师父没教过？"

黑肤小伙一愣："你怎么……"

"师父？"楚稚水同样不解，没懂辛云茂的话。

喧嚣的集市里，很少有人注意周围情况，一旁却突然闪出一名穿中山装的中年男子。他看上去气质文雅，两只眼睛却细长，赶忙拉过黑肤小伙，让对方站到自己身后。

黑肤小伙茫然道："师父……"

"闭嘴。"中山装男子小声喝道，他又看向辛云茂，连忙行礼道歉，"在下玉京子，小孩不懂事，神君莫怪罪。"

"放心，我不会找他麻烦，但我会找你麻烦。他是不懂事，你也不懂事？"辛云茂态度冷硬而疏离，他的眼眸如不化的寒冰，透着直刺骨髓的凉意，嗤道，"既然收他做弟子，就不要误人子弟。"

玉京子被训也不敢反驳，恭敬道："打扰二位了，我们在丹山做点生意，前面就有摊子，两位需要什么，可以随便去拿。"

片刻后，玉京子拉扯着黑肤小伙离开，楚稚水这才有机会出言询问："他是妖怪？"

玉京子管辛云茂叫神君，明显就不是人类用的称呼。

辛云茂不屑道："对，收弟子积累钱财，偶尔想办法收集妖气。"

他一向看不起如玉京子般的妖怪，不认为他们有指引人类的能力，说是师父也不一定会教本事，自己都修炼不明白，怎么还有脸教别人？

楚稚水了解地点头，看来这就是胡局说的江湖势力，属于观察局不好插手的部分。

辛云茂赶走玉京子及其弟子，他面露严肃，认真教育道："人生地不熟，不要随便跟陌生人搭话。"他只是走开两步，居然就引来闲人。

楚稚水无奈："讲讲道理，是他来跟我搭话。"

她当然不会搭话，挡不住对方拉客。

"那你也不应该回话。"辛云茂见她好似没放在心上，他更为闷闷不乐，煞有介事地告诫，"万一有危险怎么办？"

"说两句话会有危险吗？"楚稚水心知他担忧自己，但还是觉得小题大做，劝说道，"这是公共场合，还是法治社会。"

辛云茂嘲讽："等你真遇到危险，到时候后悔都来不及。"

他目光幽幽，还板起脸来，更像一个老古董般的家长，不让看植物纪录片，还不接受乱跑或晚归。

楚稚水发现，他在槐江时呆呆地跟着她，但一出行就要事无巨细，好像她随时会被拐卖一样。她上次在银海喝酒晚一点，在他眼里就是夜不归宿、生死未卜，还专程跑到清吧门口蹲人。她如今严重怀疑，她把他当三岁，他也把她当三岁，属于完全无自保能力的幼儿。

"怎么会后悔都来不及？"楚稚水没想跟他吵架，懒洋洋道，"到时候就等你来救呗。"

她悠然望向他，索性都不争辩，直接当场"摆烂"，做出就靠他的架势。

辛云茂一听此话，瞬间哑火，想说点什么，但看她如此坦荡，又什么都说不出来。

两人对视，开始大眼瞪小眼。

良久后，他一抿翘起的嘴角，终于挤出一句话："你说得对。"

她是他信徒，这事归他管，确实有点道理。

楚稚水拍手："这不就完了，问题解决。"

"但你怎么老跟我顶嘴？"辛云茂凝眉，他安静数秒后，又轻声地退让，"算了，你想顶就顶吧。"

另一边，玉京子将黑肤小伙拉走，他回到自家摊子，就将弟子一顿骂："林岳，早跟你说过别去纠缠外地人，哪天遇到脾气躁的真把你打了！"

"那我肯定挑看着好说话的人啊。"林岳小声道，"再说这里谁家卖货不拉客？"有些商贩在本地很有势力，外地游客一般不愿惹事，最后都会被拉着进店里逛逛。

"我们缺那几个买货的吗？"玉京子怒道，"你这回就遇到狠的，差点把你师父我折进去！"

林岳愣怔："刚刚那两人是……"

"他要是从槐江跑出来，跟在他身边的也不是普通人。"玉京子若有所思，"早听银海那边说观察局有人类，估计就是那一位，也不是咱能惹的。"

玉京子一直在丹山活动，四处收信徒做生意，近年来反响不错，消息渠道也很多。他们这种妖怪都不敢跟观察局硬碰硬，尽管人类跟他们是自愿缔结协议，但历史上从自愿搞成闹剧的也不少，所以观察局看他们同样不爽，认为他们的行为会增加工作量。

"他们是空桑局的？"林岳问，"局里不是不来丹山吗？"

空桑距离丹山远，除非任务紧急，不然不会涉足。

玉京子科普："观察局可不光有空桑，还有银海、槐江和漆吴，女的应该是槐江局里的。"

"男的呢？"

"男的比观察局还麻烦。"玉京子斜弟子一眼，"我不能告诉你他的名字，但像他那样的上一位，当初可比你师父我牛得多，我是蛇人家是龙，但凡太阳升起的地方，恨不得遍布他的追随者。

"这位是不离开槐江又很少收信徒，不然说不定比那位混得还好，更加不能惹。"

林岳愕然："有那么玄乎吗？比观察局还牛？"

"当然，你要是知道观察局由来，就明白地点都跟这两位有关。"玉京子道，"漆吴是龙神诞生之地，在银海威望最高。槐江是那位诞生之地，两位在槐江有过一场大战，而后龙神战败。"

林岳听完讲解，好奇地提问："这里面没空桑什么事啊？"

"空桑是龙神的转折点，有人说他在这里遇到一个人，也是他逐渐堕落的开始。"玉京子回望弟子一眼，"但具体细节我们也不知道。"

他恨铁不成钢道："总之，最近再看到那两位，你就给我绕着走，少惹事！"

林岳赶忙应声。

暮色渐暗，热闹的集市一直到傍晚才歇，楚稚水和辛云茂没挑出多少种子，打算在外面吃顿饭，然后回酒店去休息。

辛云茂挑剔地拨弄手里的种子，然后将其递还给楚稚水，提议道："如果真要种子，等到回槐江后，我可以给你找，这里的很一般。"

"槐江有优质的？"楚稚水疑道，"你到哪里去找？"

"我自然有办法。"辛云茂微抬下巴，"其他植物不知道，竹子肯定很优质。"

"我们能不能不要这样见缝插针搞推销？"楚稚水心说辛云茂还嫌黑肤小伙纠缠，他做推荐同样无孔不入，时不时就要提醒她一番。

次日，经济开发科出差组正式忙起工作，他们在人参鉴定机构跟彭老板重逢。

许久未见，彭老板脸上越发红润，没准是人逢喜事精神爽，他和气地打起招呼："小楚，小辛，好久不见啊！"

楚稚水礼貌道："好久不见，看来您最近公司很顺，比上次见面气色都好。"

"这段时间都在忙单子，确实搞出点成绩来，这不又跑过来收人参啦。"彭老板叹气，"生意机会多，优质人参少，我以前不怎么来丹山拍卖会，现在不管规模大还是小，全都要凑过来看看，就是好人参不够用。"

丹山拍卖会的规模中等，属于每年都有的常规活动，出现的人参克数有限。如果是百年老参或上百克野山参，那一放出消息就不得了，只出现在大型拍卖会。

彭老板："你们的人参克数不错，要是运气好的话，没准能评上'参王'。我记得去年的'参王'就差不多是这样，当然还要看其他人带来的参怎么样。"

楚稚水："还有'参王'吗？"

"对，是由拍卖会和鉴定机构商议后决定，'参王'比其他人参得到的关注度高，也更容易拍出高价，等于自带些宣传效果。"

"原来如此。"

彭老板做人参生意很多年，去过的拍卖会太多，各类门道自然搞得明白。他喜欢亲力亲为，所以做老总后还会过来转。

人参是彭老板的正业，但算是观察局的副业。他们聊完人参，又开始聊别的。

"小楚，小辛，你俩当初不是在银海帮过我点事儿吗。"彭老板含蓄道，"后来我才发现，原来有这种情况的人好多，尤其是丹山这边一大片。"

辛云茂挑眉："你遇到其他缔结协议的人了？"

"是的，好多跟我做过生意的，身上或多或少都沾点！"彭老板惊叹，"我就说他们运气怎么好得离奇，闹一圈是我一开始就输在起跑线。"

彭老板兢兢业业多年，算是搞人参的大行家，但同样见过不少发横财的，只是自己从来没有这运气。

"不算输。"辛云茂沉吟数秒，说道，"总跟这些沾边是一件不幸的事。"

人参幼妖只是恶作剧，没有什么坏心思，不会搞协议的漏洞。彭老板只要信守承诺，人参幼妖自然就回报，没有掺杂乱七八糟的。

"那倒是，我看他们搞这些，简直比伺候父母还恭敬，实在是……"彭老板摇摇头，"反正我不理解。"

楚稚水："听起来好不平等。"她跟观察局妖怪都平等相待，双方互动也是有来有往，同样不懂低人一等的状态。

辛云茂怨念地瞄她，嘀咕道："你看看人家，你再看看你自己，我就提议种竹子，你至今都不答应。"

他都没要求她搞这些，他只是想要种些竹子，她却死咬着不松口！

"这一码归一码，怎么又说起来？"楚稚水诧异地望他，"再说神君都是神君了，难道不该为打击封建起带头作用？你跟别人比这些干什么？"

辛云茂固执道："我不比这些，但你要种竹子。"

楚稚水左右望望，她见彭老板在一旁跟别人搭话，这才有空应付喋喋不休的竹子妖，耐着性子道："你稍微讲点理，在我家种竹了算什么？这当然不行。"

辛云茂大为不满："为什么不行？"

"你当我不知道竹子怎么种的吗？那不就是分株或埋枝，从你的本体上分出来。"她恼羞成怒道，"我把你种我家院子里像话吗？那我干脆把家门钥匙给你吧！"

很多人可能不知道，竹子的繁殖很神奇。一片竹林或许是同一根竹，只是地下根茎相当发达，密密地编织成暗处复杂的网，在地表形成郁郁葱葱的景象。这或许就是竹子妖能在地面瞬移的缘由，他的根茎遍布四面八方，就没有到不了的地方。虽然竹子也可以播种育苗，但成长的速度会比较慢，一般都是分株或埋枝。

辛云茂说的优质竹子肯定是他自己，她怎么可能将他种在自己家里？这简直太奇怪了。这跟他住在她家有什么区别？这只妖看植物纪录片会脸红心跳，为什么对自己被种在别人家毫无反应？！

辛云茂闻言一愣，他好似才想起来，呼吸微微一滞，见她白皙脸庞染上粉意，宛若初现芬芳的蜜桃，更是好半天说不出话来。

楚稚水嘴唇微抿，她愤愤地瞪他，心想他总算反应过来了。

"也不是不行。"辛云茂别扭地侧头，他言辞含糊，又伸出手来，"你把钥匙给我，我自己过去种。"

楚稚水见他还不放弃，气得直接就揍他一拳。

累了，毁灭吧！他今天依旧听不懂人话！她说把家门钥匙给他是讥讽他，他居然理解为让他自己去种！

鉴定机构现场，玉京子和林岳看到此幕惊掉下巴，他们一进屋就瞧见楚稚水和辛云茂，远远地绕开对方不敢惹事，时不时还观察一番对方位置，谁料到会看到这样的场面。

林岳想的是：居然有弟子敢殴打师父？

玉京子想的是：居然有信徒敢殴打神君？

没过多久，他们就看见更震惊的事情，辛云茂拧开饮用水瓶盖，还主动递到楚稚水身边。

辛云茂察觉她发恼，他有意无意地用水瓶碰她，释放出握手言和的信号，低声道："喝点水。"

楚稚水正在低头整理人参证书："我不喝，我不渴，你喝吧。"

辛云茂见她不理自己，大惊小怪道："你都好久没喝水。"

楚稚水反驳："我又不是植物，一小时也不久。"

他眨眨眼："喝点吧，就一点。"

这都快有家长追着孩子喂饭诱哄的既视感了。

玉京子和林岳在集市上遇见的辛云茂高傲漠然，现在简直换了一副面孔，好像只摇尾巴的大狗狗。

"师父，怎么别人家的信徒都能……"林岳不敢提及殴打，他看到不远处情况，委婉道，"都有师父嘘寒问暖送水，怎么咱们这边的传统就不一样呢？"

同人不同命，两边简直是颠倒过来，怎么那边是师父追着给喂水都不喝，他却要每天辛辛苦苦地伺候恩师？

"闭嘴！不要老跟别人比条件，多跟别人比能力！"玉京子恨铁不成钢道，"人家能考上观察局，你怎么偏偏就考不上呢？！"

林岳："……"

楚稚水最后还是在辛云茂的叽叽歪歪中投降，她接过他递来的矿泉水，敷衍地喝下一口，滋润干燥的嗓子，这才感觉确实有点渴了，慢条斯理地继续饮用。辛云茂见状放心下来，他等她喝完水，接过矿泉水瓶，帮她拿在手里面。

楚稚水怀里还抱着人参证书，三根人参都被鉴别为野山参，证书上注明了详细信息，相当于人参专属身份条。这些野山参顺利通过资料筛选，将会被送到拍卖会竞价拍卖。

两人办完正事，遇到归来的彭老板。

彭老板已经在场馆内转悠一圈，还跟相熟的朋友们打过招呼，惋惜道："小楚，你们这回就差一点，我刚才看见另一根人参，好像克数比你们的多，没准就是这届的'参王'。"

选送拍卖会的人参会在场馆内展出，隔着展柜给想要竞拍的人观赏。彭老板此行就是来收人参，自然马不停蹄地转一圈，将所有人参摸得清清楚楚。

楚稚水一怔："就差一点吗？"

"是啊，好可惜。"彭老板道，"已经放场馆里展出，我带你们过去看看。"

场馆正中心的柜台，一棵野山参被放在中央，在灯光下铺展开参须，被好好固定在底板上。人参长有圆芦，表面是螺丝状横纹，根须清晰蔓延，看着参龄很长。

柜台边围着不少人，他们都在关注这棵人参，时不时凑近观察。

楚稚水没有辨别人参的能力，她只能瞧出这棵人参比局里的稍大，当然用肉眼来看差距也不多，主要是人参论克数卖，实际上只差一点。

辛云茂看到人参却眉头微蹙，他仔细辨认一番，随即缓缓地挑眉。

"小楚，你们也别太失望。"彭老板安慰，"这要是我来拍人参，估计就会拍你们的，不一定选这棵人参，你们那棵的五形六体更好，就是克数上比不过这棵。"

楚稚水好奇："原来不是越重越好？"

"当然不是，那很容易被骗的，我们换个地方聊。"彭老板四下望望，他遥望不远处被人群包围的刘厦，稍微使了个眼色，"这是人家的地盘，在这里聊不合适。"

刘厦就是本届"参王"的卖家，据说是外地来的人参商，但彭老板也不是特别熟。他看着三四十岁，长相尖嘴猴腮，穿一身笔挺西装，现在被其他人环绕，正在大聊自己的人参。

彭老板带人走到角落，远远地避开刘厦等人，确认周围没人听，这才开口道："人参的水很深，很容易看走眼，我也不是有别的意思，那棵参挑不出毛病，但就是看着有点怪。"

楚稚水："有点怪？"

"对，可能是第六感，我说不出来啊。"彭老板挠头，"反正如果我急需的话，不会拍这棵人参，会拍你们那一棵，克数轻但更保险，所以你们不要遗憾，没准有人跟我一样，最后成交价也不错。"

楚稚水一笑："没关系，能有您说的估价就很不错。"

彭老板上回说大几十万元，已经远超楚稚水的预期。按理说，野山参和林下参没那么快有收益，需要好多年的时间投入，要不是辛云茂，没准局里今年都赚不到这笔钱。

辛云茂静静地听着，冷不丁道："他在那棵人参上使了点手脚。"

楚稚水回头望他。

彭老板不解："啊？"

"应该是什么让品相变好的障眼法，大概能够持续一两年，然后变回原来的样子。"辛云茂淡声道，"你和人参妖沾边，所以看着会觉得不对劲。"

"持续一两年？"彭老板愕然，"但一般人参不加工，保质期就两三年，冷藏也才久一点。"

辛云茂轻嗤："所以他掐好时间，知道这样不露馅。"他刚刚就发现人参上的小把戏，看来刘厦同样有自己的手段，想要弄假成真赚一笔大的。

"确实，这种人参要派上用场，估计就是家里遭大事了，那人参到底有没有用，还真不一定会被追究。"彭老板恍然大悟。有些人是大病时用人参，说实话要是疑难杂症，单靠人参估计没有用。

楚稚水瞄一眼柜台方向，犹豫道："但都已经通过鉴别，现在也没法拿出来。"

送选拍卖会的人参都被统一展出及保存，如果不慎丢失或被盗，不但会有保险理赔，机构还要出面负责。他们也没法向人解释这个，鉴定机构同样会满头雾水。

辛云茂略一沉吟，他打一个响指，平静道："那就让它在合适的时间变回去。"

左右就是障眼法，总不能允许刘厦以次充好，就不许他们将其变回原样。

离开场馆时，楚稚水还看到观察局的三根人参，它们被工作人员小心地端出，陈列在柜台里供其他人观看。如果有人对其有兴趣，明天就会参加拍卖会，在现场进行竞价。

次日，拍卖会现场，场内座无虚席，工作人员按编号依次取出人参组织竞价拍卖。

彭老板作为知名老总坐在前排，跟其他人一起出价竞拍人参。他时不时就举起牌子，偶尔嘴里念念有词，好像在掐算性价比，要是价格被推得太高，便在适当的时候放下手。

楚稚水和辛云茂是来卖人参，他们不买人参就坐在后排，居然还看到玉京子和林岳。双方的座位不远，玉京子拘谨地朝他们颔首，楚稚水礼貌回礼，也没有过多交流。

"好的，三十万一次，三十万两次……"

"三十一万！现在是三十一万！"

木槌敲下，尘埃落定。

"恭喜您成交！"

会场内时不时就响起成交声，观察局里两根7克上下的野山参分别被拍出三十万元和三十一万元的价格。楚稚水将相关证书交给工作人员，等到各类手续顺利办完，钱就会被打进公司账户。

主持人激动道："接下来就是第三届丹山拍卖会的'参王'，起拍价格六十万元，有请工作人员上台展示……"

前排的刘厦神采奕奕、腰杆挺直，他好像等待这一刻许久，就想看这回能捞到多少钱。

或许是"参王"排场过大，工作人员迟迟没露面，会场内出现短暂的冷场。

场内有人等得不耐，开始窃窃私语起来。彭老板有一搭没一搭地摸牌子，看上去对噱头十足的"参王"没兴趣，还揉了揉太阳穴准备休息一会儿。

主持人时不时观望后台，他无奈地感慨："看来'参王'难请啊，各位都少安毋躁。"

片刻后，有人一溜烟地蹿上台，跟主持人耳语两三句，随即匆匆地跑下去。主持人刚听完一怔，随即飞速调整状态，笑道："不好意思，刚才拍卖会报的'参王'编号有点问题，所以在后台耽误了，我们重新介绍一下本届'参王'，克数为22.3克……"

台下，林岳猛拍玉京子大腿："师父，到我们的了。"

玉京子漫不经心："不是这个，我挑的不是'参王'，不然怎么捡漏啊。"

"就是这个，就是这个。"林岳着急道，"你听编号都一样！"

另一边，楚稚水听到编号一愣，她低头查看起证书，疑道："这是我们的编号？"

观察局那根22.3克的野山参忽然变成"参王"，现在被工作人员端出来参加拍卖会竞拍。片刻后，有身挂工作证的人员赶来，悄悄地跟楚稚水说明情况，还麻烦她将手续办理一下。

主持人已经在台上宣布竞价开始，刘厦看到此幕却大惊失色，他急忙拦住工作人员询问："不对，这不是我那棵，你们是不是搞错了？这不是我的'参王'啊。"

对方公事公办道："刘先生，麻烦您跟我们来后面一趟，您的人参好像出了点问题。"

后台内，盒子里的人参形态跟昨日一样，但莫名其妙地干瘪下去，好像骤然失去浑身灵气，显得体态萎靡不振，连克数都降低不少。

"我们竞拍前进行最后一轮核对，发现您的人参跟资料不相符，所以紧急撤换本届拍卖会'参王'。如果将这样的人参送到外面，会对本届拍卖会有影响，甚至连累未来丹山拍卖会的发展。"

刘厦看到变回原形的人参脸色发白，他浑身冷汗，愤愤地狡辩："不可能！这不是我的人参，你们把我的人参调包，我要找律师告你们！赔钱！"

工作人员："我们的安保很完善，可以提供监控录像，不管是保存时的编号，还是人参的须根走向，都跟鉴别时完全一致。您卖人参也应该明白，五形六体很难伪造，全靠这些进行甄别。这枚人参跟鉴别时形态差距不大，不太一样的是饱满度和克数……"

当然，人参只要有几项信息变化，那价值就是天差地别，否则不会如此金贵。

"说实话，我们怀疑您在鉴别时造假，但这种东西不能维持太久，所以过一天就显露原形。"

刘厦被戳中痛脚，惊怒道："放屁！肯定是你们偷走我'参王'，我跟你们没完！"

"如果您有不满，我们愿意配合调查，但也请您出示更多人参资料，例如其生长环境或购入渠道的证明。"

鉴定机构一般只看人参品相出证书，但刘厦现在要从头清算，两边肯定都得交证据。

拍卖会现场，无数慕名而来的商人争相竞价，其中还有不常研究人参的富豪。这些人不做人参生意，没准就是过来凑热闹，他们都不一定去场馆看展品，直接挑本届最好的"参王"竞价，有钱就是烧得慌。

这就是"参王"自带的宣传效果，懂行的人关注它最多，不懂行的人只能关注它，主要看不出其他人参优劣。

"一百万第一次！一百万第二次！"

"好的，一百零五万！这位先生出一百零五万！"

"一百零八万！现在是一百零八万！"

拍卖会来到高潮，无数人纷纷下场竞价，常有生面孔突然抬手，其中彭老板和玉京子坚持最久。

楚稚水不料玉京子如此有钱，她还奇怪地看对方一眼，不料他们会对观察局的人感兴趣。

辛云茂难得朝他们点头，赞许道："不错，你很懂事。"

楚稚水眉头微拧："不要因为他的身份，就盲目地哄抬物价。"她都要怀疑玉京子在给辛云茂当托儿了，对方那天还说过自家铺子任他们挑。

玉京子有苦说不出："不是，两位误会了，我们确实需要这个。"

他昨天一眼就看中这棵人参，还欣喜于不是"参王"能捡漏，哪承想拍卖会临时来这一出，杀他个措手不及！

"一百一十万第一次！一百一十万第二次！"

彭老板听到价格，他缓缓放下手，显然不再争取。

场上只剩下玉京子和其他富商竞价，价格还在一路走高，只是增势逐渐变缓。

"一百一十九万第一次！"

"一百一十九万第二次！"

"一百一十九万第三次！"

"恭喜您成交！本届丹山拍卖会'参王'最终成交价为一百一十九万元，刷新上届纪录！"

玉京子在雷鸣般的祝贺掌声中起身，他赶紧朝众人点头示意，然后找工作人员办手续。

"他比胡臣瑞有钱。"辛云茂挑眉，"收弟子有那么赚吗？"

楚稚水倒是见怪不怪："行情都是这样。"

她不知道妖怪会教人类什么，可能就是一些特别技能吧。

观察局三根人参的总成交价为一百八十万元，扣掉税和佣金，依旧很可观。这是观局公司的意外之财，不是稳定的绿茶生意和网店经营能赚到的。每年野山参和林下参状态会有波动，再找到下一批好的野山参需要时间。

散场后，彭老板过来笑着道喜："挺好，我就觉得你们人参不错，看来懂行的人还是挺多。"彭老板生意大，他考虑的是成本，不会拍单克单价过高的人参，但看到楚稚水等人赚钱也挺高兴。

楚稚水诚恳道："谢谢您这两天一直帮忙操心，我们初来乍到确实不熟悉。"

"没事，你们不也帮过我。"彭老板摆手，"你们直接回酒店吗？现在外面有点雨，要不要待会儿走？"

楚稚水瞄辛云茂一眼，答道："我们带伞了，就先回去了。"

彭老板还要跟老客户攀谈，双方在拍卖会场门口道别。

秋雨细密，丹山街道宛如披上一层薄纱，有点烟雨朦胧的意味。辛云茂在无人角落取出龙骨伞，他随手将纸伞撑开，带着楚稚水踏出去，行走在轻柔雨意中。

楚稚水瞥见街边的红叶，秋风将叶片吹出醉人的色彩，成为阴雨中的一抹湿润亮色。她突然想起什么，说道："今晚早点休息，明天就是周末，我们可以去丹山转转。"

丹山是当地知名景区，这个季节到山上，正好能看到秋叶绚烂、层林尽染。

辛云茂应声："好。"

"我看看天气预报明天还有没有雨，有雨就行动再议。"楚稚水打开手机搜索。要是周末下雨的话，旅游计划估计要泡汤。

辛云茂笃定道："明天一定不下雨。"

"为什么？"楚稚水一愣，"但现在报的是有雨。"

"不为什么。"辛云茂傲气道，"听我的，我比它准。"

"……行吧，你确实比天气预报自信多了。"

他们从拍卖会走回酒店，没发现街角上还有别人。

刘厦从会场出来后愤懑不平，立刻询问起合作者暴露缘由。他在机缘巧合下，结识一个还未化人的山精野怪，两人便缔结了协议。

刘厦不悦道："你不是说别人看不破吗？"

古怪而沙哑的声音响起："人看不破，不代表其他妖怪看不破，我至今都还没有化人，但有的是同类混迹在人类社会。"

没化人的妖怪声音轻微，很难被其他人或妖听到，但他使手段跟刘厦缔结协议，双方这才能够建立沟通。

"现在怎么办？能不能再把那根参变回去？"刘厦道，"他们要我们出证据很麻烦，要是什么都拿不出来，到时候没准他们要告我。"

"等等，停下，向左转。"

"怎么了？"刘厦依言转头照做，看到一对撑伞男女。

他们撑着一把青墨色古伞，在细雨中显得极为雅致，正背对着刘厦往酒店走。古伞表面有深黑的火焰燎痕，不知道是不是故意设计的，好像跃动绽开的黑色花瓣。

"不用再考虑那些，只要拿到那把伞，我就能立马化人，到时候要什么有什么。"

未化人的妖怪被龙骨伞深深吸引，他心底升起一种强烈预感，这伞有不同寻常的力量，或许能让他脱胎换骨。

Zhu and Zhi

第二章

观察局大会

签名

楚稚水

酒店里，楚稚水和辛云茂由于阴雨没出门，他们在酒店餐厅简单用餐，稍微坐着聊一会儿，就回屋准备休整一番，迎接明天的旅游活动。

两人的房间挨着，辛云茂先抵达刷卡，他刚一推开屋门，立马就脸色微沉，随即转身走出来，皱眉道："有人进过我房间。"

这里脏了，他待不下去了。

楚稚水解释道："都会有阿姨打扫的。"

辛云茂没有应声，他跟着楚稚水先到她屋外溜一圈，确认她的房间没问题后，才面无表情地走回去，不知道在想些什么。

"你要做什么？"楚稚水被他转晕，"没事的话我要关门了。"

"你关门吧。"

楚稚水目送他回屋，这才将自己的房门关上。

酒店内的热水充足，经历完紧张的拍卖会，正好可以为疲惫的身体解乏。

房间内，楚稚水洗完澡换好睡衣，她站在镜子前擦拭湿头发，正要寻找酒店的吹风机，却突闻一阵有节奏的敲门声。

水汽氤氲，白雾缭绕，卫生间的门紧闭，让屋外的声音渐隐。她侧耳认真倾听一会儿，确认有人在外面敲门，这才不紧不慢地走出来，肩膀上还披着一条干毛巾垫头发。

楚稚水没直接开门，她先隔着门询问："请问哪位？"

"是我。"熟悉的低沉男声，是隔壁的辛云茂。

楚稚水打开房门，果然看见辛云茂，疑道："你要借什么东西？"

辛云茂没带行李，又不熟悉酒店，或许是少用品。辛云茂在走廊敲她的门，好半天没有得到回应，原本还担忧她出事，谁料她在沐浴更衣，开门时水汽扑面袭来。

楚稚水如今脸庞素净，带着热水蒸腾后的健康粉意，一头长发湿漉漉地披着，连眼眸都沾染清透水意，身后的浴室飘出雾气，明显就是刚洗完澡。

他看清她的模样一蒙，下意识地喉结微动，脱口而出道："我今晚待在你这边。"

楚稚水："？"

楚稚水被他荒诞的话气笑，她一把扯掉肩上的干毛巾，好像手中紧握一根长鞭，恨不得将他狠狠抽醒才好，佩服地反讽："朋友，你大晚上敲领导的门，然后说出这么一句话，真要重新定义'品行高洁'？"

虽然按双方约定，私下不算上下级，但他的举动同样离谱。她现在都已经不是震惊，完全是感到滑稽好笑，根本不懂他在搞什么幺蛾子。如果其他人说这话，她绝对立刻报警，说对方在耍流氓，但眼前的妖怪脑回路不同凡响。

辛云茂一愣，他转瞬反应过来，骤然就耳根发烫，忙道："不是，我现在没法回屋。"

"嗯嗯，你接着编，我听着呢。"楚稚水敷衍，"原因是屋里有只大熊猫？需要我帮你打动物园电话吗？"

她看他满脸窘迫，甚至帮他出主意。

辛云茂正要解释，他目光扫过她精致的锁骨，又赶紧非礼勿视侧开眼，别扭地盯着走廊角落看，闷声道："我把伞放在屋里，晚上会有人来偷。"

"伞？"楚稚水疑道，"龙骨伞吗？但你不是随时能收起来吗？"

他们今天还用过龙骨伞，她见识了他一秒拿一秒收的能力，简直像有异次元空间袋。

"收起来就不能做鱼饵。"辛云茂垂眸，解释道，"我对教训他们没兴趣。"

这就是他一贯的行事准则，他对旁人是好是坏无感，更没有闲心思主持正义，只是将他们身上的东西反弹。他没有裁决或惩罚谁的义务，都是对方在裁决和惩罚自己。

如果他们没盯上龙骨伞，那今晚会安然无事。

楚稚水若有所思，最后还是让出路，将他放了进来。

片刻后，辛云茂坐在屋里的长榻上看电视，他握着遥控板，随手切换频道，打发用龙骨伞钓鱼的时间，却完全没办法集中注意力，听觉总被一旁楚稚水窸窣的响动吸引。

暖黄的灯光，潮湿的空气，弥散开的浅淡香氛，化人真是让他的五感过于灵敏，完全没有纯粹做竹子时那般简单。他开始后悔进来，早知道应该出门转，没必要这时候找她。

辛云茂坐在茶几边的长榻上，楚稚水则坐在床头位置，双方正好为对角线，恨不得是最远距离。

她同样感到万分别扭，不经意扫过长榻上他宽阔挺拔的背影，总感觉这家伙在屋里存在感惊人，想要忽视都做不到。谁家大半夜房间里有异性，估计都会感觉不自然，但又不能让他出去淋雨。

辛云茂回酒店后还换了衣服，可能是待在室内的缘故，穿得比较单薄，浅色亚麻质地上衣，袖子微微挽起，露出修长的手臂，玉色皮肤下隐现青色血管，展现出男性的力量美。他专注地盯着电视，手指骨节分明，手中握着遥控板，偶尔还摁动两下。

两人都没说话。

安静的房间里暗流涌动，连节目声音都渐渐飘远，唯有电视光影在他们脸上不断变幻，或明或暗。

"你到底想看什么？"楚稚水望着疯狂跳切的电视，率先打破古怪的沉默，委婉地建议，"能不能稍微看一会儿？一直切换频道实在晕。"她怀疑他在玩过遥控板，从刚开始就在换频道，完全没有目的性，不在任何节目停留。

辛云茂思考片刻，他手指摁动两下，停在纪录片频道，恰好就是飞机上的植物纪录片，被他怒斥不堪入目那一部。

楚稚水："？"

楚稚水扭头望向他，不可思议道："你怎么会看这个？"

惊！槐江知名老古董妖竟公开看植物片！

辛云茂用余光瞄她，他眼神闪烁，幽幽道："你不就喜欢这个？"

这话仿佛在暗示她是变态。

"我、不、喜、欢。"楚稚水头皮发麻，咬牙道，"请你换台。"

电视节目继续切换，跳过很多无聊广告，最后停留在电影频道，是为数不多能看的内容。这是一部外国电影，各个镜头设计得漂亮，比其他频道节目有审美。

楚稚水和辛云茂这才有借口沉默，他们依靠电影转移注意力。

然而，正常的电影发展逐渐不正常，敞开心扉的男女相拥而吻，热情奔放的示爱方式，浪漫舒扬的轻旋律，从电视机里传出来。

辛云茂惊得松开遥控板，直接用手挡住脸，遮掩愣怔呆滞的神情，慌乱无措地避开视线。他胸腔内蹿出一簇火苗，被屋里的清浅芬芳催化，整个人都火烧火燎，转瞬就像烫熟的大虾，浑身上下暴露的皮肤都变成粉色。

楚稚水同样一怔，不料电影会这样，忙道："换台吧。"

辛云茂难以置信地回头瞪她，黑曜石般眼眸不安颤动，却又透出盈盈的光。好似是局促，好似是羞赧，好似是震惊，好似泄露说不出口的情愫。

"你看我做什么？"楚稚水被他的眼神一激，恼道，"电影是你选的！"

太怪了。今晚太怪了。

他看植物纪录片脸红，看人类电影也会脸红，是不是有点过于敏感？

楚稚水深吸一口气，想要摆脱奇怪的燥热感，决定用吹头发分散精力。她努力将长榻上的辛云茂当空气，打开吹风机梳理长发，呼呼的风声响起，将发梢湿气吹散。

热风一过，香味扩散，更令人心猿意马，让他迟迟无法降温。

辛云茂偷瞄她，他咽了下嗓子，主动开口道："要我帮你吗？"

总感觉再让她这么吹，他就彻底坐不住，真得逃出房间了。

"你帮我吹？"楚稚水停下手中动作，她斜睨他一眼，冷笑道，"还嫌现在不够尴尬吗？"

"……不是，可以直接弄干。"

辛云茂睫毛轻颤，他似怕她不高兴，小声地补充："我帮你吹也行。"

楚稚水思及他的各类法术，这才意识到自己理解有误："……"

她强作镇定："直接弄干，谢谢托尼老师。"

辛云茂打一个响指，潮湿的头发就变干。

楚稚水摸摸蓬松而干爽的秀发，感慨这些法术能搞不少副业，难怪他不需要行李，他就是家居一体机，什么都能做。

这一夜堪称漫长煎熬，两人都束手束脚，连一向善于找话题的楚稚水都不好开口。关键是气氛太古怪，一不留心就暧昧旖旎，那闭嘴不言是最安全的做法。

他们在无声久坐后，终于迎来事情结果。

辛云茂从长榻上站起，他长松一口气，抬腿往外走："抓到了。"再抓不到，他要抓狂，真要变成炭烤竹子，总感觉当初被龙焰烧都没如此焦灼。

"在你屋里吗？"楚稚水意外道，"那得叫酒店的人吧。"

外人擅闯房间，算是违法行为，没准对酒店也有影响。

"对，我先去看看。"

楚稚水将辛云茂送到门口，她眼看他要离去，突然道："对了，你刚刚尴尬吗？"

辛云茂不料她会这么问，他背对她身躯一僵，坦白道："尴尬。"

"尴尬就对了，记住这感觉。"楚稚水悠哉调侃，"神君一向冰清玉粹、坚贞守节，出门在外记得保护好自己，以后不要大晚上敲我门。"

辛云茂："……"

走廊里，刘厦偷偷摸摸来到门前，取出从酒店盗窃来的门卡，嘀的一声刷开房间的门。

屋内一片漆黑，仅有窗外微光洒进来，照亮长榻上的龙骨伞。纸伞有着流畅线条，伞柄犹如烧黑的骨节，白天沾染的雨水早已擦净，静静地被放置在那里。

隔壁偶有声响，似是电视节目。

刘厦轻轻将房门掩上，蹑手蹑脚地往里走。他经过一旁的床铺，发现枕头及被褥平整异常，柜子边也无任何生活杂物。这里就像一个无人入住的空房间，唯有茶几边的长榻落下一把龙骨伞，看上去突兀又诡异，尤其伞面还有焦痕。

刘厦站在长榻边，刚想要伸手握伞，指尖都快碰到伞，却犹豫地收回手。

未化人精怪发现刘厦的踌躇，他离成功只差一步，着急地催促："再不抓紧时间，他就要回来了，我们离开酒店也需要时间。"

"但我待会儿怎么出去？"刘厦忧虑道，"被抓住可不是小事，这里肯定有监控。"

"我都能伪造人参，还不能伪造别的？实话告诉你，只要我拿到伞，就能真正化人，取得自己的名字，天赋也会比现在更强，到时候你的造化也会不一样。"

"你确定能顺利脱逃？"

"当然，我跟你出来后，什么时候骗过你？"

"这倒也是。"

刘厦是在一座破旧古庙跟未化人精怪结缘。他跟精怪结缘后，不知为何身体愈发消瘦，连长相也尖嘴猴腮起来。

他曾跑到医院检查，但健康没什么问题，却还是时常精神涣散，偶尔力不从心。他有时候怀疑自己的力气被精怪抽走，可是医院检查报告正常，又打消了他这样的疑虑。

精怪说自己未化人能力不够，才会时不时影响到刘厦，只要他能够化人，一切就迎刃而解。既然如此，那只要拿到伞，或许身体问题也能解决。

刘厦凑近龙骨伞，突然发现深黑伞柄跟古庙的设计有相似特征。古庙内有斑驳的龙形雕刻，龙的爪牙锋利狰狞，用力时骨节突出，就好像伞柄一样。

他没过多思考这些相同点，一把握住龙骨伞的伞柄。下一秒，灼热的痛楚由右手遍布全身，紧接着便是耳畔的哀鸣声，还夹杂刺啦刺啦的燃烧异响。

"啊——"

一股青黑色的火焰从伞柄燃起，燎原般迅速蔓延到刘厦身上，却没有烧毁他的身体及衣物，反而将附着在他身上的精怪烧得灰飞烟灭！未化人精怪在惨叫后再无声响。

刘厦根本来不及询问，莫大的痛苦就将他击倒，让他哐当一声跪倒在地。他脸色发白，满头冷汗，只感觉胸腔内被疯狂搅拌，又好像跌入遍布荆棘的深渊，神魂都被撕得破碎不堪。耳边出现着无数声响——孩童的啼哭，救护车的鸣叫，亲属跪倒在坟前的哀号，更是快让他头脑炸裂。

身后的房门发出嘀的一声，跪地抽搐的刘厦却被疼痛击昏，根本无力回头查看。

"很痛苦吗？"辛云茂推门就看见跪地的人，他慢条斯理地将门带上，语气冷漠如寒风，"这是你以前带给其他人的痛苦，如今又回到你身上。

"既然是你曾给别人的痛苦，那你现在应该也能忍受？"

他根本没对刘厦和精怪做什么，龙骨伞早就将一切还回去。这把伞由龙骨和竹子制成，伞柄是龙骨，来自黑龙当年被砍断的手，伞面来自竹子，是竹叶和竹竿制成的薄纸。

龙骨伞可以说是当之无愧的神器，但从来没有妖怪敢觊觎，或者说惦记的妖怪都已经离世。

辛云茂从未对他们出手，龙骨伞自身就有奇效。凡是沾染不洁的妖怪触碰，都会被永不熄灭的火燃烧殆尽；凡是身怀贪念的人类触碰，都会被自身释放出的贪念加倍折磨。

辛云茂拿起长榻上的龙骨伞，他手一抬就将其轻松收起，淡淡道："居然还没化人，难怪不知道我。"

其他妖怪都知道龙骨伞的效果，基本不会往枪口上撞，这完全是自毁式行为。

辛云茂平时也会妥善收起伞，使用时小心注意不碰到别人，挡雨时都是他打伞而非楚稚水，在茶园时则是将龙骨伞丢到空中，不然黄黑白三妖组早就没了。

他偶尔感觉自己跟龙骨伞一样，只要安安静静待在一处就行，如果有人找他麻烦，就将那股恶意反弹。

因为他能够看到人和妖怪的诸多贪念，所以对很多事都无感，就像徘徊在世界外的观察者，眼看着妖怪和人类庸人自扰、作茧自缚。他们的痛苦都是自己加给自己的，跟他没任何关系，因此其他妖怪对他有什么看法，他也完全不在乎。他从来没有引导或拯救任何人的雄心壮志。

没过多久，酒店人员收到楚稚水的通知，匆匆地赶到辛云茂房间，果然看到偷闯屋内的刘厦。

"这位先生……"酒店保安想要拉离刘厦，又见对方满头是汗地跪地，一时间也不敢贸然碰他，厉声道，"麻烦你跟我们走一趟，私闯他人酒店房间是违法的！"

楚稚水穿着单薄睡衣，她从隔壁房门后探出头，建议道："找个医生过来，然后让警察处理。"

刘厦现在精神状态不佳，不知是不是受精怪影响，就好像在房内突然发病倒地一样。

"好的好的，我们已经报警了，打扰您休息不好意思！"

辛云茂握着她的门把，又见她一身睡衣，借势要将她屋门关上，凝眉道："你进去。"

楚稚水察觉门要被扣上，她赶忙微微推开一点："我看一下怎么处理，没准要配合警方的。"虽然擅闯房间是刘厦过错，但他们被无辜牵连，说不定要走些手续，竹子妖又不熟这些。

辛云茂没有用力关门，害怕直接将她推翻，但挺拔身躯将她视线牢牢挡住，他强硬地重复："你进去。"

"我进去你怎么办？"楚稚水诧异，"一会儿警方可能来问话。"

"那就问。"

"你又不会处理这些……"

"我会。"辛云茂颇为不服，他转瞬板起脸来，严肃道，"你进去。"

楚稚水见他又要置气，忙道："行行行，你会，你都会，我进去。"她心想警方到了会敲自己的门，就没有跟他继续纠缠，老老实实地将门关上。

辛云茂这才满意。

令人意外的是，辛云茂和警方晚上都没再敲她的门，也不知道他们究竟是如何处理刘厦的事。

次日，两人在酒店餐厅遇到彭老板，这才听闻事情的后续，这事在人参商圈早已传开。

刘厦被医生和警察带走，身体倒是没什么问题，就是精神状态很糟糕。他擅闯辛云茂房间是违法行为，警方在追踪他如何盗取酒店门卡时，又翻出不少假参生意的证据，连拍卖会的假"参王"也在内，全是以次充好、造假出售。

刘厦手机里就没有优质人参资料，都是从各渠道收劣等人参，再不知用什么手段加工骗人。

"听说以前好多找他买参的人都炸了，现在都要拿着东西找他来算账。"彭老板唏嘘，"做这行还是得讲良心，卖假人参被抓是要判刑的，估计他一时半会儿出不来。"

"幸好拍卖会当初临时换成你们的人参，不然这回真翻车，没准明年就没了！"

丹山拍卖会的"参王"要闹出丑闻，可能会直接砸掉丹山人参的招牌，对当地商贩也会产生恶劣影响。

好在如今一切安好，观察局收到拍卖"参王"的钱，丹山拍卖会也在着手起诉刘厦。

尘埃落定后，楚稚水和辛云茂在返程前抽空游览丹山景区。

秋高气爽，景区门口游客络绎不绝，但山上栈道却并不拥挤，很多人没力气攀爬至此。楚稚水和辛云茂怀揣"来都来了"的心态，一路顺着山道往上走，想要在山顶俯瞰风景。

她的体力还算可以，但远没有辛云茂气定神闲，尤其他每走过一段山路，还要侧头观察她一番，恨不得满脸写着"让我看看你走到哪里会累趴"，也不知道究竟在隐隐期待什么。

楚稚水被他的神情一刺激，居然一口气就爬到山顶，得以在栏杆边远望层林尽染。

"今天还真是好天气，万里无云。"楚稚水瞭望起远方，她欣赏蔚蓝天色，只觉身心舒畅，感慨道，"跟你说的一样。"

"哼。"辛云茂颇为自得，他一手插兜，站在她身边，陪她远眺苍茫林海。

冷色天空和暖色树海交相辉映，更衬出大自然的夺目美景。浅黄、金黄、正红、深红、淡褐、深褐、嫩绿、浓绿，无数颜色交织在一起。秋天为丹山披上斑斓艳丽的外衣，细细的河水贯穿山林，犹如森林的血管、自然的脉搏。

两人站在山间高处，每呼吸一口气，就像来到氧吧，说不出的神清气爽。

"听说丹山冬天也美，还能看到雾凇景象。"楚稚水冷不丁想起什么，问道，"不过你可以瞬移的话，岂不是能随时过来看？"

"有限制。"辛云茂坦白，"并不是哪里都能去。"

"限制？"

"对，我只能前往有竹子的地方，还有存在媒介信物的地方，大多数的情况下，这两者不会失效。"

他们第一次同行赔偿菜地，菜畦旁边就种植有竹子，所以辛云茂能突然现身。后来，楚稚水随身携带吊坠，他就能直接移动到她身旁。

辛云茂一指楚稚水佩戴的吊坠，补充道："当然，如果是遇到特殊情况，还有一种最保险的办法。"

楚稚水眨眼："是什么？"

"叫我的名字。"他直直地望着她，语调也变得柔和，"名字是天地赠予我们的唯一标识，只要你真想见我，我肯定就能听到，这是万无一失的方法。"

妖怪的名字具备力量，其他妖怪经常听自己的名字，时常会感到麻烦顾不过来。但有胆子叫辛云茂名字的人很少，如果是她呼唤，他一定会现身。

楚稚水微微一怔，突然被他温柔的语气触动，体会到他在化人那刻听到天地呼喊的震撼感，好似简单的"辛云茂"三字在此刻被赋予了不一样的意义：在漫长的等待中灵智初开，终于在这一声中拨云见月、脱胎换骨。

这应该是他们最珍贵的财富，就连金渝都时常强调名字很重要。

楚稚水好奇："那你以前能来丹山吗？"

辛云茂："来不了。"丹山景区内没有竹子，但他这回可以随手留些，等于开通新的传送点。

"不错，那就没白来，不枉费我们爬上来。"楚稚水轻笑，"下次还可以再来看雪。"

辛云茂垂眸，小声道："嗯。"

她很喜欢约定或承诺，而且从没有失信于人过。

不管是说请他吃饭，或者是带他兜风，抑或是乘坐飞机，但凡她说出口，总有一天实现。缓慢而安定，不声不响地达成目标，同时滋养沿途的万物，几乎贯穿她人生的主线。

他跟着她见过很多次，不管是那条鱼，抑或是陈珠慧，再或是她以前的同事和彭老板，观察局里的其他同事……基本都曾受过她特质的影响，甚至也包括他。

辛云茂其实不喜欢雪，冰雪会侵蚀竹叶表层，使其被迫凋零，更替出新叶片，否则竹子就要受难。但她一说下次看雪，他对过去曾厌烦的东西，竟也涌生出新期待，好像一切又不一样了。

他不知道这种变化是什么，但他感觉应该是在变好，经历无趣的寂寥时光后，他终于发自内心地愉快。

正值此时，栏杆边的一对小情侣犹豫上前，女生握着手机询问道："你好，能帮我们拍张照吗？"

"可以啊。"楚稚水笑着接过手机，"你们想在哪里拍？"

"站在这里就行，想要拍到后面的景。"

楚稚水依言照做，她给依偎在一起的情侣拍几张照，顺势将他们身后的美丽树海收入取景框。

　　"你看看呢？"楚稚水将手机还回去，"不行还可以再拍两张。"

　　"谢谢，挺好的。"女生低头检查照片，她看到一旁的辛云茂，主动提议道，"我也帮你们拍一张吧！"

　　楚稚水一愣："啊……"

　　"来都来了，拍两张吧。"女生劝道，"就留个纪念，我拍照还行！"

　　"……也行。"

　　楚稚水和辛云茂站在栏杆边，他们都没想到会有热情路人提出帮忙拍合照，一时间颇感别扭，僵硬地站在一起。

　　"稍微靠得近点，现在离太远了。"女生还挺认真地调度，她一连改变几个姿势，一会儿弯腰，一会儿蹲下，说道，"都放松点，笑一笑吧，搂着点也行。"

　　"不不不……"

　　楚稚水心说对方误会二人关系，她听到这话更是笑不出来。

　　最后，还是辛云茂稍微错后一步，他一只手搭着栏杆，没有触碰到楚稚水，仅仅放置在她身后，靠着借位完成合照。虽然两个人都没真正碰到彼此，但从画面上来看就像她靠他怀里。

　　"拍得不错。"女生检查一番，她满意地点头，看来平时是一位严谨的自拍及他拍大师。

　　楚稚水跟小情侣道谢，这才接过自己的手机。她看到照片同样发愣，没想到借位拍出这效果，总感觉事情越描越黑，简直说不清楚。

　　辛云茂同样凑过来，他发现照片上自己揽着她，不由睫毛轻颤，不知在想什么。

　　楚稚水见他看照片出神，问道："这是你第一次拍照吗？"

　　"对。"

　　楚稚水闻言叹息，突然也不再介意，笑道："那确实是值得纪念。"

　　反正也没其他人看到，拍成这样就拍成这样吧。

　　辛云茂沉默片刻，开口道："我想要这个。"

　　"照片吗？"楚稚水一想他不用手机，也没法立刻发送给他，提议道，"那我回去洗出来给你吧，你还想在其他地方拍照吗？我可以再帮你拍点。"

她不喜欢在景点拍照，差点忘记他第一次旅游，说不定会对拍照感兴趣。

辛云茂摇头："不用，有一张就够了。"

一天的丹山之旅很快结束。

楚稚水回酒店后，直接在楼下洗印出照片，还让人帮忙放在保护夹内。表面是透明的保护薄膜，背面是牢固的支撑底板，让照片看上去像一张拍立得。

她犹豫片刻，用笔在底板背后写下地点和日期，又思考要不要签下自己的名字。竹子妖的记忆力应该比金渝好，但再过几百年的事情谁知道？还是稍微提醒一下为好，最后就留下一个"水"字。

辛云茂拿到照片以后，他面上没什么表情，但显然相当满意，来回来去地看照片，一会儿看前面的合影，一会儿看后面的文字，最后修长的手指一翻，不知道将东西藏到哪里了。

返程时，两人还是乘坐飞机，带着拍卖人参的巨款，带着丹山旅行的欢欣，重新回到槐江市。

新的一周，槐江观察局内，楚稚水明显感到自己的生活由于丹山之行发生了变化。

野山参被选为"参王"让老白颇为骄傲，他现在都不以老白自居，恨不得要以"参王"自居，仿佛被拍出高价的人参是他一样。

同时，公司账户上多出一笔巨款，一百八十万元要扣税及佣金，留下的钱依然不少。楚稚水不知道财务处如何做账，但今年明显就不能再发绩效。局里一共有二十九口子，加上姜糖和滋养膏的持续收益，这笔钱还不少。

然而，钱放在账上也很浪费，攒到明年说不准有变数。参考银海观察局的做法，他们是将钱用来建设局里，算是最为稳妥的办法。

食堂内，楚稚水和金渝正在吃饭，忽见旁边凑来熟悉的身影。黑豆眼睛，肚大腰圆，正是吴常恭。

"楚科长，最近工作怎么样？辛不辛苦啊？"吴常恭端着餐盘坐下，他热络地寒暄起来，就好像跟她从无误会，一时间惊掉金渝的下巴。

"还好，吴科长辛苦吗？"楚稚水波澜不惊地回话，同样不明白吴常恭找自己的缘由。

"不辛苦，不辛苦，后勤科都是小打小闹，比不上楚科长辛苦啊！"吴常恭恭维完，他又故露难色，退让道，"以前跟楚科长有点小误会，都是忙工作着急嘛，那时候确实是我不对，一直想要道声歉来着，现在才找到机会。"

金渝听完此话更震惊，甚至都忘记夹菜吃饭。

"没事，我都记不清了。"楚稚水莞尔，"就记得当初在后勤科也挺开心。"

反正她没在后勤科受多大委屈，吴常恭后续委不委屈不归她管。

吴常恭闻言面露欣喜："那就好，那就好，我听说你刚去丹山做了笔大生意？"

"也不是我做生意，都是局里的工作。"

"那你想好这钱怎么用了吗？"吴常恭终于说起正事，委婉道，"其实我是从漆吴过来的，一直就不太适应这边，总感觉局里缺点什么……"

金渝疑道："缺什么？"

"缺沙滩和海啊！"吴常恭道，"咱们局里有山有水，就是没有沙滩大海。"

楚稚水深感荒谬："这个很重要吗？"

"当然重要，海蟹怎么能没沙滩？现在局里有钱了，我们完全能自己造一片，弥补上长久以来的遗憾！"

楚稚水一口回绝："不，吴科长，局里的遗憾多了，暂时还顾不上大海的事。"

她心叹吴常恭真是海蟹，脑子里灌的都是海水，谁家观察局会填沙造海？再说他何德何能，为什么要掏钱给他造海？难道他是昂贵帝王蟹？！

不过吴常恭的态度也透出信息，那就是局里妖怪们各有需求，从财务处得知消息后，都开始盘算起这笔经费。

牛仕说要改善食堂，苗沥说要给观察处盖楼，洪熙鸣婉言暗示局里缺活动中心，总之都各有各的主意。楚稚水最近不敢出经济开发科，时常绕着其他妖怪走，生怕又遭遇明示或暗示。

办公室内，楚稚水发愁于用经费建什么，索性随口询问道："金渝，你觉得局里缺什么？"给办公楼装电梯花销不大，剩下的钱还可以再办点事。

"如果是我的话，可能是宿舍吧。"金渝思索片刻，无奈地说道，"主要现在回家好远，而且冬天天气会很冷，我在路上受不了。"

"你现在怎么回家？"楚稚水诧异，"对了，你住在哪里？"

"我在附近的小村子里租一间房，下班后一般顺着河游回去，当然是用本体不会被人发现。"金渝歪头，"但过阵子又到冬天，河水冻住就不方便。"

金渝其实不喜欢变回本体，但想要快点回家又没办法。

楚稚水震惊："你一直以来是这样通勤的？！"她就说怎么没见过同事们开车或骑车，原来他们都是这样上下班的吗？

金渝软声道："是啊，其实春秋天还好，温度会比较合适，就是路上会很挤，要是碰到什么鱼群，一路上就容易撞来撞去，回家后都精疲力尽爬不起来……

"冬天的话不会那么挤，就是早起上班好冷啊，有时候都对世界怀疑和绝望，为什么我来局里要忍受这样的生活？"金渝挠挠头。

"别说了，别说了，就建宿舍吧！"楚稚水连连摇头，她当机立断拍板，哀叹道，"不要再讲述你们的地铁通勤了，妈妈心疼。"

金渝见对方满脸怜悯，赶紧补充道："除了冬天冷以外，平时也没那么糟，附近又没有公交车，这算是比较快的方法了。"

"这就不是人过的……"楚稚水改口，"不对，这就不是妖过的日子，你是彻底适应了才觉得没问题。"

既然有温水煮青蛙，那温水煮鱼也很正常。

槐江观察局附近公共交通不便，是楚稚水早就知道的事情，她为此被迫开车上下班，刚进局里还思考过养车问题。陈珠慧来实习的时候是骑自行车过来的，自建楼和局里有主路连接，一路骑过来算是锻炼身体。

金渝租的房子不在陈珠慧家那边，而且她还不会骑自行车，所以就只能游回去。

楚稚水扶额："等等，那局里其他职工都怎么通勤？我一直以为你们有瞬移能力。"

辛云茂的瞬移让她对妖怪产生误解，总感觉全天下的妖怪都该如此。

"你说的瞬移是观察处镇妖袍吧？"金渝解释道，"镇妖袍只在局里辖区范围内有效，而且观察处的同事才有，负责人事、财务工作的都没有。如果跑到局里辖区外，比如胡局出差去银海，还是需要买飞机票，因为超出槐江局范围了。"

四大观察局都有辖区范围，当然也存在远近问题。正因如此，丹山等辖区边缘城市的江湖势力较强，像玉京子等妖怪会喜欢待在那里，主要是观察局很少会涉足。

"我也不知道他们都怎么回去，牛哥好像是家离得比较近，他进局里比我早好多，还能搞副业赚到钱。"金渝思索，"有的似乎是天赋很方便，我的天赋是失忆泡泡，对回家没什么帮助。"

妖怪天赋跟本体有关，根据天性各有不同，只有不断吸收妖气，能力才能越发强大。老白就有挖坑遁地的能力，当初在茶园抛下小黄和小黑，顺利从辛云茂眼皮底下逃走。

辛云茂最初格外自傲，就是由于他的天赋多，可以吊打其他妖怪。金渝化人时间不够久，加上在局里资历浅，自然就生活得比较辛苦。

"这么说没准其他同事有相同情况。"楚稚水了然地点头，"行，我跟胡局说一声吧，这也不是立马能敲定的。"

楚稚水对局里建设有优先发言权，但只能上报提建议，不可能立马就决定，还需要征求职工意见。只要她报一个主意，就不用再被明示或暗示，皮球自然而然被踢给胡局。

她一直以来纠结此事，就是没想到合适提案，职工宿舍起码实用，不像沙滩大海离谱，不如就将这个报上去。

胡臣瑞得知此事后，他同样没马上拍板，说要找时间开一个全局大会商议。

办公室内，楚稚水从食堂用餐归来，进屋时就发现座位被占据。

辛云茂独自待在屋里，他坐在她的位置上，双手交叠，胳膊撑在座椅扶手上，有一搭没一搭地滑动转椅，见她进来还不动声色地扫她一眼。阳光从窗外照进来，被窗户栏杆分割，在他身上形成光和影。

"你要午睡吗？"楚稚水随口问道。她对他鸠占鹊巢习以为常，站在桌边拿新产品文件，准备暂时到他位置上待会儿。

辛云茂没有应声，他眼看她要走到后面，突然长腿一伸，挡住她的去路。

楚稚水："？"

她没有抬腿跨过去，又往旁边挪两步，打算绕开碍事的竹子。辛云茂却不罢休，他手臂稍一用力，转椅就跟着滑动，继续如倾倒的树干般拦住她。

楚稚水这回确信他是故意的，不禁挑眉道："你怎么像个小学生一样？"居然挡住路不让走，避开他还不依不饶。

"一会儿是旅游，一会儿是盖楼，你还挺忙的。"辛云茂终于开口，他一只手撑头，斜着眼打量起她，面上是冷眉冷眼，说话却古里古怪，意有所指地嘲道，"你怎么对谁都这么好？"

她刚带他去完丹山，回来就给那条鱼盖楼，还真是一点事情不耽误，全都安排得明明白白。

楚稚水：……这是又要开战了。

她见他犯病，心平气和道："谢谢，也没你夸得那么好。"

辛云茂难以置信："我是这个意思吗？"她居然还把这话当成夸她！

楚稚水轻咳两声，含蓄道："这种说话方式不是跟你学的嘛。"

鸡同鸭讲、牵强附会、胡乱发散，她明明就是深得辛云茂真传，说话稍微自信一点而已。

辛云茂察觉她想浑水摸鱼地翻篇，当即就不答应，开门见山地追问："为什么要给她盖楼？"

楚稚水面对他的怨念眼神，好脾气地解释："不是给她盖楼，只是给局里提建议，考虑到职工通勤难，可以筹备建造宿舍。"

她和金渝闲聊的时候他不在屋里面，也不知从哪儿知道的。再说全局大会都没开，八字没有一撇的事，怎么听着好像她为金渝大兴土木，宛若历史上烽火戏诸侯的昏君一样？

"一条鱼游回去有什么值得心疼的？"辛云茂蹙眉，他面露不屑，语气颇酸道，"鱼在水里游不是很正常？"

他就不理解鱼游泳有什么好奇怪的，那化人前哪条鱼都得游，当时也没讲究过四季水温。

"你这话说得。"楚稚水瞪他一眼，似不满他的口吻，反驳道，"那你待院子里也无所谓，竹子被雨淋不是很正常？宿舍又不是只给她住，你不照样有歇脚地方？"

辛云茂不料她这么说，自己居然被包括在内。他停顿数秒，愣怔道："我也住吗？"

"你别住了，你住院子。"楚稚水没好气道，"本来说要真有宿舍，我把我那间让给你。"

楚稚水以前没想过辛云茂的住宿问题，她是跟他出差过两回，才意识到他能待在屋里睡，不是非要幕天席地跑到外面。

他睡眠很浅，或者说不用睡觉，休息只是他打发时间的途径而已。光合作用是他的兴趣爱好，晒太阳让他感觉舒服，所以总是坐在院内的树下。白天和黑夜对他没有太多区别，现在的作息只是未化人做竹子时留下的习惯。

金渝是没条件改善生活，他是没有心思改善生活，由于不需要，因此不在乎。他对外界环境变化无动于衷，真跟一棵植物一样，永远待在生长的地方，甚至懒得动脚挪位置。

职工宿舍首先得安排局里职工，一般按职级来分配房间。辛云茂没有局里编制，楚稚水不确定他的情况，她想着要是不好安排的话，就将自己的宿舍让给他，反正她肯定要回家住，省得他惦记她家院子。经济开发科有两个住房困难户，那她上报建职工宿舍不是正常？哪知他还突然酸起来。

辛云茂一听她要让宿舍给自己，顿时就发不起脾气来了，他沉吟良久，这才低声询问道："……那你什么时候把宿舍钥匙给我？"

"没宿舍钥匙了，职工宿舍不建了，改成沙滩大海了。"楚稚水似笑非笑，她轻嗤一声，高声威胁道，"你喝过溪水肯定没喝过海水，让内陆竹子少点土气多沾洋气。"

反正他也不意环境，干脆就把他种海水里。海边有红树林，局里有竹林。

辛云茂听她说气话，他被声势所震慑，一边偷偷瞄她，一边抿抿嘴唇，连音量都渐弱："你好凶。"

楚稚水不客气地回道："你好嗲。"

辛云茂："？"

神君化人以后，听过无数妖怪对他的评价，但还是第一次被人公然说嗲！辛云茂瞪大眼，他一向相貌清俊，如今显露出愕然，好似完全不理解她的评价。

她见他满脸惊愕，反而变本加厉，故意硌硬他："嗲，真嗲。"居然还一副可怜兮兮的模样说她凶，他这不是嗲是什么？她都说不出这语气。

他差点坐不住，恼道："哪里嗲——"

"建宿舍就要酸,说你还嫌我凶,一天到晚娇气得很,我小时候都没你娇。"她嫌弃地发出怪调,"噫——"

楚稚水越看越觉得他每一根头发丝都矫,一会儿要林黛玉式尖酸,一会儿又叽叽歪歪置气,反正数他的毛病最多。她总感觉他最近说话都像撒娇,以前是傲娇,现在傲没了,就只剩下娇。

辛云茂双臂环胸,他瞳孔微颤,看着挺羞愤,憋闷道:"你可以侮辱我,但不能诬蔑我。"

他堂堂一根气宇轩昂的竹子,跟她说的形容词毫不沾边,自古文人墨客从未如此刻画过竹子,一定是她的用词能力有问题,才将跟他不贴切的词汇硬套过来。

"娇气,说两句还脸红。"楚稚水见他气得耳根通红,她翻了个白眼,继续道,"娇气,娇羞!"

神君急了急了急了。

辛云茂被说能力不如金渝时都没这么"破防",但一听见她嘲笑自己娇羞就坐不住。他猛地从椅子上站起来,开始在她面前晃荡,闷闷不乐地质疑:"你仔细看看,哪里娇羞了?"

他坐在椅子上时不显身高,站在她面前顿感身材挺拔,还不甘心地在她眼前转,让她一抬眼瞥见他微凸的喉结。

他们突然就靠得近,酥酥痒痒的吐息扫过,一股熟悉的草木味道顺着鼻尖蔓延开,莫名就让人头皮微麻,像有小小的电流蹿过。

"怎么不娇羞?"楚稚水下意识后退一步,她避开视线,还在作弄他,调侃道,"你可是根竹子,可以说是不盈一握,这还不够娇羞吗?"

反正她专挑他听不惯的词,硬生生往娇羞美人上靠,知道守正不阿的竹子接受不了。

"不、盈、一、握?"辛云茂一字一咬牙,他一把就拉过她的手,放在腰上想证明自己,"你握了吗就说不盈一握?!"

冰凉的指尖隔着衣料触碰到温热,甚至能感受到浅青衣物遮掩下流畅而结实的肌肉线条,仿佛有小小的火苗在此炸开,瞬间烫伤她微凉的指腹。

他往常看着身材高瘦,但化人的身躯一点不少力量感,只是总爱将自己包得严严实实,实际上腰侧紧绷而坚韧,有着至刚至柔的力道,只是此时莫名开始灼热。

楚稚水不料他被激成这样，居然还抓着她手让她摸，原来多看一眼都嗷嗷，看来这回是被气坏了。

辛云茂被她的指尖一冰，他倏地从愤怒中清醒过来，这才意识到自己做出了什么，喉结不安地上下滑动，一时间神色恍惚起来，随即恨不得浑身都蒸腾起热气！

她的感觉没有错，他就是灼热起来了，好像被开水烫熟一样。他肉眼可见地发红，刚刚是因为被恶作剧开玩笑，现在倒真有点娇羞的意味。

楚稚水却不敢再招惹他，她连忙心虚地收回手，安抚道："嗯嗯，握了握了，你不娇羞。"

辛云茂含羞带怒地乜她，更感她在内涵自己："……"

槐江观察局内，胡臣瑞很快就将消息传到各部门，通知局里所有职工参加全局大会，商议有关局里发展及建设的问题。

楚稚水入职以来，还是第一次参加全局大会，本以为要前往会议室，没想到跟着金渝来到了食堂。

辛云茂难得跟她们出来，他同样很少进局里食堂，原来都是楚稚水打饭给他，现在他若有所思地打量起食堂内景象。

"为什么要来食堂？"楚稚水好奇，"不是开会吗？"

"全局大会都是在食堂开。"金渝无奈道，"其他地方坐不下那么多人。"

听着真是过于艰苦，连大会议室都没有。

局里职工同时碰头很难，一般都是年底述职的时候，在食堂里凑合讲一会儿。

经济开发科找了一个空闲的位置坐下。楚稚水落座以后，才发现周围没有同事敢坐，其他职工都远远地绕开他们，这才似有所悟地瞥一眼身边的辛云茂。

看来他的境遇没有大变化，只是槐江局同事不散发敌意，跟他保持泾渭分明。知道他背景的同事由于身份忽视他，不知道他背景的由于妖气畏惧他，总之都不靠近他。

小虫和小下以前都是中午来办公室，那时候恰好辛云茂不待在屋里。最近，他习惯在房间里午休，那金渝就会偷偷溜出去休息，跑到隔壁屋跟牛哥聊一会儿。

楚稚水暂时也没法打破这僵局，她今天提议他跟过来，是考虑动工影响院子，或许会干扰到他用来晒太阳的区域。如果他在这里坐着听规划，那有什么意见也可以提一提。

没过多久，局里职工聚集一堂，其中有不少陌生面孔，楚稚水平时没见过。胡臣瑞站在食堂最前方，终于在众人环绕中露面。

"今天将大家聚集在这里，主要是商量局里未来建设。"胡臣瑞和煦道，"今年局里的效益不错，想必大家最近拿到工资，也有非常直观的感受。我们在征集一些群众意见后，考虑要不要筹建职工宿舍，为值班和住房难的同事提供便利。还有一些其他方案，我们也统计过了，可以供大家参考。"

胡臣瑞向一边招招手，牛仕就推着一块白板出来，平时是用来写一周菜谱的，现在变成各种各样的选项，例如职工宿舍、食堂改善、活动中心等，都是局里职工建议给胡局的。

胡臣瑞不紧不慢道："当然，大家要是有更好的建议，待会儿也可以在会上提出，我们最后投票表决，少数服从多数。"

苗沥坐在靠近胡臣瑞的位置，他瞥见不远处的辛云茂，伸手一指道："他也算一票吗？"

胡臣瑞上台后没有管辛云茂，谁料苗沥一开口就是爆雷，干净利落地戳破对方的存在。

空气瞬间凝滞。众妖心生畏惧、面面相觑，好似不知道该怎么办，用各类目光窥探辛云茂。

辛云茂面无表情，他一向不爱搭理旁人，第一次参加全局大会，被众妖关注也无所谓。

楚稚水心里一咯噔，误以为又要跟银海局一样，出现剑拔弩张的场面。

苗沥眨眨眼，他伸出两根手指，懒洋洋道："他算一票，我这个正式编制的，应该算两票。"

楚稚水闻言一愣，不料苗沥居然说给辛云茂一票。

胡臣瑞微松一口气，他方才想着如何解围，谁料苗沥搞高危操作，来一出大起大落，于是他叹息道："苗沥，你总这么说话，我很难保你啊。"

居然敢说他，万一被打死怎么办？

底下妖都倒吸一口凉气，好像震惊于苗沥的吓人言论，唯恐坏猫将辛云茂惹恼，到时候局里直接被砸烂。

辛云茂听闻此话，他像在办公室里跟苗沥互掐一样，冷嗤道："按你我的实力来看，不应该是我两票吗？"

"凭什么？"苗沥瞄一眼楚稚水，散漫道，"就凭你傍领导吗？"

这话一出，众妖的脸上不再是惊恐，取而代之的是八卦的惊讶，纷纷将视线转向楚稚水，直刺得她如芒在背、如坐针毡，她下意识就将头低下去。

辛云茂恼羞成怒，他差点拍案而起，看上去想握伞打猫，驳斥道："光天化日，不知廉耻！"

苗沥不屑地挑眉："戳穿你了喵。"

"苗处，您总这么说话，我很难保您啊。"楚稚水心底掀起惊涛骇浪，她面上还是温柔婉约，笑眯眯道，"珠慧最近还跟我说起直播的事。"

"……"苗沥一听此话，当即就老实闭嘴，他不愿意直播。

胡臣瑞赶忙出面，笑着打圆场道："行啦，都是一票，没有两票，现在大家可以写选票！"

这就委婉暗示辛云茂也算在局里的，同样具备商讨槐江局事务的权利，借此话在大家面前点明态度。

片刻后，一张选票发到辛云茂手边，他默默地偷看一眼楚稚水的选票，然后照着她的内容填了一个。

楚稚水闷声道："不要看我，你自己写。"

他疑道："为什么？"

她咬牙："……因为他们都在看我们。"

她现在稍一抬眼，就能瞥见对面的洪熙鸣正在饶有兴致地观察他们。其他同事同样在偷看，他们如今对辛云茂不再是胆怯排斥，反而是一种八卦吃瓜的新奇态度，就好像在等什么热闹看一样。

她真是谢谢苗处，他凭实力打破竹子妖过去的高冷骇人，直接用更劲爆的绯闻转移大家注意力！

辛云茂以前在局里，大家都是又畏又惧，没准还掺杂一丝警惕。封神斩龙的履历，烧尽邪祟的纸伞，不近人情的态度，任谁都不会想要接近他。

但新鲜出炉的局里八卦打破这一切！

他们现在脸上都是"这俩到底有没有一腿"的好奇心！

没过多久，全局大会统计出票数，职工宿舍最后高票当选。

"好的，既然决定建造职工宿舍，那接下来讨论一下规模。"胡臣瑞询问，"老牛，现在材料费用涨了吗？目前预算够建什么样的？"

牛仕答道："材料这两年有涨，但这笔钱肯定够，前提是苗处还留着当初那一批妖。"

"啊？"苗沥一蒙，歪头道，"都是上回建楼时候的事，我早就找不到那一批了，不知道烧到哪个炉子里。"

"那你就再找一批，多找点植物类，植物做事比动物细。"胡臣瑞慢条斯理道，"上次的猴子毛毛躁躁，总感觉没把墙壁抹好。"

洪熙鸣点头赞同："确实，现在有些地方渗水，还会有墙皮掉下来。"

"我感觉冬天供暖也不足，这回能不能稍微修好点？"

局里同事们都开始七嘴八舌讨论，明显对职工宿舍怀揣新期许。

"他们在说什么？"楚稚水坐在会场，她逐渐变得茫然，"什么炉子？什么猴子？"

金渝进局里较晚，此时也似懂非懂，迷惘地听着这一切。

"你该不会以为这楼是人类建的？"辛云茂淡声道，"当然是那只猫从炉子里掏出妖怪建。"

槐江观察局不适合来过多普通人，加上现在人工费不便宜，局里建设自然能省则省。

楚稚水："？"

难怪辛云茂当初建议她留下黄白黑三妖组，看来局里早就做过类似的事，他是亲眼见过才会出这主意。

辛云茂好似回忆起什么，他目光飘远，小声道："我就记得当初有一觉睡得长，醒来后他们就把办公楼建起来了，也不知道是什么时候搞出来的。"

他在漫长光阴里过度无聊，有一天稍微睡得久一点，谁知道一觉醒来全变样。

银海观察局位于市中心，不方便让妖怪出来劳改，都是老老实实雇人建设。槐江观察局位于郊区，附近荒僻得没有公交，做事自然就随意一些。

食堂内，妖怪们还在叽叽喳喳地讨论：一会儿是小虫小下说要独立卫浴，一会儿是吴常恭想在卫浴里安装海水系统，一会儿是洪熙鸣说多加人手早日完工，一会儿是苗沥说找不来那么多会装修的劳改妖，一时间吵吵嚷嚷个没完。

胡臣瑞主持秩序："大家的想法是很好，但我们经费有限，还是先想重要的。"

"那就住得舒服一点吧。"洪熙鸣道，"起码冬天不难受，建得好一点，不用再返工。"

牛仕统计完各项，他开始核算成本："装修要好的话，那钱会超一点。"

楚稚水思索片刻，说道："公司账户应该还有些钱？除了丹山的收入外，最近网店也在盈利。"

网店现在走上正轨，风味姜糖和头皮滋养膏的销量维持得不错，基本上每月都能有新进账，这笔收入还没被当作绩效发出。

吴常恭："贺处，账上还有多少钱？"

"啊——什么咸？"贺寿贵满脸迷糊，他眼神呆滞，答非所问道，"海水咸啊，那就不要装卫浴了。"

楚稚水眼看贺寿贵装疯卖傻，心说卫浴钱可不能省，小声地呼唤："贺处，贺处。"

贺寿贵一向动作迟钝，现在却一溜烟奔过来。他凑到楚稚水身边，开始跟她窃窃私语："楚科长，不是说好那笔钱留着发精神文明奖吗？以我的经验看，这口子不能开啊，不然就越要越多，花钱如流水没个完。"

贺寿贵管理财务处多年，他已经摸透花钱这档子事，职工们嘴上答应会节省开销，扭头就如苗处般破坏公物，绝对不能显得过于好说话。

"但好歹是住的地方，怎么都要收拾一下。"楚稚水叹息，"而且不是还有几个月？没准年终前能再有些进账，钱总捏在手里也不对。"

贺寿贵原本挺纠结，但一听她说有进账，心里就安定不少，也不再排斥掏钱。毕竟是职工宿舍，贺寿贵同样能住，谁都希望自己的住处好一点。

最终，众人在讨论过后敲定方案：双层小楼，没有电梯，每间宿舍是开间加卫浴，争取做到局里职工一人一间。装修以舒适优质为主，当然经费就要加一些。

牛仕核对道："可能会多一两间，要是有人来出差，还能稍微住一下。"

事情敲定后，胡臣瑞愉快道："那就这么决定了，等材料到位就动工，同时希望大家给咱们局里新成立的经济开发科一些掌声，是他们让职工宿舍被纳入局里的建设。"

胡局都张口，加上新家近在眼前，众妖都相当配合。屋内掌声雷动，气氛极度热烈，唯有经济开发科拍手比较敷衍。

金渝呆呆地拍掌："这么大一笔钱就花掉了？"

这简直没有真实感，金渝感觉自己一辈子都挣不到那么多钱，一场全局大会却直接将巨款清空。

辛云茂没有鼓掌，他望向楚稚水，疑道："你已经想到怎么再赚钱？"

楚稚水刚刚为让贺处松口，说年底前没准还有进账。

楚稚水坦白："其实没想到。"

辛云茂一怔："那你……"

"但我跟神君一样自信，我就莫名觉得能发财。"

辛云茂："？"

实际上，楚稚水同样心痛于巨款消失，可有时候事情就是这样，赚钱越多越不经花，贫穷时总抠抠搜搜，潦草度日也过得去，稍有钱就头脑发昏，反而容易冲动消费。最初还说就用卖参钱，越讨论就越想要好的，一下子还搭进去一笔钱。但职工宿舍方案都落定，她也不好反悔，再说确实值得。

一切向前看，没钱接着赚，谁家日子都是这么过的。

全局大会结束，各个部门从食堂出来，正式开始上午的工作。

经济开发科内，楚稚水坐在电脑前浏览网店数据，琢磨要不要尽快推出人参泡脚粉，争取在年底前能赚一笔是一笔。

当然，如果姜糖和滋养膏的销量大幅提升，就不用那么着急地上架新产品，一直以来的难题不是产量而是销量。这就像农民种地赚不到钱，解决方法不是种更多的地，而是思考整个蔬菜及粮食市场。

金渝出谋划策道："那就增加直播时间？努力提升销量？"

"直播只是维持曝光的手段，还想引流就必须有其他渠道，现在网上瞬息万变，一眨眼热点就过去了。"楚稚水知道苗处的出圈小视频影响力有限，而且将爱猫人士全转换成网店顾客，这也不是一件容易的事。

辛云茂坐在后面，他冷不丁出声："实在不行，你可以向我许愿。"

如果是许愿赚钱，那并没有多么难。

"谢谢，不许。"楚稚水道，"Thank you, next.（谢谢你，没必要。）"

"哼。"

临近午休时间，楚稚水接到王怡文的电话，她赶忙跟金渝打一声招呼，让对方去食堂吃饭不用等自己，匆匆走到办公室外面去跟好友通话。

电话里，王怡文的声音透着欢悦："最近怎么样？我刚入职了，感觉还不错，比龙知靠谱。"

"就那样吧，刚花笔钱，现在穷了。"楚稚水道，"快偷你男人钱养我。"

王怡文打趣："你可拉倒吧，他养我都困难，你还是指望我养你吧。"

楚稚水得寸进尺："那你能顺便养我们局里吗？"

王怡文："？"

楚稚水和王怡文插科打诨完，又聊起新透视频里的情况。

王怡文被高薪挖来，如今在新透算高管，手里握有一定的股份。她原本在龙知负责的就是商业营利，帮助公司将流量转化成钱，虚假繁荣的数据是无法赚钱的，只有通过广告、商业合作等其他手段才能变现。

"齐畅他们是铁了心跟龙知打擂台，你不知道我们方案都直接对标龙知做，啧啧。"王怡文道，"现在刚起步烧钱特别凶，比龙知财大气粗得多，我要还在龙知就完了，竞争对手给的优惠力度太大，你想什么法子都比不过人家砸钱。"

楚稚水安慰："但你不是被挖过来了吗？多好，卧底多年，一朝雪耻。"

新透视频刚刚问世，必须打响知名度，不但疯狂散布广告吸引用户，还会在各类商业渠道上给合作者让利，希望借此迅速地建立成熟体系，跟龙知视频竞争原有市场。

齐畅等人跟普通创业者还不同，他们是带着钱和成熟团队，直接将龙知的模式搬过来，然后再增加一些新想法，节省很多试错的精力和时间。他们拥有稳定资金和广泛人脉，只要能看准商机，紧追最新的变化，就能立于不败之地。

楚稚水认为自己创业成功很幸运，就是由于市场上一直有这样的人，初出茅庐的新手很难跟这些老手掰手腕。即便龙知视频发展起来，现在依然面临这种竞争。

"这叫什么卧底多年？我在龙知干活也不是为给他们做卧底，这俩都是我赚钱的工具罢了。"王怡文悠然道，"我给你当卧底还差不多，你是不是跟槐江扶贫部门很熟？我听说上次还帮忙给我朋友牵线什么的。"

"还算比较熟。"楚稚水老实道，"连人家的农业扶贫奖都是我去领的。"

秦主任当初盛情邀请她前往银海领奖，她这才有机会公费出差跟王怡文见一面。

"那就更好啦，我刚才开会听说了，现在跟这些部门合作对各家公司也有扶持。"王怡文道，"你把当地的商家一攒发给我，然后我再把你们放到高曝光版块，蹭上这一波烧钱广告大潮。反正新透还处于起步期，这时候不会硬逼着盈利。"

齐畅等人现在的主要目标是打响新透视频，没有进入绞尽脑汁圈钱的阶段，对用户和商家都会比较友善。新透视频跟各个商家都有合作，但王怡文跟楚稚水熟悉，肯定优先推朋友这边的。

楚稚水一愣，说道："我这算跟新透高管有不可告人的交易吗？你们齐总知道不管的？"

王怡文理直气壮："你们那边好歹是扶贫产品，齐畅他们同样不亏的！"

"好，你等我下午跟秦主任打个电话，我俩一起弄完就把东西给你。"

"最好快一点，再过段时间新透有重要活动，类似于购物促销节日那种，流量会特别大，要提前预热的。"

楚稚水了解地应声，她又跟王怡文商榷一番，这才挂断电话回到屋里。

办公室里静悄悄的，正好是午休时间，金渝和辛云茂不见踪影。

楚稚水回到自己座位，她拿起手机一看才发现聊了好久，先是跟王怡文交流近况，接着又说起两人的工作，现在没准错过饭点，食堂里都没有菜了。她不由陷入思索，要不要在办公室吃点零食，索性今天中午就凑合一顿。

正值此时，辛云茂从外面归来，他一只手推门，一只手放身后，见她还坐在屋里，凝眉道："你怎么不去吃饭？"

楚稚水拉开抽屉，翻找起小零食，解释道："跟朋友一聊天就忘了。"

"又是上回的朋友？"辛云茂停顿片刻，他眸光微闪，问道，"在银海晚上去见的？"

楚稚水诧异："你怎么知道？"

因为她接到电话时快乐得明显，连跑出去通话的步伐都是放松的，会让她如此放肆的人没几个。辛云茂没有正面回答，他走到楚稚水桌子边，将手中的饭盒提上来，轻声道："吃吧。"

两荤两素被装在饭盒内，还有一盒米饭和一小桶汤，热乎乎的饭菜将塑料袋内氤氲起白雾，隔着盒子都能闻到熟悉的大锅菜香。自从食堂的餐标恢复正常，牛仕每周安排的菜谱就没有让人失望过。

楚稚水解开塑料袋，她将饭盒从中取出，掀开盖子就闻到辣子鸡的诱人辛香，一瞬间惊醒饥肠辘辘的身体。剩下的盒子里还有青菜，荤素搭配，美味健康。

"谢谢，你从食堂打来的吗？"楚稚水看到熟悉的饭盒，惊道，"你居然会打饭？"她以前给辛云茂带过饭，但他是第一次给她带饭。

辛云茂总感觉她话里像在暗示自己是傻子，他双臂环胸，不悦地撇嘴："这有什么难的？"她似乎总认为他没自理能力，他只是不熟悉现代设备，又不是没见过人类生活。

"但你以前从来没在食堂出现过。"楚稚水如今知道他不吃饭，所以不去职工食堂很正常。

辛云茂："今天上午才去过，现在已经熟悉了。"

局里上午在食堂召开全局大会，辛云茂进去转一圈，已经摸清内部构造，没有什么稀奇地方。

楚稚水看到他打回的饭菜，不知为何有种母亲般的欣慰，产生孩子不再孤僻愿意接触其他妖的感动。她一边愉快地用餐，一边随意地跟他攀谈："你找牛哥打来的吗？"

牛仕和辛云茂原来都在后勤科，二妖勉强还算是脸熟，她平时也找牛哥打饭。

辛云茂摇头，平静地答道："不，是那只鸟打的。"

"那只鸟？"楚稚水在脑海中茫然搜寻一圈，她不知道他在说谁，推测道，"难道是洪姐吗？"

她不知道局里的鸟类妖怪是谁，如果光从名字来推断，似乎只有洪熙鸣符合。

辛云茂点头："她还问我是不是给你打的。"

洪熙鸣好歹是人事处处长，她知道辛云茂的真实身份，自然清楚他不需要吃饭。楚稚水面色微僵："你怎么回答的？"

"当然是实话实说。"

楚稚水思及大家开会时的吃瓜脸，她深吸一口气，抱着侥幸心理，试探道："当时附近没别人吧？"

应该不会有局里职工知道这事吧？

"没别人。"辛云茂补充道，"但有很多妖，全都围着看。"

"？"

辛云茂一进食堂就被关注，但他旁若无人地过去打餐，并不在乎大家的目光。只是他们这回好似不是恐惧及警惕，反而涌生出一种兴奋感，不知道究竟在激动什么。

辛云茂对恶意的分辨能力很强，可他品不出大家的这种情绪，说是善意也不全对，反正就是非常微妙。

没人能说清八卦的乐趣在哪儿，但只要八卦一出现，围观群众就很亢奋，比当事人还要沉醉其中。洪熙鸣看到辛云茂露面，热情地主动握起勺，说什么都要帮他舀饭。她听到是给楚稚水的，更加振奋地猛装几大盒，一副生怕经济开发科科长饿到的殷勤模样。

楚稚水听完来龙去脉，她已经想到大家吃瓜看戏的灼灼目光，不禁头疼地扶额："我一段时间里可能都不会想去食堂了。"

如果她明天去食堂吃饭，说不定也要面对这些目光，没准还有人问她辛云茂为什么不来吃饭之类的，稍微一想就头皮发麻、坐立难安。

辛云茂沉默片刻，他好像在思考什么，期盼地眨眨眼："既然你都许愿了，那我以后天天帮你带饭？"

"什么许愿？我没许愿。"楚稚水羞恼，"你是还嫌事情不够乱吗？"

谣言都已经产生，他居然还天天带饭，真要越描越黑不成？！托苗处的福，她在观察局里已经名声受损了。

黑猫警长通过高超的造谣手段，闪烁其词的留白叙事，孤身一猫击碎辛云茂的高冷人设，在全局大会爆出惊天大瓜，让竹子妖当场形象崩塌。这顶尖的追踪手法，微妙的爆料文案，精准的放"瓜"时机，无一不堪称完美。

人类狗仔跟拍艺人算什么？那都是过家家而已。妖怪猫仔才是最强的，完全不畏惧龙骨伞，永远战斗在妖界瓜田第一线！

辛云茂似乎不知自己的打饭行为引发的连锁效应，他见楚稚水反应颇大，看上去还相当不解。

好在经济开发科接下来业务忙，楚稚水跟局里其他同事接触不多。大家记性都不好，只要等流言消退，应该就没什么大事。

楚稚水思及此，她的情绪平复下来，郑重道："我们最近还是不要同时在局里露面了。"如果再上演一次全局大会的场面，那吃瓜群众估计真要不消停了。

"为什么？"辛云茂作为清正的竹子满脸光风霁月，茫然地发问，"我们有什么需要偷偷摸摸的吗？"

楚稚水见他态度坦荡，竟被问得无语凝噎，一时不知他是真心发问，还是在故意试探什么。他们现在被同事误解，他却表现得如此豁达，确实给她整不会了。

如果他是一个男人，她会怀疑他段位很高，顶尖的暧昧拉扯，来一出高阶套路，一句话就将双方关系定住。她说需要偷偷摸摸不对，她说不需要偷偷摸摸也不对，总不能放任事态发展吧？但他就是一根竹子，思维应该没那么复杂？

这就像两个人打牌一样，楚稚水按正常路数出牌，然而辛云茂直接一对王炸。她被他的操作惊呆，不懂他是新手不会玩瞎打，还是胸有成竹觉得就该这么出，反正她现在不知道该怎么打牌了。这牌全被他打乱了。

"你说得对，清者自清。"楚稚水深吸一口气，她努力把心态放轻松，自我开解道，"都在一个办公室，关系好一点正常，对吧？"

"嗯，我们是很亲。"辛云茂愉快地颔首，"毕竟你是我的信徒，我们关系亲密正常。"

楚稚水深感荒谬："你是不是前后鼻音不分？"她说的是清者自清的"清"，他理解为关系亲密的"亲"，这是什么关键词抓取方式？！

"别人是离离原上草，你就是离离原上谱。"楚稚水怀疑辣子鸡太呛，搞得她浑身都是热意，赶忙夹一筷子青菜解辣，"我就不该跟你讨论这个。"

没准他都搞不懂其他妖怪在瞧什么热闹，更别提什么高级推拉套路，她实在高看他了。她索性专心吃饭，将此事抛到脑后。

辛云茂倚着一旁的办公桌，静静地旁观楚稚水用餐。

她神色格外专注，不紧不慢地咀嚼，似乎是菜肴微辣，唇瓣沾染一抹鲜红艳色，更衬得整个人明亮起来。她吃东西的模样像小动物，相当认真的状态，似品尝珍馐美味，连不用进食的他都被吸引，变得好奇起来。每回都是这样，他不感兴趣的事，只要她一做，他就变得感兴趣，想要跟着试一试。

楚稚水抬眼，见他盯自己："怎么？"

辛云茂沉默寡言时总是面无表情，神君的身份使他矜贵，强大的实力使他锋利，以至于他冷脸时压迫感十足，总是能够将金渝吓得战战兢兢。但她却总觉得他没什么威慑力，他在丹山合照时没露出笑意，可湛明的目光如月，不笑依旧显得柔和。

他不动声色地注视她，她却从不会感觉怕，经常莫名认为他呆——稍微失礼一点，好像条大狗狗，在旁边观察她。她要是伸手，他就会握手。

辛云茂询问："这是什么菜？"

"辣子鸡、鱼香肉丝、蒜蓉小白菜、小葱拌豆腐。"楚稚水一瞄小汤桶，她已经感到微饱，依次介绍道，"山药排骨汤。"

她在心底感慨洪姐打饭实在，总感觉饭菜都被压实，一个人根本就吃不完。

辛云茂沉吟数秒，从袋子中抽出另一双一次性筷子，拆开后随手夹起一块小葱拌豆腐，慢条斯理地品尝。他想知道究竟好不好吃，为什么她会吃得那么香。

"你什么毛病？"楚稚水望见此举，震撼道，"不能由于没编制，就总是吃剩饭吧？你可以再打一份的。"

辛云茂嘀咕："你又吃不完。"

"……所以你就响应光盘行动吗？"

如果说她初次见他这么做，内心是羞愤崩溃，那她如今再瞧见他这么做，竟然会感到麻木。人的底线就是这样被一步步击溃，他现在做什么，她都不会奇怪。

好在他就是四道菜各尝一筷子，估计是好奇今日菜色的味道，尝试过后就帮她将餐盒收拾干净。

Zhu and Zhi

第三章

听雪敲竹林

签名

楚稚水

下午，楚稚水跟秦主任通电话，沟通一番新透促销节的事。双方拟出一张单子，再将槐江当地愿意参加活动的商家带上，整理出来后就发给王怡文那边。

新透促销节当天会上线大量优质视频内容，新用户开通会员有折扣，同时放出一大批优惠商品，帮助用户尽快适应边看边买的模式。活动会有前期预热，不光是宣传新透视频，还会给合作的商家不少曝光。

新透还会顺手帮深度合作商家推广告，王怡文就提议让楚稚水找点推广，比如头部博主之类的，蹭上这波流量效果应该很好。

"我们单位性质不好找推广啊。"楚稚水为难道，"推广肯定要给对方付钱，到时候传出去影响不好，我们直播都不让局里人出面的。"

陈珠慧从未在直播间出镜，目前只有局里猫有过镜头。

观局公司可以经营卖货，但在某些方面绝对不能张扬，比如自己花重金营销之类的。新透视频为扶贫政策推他们，跟他们自己掏钱推自己，那概念还是不一样的。

"但不让新透推多浪费啊。"王怡文提议，"我上网看你们产品评价不错，你有没有见过那种靠谱的'自来水①'测评，一些博主使用你们产品的评价之类，我们把这些人推上去也行。

"不过说实话还是推自己人好，这种曝光也会给对方吸引粉丝，推给陌生人是做善事，你周围没有人当博主吗？"

楚稚水无奈："咱俩资源差不多，不就是那些人嘛，我知道的你都能找到。"两人原来在龙知视频是同团队，各类人脉早就互相渗透，说实话翻不出新花样来。

"那倒是。"王怡文嘟囔，"但我不想找他们，他们跟龙知太熟，这个

---

① 出于喜爱和欣赏自发推荐产品的人。

时机不合适。"

新透视频发展起来后，王怡文可以联络旧人脉，可目前局势还不稳定，传回老公司会打草惊蛇。

楚稚水："我再看看吧，但估计没有。"

"行，你先看，你要找不到新人，我就去找那些人，便宜他们了。"

两人这才挂断电话。

楚稚水心说，她怎么能找得到新人？天天都在跟妖打交道，哪里来的人？

王怡文提到"自来水"测评，楚稚水就在各平台搜索起来，浏览有没有博主点评过观局产品。现在软件的大数据惊人，风味姜糖关联"傅承卓同款"，导致她刷出不少男艺人的内容，接着又刷出一张熟悉的娇艳脸庞。

这是一个美妆博主，名字叫"杜香香的百宝箱"，可能是改自"杜十娘怒沉百宝箱"。她的粉丝数量还挺惊人，粉丝名就叫"百宝香"。

楚稚水看着这张脸眼熟，她随手点开一个直播录屏，好像是博主在给粉丝解释近况。

画面里，身着汉服的美女妆容惊艳，语气却颇沮丧，无精打采道："是的，我不追星了，太影响生活了，过去跟艺人相关的视频都清空，为这个关注我的姐妹们取关吧。

"我感觉还是专注自己最重要，现在回想那段时间，就好像失了智一样，总之大家不管做什么都不能失去自我，我反正是才醒悟。"

"完全赞同香香！我以前追星时也这样！"

"没关系，删掉就删掉吧，本来就是为香香才关注的！"

明艳美女不知回想起什么，忧郁道："啊，我现在好羡慕考编上岸，为什么我就考不进去呢？"

"香香不想做全职博主吗？明明美妆做得很好，怎么会突然想考编？"

楚稚水听完这一席话，她终于在美颜滤镜中认出杜若香，这不就是曾追着傅承卓跑的花妖？杜若香直播时好像在搞仿妆，跟她平时的容貌气质不一样，导致楚稚水辨认好长时间。

楚稚水随手给杜若香点关注，她忽然想到什么，抬头询问道："金渝，你们也会在人类社会工作吗？比如做些自媒体，或者搞点副业之类。"

"会吧。"金渝歪头，"其他的我不知道，反正牛哥就有副业，他不当科长好像就是懒得每年上报自己的股票和基金。"

楚稚水惊叹于牛仕的大智慧，肯定道："……那牛哥还真挺牛的。"

看来观察局对局里职工管理挺严格。现在一想，外面的妖怪赚钱更容易，起码有收弟子等手段，行动起来也更加自由。

既然她没有人脉，那就找找妖脉吧。

楚稚水想要联络杜若香，谁料对方不追星后自闭，最近都没有更新过，连商业合作渠道也不加人，私信更是八百年不回的感觉。她们当初没交换过联系方式，如今再想联系起来就不容易。

楚稚水继续请教："金渝，你们之间有没有快速联系的方法？就是人类社会没有的。"

"快速联系吗？"金渝若有所思，"局里要快速联系，那就是下通缉令。"

楚稚水果断否决："……这不行。"

"其他方法无外乎就是用天赋，有些妖怪的天赋能做到吧？但我不知道谁会这个。"

楚稚水一怔，她也不知道谁的天赋是这个，但她知道一位妖怪什么天赋都有。偏偏那位是最不可能同意此事的。

楚稚水转过身去，她望着背后的辛云茂，露出春风般的笑容，柔声道："神君，冒昧地打扰一下，可以帮我联系一位妖怪吗？"

辛云茂却对她的笑脸不为所动，他下颌线紧绷，斜睨她一眼，警惕道："你要找谁？"

楚稚水目光闪烁，含糊道："就是我们当初遇到过的，却没留联系方式，最近需要他们做点事情，比如杜……"

辛云茂好似抓住她把柄，恼怒道："我就知道！你还惦记她的香囊，你那时候就想将她带回来！"

他当初就感觉到不对，用妖火将桃花妖赶走了。

楚稚水吐槽："不是，你记忆力可真好，我才刚说一个姓氏，你就能知道是谁了？"

"记忆力好的是我吗？"他语气冷飕飕，"你居然还记得她的名字。"

她莫名心虚，忙道："实不相瞒，刚刚刷到视频才想起来。"

如果不是靠大数据，她真刷不到杜若香。

"不帮。"辛云茂不悦地侧头，他双臂环胸，态度颇强硬，"你可以找我许愿，但不能许愿找她，有什么事是我做不到的吗？"

楚稚水总不能让他去做头皮滋养膏测评，这太不符合神君少言寡语的形象。但这对于杜若香明显是熟练工种，做起来会得心应手，本身对她经营账号也有帮助。然而，楚稚水要是说出此话，竹子妖肯定闹起来，认为是说他不如花妖。

楚稚水见他大感受辱的别扭样，她轻轻叹息一声，决定为团结稳定，适当地动用语言艺术。

"这不是舍不得让你吃工作的苦嘛。"她面不改色心不跳，真挚地望向辛云茂，和煦道，"就说随手交给她做了，没必要还麻烦你一遭。"

辛云茂不料她会这么说，他面色一蒙，瞳孔颤了颤，郁闷骤然消散，倏地萌生报意，闷闷地应道："……哦。"

"那神君能帮我找一下她吗？"

"好。"

距离银海不远的某城市，房间内杂乱不堪，床上有个摊开的人影。

杜若香躺在床上，她手握游戏机，百无聊赖地狂点按键，继续自己的家里蹲生活。自从她追星失败以后，她既不想学习也不想工作，干什么都没滋没味的，连打游戏也没精神。

"杜香香的百宝箱"本来运营得不错，后来她忙于追星就疏于打理，最近更是没心情上线。她知道继续颓废不对，但就是没办法爬起来，甚至产生"不然就躺个一百年将日子混过去"的念头。

枯燥的生活一如既往，连游戏画面都索然无味，但生活就是需要对比，只有失去时才明白可贵。

杜若香躺在家里，她本来还懒散无神，直到她被突然点名！

"杜若香。"

空茫的声音辨别不出男女，抑或是天地本来就无性别，这缥缈的声音传来，吓得杜若香脸色发白。

众所周知，妖怪的名字具备力量，呼喊他们的名字能让其听到，但前提是对方有在认真倾听。这就跟打电话一样，可以将电话拨出去，然而要接通才能对话。许多妖怪有事情要忙，不可能天天听自己名字，所以现在还是习惯用手机。

但有一种情况是例外，就是直接遭遇点名，被点的妖怪肯定能听到。这种事常见于观察局知道名字后下通缉令，妖怪在局里坐牢的第一步，就是被没收自己的姓名。

因此，杜若香被点名惊慌不已：难道是观察局秋后算账，但这反射弧也太长了？还是她在家萎靡太久，干脆就点她名字以儆效尤？！

"杜若香。"

杜若香又被点一次，她惊得丢掉游戏机，彻底躺不住了。

然而，远方声音忽然产生变化，好像对话里又挤进来一人。

"我这样说话，她就能听到？可没有回应。"

"她听到了，但不回答。"

"您好，听得到吗？我是槐江局的楚稚水，上回在局里见过一面，最近得知您在经营自媒体，好像是跟美妆相关，有兴趣帮我们测评、提些宝贵建议吗？可以的话，能不能留一个地址，我寄一些产品给您？"

点名声明明空灵而无机质，但杜若香硬是从措辞中辨别出两人，说话短又无情的是妖怪神君，说话长又礼貌的是送过自己的人类小姐姐。她颤声道："局、局里还有这种业务吗？"

"对，我以为你上回跟金渝闲聊，有听说过我们的工作。"

"好的，那加我联系方式吧，我们用那个聊，这个就先挂了……"杜若香用这种方式交流，怀疑自己立刻得坐牢，或者随时就小命呜呼。

"好的，加你了。"

双方切换成人类沟通模式，气氛瞬间和谐融洽很多，起码没审问犯人的感觉。

楚稚水给杜若香介绍一番观局产品，然后又说明四处搜集测评的缘由，最后还解释道："你不用刻意夸赞，实事求是点评就行。我们最近是跟平台有合作，他们想要推一些真实测评，最好是大博主什么的，然后我在网上刷到你，看到你以前的视频很好，就想听一下你使用后的意见，有什么缺点也可以提。"

"好的，我拿到东西会好好测评，争取尽快出视频。"杜若香老老实实地回话，唯恐效率不够再被点名。她无心工作好长时间，终于被辛云茂点名惊醒，吓得立刻从床上爬起干活。

"那就好，然后就是我们单位性质比较特殊，也没办法有什么实际的回报……"楚稚水不好意思道，"过年时会寄你些礼品，到时候还寄这个地址？"

"好的好的。"杜若香听她语气温柔，又不似方才精神紧绷，小声试探道，"不然我现在坐飞机去槐江测评？"

反正她的视频在哪里都能录制，被平台推到流量位也不亏，不如跑去槐江观察局一趟。

"来做什么？"辛云茂从楚稚水身后晃出来，他的脸出现在画面上，目光冰冷如利刃，警告道，"忘记我说过什么？"

杜若香："……"最终，杜若香哀怨地挂断视频，她忘记自己被禁止出现在槐江，不然就会被烧成肥料。

杜若香收到观局牌产品，马不停蹄地测评剪视频。

楚稚水从杜若香的事拓展思路，她不但麻烦花妖找了一些相熟博主，还联系了其他跟产品属性合的博主。

没过多久，各大平台上就涌现出了产品测评，楚稚水筛选一番，挑几条给王怡文，让她看情况推流量。

账号"杜香香的百宝箱"主要是美妆护肤，杜若香最近积攒不少产品，索性专门做一期护发视频，从各个价格档位来介绍。观局产品一向便宜大碗，头皮滋养膏同样是几十元一大罐，外包装并不花哨，抱怀里还有点沉。

视频里，杜若香头发湿漉漉的，她正在卖力地抹滋养膏，一边动手尝试，一边说话介绍："姐妹们，我刚刚也说过了啊，这东西就是丰俭由人，有钱姐妹可以选前面说的大牌产品，但我也会做平价产品的测评，给大家还原一下使用过程……"

"这个头皮滋养膏还是不错的，价格便宜成分安全，生姜过敏不要用，里面确实含生姜，上头皮后会有点点热，但不是那种火辣辣的疼，比较温和，气味还行。"

杜若香边抹边说，她突然放下手，顶着一头湿头发，郁闷地寻找工具："唯一缺点是长头发涂这个好累，我看看有没有刷子能搞快点，这个寄来就是纯罐子，不送任何刷子或工具。当然价格摆在这里，没有就没有吧，自己上网买个，小刷子也不贵。

"好的，现在过去一段时间，我们清洗头发看效果，洗干净就没有姜味了，清清爽爽的，头皮很轻松，类似于给头皮做面膜？"杜若香道，"这个不是护发素，是抹在头皮上的，所以洗头还要正常用洗发水和护发素。"

"终于看见博主推我的宝藏产品！我都用好长时间，已经长出小绒毛，但不知道为啥网上无人推荐这个！！"

"是的，我一说这个牌子，别人都以为是姜糖，不懂为什么他家姜糖销量最多。"

"没代言人没广告，好像是哪个单位的副业，类似于农业大学做零食，反正主业务不是这个。"

"我就说网店咋如此寒酸，居然只有三个产品，还完全不是一个类型，啥都卖一点。"

"没人知道挺好的，没有广告挺好的，包装朴实挺好的，证明钱都用在正地方，千万别一出名就涨价。"

"这个确实好用，大牌全是溢价，效果都差不多，前提你得记着用。"

"记着用过于真实，买完用一次就累了，然后随手撇一边，不是它的问题，是我实在太懒。"

"本来说买大牌，一听这个犹豫了，先买个平价的放着，万一忘了过期也不心疼。"

另一边，"玉京子聊人参"同样放出视频，这是一家人参老店的网络账号，线下在丹山还有实体门面，算是比较靠谱的人参商，一直以来都在做人参生意。

画面里，玉京子穿着中山装，看上去仙风道骨，背景音是古风曲子。他坐在木长桌前，桌上还摆着珍贵人参，侃侃而谈道："好多朋友经常跟我说'哎，玉京子，我看人参不贵啊，怎么就几千上万啦'，我今天就简单介绍一下，我们家主要把人参当药材卖，高价出售的都是野山参和林山参，各类产品里一般用的是园参……

"你说你要炖个汤、泡个酒，那买点园参就可以啦，犯不着买昂贵人参。还有人问我人参保健品、人参泡脚粉有没有用，我只能这么回答：真材实料就有用。你要真想有用，自己买点园参，稍微查查配方，跟他们效果一样。"

"那不是买不着嘛，自己调配很麻烦，也不知道配方是什么。"
"店主有网店吗？你家有这些东西吗？"

"我家没有这些，都是较贵的参，配方一般就是人参加黄芪、生姜等，没有什么新鲜材料，不愿意折腾就买点靠谱的。"玉京子道，"我给你们推几家吧，自己看着去挑，最安心还是去线下选，欢迎各位来我们丹山实体店瞧瞧。"

玉京子推的产品里就有观局牌人参泡脚粉，网友们一搜，这公司的人参还荣获第三届丹山人参拍卖会"参王"，难怪会被丹山人参商推荐。虽然公司获奖的"参王"是野山参，但起码证明确实有人参园区，估计园参质量也不错，真材实料的概率较大。

各类产品测评一出，再被新透视频流量一推，连观局网店的销量都水涨船高。

但这还只是前期预热，经济开发科最近不敢松懈，连编外的陈珠慧都频频远程连线，一直要忙完新透促销节才能歇口气。

促销节是新透视频问世以来第一场重大活动，他们要通过推动品牌曝光和销量来证明自身能力，这一天的软件数据必须好看，说不定后续还会出大字报炫耀。为了达成目标，齐畅和王怡文等人会给品牌及客户让利，和各家物流也会进行沟通及合作。

当然，这些事都不是经济开发科考虑的，他们只需在那天薅羊毛卖货而已。

楚稚水还听取杜若香视频中的建议，联系一家槐江的小刷子生产厂，给头皮滋养膏配备刷头发的工具。

新透促销节当天，三项观局牌产品被挂上去，分别是风味姜糖、头皮滋养膏和人参泡脚粉。众人紧张地等待活动开始，终于掐着秒迎来倒计时。

时间一到，金渝最先坐不住，她焦灼地刷后台："让我来看看销量怎么样！"

"怎么样？"

"什么都没有。"

"啊？"楚稚水坐起身，她神色愣怔，"不能吧，好歹是活动，起码有一两万销量。"

她不是没在龙知视频见过这种活动，局里公司再拉胯也不该卖不出去。

金渝望着电脑上的网页，她频频点击鼠标，迷惘道："不是，我是说后台什么都没有，现在网页一片空白，根本就刷新不进去。"

"……不错，它崩了就代表我们好了。"

片刻后，后台数据终于更新，在活动开始的那一秒，三项产品都卖出高销量，远超经济开发科的想象！

新透视频的流量力度果然惊人，风味姜糖销量九万件，头皮滋养膏销量十五万件，人参泡脚粉销量九万件，看来困扰人类的终极难题依旧是头发。

金渝怔怔地望着后台数据，她开始掰着指头掐算，喃喃道："上回姜糖销量三万多，我们差不多挣了三十万……"

楚稚水站在金渝身边，扶着对方椅子，倚身快速作答："这一场活动下来所有产品差不多净赚六百万。"而且今天还没有结束，后续没准有较小增幅。

"牛哥！牛哥！"金渝听完数据，她猛地从椅子上跳起来，一溜烟往隔壁后勤科跑，激动道，"还可以改图纸吗？我要建水族馆别墅！"

楚稚水："？"

她没想到金渝还有这种心愿，难道所有水里的动物都对水有执念？不是大海就是水族馆，反正对故乡有所依恋。

新透促销节落幕，观â牌头皮滋养膏还杀进当天明星产品热销榜，尽管排名不够靠前，但成绩已经算出色。毕竟前排都是大众熟悉的名牌产品，一家小公司能有一项产品登榜就相当不易。

紧张忙碌的促销活动后，经济开发科同样疲惫不堪，楚稚水好久没经历如此混乱的生活，她自从进局里就开始"养老"，终于跟着王怡文又刺激一把，这段时间就没好好休息过。

王怡文还时常半夜给楚稚水打电话，完全是都市上班族的高强度节奏，浑然忘却自己的好友已身居十八线，早就跟这样的生活脱节。

好在一切都结束，接着按部就班发货，不用再熬大夜聊工作，重归平淡而闲适的日子。

办公室内，金渝一瞄左下角的日历，惊道："怎么就十一月了？日子过得好快。"

金渝怀疑自己又失忆，从新透促销节到现在，中间的记忆都消失不见，没准是发货太忙就忘却了。

楚稚水面色平和："是，好在年底发得出年终奖了。"

"不是这个意思，你生日快到了！"金渝欣喜道，"你打算怎么过？"

金渝过生日那天，楚稚水买蛋糕带来局里，众妖分享蛋糕，难得快乐一把。

"怎么过？"楚稚水挑眉，"跳过。"

"？"

金渝忙道："怎么能这样？没有想做的事吗？"

"没有，也没时间做吧。"楚稚水叹息，"那天是工作日，什么也做不了，不是周末放假。"

成年人的生日都平淡无奇，依旧要老老实实上班，她早就不追求什么仪式感。

辛云茂坐在她身后，听到此话眨了眨眼，他将视线移到窗外天空，不知道在思索些什么。

金渝欢声提议："那我让牛哥买蛋糕带来，我们到时候一起分着吃，简单地庆祝一下。"

"也行，不急，下周的事呢。"

立冬前一晚，楚稚水跟父母吃过晚饭，稍微坐在客厅里聊一会儿。现在还没彻底降温，家里也没开制热，正是初冬降临的日子。

"明天是宝宝生日哎。"谢妍笑道，"你想吃什么？晚上让你爸做。"

楚稚水随意道："都可以，不用特别麻烦，不然我爸下班回来后手忙脚乱。"

楚霄贺坐在一边，他正在刷手机，突然接到通知："我们单位说明天放假。"

"？"

"省气象台预报，明日有暴雪加冰雹，槐江市强制放假一天。"

楚稚水在家穿着单薄睡衣，还完全没有入冬的温度感："？"

"真的假的？"谢妍拿起身边手机，核对道，"我看看，我们单位没发……不对，发了发了，非重要保障单位一律放假，我们也歇一天。"

"这天气怎么可能有暴雪？"楚稚水质疑，"现在没到零摄氏度吧？"

按照槐江市目前的气温，雪花掉下来就融化，根本不可能堆积起来。

"万一今晚就刮大风降温呢，反正放假通知已经发了。"楚霄贺提醒道，"晚上都注意关窗，说不定夜里下雪。"

临睡时，楚稚水同样接到观察局通知，看来确实是槐江市统一规定。她心说自己生日下冰雹真离奇，但一想到能够在家里休息一天，又感觉还不错。

一夜好梦，次日就是立冬，非但没有暴雪冰雹，而且天朗气清、惠风和畅，丝毫不见气象预警里的紧张。淡蓝的天色，柔和的阳光，比前两天温度更宜人。

家里的窗户一开，孩童们欢乐的笑声就飘进来。由于全市通知停课放假一天，小朋友都从家中钻出来四处玩耍，甚至有休息的家长领孩子去公园悠闲散步。

"我还怕今天交通不畅，或者市里积水什么的。"楚霄贺从外面买菜归来，说道，"结果超市比平常人还多，公园里全是带小孩的家长，开心得不得了。"

槐江市民昨天还心惊胆战等冰雹，今日醒来发现连一片云都没有，自然放心下来，全跑出去娱乐了。坚守岗位的人也没压力，反正就是在单位坐一天，其他地方都通知放假，也干不了什么正事。

午餐时，楚霄贺大展厨艺，满满当当一桌菜：白灼虾、清蒸鱼、土豆烧排骨、素炒时蔬和凉拌西葫芦丝，还有一锅小鸡炖蘑菇。他还开了瓶红酒，庆祝女儿生日。

谢妍笑着举杯，打趣道："今天真像全市放假庆祝！"

"挺好，我们也混一天休息。"楚霄贺跟着开玩笑，他和妻女碰杯，又望向楚稚水，唏嘘道，"一晃就长这么大了，以前还只有一丁点，带出去都扶着我走。"

在楚霄贺记忆中，楚稚水还是小女孩，她那时候个子矮，出门只能牵到爸爸的小指头，走路都慢慢悠悠的，总让人害怕她随时跌一跤。

他和气感慨："以后就是你扶着我们走喽。"

楚稚水瞥见父母微笑时露出的皱纹，心里莫名其妙酸酸胀胀，轻声道："嗯。"

"好啦，干杯吃饭，生日快乐！"

一家三口用餐时畅聊许久，他们都很珍惜相伴的时光。

楚稚水很久没享受过这样单纯而温馨的时刻。自从她前往银海市后，基本没机会在家庆生，读书期间有课，上班后就更忙。

当一成不变的繁杂事务占据生活，人们没有心力再计较别的，只能被强推着麻木往前走，很难有这样歇一歇的时候。

即便今天不是生日，也同样是值得庆祝的一天。

睡懒觉、吃大餐、聊个天、洗下澡，没多久就晃荡到下午。

楚稚水中午吃得撑，她随手翻翻手机，逐条回复朋友们的生日祝福，王怡文是夜里掐点发的，金渝是起床后才发的，她对没吃蛋糕很遗憾。

金渝从今年起才过生日，所以还处于小朋友状态，格外重视生日仪式感。好在她买的不是鲜果蛋糕，质地类似于慕斯，让牛仕冻在食堂冰柜里，明天上班照样可以享用。

楚稚水见外面天色极佳，她休整一番也蠢蠢欲动，跟父母打声招呼，决定出门转一圈。

一出楼门，微凉而清新的空气就扑面而来，让人怀疑确实下过雪，否则不会有夹杂霜气的干净味道。一般只有雪霁初晴，天色才会如此湛蓝，空气才会如此干爽。

小区长椅上坐着两三穿厚衣服的老人，他们聚在椅子上晒太阳，笑呵呵地拉扯家常，偶尔遇到带小孩出来的人，还招手呼唤，留下聊两句。

不错的日光，不错的日子。

她没有约任何朋友，漫无目的的沿路溜达，随意地朝河边走，想要顺着长桥逛一逛，前往对面热闹的街区。

老白就是在这座桥上被抓的，那天晚上人烟稀少，白天却是车水马龙。清波荡漾，河水还未结冰，暴雪加冰雹果然是气象假消息。

她走到半中央，忽见桥边熟悉的高瘦身影。

辛云茂倚着长桥边的栏杆，穿一件绀色冲锋衣，防风领口立着，遮住小半个下巴，颇有生人勿近的漠然气场。他一只手插兜，抬眼看到她才直起身，领口的金属拉锁透着冷光，在半空中晃来晃去、闪闪发亮，实在吸引人视线。

"你怎么在这里？"楚稚水见他不紧不慢走过来，惊讶道，"你知道我会经过吗？"

她四下望望，不知他从哪儿钻出来，有没有被路人瞧见。

"可以感觉到。"辛云茂从口袋里取出一只绿色竹筒，将其递给她，视线飘到一边，小声道，"生日快乐。"

"谢谢。"楚稚水赶忙接过，她捧着沉甸甸的竹筒，只感觉里面有液体晃动，"这是……？"

"酒。"他垂下眼眸，抿唇道，"不是说好了？"

"还真是竹酿酒。"楚稚水发现竹筒很粗，甚至能够两手合握，迟疑道，"这容器不是你吧？"

用他装酒好残忍，她心里过意不去。

"当然不是！"辛云茂瞪她一眼，他眉毛微跳，又不忍责怪，欲言又止道，"……你不要总想拿我做奇怪的事。"

怎么会想着拿他盛酒？难道还要用他做酒杯吗？

他瞄一眼她淡色的嘴唇，又不动声色地挪开视线，突然就不敢再深入联想，胸腔内却像有小鼓在敲，鼓声一下又一下，听着躁动不安。

楚稚水心知误会，她怀里抱着竹筒，羞耻道："你才不要总说这种奇怪的话！"

"还有一样东西，但你最好不要拿。"辛云茂为遮掩自身失态，不情不愿地伸出手，露出掌心里干草叶编织成的小包裹，其中鼓鼓囊囊，不知装着什么。

楚稚水听他这么说，她老实地没伸手，问道："这是什么？"

"花草种子。"辛云茂一本正经道，"其实我觉得不用种这些，院子里太多植物显得乱。"

他一度不想拿给她，但在丹山都答应下来了，出尔反尔又不符合他性格。

楚稚水已经猜到他下一句就要推销竹子，她一把拿过干草叶小包裹，果断道："当然要种，院子不能空着。"

"哼。"

今年的立冬没往年的寒意，除了家人以外，楚稚水没想到第一份生日礼物来自竹子妖。金渝他们如今都放假在家，只有他还专程跑过来一趟，属实是有些辛苦。

她掏出手机看一眼时间，又遥望街区思考片刻，突然将怀里的竹筒和种子递给他。

辛云茂眼看东西被退回，他不禁面色愣怔，失落如潮水涌上，脱口而出道："为什么？"

"什么为什么？"楚稚水诧异，"你先帮我拿一下，我们去前面逛逛，我自己拿不方便，待会儿再还给我。"

他可以直接将东西收起来，她却要别扭地抱一路，自然会感到麻烦。

"……哦。"

辛云茂这才乖乖拿东西，手指微动藏好两件礼物。

楚稚水双手空出来，这才低头看导航："走吧，我们玩一会儿再回去。"

繁闹的街区里，穿过一条狭窄胡同，朴实老旧的游戏城映入眼帘。装满毛绒玩具的娃娃机、电话亭般的独立 KTV、花里胡哨的跳舞机器、五光十色的大转盘，今日的游戏城比往常热闹。

"这里竟然还开着。"楚稚水惊叹，"总感觉我小时候就这样。"

她怀着试一试的心态，想要重温童年的乐趣，没想到这地方真没关。

辛云茂从未来过游戏城，他茫然地跟着她往里走，看着她在柜台前买游戏币。小城市的游戏币相当便宜，完全不像银海商城里那般昂贵，换一筐亮闪闪的银币，足够两人玩好久。

"好像买多了，今天玩不完。"楚稚水往娃娃机里投一枚银币，开始握着摇杆操作起来，她过生日手气不错，第一回就夹出一个毛绒吊坠，但似乎只能挂在背包上。

她扭头见辛云茂一动不动地盯着，索性将手里的银币递给他，笑道："你要试试吗？"

他们移动到另一台娃娃机，辛云茂学着她的样子投币，进行他的第一次夹娃娃体验。

银色的抓钩夹住玩具，一路晃晃悠悠、吱吱扭扭，眼看就要来到出口。谁料突然一阵剧烈摇摆，玩具啪嗒一声掉下，一副无事发生的样子。

辛云茂难以置信："它怎么会乱晃？"

楚稚水平和地解释："当然会乱晃，不晃老板怎么赚钱？"

辛云茂大感不服，他又投进一枚银币，继续自己的夹娃娃大业。

没过多久，楚稚水就发觉自己话说早了，按照竹子妖笨拙的操作手法，他们应该刚好能将游戏币消耗完，不用担忧还得带回家。只是辛云茂屡战屡败、屡败屡战，他从面无表情发展到浑身冷气，明显开始跟破机器置气了。他还不愿意换机器，非要在这台一雪前耻，右手就没从摇杆上放下过。

楚稚水耐心指导："你要预判它晃动的位置，这么干夹肯定不行的。"

不知何时，旁边有一个小男孩凑过来，他估计也是来游戏城玩耍，但路过时被频频失败的辛云茂吸引，索性站在一边盯着他夹娃娃。

辛云茂平时面若冰霜、气场强大，能够令化人妖怪闻风丧胆，可不知为何对幼崽没威慑力。他当初跟随彭老板上山，人参幼崽就对他没大没小，现在跟着楚稚水来游戏城，往常的疏离感同样对人类幼崽没用。

小男孩一会儿歪头思索，一会儿捂嘴期待，一会儿惋惜扼腕，就好像一个看足球比赛的球迷，伫立在娃娃机边观赏辛云茂的举动。

抓钩再次晃动，玩具无力地掉下，辛云茂仍旧失败。

小男孩原本满眼期盼，见他还是没抓起来，埋怨地望辛云茂一眼，终于长叹一声："你好菜。"

这语气跟失望的球迷如出一辙。

辛云茂眉头紧皱，他斜小男孩一眼，冷叱道："黄口小儿，不知礼数。"

小男孩当即修改措辞，他的用词礼貌不少："哥哥你好，你好菜哦。"

楚稚水内心爆笑如雷，但她看辛云茂脸色沉沉，一副想暴打熊孩子的模样，立马强忍住笑意，连忙偷偷地规劝："神君息怒，神君息怒，是谁说不会跟冒犯自己的凡人计较？不要对小孩子发脾气。"

小男孩面对辛云茂冷飕飕的目光也不惧，他坦坦荡荡地回望，显然认为自己没说错。

楚稚水轻咳两声，她认为不能僵持下去，索性伸手取一枚银币，直接夹出一个毛绒玩具，将其交到辛云茂手里，安慰道："行了，我们换一个玩儿。"

不要再让小男孩看笑话，神君的面子伤不起。

辛云茂接过玩具，这才感到满意，居高临下瞥小男孩一眼，浑身的高傲尽数体现。

"有什么了不起？"小男孩却不吃这套，他翻了个白眼，耿直道，"还不是你女朋友抓给你。"

两人都要离开，冷不丁听见这话，同时僵硬地立在原地。楚稚水方才还劝说辛云茂，她此刻也拳头硬了，面上却挤出温柔如水的笑容，咬牙道："到底谁出的停课主意？就该让他们今天上学。"

辛云茂听到此话，他沉吟数秒，竟难得劝道："算了。"

楚稚水见他居然息事宁人，也将小男孩的称呼抛到脑后。

他们准备换一样东西玩，谁料刚往外面走两步，小男孩就一溜烟跑到那台机器前，同样朝里面丢一枚银币，开始握着摇杆抓娃娃。

辛云茂都打算走了，现在却停下脚步，目光追随着抓钩，饶有兴致地紧盯小男孩操作，一副要模仿对方看戏嘴脸的架势。楚稚水只得跟着留下，旁观起小男孩抓娃娃。

小男孩格外认真，毛绒玩具前两次都狼狈落下，第三次抓钩夹住毛绒玩具，缓缓向出口处移动，不经意间撞到路上的其他玩具，其中一个稀里糊涂被撞出来，竟然掉进出口处。小男孩捡起那个毛绒玩具，他漫不经心瞥辛云茂一眼，现在是他的高傲尽数体现。

辛云茂："……"

楚稚水见他脸色不佳，好言劝哄道："好啦，没事的，你第一次玩，他说不准常来。"

"再来一次。"辛云茂朝她伸出手，闷声道，"就这一次，肯定能行。"

"好吧。"楚稚水将游戏币递给他，"不行也没事。"

辛云茂不言，他将银币投入娃娃机，再次握住操作的摇杆。

果不其然，小男孩没有走，继续站着看他，双方明显杠上了。

这一回，抓钩牢牢夹住毛绒玩具，一路向出口处滑行，跟前几次情况一样。正当楚稚水以为就要剧烈晃动时，抓钩却稳固地抵达出口上方，果断地松开，让玩具掉出，一点都没掉链子。

辛云茂自得地取出玩具，示威似的斜小男孩一眼。

楚稚水忍不住打量他好几回，她狐疑地盯着那台娃娃机，总觉得哪里不对劲。

接下来，两人玩起其他设备，辛云茂不擅长使用电子产品，就对这些东西适应性较差。他跟楚稚水共玩时频频败北，不是枪战游戏被她爆头，就是赛车游戏跑到迷路，反正就没有顺利的时候。

然而，只要小男孩一溜达过来露面，辛云茂必然是超水平发挥。

相同的经历有几回，小男孩觉察出异样，他嫌弃地瞪辛云茂一眼，指责道："你是故意在她面前装傻吗？"

小男孩没想到辛云茂睚眦必报，还认为对方心机深沉，对着楚稚水装初学者，对着自己就疯狂输出，还有没有天理了？

辛云茂："哼。"

楚稚水无奈："不，你有没有想过，他可能没有装？"他就是真傻。

她感觉辛云茂确实不太会玩这些，至于面对小男孩变得水平惊人，恐怕就是他的小把戏了。

辛云茂和小男孩最后在射击游戏前决战。

这台机器是要不断打爆气球，点亮机器的相应位置，只要能够凑出一排图标，机器就会往外面吐礼品兑换券。如果能够将一整排机器的所有气球打爆，最上方的电子显示牌就会五光十色地闪耀，恭喜玩家获得最终奖，一整排机器同时吐礼券。

小男孩率先找到一台图标亮得多的机器，想要抢先辛云茂一步，不承想他好不容易打完气球点亮一台，正打算跟辛云茂炫耀一番，扭头就瞧见对方已经点亮三台机器！

辛云茂好整以暇地倚着游戏机瞧小男孩，唇边还隐隐露出一丝嘲笑，恨不得满脸写着"总算等你彻底栽我手里"。

小男孩偏不信邪，他准备点亮第二台机器，可惜有一个图标迟迟凑不齐。

正值此时，辛云茂不紧不慢走来，他随手往机器里投一枚银币，打出一枪，啪嗒一声点亮最后的图案。

小男孩不满抬头："你把我的气球打了，还怎么算谁点亮的机器多？"

"谁点亮的多？"辛云茂高高在上地瞄他，懒洋洋道，"游戏早结束了。"

下一刻，整排机器上方的电子牌亮起，不但有眼花缭乱的中奖动画，还响起一阵喜庆热闹的庆祝音乐，巨大的功放声音让整个游戏城都能听到，甚至惊动柜台边的老板。

小男孩诧异地望向机器，这才意识到辛云茂将一排都点亮了，刚才是只差自己的这一台机器。他怔怔望着发光中的奖牌，又不可思议地看辛云茂，眉头微皱，嘴唇一抿，露出荒诞而滑稽的表情，似乎是不敢相信。

他跟楚稚水一样，从未见过人获得最终奖。

楚稚水站在辛云茂身后，她握拳猛捶他后背，无语道："你真有出息。"

居然用妖怪天赋跟小男孩玩，这跟开后台作弊改数据有什么区别？！

她刚才就觉得不对，他凭游戏实力肯定打不过小男孩，但他凭妖气实力就完全没悬念了！

整排亮起的机器让全场轰动，众多路人都被吸引过来，站在旁边惊讶地围观。无数礼品券像海水般朝外面涌出，数台机器同时运转，哗啦啦向外流淌，看上去要将所有库存清空。

老板惊慌失措地赶来，他同样没见过这场面，蒙道："是中大奖了吗？"

"对，好像是的。"楚稚水不好意思道。

老板听到噩耗，瞬间面色煞白，望着满地礼品券不知如何是好。

普通人最多点亮一两台机器，就这样吐出的礼品券都有限，需要慢慢积攒来兑换奖品。然而，整排机器的礼品券全都吐出，估计会将奖品清空，说不定还要去仓库再搬。老板光是用机器清点满地礼品券数量，说不定都能将机器刷热刷爆。

楚稚水扶额，她打圆场道："这样吧，您也别统计礼品券数量了，给我们看看奖品都有什么，我们随便挑两样就可以。"

游戏城奖品无非就是毛绒玩具、保温水杯等东西，顶破天就是小音响或蓝牙耳机，不可能有过于贵重的奖品。

再说辛云茂使了点小手段，这么搞也有些不合适。老板故意调松夹子欺负辛云茂，辛云茂就作弊，算是一报还一报了。

"好好好，你们去柜台那边吧，自己到玻璃柜看要什么。"

老板一口答应楚稚水提议，一副生怕她反悔的样子。他弯腰收拾起满地礼品券，又打开机器将整理好的券塞回去，反正还没有被刷过，那就可以继续使用。

楚稚水和辛云茂离开后，不少路人兴致勃勃地端详机器，他们捏着银币看上去很感兴趣。

玻璃柜前，楚稚水打量起陈列出来的奖品，全都按照价格档次分门别类，原本是要用礼品券积分兑换，谁承想他们今天会搞成自助？

她问道："你想要什么？"

"我不要，你选吧。"辛云茂对这些东西没兴趣，他是跟小男孩置气才玩的。

楚稚水浏览一圈奖品，开始思考周围人缺什么。她拿了一个保温水杯，因为谢妍的水杯刚摔出裂口，再拿一个蓝牙耳机，因为金渝又把耳机线搞丢了。最后，她还拿出一个熊猫抱竹子的毛绒玩具，笑着打趣道："我拿这个你会生气吗？"

这是一根绿色毛绒长竹子，最上方有只憨态可掬的熊猫，它正侧头抱着碧绿竹竿，两只眼睛圆圆的，好像亮晶晶的宝石。这似乎不光是毛绒玩具，还是敲肩膀的按摩槌，可以握住竹子敲一敲、打一打，缓解身体的疲劳。

辛云茂抬眼一瞥，他喉结微动，低声道："……不会。"

楚稚水将熊猫抱竹拿出来，她握住按摩槌的碧绿长柄，顺手就在辛云茂身上敲两下。

辛云茂老实挨敲，他余光扫到一旁的小男孩，冷不丁道："你来选一个。"

小男孩看到辛云茂中奖大感震撼，便一路呆呆地跟过来，显然还没有回过神。他不料对方会这么说，顿时露出错愕的神色，一改方才的挑衅态度，小心地瞄辛云茂一眼，又偷看起玻璃柜里的奖品，没有立刻就应声，看上去有点扭捏，想要又不敢要的模样。

辛云茂微抬起下巴，他如今大仇得报，似笑非笑地嘲道："你也只配选她挑剩的。"

小男孩当即露出耻辱的神色，这回说什么都不肯上前。

楚稚水用小槌猛敲辛云茂，她惊叹于竹子妖的小心眼："不要欺负小朋友！"

"我给他选一个。"辛云茂挑了一个绿油油的毛绒玩具，从柜子里取出，递到小男孩手里，"这个适合你。"

小男孩接过来一看，发现那是只菜狗。绿色的憨笑狗狗，头部围一圈绿色菜叶，好似嘲讽些什么，一切尽在不言中。

小男孩："？！"

"没事，你自己再挑一个，让老板拿给你就行，我们先走了。"楚稚水软言安慰受刺激的小男孩，她赶紧推着幼稚的辛云茂往外走，吐槽道，"你再这么搞心态，他以后就不来了。"

小男孩最初就不该嘲讽辛云茂，辛云茂可是阴阳怪气祖宗，简直是小巫见大巫！

两人出来，不知不觉就耗空游戏币，抱着赢回的奖品往家里走。

天色渐暗，晚风习习。澄澈天空染上黄昏的朦胧，在天际线处晕出浅黄、淡紫、微红的梦幻颜色。

河水在晚霞里波光粼粼，长桥上的路灯已亮起，更为这座小城增添光彩。

楚稚水挥舞着手中的竹子小槌，她现在离开游戏城，终于有机会询问道："你刚才怎么中奖的？还有之前怎么赢那个小孩的？是不是作弊了？"

"什么叫作弊？"辛云茂闻言蹙眉，振振有词地反驳，"我凭实力跟他玩，怎么能够算作弊？以前就说过吧，只要是世间合理的，我都可以让它实现。"

"……这还不算作弊吗？"

"作弊前提是必须参与进来，我本来就不需要遵循规则，所以不能算作弊。"

作弊对他来说毫无意义，甚至不如跟小男孩一决胜负有意思。辛云茂不容易理解人类的七情六欲，在无限能力背后，就是永恒的无感，因为一切都唾手可得。

只要是天地间存在的事，不会撼动到法则，那他都可以办到。

"是你总不找我许愿，所以才不知道这些。"辛云茂抱怨道，"每次许愿只是些小事，不是让我帮你刷鞋子洗椅子，就是带饭吃你剩菜，反正都没有正经愿望。"

她要是许愿发财暴富，现在估计早就财富自由，哪里还用得着上班？

楚稚水郑重道："不好意思，打扰一下，吃剩菜真跟我没关系，我至今也不理解你为什么这么做。"

"是你愿望少才这样。"

"主要是我确实没愿望。"楚稚水无力发声，她眼看他闷闷不乐，开口道，"这样吧，我现在许一个愿。"

辛云茂望她："什么？"

"以后跟我玩游戏不许作弊。"楚稚水不悦地发声，"不然我不是赢不了了？"

辛云茂一愣，小声辩解道："……我刚刚跟你也是认真玩的。"

他和楚稚水都是公平竞争，就是故意气小男孩，这才稍微耍点手段。

"我知道，不然你早挨揍了。"

辛云茂轻轻地哼一声。

两人走上跨河长桥，眼看小区就在不远处，都不知不觉地放慢脚步。

楚稚水仰望天色，她借着最后的微光欣赏黄昏景色，说道："听说今天本来有暴雪冰雹，结果到这个时间，连一片雪花都没看到。"

辛云茂侧头看她，她穿一件洁白的轻薄棉服，好像裹着软绵绵的云朵，莫名就透出几分可爱。他迟疑一会儿，睫毛颤了颤，问道："你想看雪吗？"

辛云茂不太喜欢雪，所以他会安排放假，但不可能真下冰雹。暴雪和冰雹对竹子来说，是冬天里的残酷摧残，如果落在他身上，他同样觉得难受。

"我没见过十一月就飘雪，还以为会飘点雪花下来，那种一落地就融化的。"楚稚水肯定不愿有冰雹，但雪花好歹是冬季特色，总归是吸引人的。

辛云茂沉默。

片刻后，他们缓缓地向前走，半空中居然真飘下雪花，在路灯的映照下闪闪发亮，随着微风悠然地打转，消逝在波光荡漾的河面上。

不远处传来孩童的欢呼声："下雪了！下雪了！"

"等一天就下这么点。"旁边的大人出声感慨。

绚丽霞光和晶莹雪花互相映衬，好似漫天都飘起金粉，将槐江市装点得夺目起来。

楚稚水拈起一片飘来的雪花，她似有所悟地回头望辛云茂，只见他漆黑的碎发也沾染冰霜，但那点小小的寒意眨眼间就融化不见。他目光柔和地盯着她，什么都没有说，又什么都说了。他的眼睛透润如墨玉，深色的眼，深色的发，深色的衣。偶尔有白雪附着，很快随风消散。

她没准终其一生看不到他白首的时刻，只能通过天空中的点点柔雪，用想象力描绘出那一幕。

她忽然想起一首诗：飞雪有声，惟在竹间最雅。山窗寒夜，时听雪洒竹林，淅沥萧萧，连翩瑟瑟，声韵悠然，逸我清听。

现在也算是听雪敲竹了。

楚稚水停步观雪，无法描绘此刻的感受，笃定道："是你做的吧。"

辛云茂跟着她停下，盯着她脸侧发丝上的雪花。或许是没触碰到她脸颊的缘故，那枚小小的雪花没有立马消融，还在调皮地贴着她。

"不管是放假，还是下小雪，都是你做的吧。"她迷惘道，"但这有什么意义吗？"

她早就该猜到，这些事对他来说轻而易举，无非是他愿不愿意做而已。

辛云茂一只手散漫地插兜，一只手蹭掉她发丝上的雪，像往日般平静："没什么意义，但你会高兴。"

这是一场晴空雪，见不到半点乌云，纯白的雪蝴蝶蹁跹飞舞，惊扰她尘封已久的心扉。

楚稚水深吸一口气，清爽的空气涌入肺部，只感觉胸腔内轻微震颤，好像有什么东西要从中破茧成蝶。她强压这股古怪到发昏的冲动，努力平复自己的情绪，轻声询问道："我高不高兴对你很重要？"

"当然。"辛云茂道，"你高兴我就会高兴。"

楚稚水更感心口热意弥漫，索性坦荡直视辛云茂。她的明眸如璀璨宝石，透出直指人心的力量，追根问底道："为什么？"

辛云茂见她满脸正色地追问，他愣怔数秒，又陷入沉默，好像在静心思考。

楚稚水耐心地等他作答。

良久后，辛云茂喉结上下滑动，他轻叹一声，实话实说道："我不知道。"

他确实不知道背后原因，但他能感受到情绪变化。如果她感觉高兴，他同样会振奋得心跳加快，似乎被她的欢乐感染；如果她感觉低落，他同样会沉寂得提不起劲，想要帮她打起精神来。

他无波无澜的心弦被她随意拨动，就好像跨越四季般多姿多彩，春夏秋冬都是不一样的颜色，喜怒哀乐都是不一样的滋味，跟过去的千年截然不同。他还无法探开那层朦胧的纱，只会追随自己的感觉走，知道他想这么做，他想要让她开心。

楚稚水屏住呼吸等候许久，也不知道究竟在期待什么，却只等来他懵懂的回答，而且完全答不到重点上。她一向脾气好，如今难得恼火，惊声道："为什么你不知道？"

辛云茂见她动怒，他连声音都吓得变小，无辜地试探："我也不知道为什么我不知道……"

这话像绕口令，更是火上浇油。

"那你知道什么？"楚稚水忽然恼羞成怒，她猛地握紧竹子槌，气急败坏地打他，似乎妄图敲醒他，"你还能知道些什么？！"

他空空的脑袋瓜里到底装着什么？！

辛云茂第一次见她气得跳脚，他乖乖站在原地任她暴揍，就好像一条蠢狗狗，做错事被人骂一顿，都不知道错在哪里，只能满脸迷茫地眨眼，呆呆傻傻地望着她。

楚稚水看他满脸发蒙，更是气得脸庞发热，咬牙道："你们有没有什么干掉神君的方法？"

她现在濒临黑化的边缘，一度产生杀了他的念头。

辛云茂："……"

辛云茂见她怒火中烧，他心虚地咽了咽，小心翼翼地答道："这很难，就算你许愿，我都做不到。"

用实力杀死他基本是不可能的事，当年围剿龙神都没有做到，龙神现在还被大卸四块压在观察局地下。

楚稚水见他满脸不忍和为难，颇有一种自取其辱的感觉。他的表情像在无声透露怜悯，恨不得满脸写着"怎么办但你是凡人太弱了根本没办法杀掉我"。

辛云茂对她的愤愤不平束手无策，他绞尽脑汁地思量好久，提议道："你真想这么做，可以体验一下。"

楚稚水疑道："体验一下？"

"你别松手。"辛云茂伸手握住那把竹子槌，两人同握一根竹子。

楚稚水面露不解地照做。

辛云茂就这么牵引她抬手，然后将熊猫抱竹槌往自己胸口一戳，接着佯装受伤地侧过身，摆出一副要濒死倒地的模样。他的动作挺流畅，唯独声音没有入戏情绪，平铺直叙道："啊，我死了。"

楚稚水静默数秒，她用竹子槌猛戳他好几下，淡声道："你好浮夸，不要再做搞笑男了。"他还是一本正经地搞笑，神色无波无澜、凛然若雪，做出来的事却让人无语。

路程不算长，但他们一路打闹好久才抵达小区的门口。霞光早就不知不觉退去，初冬的天空彻底暗下来，居民楼却亮起温暖的灯火。

辛云茂将生日礼物和游戏城奖品取出来，他没有立刻交给楚稚水，反而静静地望着她，嘴唇微微一抿，却什么也没说。他好像在此刻对人类感情有所体悟，头一回深刻领会"怅然若失"一词。

从未拥有过，就不怕失去。

因为拥有过，不忍心放手，所以才怅然。

楚稚水见他僵站不动，竟难得跟他心有灵犀，读懂他在此时的感受。她喉咙发涩，想要张开嘴，却不知说什么，最后犹豫好久，柔声开口道："谢谢，我今天很高兴。"

"嗯。"

他的"嗯"就代表"我也是"。

辛云茂低低地应完声，这才将礼物都递给她，回想起一天的愉快，总算驱散一点遗憾。

"明天见。"楚稚水接过东西，笑道，"晚安。"

"……晚安。"

直到她的背影消失在门口，他仍站在小区外迟迟未走。辛云茂抬头仰望夜幕中的星月，只要待到灼灼朝晖露面，就是她约定好的"明天见"。

Zhu and Zhi

第四章

共逛家具城

签名

辛云茂

家中，楚稚水抱着一堆东西回家，进门时就看到坐在沙发上的楚霄贺。

楚霄贺正在看电视，他听到门口的动静，询问道："怎么在外面吃了？"他下午收到女儿信息，说是要晚回来一点，不用等她吃晚饭。

楚稚水解释："中午本来就吃撑了。"

"你出去好长时间。"楚霄贺随口道，"是遇见谁了吗？"

"……没谁，就逛逛。"

楚稚水知道父亲是闲聊，但她突然有一点发虚，含糊两句就溜回屋里。

房间内，楚稚水抱着竹酿酒不知所措，不知道该把它藏到哪里。她从来就不会自己买酒，家里只有楚霄贺偶尔喝。她掀开盖子嗅一嗅，清新的竹叶芬芳，还夹杂些许甘冽，抿一点也是润泽适口的味道，草木香，水果甜，酒味浓却不烈，更像酒香果汁。

这该放到哪里？被问起怎么办？

绿色竹筒实在扎眼，楚稚水左思右想，直接拉开柜子门，将其轻轻挪到最深处。她打算等新房装修完后，就把竹酿酒搬到那边去，免得被父母发现喝掉。

次日，槐江观察局内，院内树木淡去绿意，开始有一些冬日萧瑟。

办公室内，金渝刚一进门，看见楚稚水，便打招呼道："迟到的生日快乐，没想到昨天放假，没办法当面跟你说！"

"谢谢。"楚稚水微笑，"没事，不是发消息了。"

"中午还可以吃慕斯蛋糕。"金渝耿耿于怀，嘀咕道，"其实昨天就没雪，可以不放假的，还错过你生日。"

楚稚水轻咳两声，眼神闪烁地低头，不好意思提及放假真相，连忙岔开话题道："厂子那边的事情都弄完了？"

"嗯，工厂没什么问题，我们的产能还可以。"

观局公司的体量较小，他们掌握商品核心技术，会跟槐江当地工厂合作。楚稚水等人重点把握产品质量，还有一些工作会外包出去做，比如给头皮滋养膏配备小刷子等。

新透促销节的销量高，但成本反而会降低。工厂以前产出量少，依旧要准备很多东西，现在生产需求量增高，前期流程变化不大，净利润倒是能上升。

目前，三种产品里头皮滋养膏利润率最高，其次是人参泡脚粉，最后是风味姜糖。每种产品的定价不同，风味姜糖价格最低，利润空间也最小。

秦主任对观局公司大肆褒奖，认为其带动了槐江相关产业发展，最近还琢磨给观局评个奖。

王怡文在新透视频肯定乐见其成，反正楚稚水及观局路线越正，他们将流量推起来收效越好。

银海市，龙知视频公司。

会议室内一片低气压，众人围坐桌边不出声，投影屏上是新透促销节的数据及资料分析。

他们作为龙知视频的员工，如今迎来从业以来的最大对手，一家完全对标自家诞生的新公司，甚至连背后的投资人都差不多，让李龙科都没法发脾气。

"都没什么想说的？"李龙科悻然道，"就这么干坐着？"

气氛越发紧绷，没人有胆说话，生怕成为出气筒。

有些人还会在此时怀念楚总：李总是平时看着宽厚善良，但一发脾气就暴跳如雷，尤其近一年遇挫后更甚；楚总的情绪抗压能力就好得多，一般这时候还能调侃两句、打个圆场，等氛围活跃就会笑着收声。但哪有正经人会在龙知视频长时间卖命？所以看起来最正常的楚总后来也走了。

"李总，他们现在刚起步，砸钱力度特别大，我们拼不过很正常……"

"所以你觉得我们数据一路跌下去正常？"

那人连忙闭嘴。

话说到这一步，任谁都该明白，李龙科就是想训话了。果不其然，满会议室的人被李总骂得狗血淋头，直到会议结束疾风骤雨才算完。

有人从屋里走出来，还跟同事犯嘀咕，悄声道："疯了吧？他是不是有病，不会好好说话？"

"他有能耐他上啊，新运营搞得拉胯，跟前两年能比吗？"

"王怡文也跑了，当初跟楚总的，他都不爱用，现在全跑了。"

众人吐槽一通疯老板，这才缓解内心的郁闷。

会议室内，李龙科骂完人才消气，他烦躁地翻阅起文件，忽然一瞥新透销量榜上陌生公司名，名字叫观局，他索性随手查公司信息。

观局就是在促销节上崭露头角的品牌之一，如今被外界作为讨论新透流量的重点案例。大品牌本来就火，展现不出实力来，小品牌一朝闻名，自然有借鉴空间。

李龙科发现公司注册在槐江，他心里骤然一咯噔，等看到"楚稚水"三个字，那就是浑身冒冷汗。

这名字一下子将他缠住，好似是讨债来了。

观察局内，牛仕和苗沥最近正在动工，由于促销节带来新进账，他们打算稍微多拨一点钱，将观察局的道路简单修整，再用墙壁进行分区，来年春天搞些绿化。

观察局现在一片荒芜，冬天光秃秃的不好看，还是要各种植物搭配，四季都有景比较好。

楚稚水连职工宿舍的钱都掏得出来，如今也不差这一点，二话不说就答应了。她同样好奇新建设完的观察局什么样，不过估计最快春节后才能看到，还有好长一段时间。

牛仕知道是经济开发科赚来的钱，他倒很重视楚稚水的意见，时不时就要来询问一番：要不要在哪里建墙，围栏搞成什么样子，春天想要栽种什么植物，可谓面面俱到。

院子内，牛仕面对大树，对着空地比画："我打算把这里圈出来，就用来喝茶晒太阳，到时候这里弄堵墙，把杂乱地方挡住，再刷点书画文字，显得雅致一些。"

楚稚水一瞧不远处的石质圆凳，心说那不就是竹子阳光小院，还是高端升级版。她点头道："可以啊，听起来不错。"

"不过我没想到墙上刷什么字，究竟是国画还是书法，到时候还得筹划一下。"牛仕琢磨起来，"书法又要想写什么，诗词或者是名句。"

洪熙鸣路过院子，她正要去办公楼，听到此话却停下，热心建议道："如果要搞书法的话，不如写'虚心宁自持'！"

楚稚水闻言，她身躯一僵："？"

如果她没有记错，这句诗的上句很微妙，她惊慌失措地看洪熙鸣一眼，一时不确定洪处什么意思。

"书法吗？"牛仕摸着下巴考虑，"五个字会不会少，不然还是改成画？"

洪熙鸣望着楚稚水，她眼神发亮，似暗示什么，兴致勃勃道："如果要搞国画的话，那就画点竹子吧，小楚你觉得呢？"

楚稚水沉默了。很好，她刚才还不确定，现在确信洪处在点她。

"众类亦云茂，虚心宁自持。"

她将竹子名字刷墙上，或者同意将他画墙上，全局妖怪该怎么想？！

楚稚水面露难色："洪姐，这不合适。"

"不合适？"洪熙鸣迟疑，"我觉得竹子挺风雅，还是'四君子'之一呢。"

洪熙鸣声音爽朗，她浑身上下都透出一股兴奋劲儿，跟局里的其他妖怪不一样。

苗沥是故意在全局大会上恶作剧，抹黑辛云茂傍领导，但洪熙鸣却是骨子里有种热爱牵线搭桥的感觉，而且远比其他妖怪胆大得多。

其他同事听闻八卦，平时至多关注两眼，绝对不敢上前细说，只有洪处敢直率发言。

"洪姐，我听说您本体是鸟类？"楚稚水将刷墙话题岔开，试探道，"难道是喜鹊吗？"

洪熙鸣坦然应道："是啊。"

"……"

怪不得，喜鹊都给牛郎织女搭桥，现在琢磨到他们身上正常，人家不知多早以前就热衷搞这套。牛郎织女隔一条银河都没问题，洪处当然觉得安排辛云茂也没问题。

楚稚水得知洪熙鸣本体，顿时意识到解释不清。她不好意思再在院内耽误，找个借口就想离开，临走恳求牛仕不要在墙上刷字或刷画。

"为什么？"牛仕作为朴实大哥，他没听懂洪处暗示，好奇道，"你觉得字画都不合适？还是有墙不好看？"

"不，不是它们的问题，是我的问题。"楚稚水小声道，"这么做我脸上不好看。"

新修成的庭院墙上是竹子书画，那她会无颜面对局里职工，真的没法在单位里见同事了。

好在洪熙鸣就是路过时出主意，看上去像随口一提，并没有过多纠缠此事，还跟楚稚水结伴回办公楼。

走廊里，楚稚水跟洪处挥手道别，她一溜烟窜回经济开发科，进门就果断道："这个月发绩效，然后给人事行政处拨钱，这就让局里着手采购年货！"

金渝坐在电脑前，她疑惑地抬头："因为最近赚到钱，所以想要花出去？但年货用不了多少钱的。"

"不，不是由于赚到钱就想花。"楚稚水正色道，"人事行政处现在工作量不饱和，还是应该适当地增加一些事务，提高大家工作的积极性和成就感。"

金渝："？"

只要洪处采购年货忙碌起来，肯定就没时间想有的没的。

冬季降临，年底的槐江观察局越发繁忙：观察处的主要工作不变，财务处要将一年的账理清楚，人事行政要筹备过节物资，后勤保障处则忙于建设职工宿舍及道路。这些工作忙完，还有年底述职，根本没喘息的机会。

经济开发科同样忙碌不已，新透促销节堆积的订单发完货，又要处理售后问题，好在观局品牌的口碑积累不错，重大活动后依然有稳定的销量，如今没有流量推也不会垮掉。

观局品牌有了起色，王怡文是最高兴的人之一，毕竟从选品到推上渠道都有她参与，将名不见经传的小品牌搞出名声，绝对证明新透平台的商业变现能力，也让她在新公司成功立稳脚跟。

电话里，她得知内部消息，飞快跑过来传信："很好，齐畅说未来不一定推大牌，可以专门推新兴品牌，没准会专门做一次中小公司活动，我们到时候又可以深度合作！"

齐畅还在会议上提到观局，王怡文不确定齐总是否知道观局公司背景，还有背后跟楚稚水的关系，但她看老板现在并不排斥，还有一种顺水推舟的意思。

"你们现在线下卖得怎么样？"王怡文问道，"线上请务必找我，促销节一次活动，我今年的业绩就稳了。"

"线下有不少人找我们批发进货，也慢慢地做起来，但实体都不景气。"楚稚水道，"我现在犹豫，年后要不要开一家实体店，不过八字都没一撇，再看看吧。"

观局公司的三样产品销量暴增后，其他售货渠道也不断增加，例如超市、商城都会进货，摆在线下的实体店出售。槐江商场里已经频频出现观局产品，楚霄贺去超市买菜时也会看到，由于是当地的产品，所以在槐江铺货广。

楚稚水最近考虑要不要开一家实体店，盈利倒是次要的事情，主要时不时可以将公司新产品放过去，让来实体店转悠的顾客试用和测评。他们通过这种方式收集建议，就能快速地调整新品，再将完善后的产品推入市场。

观局以前规模小，撸起袖子就是干，反正做出东西就往市场里丢。现在，公司的品牌及口碑越发重要，想要避免头皮滋养膏没刷子等问题，就需要前期更广泛地征集意见。她想的是直营店不用多，仅仅开一两家就可以，用来树立品牌形象，主要收入还是线上。

局长办公室内，楚稚水和胡臣瑞商议起公司发展，她将这个想法告知局长，想要听一听胡局意思。

"直营店吗？"胡臣瑞思索，"可以，我觉得没问题，赚不赚钱倒是其次，能让局里公司发展久一点才是硬道理。"

毕竟观局公司足够稳定，才不会影响局里绩效。

"现在直营店选址是个问题。"楚稚水平和道，"按道理，一般为节省店面费用，应该选在公司附近，但您也知道这边的交通情况，人流量太少了，市里又很麻烦。"

槐江观察局前不着村后不着店，完全就没有人会过来，到时候必然生意凄惨。他们确实不在乎盈利，但起码不能直接亏本，好歹要是靠谱的选址。

胡臣瑞思忖道："是要选一个人流量多的地方吗？"

"对，最好在比较繁华的市区，我前不久也打听过槐江市租店面的价格，可能会有些风险，所以才说跟您商量一下，到底要不要做这件事。"

"我们一定要开在槐江市？"胡臣瑞道，"其他城市可以吗？"

"啊？"楚稚水愣怔，"当然也行，但其他城市是指……"

胡臣瑞笑呵呵道："我们可以开在银海局，我瞧他们店面挺多的。"

楚稚水："？"

楚稚水大感错愕，她欲言又止："叶局能同意这件事吗？"

她觉得能在槐江市开店就很厉害，没想到胡局比自己敢想多了，直接挑人口最多的银海市，还要在人流量最多的市区开店。银海局位于城市核心区，一直以来都繁华喧闹，因此赚绩效特别容易。

"我们可以跟叶局商量嘛。"胡臣瑞和煦道，"比如用我们槐江一块地，交换他们银海一块地，让他们先挑我们的土地，我们随便挑他们一块就行。"

楚稚水严重怀疑胡局把叶局当傻子，任谁都知道槐江地价和银海地价不同，这完全就不是等价交换。她现在感觉胡局同样自信，难道是由于狐狸的天赋，就认为别人会答应他所有不合理的要求？

楚稚水没直接吐槽，她面上不卑不亢，应道："没事，您先跟叶局商量一下，要是够顺利的话，我们就着手开店。"

"这应该是件小事，都把我赶来槐江，这点事还办不了？那就都别干了。"胡臣瑞语气和悦，话里却隐含怨气，他掏出手机来，"稍等，我把他从黑名单拉出来，有正事还是要联络一下的。"

楚稚水察觉胡局对"被贬槐江"耿耿于怀，时不时就要涌生掀翻观察局桌子的想法，看来最初接手神君所在的区域确实是艰难决定，应该是日子不错后才打消这些腹黑念头的。

"不如这样，反正我年后要去银海，跟他们商量来年事业费，你跟我一起出差过去，还能看看挑哪块地方。"胡臣瑞笑道，"你要是自己忙不过来，就再从科室里带一个，我们两件事一起忙，什么事情都不耽误！"

楚稚水一蒙："再从科室里带一个？"

"你要是想带两个也行，反正最近账上钱多，无非是多报差旅费。"

楚稚水咽了咽，提醒道："胡局，您跟局长们开会，然后还要带我们，您确定吗？"

楚稚水当初直接拒绝了叶局，她没答应不再带辛云茂的事，但也不会上赶着给对方添堵。胡局就有点唯恐天下不乱的意思，显然完全不在乎叶局的想法。

幸亏辛云茂是脑袋空空的竹子，他要真有惹祸的歹心，被带到有局长会议的银海，直接就能一窝端掉四个局长。

"确定，当然确定。"胡臣瑞郑重点头，"不带上你们，我怎么要事业费和地？"不让其他局长看到他的辛苦，还怎么狮子大开口要钱？

这完全是先礼后兵的威胁。她都能想象其他局长的脸色，跟被刀架在脖子上要钱没差别，一言不合就能当场抹脖。

反正是春节后的事情，胡臣瑞都有决断，楚稚水也不好劝，天塌下来有局长顶着，跟她一个副科没关系。楚稚水一脚将皮球踢开，开始发表免责声明："行吧，只要您认为合适，我都没有问题。"

胡臣瑞拍板道："合适，肯定合适，合不合适都得给我弄合适了！"

年底工作忙忙碌碌，生活琐事也来打扰。

经历漫长的等待，楚稚水迎来交房的日子，终于拿到自己新房的钥匙。槐江开发商现在极度流氓，售卖的全是精装修商品房，而且装修质量参差不齐，没准还需户主返工。

崭新的小区内，楚稚水用钥匙打开门，迅速地检查起各个角落，决定发现问题就及时找人解决，争取排查掉自带精装修的隐患。

开发商送的是新中式风格装修，反正她也不懂这些设计理念，在屋里溜达一圈，打算等闲下来时，再重新折腾一下。

底层住户有一个院子，恰好被周围绿树遮挡，不会暴露过多隐私在外面。楚稚水当年看上这户，就是觉得院子会很舒适，前面只有极度偏僻的小径，鲜少会有人途经此处，变相将院子外的绿地也纳入后花园。

可惜的是，槐江时值冬季，树木已经凋零，唯有院外的一丛绿竹依旧盎然，除此之外再无其他颜色。

楚稚水站在院内，她看到竹子心里一咯噔，赶紧走出去检查，不懂为何有竹林。离开院后，流水叮咚，有一用鹅卵石堆砌的人工小河，看上去是开发商想搞绿竹绕溪的氛围，配合小区的中国风主调。

那丛竹子是物业种的，偏偏紧贴着楚稚水家，连枝叶都伸进她的院子里。楚稚水无语地推推竹叶枝条，心说这物种还真是不讲理，走到哪里都要占她的地方。

她刚整理完院外的竹子，一回头却见围栏外有个人影，正是隔着栏杆望她的辛云茂。辛云茂不知何时出现，他站在院子外面，紧盯那片竹林，心满意足道："你还是在院子里种竹子了。"

"我没有种，物业种的。"楚稚水赶忙辩驳，"你仔细看，是外面的，不在我家！"

辛云茂一指院内，理直气壮道："明明里面也有。"

楚稚水低头一看，果然见一根小竹苗越过围栏，从外面的绿地钻进她家院子。她心说怎么连没成精的竹子都如此不要脸，羞恼道："这是它自己长进来的！"

有一个成语叫四面楚歌，楚稚水现在认为这个词跟她的姓氏无关，应该改成"四面竹歌"更合适。

她如今真是腹背受敌，院子外不但有没化人的竹子，而且跑来一个化人的竹子，感觉跟这种四季常青的植物撇不清了。

辛云茂今天穿一件纯白的防风外套，衣服下摆处是火焰般的墨染痕迹，看上去轻松闲适。

楚稚水仍戴着吊坠，他明明能被传送进来，却没有直接踏进院内，站在围栏外盯着她看，一副颇为懂事的守礼模样。

"你怎么过来了？"楚稚水离开那丛越墙的竹子，穿过小院去给他开门，"我可没有叫你名字。"

围栏门一开，辛云茂进来，平静道："但你碰竹子了。"

"所以我碰竹子怎么了？"楚稚水一望那丛竹子，又扭回头看他，诧异道，"这竹子又不是你。"

"诗词都会借山川草木表达情感，就是你们人类常说的意象。"辛云茂望着她，他眨眨眼，重复道，"你碰竹子了。"

楚稚水大感震撼："你的思维方式如此诡异，就是由于总像诗词般随意发散吗？"

不得不说，古代的咏竹诗人吹捧得太凶，让竹子妖飘飘然不能自已，导致他的脑回路也如诗歌般放飞自我。

辛云茂轻哼一声，他跟着她进来，说道："你还种竹子了。"

"不是都说过？不是我种的，是它自己长进来的。"楚稚水微笑，暗戳戳威胁，"我刚想去找物业借把斧头把竹子砍掉。"

辛云茂泰然点头："可以，我帮你砍，然后再给你种一丛新的。"

楚稚水愕然，一秒改口："算了，一草一木皆是生命，就让它们长着挺好。"

"真的吗？"辛云茂转头去看外面的竹林，他脸色淡然，慢条斯理道，"竹子的根茎长得快，现在是冬天不明显，但开春就会蔓延进来，彻底将你的院子占满。

"我刚刚看过了，它们是从溪边长过来的，你的院子跟绿地相连，所以才有根茎钻进来。"

"不会吧？"楚稚水面露惊讶，"我看其他小区种竹子，没有出现过这种情况。"

竹子是常伴人类住宅的植物，按理说开发商早就应该规划好。

"那是将中间土地隔开了，而且地表覆盖上厚砖石，你这里是连成一片，早晚会长进你家里。"辛云茂怨念地瞄她，"难道我还不懂竹子想什么吗？"

楚稚水将信将疑跑出门，她顺着竹林走到溪边，发现果然是一路被连通。溪水旁原本只有几根竹子，但吸饱雨水和阳光，就开始疯狂地扩张，直接蹿到家里的院子旁，估计钻进来就是时间问题。

辛云茂倚着围栏的门，他眉毛一挑，不紧不慢道："小溪里现在还有碎冰，等到春天来临后，还会有无数蚊虫出现，顺着这片竹林到你院子里。"

"……怎么会有这种事？"

"这种院子经常这样。"

楚稚水闻言捂唇深思，她一直在城里生活，还真不清楚这些事，当时买房就挑地段和配套，而且一层带院的价格还更高，没想到会有那么多麻烦，一时间苦恼起来。

"那我要是想避免夏季蚊虫多，是不是要麻烦物业定期清理竹子？"楚稚水虚心请教，"真得砍掉外面这丛竹子了？"

辛云茂："没用的，竹子被砍不会死，有根茎就延绵不绝。"

"那就只能干等着它长过来？"楚稚水愕然，"没有其他解决办法？"

辛云茂闻言，偷瞄她一眼，抿抿嘴唇道："有个办法。"

"什么办法？"

"我帮你在院子里栽一种驱蚊防虫的竹子，不会随便挤占院子里的地方，而且能不让其他竹子长进来。"

楚稚水深吸一口气，似笑非笑道："冒昧地请教一下，这是什么品种的竹子？功能好强大，从没听说过。"

辛云茂面不改色心不跳："高端品种。"

楚稚水敬佩："你真是每天都让我有新鲜感。"

辛云茂一怔，他睫毛微颤，似不好意思，低声道："有吗？"

"是，每天的厚脸皮都刷新我认知。"

"？"

"你想得美，不给你种。"楚稚水没好气道，"当我不知道你打什么主意？"

他还找她要过家门钥匙，从丹山起就惦记此事。

辛云茂见她仍不松口，不满道："那竹子总比蚊子强，你等夏天就知道，院子靠水很麻烦。"

楚稚水顿时哑然，她确实不想招蚊子。

没过多久，两人站在院子内，楚稚水从旁边捡一根树枝，她郑重其事地画三八线，在通往小院的住宅门前留下一道痕迹，警告道："那你最多种到这里，不能够蔓延进屋里。"

辛云茂一蒙："原来屋里还可以蔓延吗？"

楚稚水目光闪烁，恼道："行了，别问东问西，开始干活吧。"

辛云茂被她赶到院子里种竹，以防开春后的蚊虫侵扰。他蹲在院子里，认真地研究起土质，左右一看没有人影，这才伸手打个响指。

深色妖气化为雨雾，规模不算大，像花洒喷头，落进地里面。

寒冷的冬季不适合植物生长，但无数淡色根茎从泥土里涌动出来，很快就将院内整理得明明白白，除通向围栏门的小路外，其他土壤都被翻好。

辛云茂没有直接催化出长高的竹子，冬天移栽竹子不符合逻辑，容易引起其他人注意。他只留下一些根茎，打算等春天来临后，再找时间催化出来，反正她也不着急。

楚稚水在屋里转一圈，她回来就看到开垦完的小院，惊道："好快，现在就等着长出来？"

"对。"

楚稚水没种过花草，好奇道："那能在夏天前长好吗？"

"可以。"辛云茂信誓旦旦，"如果没长出来，我会过来看的。"

楚稚水了解地点头，她望着开垦好的土壤，冷不丁道："你还有生日那天送我的种子吗？"

辛云茂下颌线瞬间紧绷，他幽幽地望她，警惕道："做什么？"

楚稚水干笑："来都来了，神君顺手帮我把别的也种了呗。"

她以前实在是异想天开，对自己侍弄花草的能力有误解，连竹子的生长特性都不清楚，更别提在院里种别的。他是植物方面的专家，搞这些应该不在话下。唯一缺点就是植物大师脾气冷硬，他对其他植物有深深的排斥心。

果不其然，辛云茂当即冷脸，果断地拒绝："不种。"

"为什么？"楚稚水哀声道，"不是说会实现我的愿望？"

他的许愿机制就离谱，没要求的时候突然实现，有要求的时候不为所动。

"这才不算愿望。"辛云茂冷眉冷眼，他胸口发闷，不悦道，"为什么我要帮你拈花惹草？"

楚稚水瞪大眼："什么叫拈花惹草？"

他酸道："种出来你会摸摸碰碰，那不就是拈花惹草？"

"这词用错地方了吧？"她驳斥，"而且这里如今连棵植物都没有，我就算真想拈，你让我拈什么？！"

辛云茂闻言，他眸光一颤，浑身怨气消散，突然沉默下来，轻轻一抿嘴唇。

楚稚水撞上他期待的目光，似乎想起什么，一瞬间也收声。

她佯装无事地侧过头："哦，对不起，忘了你就是植物。"

这里是有一棵植物的，眼前的辛云茂就是。

辛云茂最后在她的软磨硬泡下，不情不愿地答应帮忙种植。他手里握住一根树枝，有一搭没一搭地翻土，闷声道："今天没带种子，下次来再弄吧。"

楚稚水从拜托他种花，一下子就拓宽了思路，软声道："对了，神君你懂装修吗？"

辛云茂忽闻她声音动听起来："？"

楚稚水绽放灿烂笑容："就是家里的布线、下水管道什么的，你能知道哪里装得不好吗？"

他都能控制天气，这种事应该算小意思？

片刻后，辛云茂一脚踏过院子里的三八线，他跟随楚稚水进入住宅，嘴里还在叽叽歪歪："为什么你总找我许这种小小的愿望？就没有一些大事吗？"

楚稚水嘀咕："我还能遇到什么大事？凡人的生活只有小事。"

辛云茂："财富？事业？地位？"

"没有那些世俗的欲望。"

楚稚水见他满脸愤愤，一副被大材小用的模样，她连忙动用语言艺术，真挚吹捧道："常言道，小家不安何以安天下，神君都能够把小家弄好，那就是有治天下的能力。"

辛云茂面色古怪，他喉结微动，试探道："小家？"

她坦然应声："对呀，我们要脚踏实地，家里的事弄明白，社会上的事肯定也没问题。"

辛云茂不知想到什么，他愉快地压下翘起的嘴角，点头道："你说得对。"

楚稚水发现彩虹屁到位，她立刻带他转悠起来，讨论起屋子里的细节。

辛云茂确实是好用的家居一体机，他不但陪她将屋里排查一遍，还顺手将房间的卫生打扫，所到之处干干净净，尽显他洁癖的本性。

不得不说，法术真是好用，楚稚水回忆起经济开发科第一天，她抵达办公室的时候，他已经将屋里打扫干净，连桌椅杂物都搬运过来，估计也是使用的相同方法。

她完全不羡慕妖怪带来的钱权，但她非常羡慕这种清洁能力，比洗碗机和扫地机器人都智能。

时间一晃而过，最后只剩院子。

楚稚水站在围栏边，她望着开垦出的土壤，开始规划起下个假期，询问道："那要是下次带种子，我们能一天种完吗？"

辛云茂迟疑地发声："应该……"

楚稚水接着道："要是一天能种完，那就下个周末来，要是一天种不完，我们春节还得来。"

辛云茂镇定道："……种不完。"

楚稚水："？"

辛云茂神色认真："一天种不完。"

"真的假的？"楚稚水狐疑，"但我记得你的妖气以前浇过菜地，第二天全都发芽了。"

"那不是在冬天，四季是天地的法则，冬天速度就会慢，花草不愿意萌芽。"辛云茂眨了眨眼，煞有介事道，"难道我还不懂植物想什么吗？"

楚稚水认为辛云茂的话充满漏洞，但现实就是地里花草由他来种，她感觉不对也没办法催促。

既然辛云茂都说冬天慢，还怎么有可能长得快？

春节假期种地看来已成定局。

槐江观察局年底的述职结束，一年波波碌碌的工作终于告一段落，迎来发放绩效和年底奖金的时刻。

楚稚水赶在过年前，再次上浮局里绩效，合计到手 11000 元，然后再发三个月年终奖，外加三个月精神文明奖。这笔奖金一发下去，再加上前面的月薪，合计起来算全年工资，局里收入称得上优渥，起码在槐江相当滋润。

金钱可以缓解年底的疲惫，让大家最近都心情愉快。观察局里一片喜气洋洋，看着真有要过年的氛围。

洪熙鸣不但给每个科室发来年货，还跟牛仕商议节日前在食堂聚一下。大家聚餐吃一顿，然后就快乐放假，迎接春节的到来。

食堂内，今日的餐食丰富而隆重，鸡鸭鱼肉样样俱全，还有饺子和腊肉，极具春节的特色。屋内同样被布置一番，墙上挂着倒着的红"福"字，还张贴一些鲜艳年画。

一侧的长桌上放着琳琅满目的饮料和纸杯，辛云茂站在旁边观察好久，好似被花里胡哨的果汁吸引。

胡臣瑞作为局长，简单寒暄一番，便举杯欢庆道："那就祝大家春节愉快！新的一年万事顺利！"

热烈的掌声过后，聚餐就正式开始。

陈珠慧现在放寒假，刚回经济开发科工作两天，正好撞上观察局年底聚餐。她方才已经到茶园看过老白，如今望着热闹的欢庆场面，向往道："我好久没经历过这么有年味的年了。"

她以前都跟爷爷和须爷爷过年，原本还不知道今年怎么办，没想到会在观察局吃饭。

"我们家也很少这么隆重。"楚稚水道，"一般就我跟父母，基本不找亲戚串门，没有那么多人的。"

大家都在享用美食，唯有辛云茂喝饮料。他面前放着满满当当的饮料杯，一会儿抿抿果汁，一会儿尝尝汽水，好像在进行化学实验。

楚稚水忧虑道："你这样胡乱混着喝，确定进肚子没问题？"

不会在竹筒里调配出什么黑暗饮料吧。

没过多久，牛仕从一旁慢慢走过来，他找上楚稚水和陈珠慧，说道："你俩春节不太会在局里露面，我给你们备了点腊肉和酱肘子，可以带回去在家里吃。"

楚稚水春节放假回家陪父母，陈珠慧去茶园那边看老白，待在观察局的时间都不多。其他妖怪没有家人，最多就是看看朋友，说不定还会来局里吃饭。

楚稚水赞叹："牛哥好厉害，自己酱的吗？"

"对，用料比较足，不要吃外面的，不干净。"牛仕道，"你们跟我过去拿吧，看看想要多少。"

陈珠慧不是局里职工，她慌张地摆手："我就不拿了吧，稚水姐去就行。"

"没事，你去拿吧，牛哥做好多，我们后面几天不一定能吃完。"金渝劝道，"而且春节过后，办公室里就我们相依为命。"

楚稚水笑着点头："是，我要去银海出差，说不定你工作很忙，现在先多吃点养养，然后再给局里卖命。"

陈珠慧推却不过，这才起身跟上来。

楚稚水跟辛云茂打声招呼去拿腊肉，金渝则看着满桌饮料好奇，忍不住也跑到长桌边拿取。

食堂内聚餐气氛越发高昂，还有职工欢快转圈，每走两步就要往旁边让一让，以免撞到沉浸聊天而无心看路的同事们。

楚稚水和陈珠慧拿完腊肉归来，她们向不远处端着托盘的金渝招手，打算结伴一起回到桌边。金渝小心翼翼地端着托盘，上面是两排五颜六色的饮料，看上去每种味道都倒了一点。

楚稚水无奈："你怎么跟他学？"

她们顺着小路往回走，原本平安无事，忽有劲风呼啸，好似有谁猛地蹿过去，眨眼间就不见踪影。

金渝手上一颤，托盘边缘的一杯饮料被打翻，恰好洒在陈珠慧的后背上，瞬间留下一片湿漉漉痕迹！

陈珠慧茫然一伸手，摸到潮湿的触感，一嗅是果汁味道。

"啊啊啊，怎么办？"金渝手足无措，她想要帮陈珠慧擦拭，无奈自己手里还有托盘，只能慌乱而尴尬地跺脚，"我们先到旁边去。"

陈珠慧倒没生气，宽慰道："没事，回家洗洗就好。"

"但穿着湿衣服去外面会冷。"楚稚水笑着打圆场，"我们先把东西放回去，然后给你简单处理下。"

餐桌边，楚稚水先将腊肉和酱肘子放到一边，然后拜托辛云茂帮忙，将陈珠慧衣服弄干。

"上岸后还改不了拍水的毛病。"辛云茂瞧见果汁渍，他风轻云淡地瞄金渝一眼，直把对方吓得浑身打战，这才轻轻打个响指，衣服瞬间焕然一新。

他望向楚稚水，高傲地扬下巴："每次都是她闯祸我收拾，现在你该知道谁厉害吧？"

楚稚水见他趾高气扬，趁他坐在桌边不够高，顺手就摸摸他脑袋："嗯嗯，你最懂事，妈妈很感动。"

辛云茂见过她摸金渝脑袋，但他还是第一次被摸头，一时间愣愣地任她摸，只是心里说不出的古怪。这跟她摸他腰时不一样，总感觉像被当狗狗摸？

"珠慧，衣服是干净了，但里面擦一下。"楚稚水安抚完辛云茂，又道，"不然会难受。"

片刻后，楚稚水带着陈珠慧去擦后背，金渝不小心打翻饮料，作为惩罚要收拾餐具，将经济开发科的桌子清理干净腾地方。

卫生间里，楚稚水帮陈珠慧抱着衣服，她思及果汁沾到后背，问道："你够得到吗？"

"还好。"陈珠慧支吾，"应该干净了。"

"我帮你擦吧，你把门开一下。"楚稚水知道陈珠慧不太表达自己的需求，对方性格很含蓄，真缺什么也不说。

陈珠慧犹豫片刻，她还是将门打开，将温热的湿巾交给楚稚水。

楚稚水几下就将陈珠慧后背擦干净，正要让对方拉好衣服，顺着领口往下瞧，倏地瞥见一点黑，不禁疑惑道："珠慧，你是文身了？"

"啊，那不是文身，天生的。"陈珠慧苦笑，"出生的时候就有了，不知道是斑还是什么。"

楚稚水安慰："没事，反正不穿露背装看不到，改天可以去医院弄掉。"

陈珠慧听对方毫不在意，她缓缓将衣服拉好，一时间怯怯道："我刚出生的时候，好多人听说这个，还跟我父母说不吉利，反正是有什么讲究。"

楚稚水欲言又止："我们银大学子就不要搞这些封建说法了吧？"

"也对。"陈珠慧释然一笑，她感觉在楚稚水眼里确实没大事，什么问题都能解决，也被感染得放松些。

两人收拾好就出去，继续在食堂里用餐，饭后带着腊肉和年货满载而归。

春节期间，楚稚水上午陪父母过年，下午就会偷溜出去一阵，跑到新房那边跟竹子妖种地。她还带上那包干草叶小包裹，里面都是各式各样的种子，不知他从哪里收集来的，现在又被他逐一弄进地里。

两人的工作进度很慢，楚稚水怀疑春节假期都种不完，他们总能拖延时间干点别的，不是跑去购置种地工具，就是觉得新家里缺点什么，稀里糊涂开始逛家具城。

家具城的商家相当敬业，春节期间居然都没关门，依旧坚守在岗位上。商场里还张贴春节特惠的广告，甚至专门列出一张走亲访友的送礼必买清单。

辛云茂上次在新家逛过一圈，检查是否有漏水、是否有瓷砖空鼓、门窗收边等细节，有些小问题他顺手就改了，需要跟其他住户沟通的事情，被楚稚水收集后报给开发商，最近才彻底验完房。

家里的精装修没有问题，但屋子里还空空荡荡，没有摆放任何家具，需要自己挑选采买。

家具城内的装修很好，还做出不少小隔间，模拟家里面的环境。灯光昏黄，音乐柔美，卧室区域摆放着不少大床，雕刻精美的木质床头，还有柔软干净的床褥，让人看到就想扑上去大睡一觉。

楚稚水对比两张床的数据，疑道："它们尺寸一样，做工也差不多，为什么价格差那么多？"

"木头材料不同。"辛云茂观察一会儿，他用指节敲敲床头，从容道，"这种木头雕刻得漂亮，但过些年就支撑不住，没另一种坚持时间长。"

楚稚水恍然大悟："所以还是一分钱一分货。"

"看你想要用多久，就用十几年，或者一直用。"辛云茂道，"有些人类好像喜欢攒家具传下去。"

她吐槽："你说的那种家具叫古董，不可能出现在家具城的。"

楚稚水在辛云茂的帮助下，预订了两款不一样的床铺，打算分别放在主卧和次卧。这两款大床的性价比不错，做工材料和价格相当，估计也能使用很长时间。

他们逛完卧室区域，途经客厅家具板块，还看到一款藤编织的摇摇椅。复古的款式，深褐的颜色，精美的编织花纹，还能半躺在上面摇来晃去。

辛云茂只是瞥一眼，就突然停下脚步，坐在藤摇椅上一靠就不走了。

他平时就喜欢这样晒太阳，局里院内的圆形石凳不够他舒展身体，每次还要后倒靠着树干才行，办公室里的靠椅倒是能转动，但屋里的阳光没有院内充沛，总归是留有遗憾。

如果将藤摇椅放在院内，那就能完美解决所有问题。他在暖黄的柔光下半合眼，俨然一副在梦中沐浴日光的懒散模样，看上去随时要小憩一会儿。

"朋友，朋友，你就不走了？"楚稚水耐心等候片刻，却发现他直接躺平，好脾气道，"没事就起来走两步，怎么还真打算睡一觉？"

他们只是路过，他却当场一瘫。

辛云茂的长胳膊长腿一伸，他漆黑的碎发垂下，连眨眼速度都变慢，眼神迷蒙而悠远，好似湿润的透玉。室内温度高，他的外套敞开，闲适地歪在摇椅上，领口还露出半截锁骨，跟平时衣冠整齐的模样大不相同，透着一股居家的慵懒感。

周围是古典风格的装修，他散漫地半躺半靠，冷峻容颜都被暖光照得柔和，像个挥霍时光的贵公子。

"你要试试吗？"辛云茂听到她的话才慢悠悠抬眼，朝她伸出一只手，"躺着很舒服。"

"真的吗？"楚稚水闻言走过去，她摸一摸藤椅质地，微凉而软硬适中，不会让人背部难受，而且适合夏季使用。

辛云茂一拍摇椅扶手，真挚推荐道："真的，你试试。"

"好吧。"

楚稚水心生好奇，她站在摇椅旁边，却发现辛云茂一动不动。她沉默良久，提醒道："我要试试。"

"好。"辛云茂面色平和，二话不说就应下，依旧一副懒得动的架势。

"你劝我来试试，能不能先下来？"楚稚水气得脸热，她开始疯狂晃摇椅，恨不得将他抖下来，"你躺在上面我怎么试？！"

他以为自己是竹席软靠垫，还能直接铺在摇椅上不成？！

辛云茂遭遇一阵猛晃，这才离开舒适藤椅，将位置让给楚稚水。他双臂环胸站在一旁，眼看她占据藤摇椅，闷声道："怎么不能试？"

"闭嘴。"楚稚水顺势躺下去，她靠着椅背摇晃，连脚都能悬空搭着，一摇一摆快进入梦乡，不禁安详感慨，"确实很舒服。"

他的眼光还算不错，怪不得会走不动道。藤摇椅有种神奇魔力，让人一躺平就不想下去，要是抱着手机或平板电脑没准能待一天。

"多少钱？"楚稚水懒得手指都抬不起来，她半躺着好似贵族，指使起旁边的"仆人"，"帮我看一眼。"

辛云茂拿过标价牌，将其递到她眼前。

"还可以，挺合适。"楚稚水拍板，"买一个。"

辛云茂眨眨眼："然后放到院子里。"

"不，放屋里，新家具才不放外面。"楚稚水撞上他哀怨的眼神，幸灾乐祸道，"看我做什么？我花钱买的，我放屋里躺，不放院子里。"

辛云茂愤愤抿唇。

她还要将藤摇椅放在靠小院的地方，就摆在屋里阳光最好的位置，再将连通小院和住宅的门一锁，让他看得着摸不着，想蹭椅子都没办法。

这样一想，她觉得这笔钱更值了，平白就增添好多乐趣。

两人将藤摇椅加入购物清单，接着去闲逛其他地方。家具城面积很大，各种装修风格的样板间都有，包括各式各样的厨房用具。

楚稚水径直穿过厨房区域，倒是辛云茂新奇地停步。他一指光洁闪亮的厨房吧台，问道："那边是什么？"

"开放式厨房，我家不是这种，听说油烟会大。"楚稚水从善如流道，"当然开不开放跟我也没关系，反正我不经常开伙。"

她中午在食堂吃饭，晚上回家里吃饭，基本没有下厨机会。

"不去看看吗？"辛云茂道，"稍微逛一圈。"

"你要看厨具？"楚稚水诧异，"但你都不吃饭。"

"有厨具就能做饭团，还可以再做点别的。"辛云茂自从在竹都体验过一回，就发现下厨这件事并不难，不禁跃跃欲试起来，还对自己迷之自信。

楚稚水无奈："你上次做寿司材料是现成的，而且都没有用火，你可是植物啊，你不害怕火吗？"

"呵，我会怕这点火？"辛云茂嗤笑一声，他连龙焰都不怕，更不会害怕灶火，冷傲道，"我从诞生起就没怕过火。"

楚稚水只得跟着他走到厨房区域："今天就看看，什么都不买。"

"为什么？"辛云茂一愣，"你觉得上次的不好吃？"

"不是，家里没有冰箱，没办法买材料。"楚稚水疑道，"原来我还得吃吗？"

她以为他就对下厨感兴趣，现在听起来还要她品尝。

辛云茂蹙眉："那不然呢？我又不吃。"

他不吃为什么要做啊？

楚稚水觉得他好怪，简直是说不出的怪，要在她家里下厨，做饭给她吃，关键他还不吃饭。如果他是一个男人，她现在就能想明白，但他是一根竹子，还曾在被追问后来一句"我不知道"，导致她也被搅得恍恍惚惚，完全不知道他在想什么了。

她一向理智而富有逻辑，但辛云茂就没有逻辑，从他们相识起就如此。她可以分析有条理的东西，却没有办法分析思维古怪的竹子。

他那天说他不知道，那她干脆也不知道，不再细琢磨这件事。

没过多久，两人将家具城逛完，他们随便找一个样板间，就坐在客厅沙发休息。

楚稚水正在低头刷手机，核对今日的购物单，打算查一下发货时间。要是工作日送到，那签收起来麻烦，她待在局里，很难赶过去。

"我把送货时间定在周末，但要是突然工作日送来，你能签收一下吗？"楚稚水道，"院子外有竹子，你可以传过去，然后再回局里。"

"可以。"

辛云茂现在对她的愿望都不抱希冀，反正肯定是一些没难度的小事，属于谁都可以干的工作。他可以呼风唤雨、横跨千里，最后她安排他修水龙头，还有帮她收快递。

楚稚水非常满意他的干脆利落："那没事了，谢谢。"

柔和的氛围灯，崭新的液晶屏，点缀两侧的绿植，以及随处可见的温馨摆件。

这里跟空荡荡的新家不同，是精心布置后的完成品，宛若一个真正的家。茶几上放置杂物及书刊，就像每天都有人使用一样。

脚底是软绒绒的地毯，身下是有弹性的沙发，他们稍微往后一躺，就像下班回家的普通人，总算能够在忙碌后歇口气，有一搭没一搭地商量琐事。

辛云茂听她不再出声，不禁用余光偷瞄她，只见她专心致志地刷手机，时不时停下思考一会儿，应该是在规划着新家具。

吊灯下，她白皙的脸庞晕染金光，皮肤细腻如玉，上妆时精致，无妆就稚嫩，唯有那双眼睛总盈盈发亮，迸发出无穷无尽的光彩。她的心情看起来不错，现在坐姿也很松懈，真有种在家的感觉。

他和她在同一个家。

这个认知让他突然屏住呼吸，惊醒习惯于无感的情绪，胸腔内如涌入冰雪消融的春水，沿着浑身血管迅速扩散、叮咚作响，没多久就让暖融融的春意铺满刚从寒冷中复苏的大地，诱使在地底休眠的各类植物破土而出。

他不懂这种陌生的感触，但他此刻好似拥有了什么，在千年荒芜中反复徘徊，终于找到一汪浅浅的水，眼看细流边萌生绿意，不知不觉就送来春天。

辛云茂静默良久，冷不丁道："人类每天都过得这么开心？"

人类是不是都跟她一样，每天认真上班，回家认真生活，吃一顿家常菜，度一晚安眠夜，总是神采奕奕，偶尔低落一下，很快恢复精神，从没有无趣时刻？

他竟有些羡慕了。

"你感觉开心？"楚稚水错愕，"那是你喜欢逛街吧，有些人觉得买家具装修很烦，还会由于价格或鸡毛蒜皮的事吵架，一般商量这些很破坏家庭团结的。"

她以前听说过好多类似的事，比如丈夫是甩手掌柜，等东西买回来又吹毛求疵，或者是其中一人装修时操心更多心生怨怼，最后掐得天翻地覆。普通人的生活没有惊心动魄，都是在无数枯燥小事中消磨能量，一不小心就精疲力尽、枯槁不堪。

"还好？"辛云茂垂眸，"我觉得开心。"

楚稚水一怔："那你真容易满足。"

不过他本来就不是人，竹子肯定没有复杂想法，在大自然里也活得简单。

仔细一想，虽然他时常胡言乱语厚脸皮，但确实没有提过反对意见，平时说酸话是刷存在感，真让他做点什么，即便开始不愿意，但说句好话就答应，而且过后完全不在意。

没准是他无所不能，所以他不在乎回报，就像明知道绿茶会卖给叶局他们，也丝毫不介意他们最初的敌意。

他没有工资，至今还工作，说实话很厉害，简直达到无欲无求的境界。

楚稚水神情微妙地紧盯他许久，直到辛云茂迷惘地转过头。他问道："怎么？"

她承诺道："如果你以后想申请劳动仲裁，我愿意无偿帮你提供指导。"

"？"

两人离开家具城时，外面天色渐暗，没空再回新家。

楚稚水发觉她最近频频晚归，反正只要是出来跟他见面，时间不拖到傍晚不往回赶，恨不得每天都有新任务要共同完成。

辛云茂陪着她走过熟悉的长桥，突然道："我今天还在院子里放了点东西。"

"是什么？"

"那只鸟给的，好几箱东西，我没有细看。"辛云茂回忆道，"我用不到这些，索性放在院子里。"

"该不会是年货吧？"楚稚水道，"里面有水果和饮料，你也不需要？"

"不要，好像有牛奶，我不喝那个。"

辛云茂连奶茶都不喝，偏好水果茶，看起来确实对奶制品没兴趣。

"现在过去拿也来不及。"楚稚水苦恼，她一瞄辛云茂，又将主意打他身上，"不如神君回去一趟，再把东西运过来，正好不用我开车搬。"

他能一秒收纳，随意地传送，做闪送小哥估计赚得盆满钵溢。

辛云茂倒无二话，很快就闪现归来。他这回将楚稚水送进小区，帮她把东西搬进电梯间，这才跟她在一楼道别离开。

片刻后，楚稚水乘电梯抵达，她费力地将箱子推进楼道，也不知道妖怪力气怎么都那么大。辛云茂不想被摄像头拍到隔空取物，他确实是搬着几箱年货进来的，看上去毫不费劲、游刃有余。

家中，楚霄贺听到开门声，他的视线离开手机，寒暄道："回来了。"

"嗯。"

"你这两天经常出门啊。"

"我去新家那边看东西了。"楚稚水换完鞋，往屋里面喊，"妈，我又带了牛奶回来，你最近不要再买了。"

"好的，我知道了。"谢妍这才匆匆从屋里出来。

楚霄贺一扫那堆箱子，问道："你们单位发的年货？"

楚稚水随口道："对，还是那些。"

谢妍疑惑："怎么又来一堆？"

"就发得比较多。"楚稚水涌现心虚，她赶忙找借口离开，"我刚从外面回来，先去洗个手。"

楚霄贺目送女儿逃开，他仔细端详一番年货，不知在思忖什么，最后得出结论来："她最近有情况。"

"啊？"谢妍一蒙，"什么情况？"

楚霄贺老神在在："你还记得她初中时候，学校建在咱家旁边，步行十分钟就能回来的事吗？"

"记得，以前大院那边呗。"

"但她有段时间都是半小时才回来，肯定是在路上耽误了二十分钟，就跟这几天差不多。"楚霄贺泰然道，"原因是院子里当时有条小狗，狗主人把它放外面，她放学后要跟它玩，打完招呼才会回家。"

楚稚水从小就是有规划的孩子，她把学习时间掐得精细，就连看到喜欢的小狗，都不会彻底耽于玩乐，开心一会儿又去做正事。

楚霄贺当时知道此事，但他并没有出手管，反正女儿心里有谱。

楚霄贺朝那堆年货抬下巴："这些东西又是哪儿来的？她领的年货箱子上有'楚'，但这些箱子都没有写名字。"

洪熙鸣等妖不敢写辛云茂的名字，只有他的年货箱子上干干净净。

"没准是多的，局里新发的。"谢妍狐疑，"不对，她今天没开车，去不了单位。"

楚霄贺点头，他满脸正色，语气笃定道："她在外面有情况，不然就是有狗了。"

"有情况正常，她都大人了。"谢妍调侃，"还真当她是小不点？"

楚霄贺闻言唏嘘起来，又跟谢妍聊两句女儿童年。

楚稚水从卫生间出来时，她发现父母都待在客厅，一旁还摆着那堆年货，不知为何感到不妙，犹豫道："怎么？"

"没什么，跟你爸聊两句。"谢妍笑道，"最近经常出去玩？挺好的，放松点，别总忙工作。"

楚稚水摸摸鼻子："不是玩，是去新家那边。"

"哦，那春节后还去吗？"谢妍道，"以后每个周末都去？"

楚稚水答非所问："春节后我要出差一趟。"

胡局要带他们到银海市，所以没法每周末去新家。

Zhu and Zhi

第五章

龙知李龙科

签名
楚稚水

春节过后，槐江市逐渐清静起来，过年归来的年轻人跟家人告别，重新奔赴奋斗的大城市。节日期间街道上人头攒动，各大商场和电影院挤得满满当当，等到假期结束后便空荡不少。

槐江观察局内，楚稚水新年开工后整理完资料，向金渝和陈珠慧交代完近期安排，便跟胡臣瑞和辛云茂一起踏上出差之旅。

胡臣瑞明示要带辛云茂，金渝不愿意去银海市，最后就是一人二妖。

飞机票是洪熙鸣订的，楚稚水在机场才得知已经选座，她和辛云茂坐两人一排那侧，跟另一侧的胡臣瑞隔着过道。楚稚水坐在二妖中间，时不时跟他们分别聊两句，总感觉人类充当妖怪们交流的桥梁好奇怪。

空乘没多久送来饮料和餐盒，楚稚水打开盒子看一眼里面，最后只吃掉红丝绒蛋糕，剩下的都没有碰。辛云茂瞥见此幕，他打开面前的盒子，取出自己的那枚，放进她的纸盒里。

楚稚水看到那枚红艳艳的蛋糕，愣道："你吃吧。"

"我不吃。"

胡臣瑞饶有兴致地观察他们，笑道："真不错，我还是第一次跟局里职工一起去银海。"

楚稚水唯恐胡局多想，她连忙礼貌地接话："胡局每年都要去银海市？"

"对，而且都是这时候，事业费要是不到位，那就没法展开工作。"胡臣瑞笑眯眯，"这笔钱每年拨下来，但怎么分都要商量，每个局里的发展情况不一样，就会给比较辛苦的多拨一些。"

楚稚水请教："哪些局比较辛苦呢？"

"除了银海局以外，都会比较辛苦。"胡臣瑞道，"咱们局里是你来之后才变好。"

这意思就是只有银海局能盈利，怪不得叶局最开始嘚瑟成那样。

"其他局长也会去吗？"楚稚水好奇，"漆吴局和空桑局。"

胡臣瑞望一眼安静的辛云茂，对方沉默地坐在小窗边，看起来不甚在意的样子。他这才点头："对，他们也会露面。"

银海机场，杜子规今日开一辆能载七人的大车，完美解决楚稚水不知如何分配座位的担忧。她跟杜子规笑着打完招呼，就带着辛云茂坐到最后排，让胡臣瑞坐在门边的位置。

繁华的市中心，银海局古楼格外显眼，附近一如既往地热闹。游人们有说有笑地经过大铁门，巨大的城市完美掩盖古楼，没人会对街边建筑物产生兴趣。

这座城市的高楼大厦太多，各类机关单位也复杂，即便是周围住户，没准也搞不清楚银海观察局真正的用途是什么。

胡臣瑞下车后笑容和煦地溜达一圈，便开始规划起观局新店面："我以前还没发现，这边是挺热闹的，很适合咱们开店啊。"

杜子规忽闻兄弟单位局长要来自己局里开店："？"

"小楚，你不是说想搞那种创意直营店，放点新品还有周边明信片。"胡臣瑞伸手一挥，"我看他们大门口那边就合适，人流量很不错，好多咖啡馆呢。"

"因为这边有条小道直通市里景区，一整条街都是咖啡馆和创意门店。"楚稚水小声地介绍。她当年还被大学同学带来游玩，这才途经银海观察局，看到灰檐白墙的古楼。

胡臣瑞悦然拍手："那就更合适，我看没问题！"

"老胡，你可来了，你怎么回事啊？！"

熟悉的嘎嘎声响起，五颜六色的叶局露面，好像只蹒跚的大鸟，一路跌跌撞撞奔来。他看到胡局身边的两人，连忙压低自己的声音，对楚稚水强挤出笑脸，又对辛云茂躬身作揖，一副尴尬无措的嘴脸。

胡臣瑞瞧见打扮花哨的叶华羽，客气道："叶局，好久不见，最近过得好吗？"

"你这样来开会，你觉得我能好？"叶华羽挤眉弄眼，又碍于辛云茂在场，不敢直接将话戳破，"咱俩关系铁就算了，他俩看见该怎么办？"

楚稚水听到此话却装没听到，但她能够读懂胡臣瑞的神色，他脸上分明是"知道你过得不好我就放心了"和"你说错了咱俩关系也不铁"。

"什么怎么办？"胡臣瑞揣着明白装糊涂，岔开话题道，"对了，老叶，我听说现在实体不景气，你们的店面都不好出租，不然你就租给我们吧。"

"啊？"叶华羽茫然，"谁说不好租了？我们很好出租……"

胡臣瑞一把握住对方的手，他神色郑重，意味深长道："我知道你一向爱把话往肚里搁，我们关系铁，你就说实话，我们会租的。"

楚稚水心想要是唠叨的叶局都爱把话往肚里搁，那辛云茂没准天生是哑巴，竹子就没长嘴说不出话。

胡臣瑞："大门口那边空着不好，不然我们就租那片，用来开我们直营店。"

叶华羽惊得耳红脖子粗，他发出鸟鸣般高亢声音："你知道门口店面有多赚钱吗？怎么能够给你开店——"

"别激动。"胡臣瑞熟练地掏出一袋玉米粒，他打断叶华羽的叽叽喳喳，有条不紊道，"来点吗？"

不管过去多少年，胡臣瑞逗鸟还是老一套，一袋咸蛋黄玉米粒打天下。

叶华羽吃完那袋玉米粒，就开始抓不住事情重点，一会儿想局长会议期间让辛云茂来不对，一会儿想将门口店面租给槐江局不对。孔雀遭遇双重夹击迷糊起来，一时间不知该先聊哪件事。

片刻后，叶华羽一拍脑袋，决定以后再沟通："行了，你们先去招待所，我待会儿还要接沙沙他们。"

杜子规连忙带着槐江同事到招待所办理入住，依旧是楚稚水上次出差住的那一家。

招待所一层的沙发边，楚稚水瞄一眼柜台前办手续的杜子规，又望向胡臣瑞，迟疑道："胡局，您确定没问题？还会有其他局长过来。"

她早猜到叶局会有反应，叶华羽对辛云茂态度已软化，但其他局长就不一定，没准又要搞围剿那一套。她可不想遇见这种事，即便辛云茂说不在乎，可任谁碰见敌意都会不爽。

"没问题，能有什么问题？两个穷局有什么好搭理的？"胡臣瑞从容道，"要不是那孔雀兜里有俩钢镚，你看我会理他吗？"

楚稚水感觉胡局真把她当自己人，他现在连腹黑都不掩饰，跟人前笑意盈盈的模样不同。她避开胡臣瑞，又凑到辛云茂身边，悄声道："你也不介意？"

温热气息往耳边一扫，带来一阵酥酥痒痒，好像飘过一片羽毛。他睫毛一颤，惊异地望她一眼，好半天才缓过神来，闷声道："不介意。"

"真的假的？"楚稚水凝眉，"你见过其他局的妖怪吗？"

辛云茂沉吟数秒，他好似在理解此话，终于反应过来，小声道："……原来你在说这个。"

楚稚水："？"

她怀疑他聊天系统断线，抗议道："你有在认真听我说话吗？"

楚稚水见辛云茂一声不响，以为他不喜欢这里，摆出高傲冷漠脸，谁料在神游太虚，根本就没有参与进话题。

他最近似乎老走神，不知道究竟在想什么，时常紧盯着她，又不听她说话，好像那上课溜号的后进生。

"听了。"他有点心虚，忙回避视线，平静道："不介意，他们比那只猫还弱，几条鱼翻不出什么浪。"

"其他局实力要弱点？"楚稚水一愣，"那四个观察局从高到低怎么排？"

辛云茂慢条斯理道："基本是槐江、银海、漆吴、空桑。"

辛云茂长时间待在槐江区域，槐江观察局自然实力最强。银海局坐落于大城市，具备不一样的战略意义。漆吴位于海边，是吴常恭以前的单位，也是龙神诞生之地，当地势力纷繁复杂。空桑局一直是万年垫底，经常在四局里没话语权。

胡臣瑞当初跟楚稚水商量茶叶定价，就说银海局比业务不如槐江局，只是占据的地理位置好，现在看来所言非虚。

胡臣瑞和辛云茂都说没问题，那楚稚水也没理由再操心。她原想着要是顺利的话，没准碰不到其他局职工，谁承想午餐时就是冤家不聚头。

食堂内，胡臣瑞要跟局长们共同用餐，楚稚水和辛云茂不陪同，便拿着托盘排队吃自助餐。

辛云茂上一回来过银海局，他再次露面并未引发骚乱，看来底线都是被逐渐击破的。银海局职工见过辛云茂一次，他们就不在乎有第二次、第三次，对频频来出差的经济开发科习以为常。

餐厅内，唯有一道视线冷厉异常，楚稚水抬眼一瞧，发现是陌生面孔。

对方是一名男子，二三十岁，容貌绝色、眉眼偏柔，严肃的神情却冲淡脆弱感，一条丝带在脑后扎一个小辫，穿着带异域风格的装束，精致却不会雌雄难辨。小辫男子眉头紧皱，狠狠盯着他们，深色眼眸都是戒备，好像身体紧绷的警惕野兽。

楚稚水怀疑对方是其他局同事，毕竟银海同事早经历过第一轮围剿，现在对辛云茂的存在麻木异常。

辛云茂顺着她的视线同样看到了小辫男子，清俊脸庞也沾染霜气。

"不许看。"辛云茂冷声道，也不知道是说给楚稚水，还是警告不远处的男子。

楚稚水提醒："他在看我们。"

"那你也不许看他。"

楚稚水懒得理他，继续探头张望："他是其他局里的？那说不定会碰到。"

小辫男子看着来者不善，或许应该跟胡局说一声。

辛云茂见她对其他同事感兴趣，越发耿耿于怀，还幼稚地凑过来，用自己的脸遮住她视线，直接将不远处的小辫男子挡得严严实实。

楚稚水惊叹于他的无赖，她都想要伸手敲他，思及在食堂又收手："你好烦。"

"我好烦？"辛云茂瞪大眼，他更加不乐意，"立马就嫌我烦？"

楚稚水无语地扶额，深感不能跟他纠缠。楚稚水想跟胡局打声招呼，没料到对方跟她思维一样，同样给自己的局长打了招呼。

饭后，楚稚水和辛云茂站在食堂外晒太阳消食，正好撞见用餐结束的局长一行人。

胡臣瑞、叶华羽和陌生壮男走在前排，方才食堂里的小辫男子紧随其后，他们直接朝着两人过来。陌生壮男看起来人高马大，他的脸庞硕大，浑身自带威严，应该是其他局的局长。

叶华羽看见不远处的两人，连忙转移话题道："沙沙，我们去楼里逛逛吧。"

"沙局，你也想晒太阳？"胡臣瑞瞧见楚稚水和辛云茂，他哪能不懂沙鲸纹走过去的意思，还笑呵呵地抬手打招呼，"小楚，你俩吃饭没？"

楚稚水忙道："吃过了。"

小辫男子见胡局不以为意，他板起脸来，正义凛然道："胡局，这不符合观察局的规定。"

"规定？"胡臣瑞悠然，"不符合哪一条规定？你说出来，我听一听。"

沙鲸纹抬手制止："泉先，对胡局客气一点。"

蓝泉先一瞄面无表情的辛云茂，神色越发肃穆，认真道："这会动摇观察局的安全。"

"你们现在往前凑，这才会动摇安全，聪明点就绕着走。"胡臣瑞淡淡道，"我们过去都不够送的。"

辛云茂作为话题中心，却根本不在意靠近的局长们。阳光下，他正在专心观察楚稚水的发梢，看着那几缕秀发在微风中跳舞，又开始午餐后的走神发呆时光。

楚稚水见他们走来也不惧，她波澜不惊问好完，镇定地自我介绍："我是楚稚水，这是辛云茂，都在槐江局经济开发科工作，这回主要陪同胡局过来，跟叶局商议合作和发展。"

"说得对！"叶华羽高声附和，"就商量赚钱，没什么大事！"

"经济开发科？"蓝泉先皱眉质疑，"你在局里的非核心科室工作，怎么能意识到问题严重性？"

胡臣瑞冷不丁打岔："他在哪儿工作？是什么职级？"

沙鲸纹："泉先在漆吴局观察处工作，目前是正科。"

"哦，就正科啊。"胡臣瑞散漫道，"其实我们局里刚进行完述职大会，小楚一年来的工作成绩很好，深得局里职工们的信赖，经商议票选被提拔为副处，以后就是槐江局经济开发处的处长了。"

天降提拔，楚稚水从楚科长变成楚处长？

她怎么不知道自己被局里选为副处？这升职速度坐火箭了？

胡臣瑞一瞄蓝泉先，意有所指道："虽然小楚脾气比较好，不太在意这些事，但科长对处长说话还是客气点。"

蓝泉先公然被胡局批评，一时间悻悻地闭嘴，不敢再随意出声。

沙鲸纹惊道："事业费都没有发，你们就选干部了？"

每年的干部选拔也不该是现在，怎么琢磨都不会在这时间提拔。

"怎么了？"胡臣瑞一笑，"装什么呀？你们不也是这样？"

沙鲸纹脸色难看："我们局里什么时候这样过？"

"没有吗？"胡臣瑞甩锅道，"这可是吴常恭来槐江后说的。"

蓝泉先愕然："吴常恭明明是自己能力不够！"

"确实，从漆吴局里来的，我都觉得不太行。"胡臣瑞指桑骂槐。

双方针锋相对，瞬间气氛紧绷。

"哎呀，行了，都少说两句。"叶华羽赶忙打圆场，他一晃腕上手表，妄图闪瞎沙鲸纹，"沙沙，你看我这表，颜色漂亮吧！款式新不新？咱们聊点别的？"

"不看，不聊。"沙鲸纹一口回绝，一副生怕被缠住的模样，他带着蓝泉先要走，刚踏出去两步，忽然又扭头，横眉告诫道，"不要叫我沙沙，你叫他老胡，总叫我沙沙，这什么意思？"

叶华羽一怔："但你就是鲨鱼啊？"

"鲨鱼也不能叫沙沙！"沙鲸纹外表硬汉，看着很能打，恼怒道，"你怎么不叫他胡胡？"

叶华羽："这又没沙沙顺口……"

沙鲸纹暴躁："你就是赚到钱看不起我！"

"这哪儿跟哪儿？"叶华羽见沙局拂袖而去，讶异道，"这炮火怎么往我身上打？"

蓝泉先临走前还望向胡臣瑞，沉声道："胡局，希望您不要忘记，那位以前也没问题，但任何事都是会变化的。"

沙鲸纹和蓝泉先迈步离开，叶华羽跟胡臣瑞打声招呼，立刻抬腿追过去，现场只留下槐江观察局的成员。

楚稚水听到蓝泉先的话，不解道："那位？"

"叶局似乎和你提过了，神君当年跟龙神的冲突。"胡臣瑞抬眼望辛云茂，只见对方随手插兜，脸上并无反应，好似事不关己。

楚稚水点头："对，说了一点。"

"漆吴是龙神的诞生之地，他以前在那边声望很高，甚至至今都留有拥趸，当地还残余不少龙神庙。"胡臣瑞道，"只要这些据点没被除干净，漆吴的海水就包含妖气，让龙神的力量无法散尽。

"他还是鲛人，感触就更深，敌意会更大。"胡臣瑞无奈道，他放眼望去，早看不到蓝泉先的背影。

楚稚水："鲛人？"

辛云茂双臂环胸，面无表情地解释："鲛人以前是那条龙的忠实信众。"

大战时，鲛人们冲得最凶，但他从不会下海，所以没有任何影响。

"后来鲛人族内部分裂，一部分就像刚才那位不再信龙神，一部分依旧盘踞在龙神庙，干扰漆吴局的正常工作。"胡臣瑞道，"所以他神经质点正常，说起来还挺可悲，连同物种都没法信任，更不可能信任其他物种。"

蓝泉先是鲛人，以前最相信龙神的族群，他信仰崩塌后进入漆吴局，目前还在处理残存的龙神庙势力，无疑是对辛云茂最有偏见的群体，顽固思维很难一朝改变。

胡臣瑞笑眯眯："不过别担心，他就是正科，你可是副处，他不敢跟你大声说话。"

"胡局，刚才就想问，我怎么不知道自己被选为副处？"楚稚水叹息，"这连票选过程都没有。"

"我当年也不知道自己被选为槐江局局长，他们告诉我这叫众望所归，所以你不知道自己被选副处正常，这应该也是众望所归。"胡臣瑞若无其事道。

楚稚水迟疑："但我年限也不够。"

"小楚，你得明白一件事情，你这种情况只能破格提拔。"胡臣瑞严谨教导，"真要论资排辈的话，怎么可能排得到你？你排不过我们的。"

楚稚水想起上一位新人金渝已进局里二十年，她突然就领悟胡局深意，恍然大悟道："原来如此。"这要真按照年限来排，她确实这辈子没戏了。

"好了，这都是小事。"胡臣瑞挥手告别，"我下午就跟他们开会，等回来店面就应该妥了，你们待会儿可以逛一圈挑地方。"

胡局完全是胜券在握的态度，根本不在乎沙局和蓝泉先。

楚稚水目送胡局离去，她这才看向辛云茂，新奇道："既然有龙神庙，会有竹神庙吗？"

"没有。"辛云茂冷嗤一声。

他不认为鲛人族分裂可悲，这完全是他们咎由自取，将自身寄托于虚无的龙神，活该闹得四分五裂、互相残杀。他们的痛苦是自己带给自己的，倘若不是最初要向龙神求取什么，又怎么会酿出一场惨剧？

辛云茂眉头紧皱、表情紧绷，他浑身都散发不快，显然不爱提起龙神。

楚稚水若有所思："哦——"

"你那是什么表情？"辛云茂沉吟数秒，他偷看她一眼，低声道，"你觉得我没有庙不厉害？"

他确实反感这些东西，但庙宇是声望的象征，她该不会认为自己比龙神差？

"没有，我也给你搞一个吧。"楚稚水随意道，"我把摇椅放到院子里，再给你放点茶壶和水，就算你的竹神庙了。"

辛云茂想起那把藤摇椅，愣怔道："那是我的庙吗？"

楚稚水扬眉："你就我一个信徒，肯定只能简陋点，难道你还嫌弃不成？"

辛云茂沉默良久，提醒道："如果在那里建庙的话，那就算我的活动区域，你以后没法反悔的。"

"可以，反正都种满竹子了，你现在照样活动，弄成庙也无所谓。"

辛云茂听她一口答应，好半天说不出话，总感觉内心深处的洞被填补，从诞生起就莫名其妙被围剿，眨眼间就虚耗千年光阴，终于在此刻产生变化。

大战结束后，妖怪们畏惧和戒备他，他从深黑龙焰中得知人类丑恶，更不愿靠近欲壑难填的乌合之众。但现在有人说要给他建庙，而且他们至今都没有仪式。

"好奇怪。"辛云茂垂眸，"我都没实现过你的愿望，为什么你要给我建庙？"

楚稚水诧异："不是实现很多了？"

"那也能叫愿望？"他惊异道，"都是鸡毛蒜皮的小事，连人类都可以做到。"

她信誓旦旦："我说是愿望就是愿望，你应该重视客户需求，再小的需求都很重要。"

"……好吧。"

辛云茂眼眸如暖阳下的湖面，他眼底波动着粼粼微光，轻声道："但一般庙都是建在室内的。"

楚稚水恍惚："啊？"

他别扭地支吾："所以不该建在院子，应该建在你家里。"

"你、想、得、美。"楚稚水臊得脸烫，"不能进我家！"

"为什么？"辛云茂嘀咕，"庙又不会修在卧室，基本都是在客厅里。"

"闭嘴，不行。"她斩钉截铁道，"除非是将你挂墙上，否则不许惦记我家客厅。"

"……"

会议室内，胡臣瑞推门进去就看到叶华羽和沙鲸纹。每年的局长大会都在此举行，房间里唯有四位局长，其他职工不会参与。

胡臣瑞一扫空出来的座位，问道："黄局还没来？"

"老黄来不了了。"叶华羽道，"最近空桑局势有变化，不少龙神庙都复苏，甚至超过漆吴那边。"

局长会议当然不光聊钱，定期互相交换情报，讨论局里本职工作，这才是最重要的事。

沙鲸纹表情凝重："漆吴这两年也不安定，我们怀疑龙神感应到什么，妄图从封印里钻出来，连流亡鲛人都变得嚣张。"

"都这样还搞针对呢？"胡臣瑞道，"这要是龙神封印被破，难道让我拉下脸去求他帮忙？"

沙鲸纹："龙神要真从封印中出来，肯定第一个就去找他……"

胡臣瑞反驳："那可不一定，说不准先帮老部队把漆吴局收拾了，你们跟他的追随者掐架多年，捣毁的据点数不胜数，积怨很深。"

沙鲸纹："……"

"槐江近期也有情况，但基本被处理干净，没闹出什么事来。苗沥都在辖区里发现他的妖气，要知道那可是在那位的诞生地附近，他不到万不得已，不该这样打草惊蛇，除非他感觉到紧迫，有什么事必须完成，就在这一百年内。"

胡臣瑞手里捏着一枚古钱币，反复把玩起来，像透过古币在眺望什么。

"你是说空桑的那个传闻？"叶华羽似有所悟，"他想找当年的那个人。"

"没准他们看到的天地跟我们的不同。"胡臣瑞道，"这也只是猜测，要真有这种事，那近百年绝不太平，你们更该跟他消除隔阂，否则龙神出来无妖可挡。"

辛云茂当年是倒霉，他一诞生就遭开战，但龙神都被揍过一回，这次说不准用迂回战术，不会先到槐江找碴儿。按照辛云茂的性格来看，别人不打他他就绝对不动手，更不可能主动帮助其他妖。

沙鲸纹思忖许久，说道："我们跟他关系紧绷那么久，尤其漆吴是他最反感的地方，你认为他还会接受和解吗？"

胡臣瑞不慌不忙道："我理解你们的忧虑，前面的事不可挽回，但现在恰好有个契机，能让你们跟他缓和关系。"

叶华羽和沙鲸纹听他故弄玄虚，他们皆面露疑惑，一时间摸不着头脑。

"什么契机？"

"叫他一声神君……"胡臣瑞掏出一张纸，"然后把事业费拨来，再在合同上签好字，把大门口租给我们经济开发科开店！"

他相信只要楚稚水开直营店顺利，神君能把一帮妖的事都摆平了。

办公楼内，楚稚水和辛云茂正在敲定今年茶叶的订单，现在春节刚过，只要气温回升，再过几个月就是新的采茶季。

胡臣瑞结束局长会议，他春风满面地赶过来，还带来好消息："行啦，店面的事商量好了，我们一起去逛逛，可以挑地方开店了。"

"好快。"楚稚水深感震撼，迟疑道，"各位局长效率好高。"

胡臣瑞的谈判速度如推土机，连楚稚水都自愧不如，难道就没局长犹豫一下？

"挑完就能回槐江，等到店真开起来，还可以让叶局他们帮忙盯着点，反正就在银海局门口。"胡臣瑞干脆利落道，早就规划得明明白白。

除正门外，银海观察局和外面街区间有一道小门，通过这里走出去，都是热闹的小店。一整条街全是别致店面，有书店和咖啡馆，还有花店和日料店，真要逛完也不容易。

银海市寸土寸金，别看店面很小，但能在此长期经营的店家都实力雄厚。银海局恰好在此有一些店面，平时用于自己经营或出租，现在过完年正好有间刚空出来的，只是里面的东西还没搬干净。

"这个比那边的要好。"楚稚水用手机拍照，说道，"面积小一点，但位置优越。"

胡臣瑞点头。

"钥匙好像还没拿来，我去看看。"楚稚水久等不来杜子规，就没法开门进店里，她刚想发条消息询问，谁料手机屏幕却突然弹出来电。

来电人是李龙科。

楚稚水手机是静音模式，因此不会有铃声惊扰。

辛云茂站在她身边，他一瞄屏幕上的名字："为什么不接？"

"我只是有点惊讶。"楚稚水凝眉，"好像恐怖故事。"

"恐怖故事？"

"'埋在墓地里的人'怎么会给我打电话？"

"？"

楚稚水离职时没删李龙科联络方式，她自认为还算好聚好散，互相拉黑删除实在幼稚，微信也能看到彼此朋友圈。真正的不在乎就是无波无澜，连偶尔刷到对方的消息，都能云淡风轻地掠过，溅不起一点水花来。

但这绝对不包括通话来电。

楚稚水跟辛云茂和胡臣瑞打过招呼，这才走远一点接电话，克制而冷静道："喂？李总。"

胡臣瑞原本浑不在意，他听到称呼耳朵尖一动，一如探起身来的敏锐狐狸。

"稚水，最近过得怎么样？"李龙科态度和气，"你目前待在槐江吗？"

"不……"楚稚水犹豫，"我在银海。"

她不愿意说这话，但这两天要撞见，着实会比较尴尬。

"啊，你就在银海？"李龙科一惊，又赶忙笑道，"那更方便啦，本来说去槐江找你，不然我们这两天抽空见一面？"

楚稚水语气古怪："见一面？"

她应该是李龙科前同事，又不是他前任，有什么好见的？

"对，我最近仔细想了一下，当初跟你商议公司的事，确实有很多冲动言行，估计也让你受委屈了，心里一直过意不去。"

李龙科道："我们见面谈一谈，我正式向你道歉，也希望你能回来，毕竟你是龙知的创始人之一，龙知里有一个字属于你。"

这语气跟他们当年在校创业时如出一辙，但楚稚水年少时被骗过一回，说什么都不会再上第二次当。她知道李龙科的宽厚诚恳只限于他处于低谷期时，等到他有能力张狂，一秒就能撕破面具，露出贪婪的獠牙。

看来龙知视频真要完了，李总都低头跑来找她了。

楚稚水镇定道："李总，您抬举我了，龙知是知识的知，我名字是稚气的稚，龙知能有今天的发展主要是您的努力。"

"你还在生气？"李龙科为难，"不如我们面谈。"

"不，我没有生气，其实我在出差，来银海有工作，可能没有时间。"

"我记得你好像进事业单位了，不然我去你单位附近找你？"

天哪，他好烦啊，千万不要跟男人共同创业，没准离职后还要被他当前女友纠缠，简直硌硬得要命。

楚稚水不想暴露观察局地址，她索性随便应一声，委婉地说改天再约。众所周知，"改天再约"就是不会见面。

辛云茂见她挂断电话，他眨了眨眼，问道："是上家公司的那个人？"

他上次到清吧门口接她，听她聊起过前公司。

楚稚水叹息："对。"

"上家公司？"胡臣瑞心中更是警铃大作，他回忆起楚稚水曾嫌工资低要辞职，故作随意道，"小楚，你最近要跟他见面？"

他可不接受楚稚水跑路回银海，那他的所有布局就功亏一篑，连槐江局绩效也将一蹶不振。

"没。"楚稚水一怔，"就客套两句。"

胡臣瑞笑呵呵："该不会是我在这里，所以不方便答应吧？"

楚稚水语塞："不是，胡局您想多了，我真没打算见，在局里挺好的，还被提副处，外面都不敢想。"

"呵，这不是还没正式批下来，谁知道中间会不会有变数？"胡臣瑞笑道。

楚稚水听出他误会，她深吸一口气，软言道："胡局，我觉得人类和妖怪都要真诚点，彼此信任对方，这才有利团结。"

"观察局天天处理人妖纠纷，让我明白一个道理，不能轻易信任擅长说场面话的人类！"

"……明明您也经常说场面话。"

胡臣瑞拍板道："既然没想去，为什么不见？你让他来局里见你，然后你当面拒绝他。"

胡臣瑞根本不信楚稚水，她当初刚来局里时毫无抱怨，谁料一声不吭就交辞职报告。手腕厉害的人都不张嘴说，默默地就将事情做了，跳槽跑路也是相同道理，喊得最凶的往往不走，都是看着稳定的突然离职。

"我去跟叶局打声招呼，你们一会儿就在会议室聊。"胡臣瑞无心看店，直接去找叶华羽。

"他好执着。"辛云茂眉毛一挑，似乎感到不解，"你肯定不会回去。"

他知道楚稚水的过去，自然不会感觉忧虑，先不提离职前公司的缘由，即便她真的想赚钱，完全可以找他许愿，还用在人类手下讨生活？

楚稚水吐槽："狐狸心眼子就是多，狐疑狐疑就不信你。"

办公楼内，叶华羽听闻胡臣瑞的要求，他同样不明所以，说道："这是小楚的个人选择吧？再说人类在局里工作就是不方便，她都能看出手表好坏，以前也是见过世面的。"

"老叶，我告诉你，她要是到银海发展，神君绝对会跟过来。"胡臣瑞警告道，"那时候你就要经历我现在的生活，他肯定不会再踏出银海一步！"

银海观察局，临近下班的时间，大铁门外的人流逐渐稀少。

李龙科开车抵达定位，他不解于楚稚水选的位置，后来得知她在陪领导开会，会议后很快就要赶回槐江，这才理解必须在单位里见面的缘由。没准是有保密协议，限制职工外出。

在他的印象里，事业单位都比较土气，但银海局大门威严肃穆，连门口的停车位都遍布豪车。

外面的车不允许开进局里，李龙科在门卫处打过电话，然后步行前往指定办公楼。他还奇怪楚稚水不出来接人，谁料刚走出两步，忽闻旁边惊声质问。

中年男子衣着光鲜，浑身上下无一不是名牌，他看上去也算有头有脸，此时恼怒地一指李龙科："凭什么他能进去？！"

门卫解释道："您误会了，他不是办业务，是跟局里人有约。"

李龙科心里一跳，他越发感到惶恐，竟不知楚稚水进入的是什么实权部门，不但安保森严且不让出门，还有名流富豪聚集在楼外，赶紧脚步匆匆地往里走。

她不是回槐江"养老"吗？这怎么看起来像加入了不得了的组织？

现代社会就是这样，光有钱都没有用，还必须有人脉。

李龙科最近就深谙此理，他白手起家积累不深，不像新透的齐畅八面玲珑，只要将投资人一笼络，立马就对标龙知开公司，让他气得跳脚又没办法。

楚稚水当年在公司擅长经营人际关系，跟资方们联络得不错。李龙科相比她要差很多，近一年来明显力不从心，这才有邀她回来的念头。

龙知视频如今陷入困局，连公司里都有人看笑话，估计真的只有她盼着龙知好。

李龙科现在回忆起来，楚稚水没做过对不起龙知的事，过去对她的诸多猜忌及怨怼，也随着龙知的内忧外患而烟消云散。他不得不承认，真想找谁重整大局，她是最靠谱的人选。

办公楼内，李龙科轻轻敲门，终于看见楚稚水。

他往里面随意一瞥，这好像是一间休息室，都是参会人员坐在里面，正在悠闲地喝茶。屋里有男有女，年龄也不相仿，看装束不像公职人员，还有人脖子上挂着金链条。

楚稚水打开一道门缝，她被胡局扣在此处，硬着头皮道："李总，不好意思，我这两天跟着局长开会，所以只能这样见一面。"

李龙科一笑："没事，我们出去聊？"

叶华羽凑到辛云茂身边，悄声道："神君，这也能忍？"

辛云茂面容沉静，全程都懒得搭话。他一瞄李龙科，难得地回应，语气凉薄道："姿色平平。"

"小楚，别出去了，进来坐吧。"胡臣瑞伸手招呼，亲切道，"我们小声一点，不会打扰你的。"

"谢谢胡局。"楚稚水麻木道。她心想要真不想打扰，胡局找那么多妖怪干吗？

叶华羽和胡臣瑞突然召集一帮外面的妖怪，说什么想要跟他们沟通感情，忽然就在休息室里品鉴绿茶。

每个妖怪喝完绿茶，还要吹捧一番辛云茂，无外乎是神君真牛，怎么还不建庙宇，要不要他们帮忙筹划，有钱的出钱，有力的出力。

楚稚水现在确信辛云茂有实力，他以前就是懒得搞这些事，不然是有嚣张自信的资本，想要抱他大腿的数不胜数。观察局的同事还算体面，没有碍于强权直接跪地，外面的妖怪一窝蜂捧他，直把他逼得散发冷气才罢休。

如果不是楚稚水在屋里，辛云茂早掏伞驱逐他们了。他一向厌恶这类妖怪，比观察局的同事还没骨气。龙神曾经也有一帮这样的追随者，都是辛云茂所不齿的存在。

李龙科进来后，他才发现屋里人不少，而且不管相貌如何，气质都相当出众。

其中，最引人注意的无外乎是角落里冷漠俊美的男子，他漫不经心地跷着长腿，看上去没加入旁人的对话。他旁边一侧位置还空着，放着熟悉的笔记本电脑，应该是楚稚水的东西，电脑外侧有水滴贴纸，小细节至今没变。

辛云茂察觉李龙科视线，还轻飘飘地抬眼，上下扫视他一番。李龙科只感觉背后发寒，反正从头到尾不舒服，就好像蚂蚁面对大象时的感受。

"李总，我们坐那边聊吧。"楚稚水不敢带他靠近辛云茂，打算随便找个位置速战速决。

"哎？"屋里有一方脸男子晃神，他仔细一瞧李龙科，疑道，"你是龙知那个谁吧？我好像见过你，在什么会议上。"

李龙科一怔，他回忆一番，惊慌地问候："您是万客投资的汪总？"

"对，是我啊！"汪总拍大腿道，"我就看你挺面熟，原来见过你拉过钱！"

"对对对，是跟您有一面之缘，我是龙知的李龙科。"李龙科客气地握手。

另一名美女问道："龙知是什么？"

"我们是一家视频网站，运用新思维连接用户，为他们提供定向服务。"李龙科侃侃而谈，"主要就是边看视频边满足需求，不管是购物，或者是学习，抑或是社交，打造一个完整生态。"

美女惊讶："那不就跟新透视频一样？"

李龙科咬牙："是他们学我们。"他现在就像出去拉钱，面对着一帮刁钻投资人，谁都要开口指点两句。

"但我看你们页面跟好多软件也差不多？"美女用手机搜索，"大家不都一样嘛。"

胡臣瑞："小楚以前是在这家公司干过吗？我记得那时候这软件挺好玩，当初还刷过一段时间，评论区氛围也很好。"

楚稚水："您刷的是早期版本吧？"

楚稚水离职后，李龙科找来新运营团队，确实稀释了龙知视频本来的特点。说实话，她现在感觉前公司软件很普通，反正跟市面上别的视频软件没什么差别，早就不再关注。

李龙科一僵："我们最近已经着手设计，说不定会恢复原有特色。"

"老汪，老汪，投这个有钱赚吗？"名媛美女叫道，"我最近想花一个亿搞投资试试水！"

"楚处长都在局里了，你还想不明白吗？"汪总道，"真想砸水漂你就试试水吧。"

李龙科："……"

胡臣瑞赶忙打圆场："哎，人家李总还在这儿呢，而且小楚以前也在那边干过。"

"哦哦哦对不起，没什么别的意思啊！"汪总当即向李龙科道歉，又朝名媛美女使眼色，"行了，我微信跟你说，这么聊不方便。"

楚稚水扶额，她瞧出他们想看戏，火速扯一个借口："李总，您找我有什么事？待会儿局里还有会，我可能没法聊太久。"

"没事，可以晚点再开会！"叶华羽浑身光鲜名牌，他一抖袖子，露出大手表，热络道，"小楚，大家过来一起聊嘛，我看老汪跟李总也认识！"

名媛美女："对呀，让我听听，我也想学赚钱！"

李龙科以前不是没参加过这种聚会，搞投资的人扎堆吹牛很正常，但他从来没在事业单位里见过，更没料到楚稚水离职后上台阶，直接跟投资人级别的谈笑风生。

李龙科犹豫道："稚水，这几位都是……"

"这是槐江的胡局，这是银海的叶局。"楚稚水一瞄剩下的妖怪，"这些是叶局的朋友，就过来跟他们聚聚。"

李龙科发现她跳过角落的冷傲男子，唯有全程沉默的辛云茂没被介绍。

叶华羽听李龙科直呼楚稚水名字，他不禁再次小声发问："神君，这也能忍？"

辛云茂蹙眉："巧言令色。"

大家都在桌边坐下，胡臣瑞亲自烧水沏茶，转瞬屋内茶香四溢，一闻就是价格不菲的明前龙井。绿茶香气浓郁，清透的茶汤，润泽的滋味，一尝就知道价格不菲。

胡臣瑞无奈："李总，招待不周，今年的绿茶还没来，就凑合喝吧。"

"哪里的话，您不用叫李总，叫我名字就行。"李龙科身边坐着万客投资汪总，其他妖都管汪总叫老汪，他哪里好意思被叫李总，忙道，"我和稚水以前还是校友，她当初是我学妹，我们没差几届的。"

美女面露诧异："楚处长的校友？"

楚稚水无力道："嗯，是的。"这是她母校被黑得最惨的一次。

叶华羽："神君，这也能忍？"

辛云茂："哼。"

"两位是同龄人？看不出来啊。"汪总赞叹，"那小李真是年少有为，这么年轻就开公司了，我还以为咱俩是同辈人！"

"哈哈，您过誉了。"李龙科干笑应声，也不知道是夸自己，还是说自己看着老。

汪总啧啧出声："江山代有才人出，年轻人真不得了，别看龙知体量不大，但真搞起来不容易。"

美女奇怪道："但老汪你刚刚才说龙知……"

"我说什么了？"汪总一秒变脸，他绝口不提方才的贬低，光明磊落道，"年轻人创业不易，有成绩就是胜利，胜败乃兵家常事，大不了从头再来，不能全盘否认嘛。

"要我说还是楚处长厉害，瞄准时机立马'上岸'，想要失业都不容易，二十多岁的处长，你看有几个？我当年都考不进来。"汪总敬佩击掌，"跟对领导很重要！"

胡臣瑞笑道："哎，还是小楚人努力，一年就搞出成绩，只要领导眼不瞎，她跟谁都能升的，在哪儿都能干得长。"

李龙科惨遭扎心，他脸色青白交加："……"

李龙科最初想邀请楚稚水回龙知视频，但他看目前形势明显没机会，不到三十岁就是处级，这绝对是破格提拔。即便后续完全不晋升，这个位置也足够体面，放在银海市同样不难看。如果是实权部门，那就愈加不一样。他打消邀她回来的主意，冷不丁冒出新想法，没准今天能搭上关系。她如今发展好，对龙知也会有利。

喝几壶绿茶，再一聊闲天，屋里就没有冷场时刻。

叶华羽和汪总无疑是最吵闹的，全程都在热火朝天说不停，一会儿是高尔夫球场，一会儿是海边的游艇，讲得是天花乱坠。

美女时不时就要询问如何投资赚钱，感觉是兜里的钱太多，正在发愁花不出去。她东问一嘴、西聊一句，完全不将小项目放眼里，颇有种不砸水花要掀浪花的姿态。

李龙科想要借机发言，无奈根本就插不进去。圈子不同无法交流。

楚稚水收入不够能理解，但李龙科是在外面开公司，势必要跟汪总等人对比，那就不是一个重量级。

"小李，要我说你也别瞎忙了，不然抓紧时间考编制，我是考不上才做生意的！"汪总好言相劝，"你还年轻呢，三十岁前努力提正科，是会比楚处长慢一点，但也有前途的。"

叶华羽一听此话，慌张道："这是劝他往哪里考？我们局里不收人的。"

楚稚水眼看李龙科面色如土，她终于轻咳两声，适时地打断闲聊："时候不早了，我送李总出去，待会儿局里还有会呢。"

"是，我也不打扰了，改天再跟汪总你们聊。"李龙科挤出僵笑，显然也撑不住了。

众妖在屋里一打岔，楚稚水和李龙科就没单独交流过，她现在领着对方往外走。

"神君……"叶华羽赶忙侧头，正要提醒辛云茂，却不见他的身影，愣道，"神君呢？"

走廊里，楚稚水和李龙科出来，却没听到关门声，她一回头就看到冷白的手指。辛云茂修长的指尖一挑，另一只手随意地插兜，竟一声不响地尾随二人，若无其事地跟出门。

李龙科看到冷峻挺拔的辛云茂一怔，他今日就不知道此人身份，全场没人敢出言介绍对方，但话里话外都透出刻骨的恭敬。

楚稚水对他倒挺随意，扬眉道："你跟出来干吗？"

辛云茂抿唇："晒太阳。"

"那你去那边晒吧。"楚稚水一指窗户边，恰好有柔和阳光洒入，将地面照得暖融融的。

辛云茂沉吟数秒，不情不愿地走过去。他倚着窗边晒太阳，只是眼睛依旧追随二人，目送楚稚水将人往外送，神情有些变幻莫测。

李龙科被他幽深目光盯得后背发凉，便赶忙侧头，看向楚稚水，尴尬地笑道："没想到你离开龙知后机遇不错。"

"确实，我自己也这么感觉，能进局里挺幸运的。"楚稚水莞尔，"所以恐怕要让李总失望了。"

"没事，有空还能联系。"李龙科道，"不用再叫李总，就跟在校一样，我还是你学长。"

楚稚水被此话硌硬得不轻，她皮笑肉不笑道："李总开玩笑，都出来工作了，那就是李总，哪能叫学长？"

李龙科打探："对了，我听说王怡文去新透了，她有跟你联系吗？"

楚稚水漫不经心道："有，最近还跟局里公司有点小合作，搞什么促销节。"

他故作惊讶："你们局里居然有公司？"

"对，这算我目前的主要工作。"

"那怎么不跟我们合作？"李龙科笑道，"出去找外人多生分啊，咱们好歹知根知底的。"

"可以合作啊，李总给优惠多少？"楚稚水歪头，她眨了眨眼，"不对，学长给优惠多少？"

李龙科干巴巴道："你又不是不了解情况，肯定还是龙知内部价，最高档就是那样。"

楚稚水回得官方："李总，那很遗憾做不了，新透条件要更高。"

李龙科眉头微拧，他似乎有点恼火，强调道："稚水，但那是龙知，意义不一样。"

楚稚水望着他表情，她不知想起什么，突然就扑哧一笑。

李龙科愕然："你笑什么？"

"不好意思，原来不是每个男的皱眉发火都好看。"楚稚水只觉那表情既视感好强，她倏地就被逗乐，又连忙收敛笑意，隐忍道，"对不起走神了，李总您刚刚说什么？"

"你是在嘲笑我吗？"李龙科怒道，"你觉得那话很好笑？！"

楚稚水敷衍："不好笑，不好笑，没有嘲笑您。"他都不配被她嘲笑。

李龙科恍然大悟："我明白了，你早就跟王怡文联手了，是你给齐畅出的主意吧？完全对标龙知开一家公司。"

楚稚水大感震撼："不是，这锅还能这么甩？我要能指使齐总，我就是投资人了。"

李龙科勃然道："你今天不就跟好几个投资人在聊吗！"

楚稚水："……"

李龙科见她语塞，他越发理直气壮："龙知视频好歹是你心血，你一手将它创建出来，就盼着它功亏一篑？多行不义必自毙，我以前真看错你了！"

"哈？"楚稚水轻笑一声，她露出滑稽神色，反问道，"看错我了？"

"对，我还以为你有多……"

"有多傻才被你排挤出团队，有多懦弱才卖股权离开，有多愚蠢才没离职后捅你一刀。"楚稚水收敛笑意，她眼眸犹如寒水，面无表情地驳斥，"我要盼着它功亏一篑，李龙科你混不到今天。"

李龙科第一次见她如此冷漠，竟被她充斥恨意的语气吓到。

她总是笑意盈盈，似乎从不会生气，居然也有这一面。

"真把我当圣人了？仗着我道德比你高，所以肯定不收拾你？"楚稚水冷笑，"对，我看不上你们的手段，但不代表我不会用，一直没有搭理你，就是还想着龙知。"

她早知道龙知坚持不长，但总归不忍亲手毁掉它。

那是寄托她一段珍贵岁月的痕迹，就像家门口常去的餐馆，即便味道越来越差，彻底消失仍会让人怀念。她创建龙知不单为赚钱，那是她人生中美好的回忆，结局再差也不能否认全部。

人总有一种痴痴的执念，期盼宝贵的东西能永存，恨不得十年、百年、千年才好，却不懂在合适时机放手和选择让其消亡，或许这才符合万物朝升暮落的规律。她以为不闻不问放置，就能踏入新一篇章，但没准轰轰烈烈灭亡，才是最完美的句点。

楚稚水淡然道："李总提醒我了，我一手将它创建出来，再一手将它画上句号，听起来也挺有意思的。"

李龙科面色发白："你什么意思？"

"没什么意思，但既然你都诬蔑我，起码要坐实罪名吧。"

直到楚稚水头也不回地进屋，李龙科站在原地仍然头脑发蒙，还没有从刚才的风暴中回神。他完全不知她会做什么，失魂落魄地走出去两步，突然就瞥见窗边的辛云茂。

高瘦的墨发男子依旧靠着窗，他连姿势都没有变化，就像棵千年的古松树。

　　这个人跟楚稚水关系不一般，远超休息室里的其他人，这是李龙科莫名的直觉。李龙科刚跟楚稚水闹崩，他如今对未来发虚，忽然就病急乱投医，往清俊男子那边走去，出声道："你劝劝稚水吧，她是龙知的创始人，还是别做让自己后悔的事。"

　　"我劝过她很多次。"

　　李龙科慌道："那就再劝……"

　　"如果不是她不答应，你以为你还能跳脚？"辛云茂冷嗤一声，他唇角露出妖异笑意，嘲道，"早被你的贪念折磨得受不了了。"

　　他当初劝过她许愿，倘若那时候就出手，欲望缠身的李龙科早没法嚣张，但她拒绝了。

　　李龙科被此话一惊，他下意识地后退一步，无端察觉到危险气息。

　　"虽然很想她依靠我，但她一直都是这样，不会想用妖气解决。"辛云茂语气略失落，抬眼望李龙科，不屑道，"我要对你出手，就是看低她了，由她来比较好。"

　　胡臣瑞会千方百计让她别走，但他了解她的性格，早就知道她不会走。因此，他不会像对付旁人一样，直接将贪念的结果反弹到李龙科身上，他要目睹她亲手完成这一切。

　　如果将她视为无能的人类，必须事事靠他来解决，那就是对她巨大的侮辱，甚至完全抹黑了"楚稚水"三个字。

　　他找不到她的愿望很无奈，总盼望能帮她做很多事，却也知道有些事不能做，那反而会破坏她一直以来的成果——她小心翼翼维护至今，并为之奋斗的原动力。

　　辛云茂眼眸如寒潭，他注视着畏怯的李龙科，就像在看一根即将枯死的树干。

　　一声清脆的响指。

　　李龙科再回神时，他已经站在观察局外，隐约感觉脑袋里记忆缺失，只记得曾跟楚稚水大吵一架，却再也想不起跟陌生男子的对话。

　　当晚，楚稚水被挑事的李龙科惹恼，她跟王怡文发完消息，就开始翻起通讯录，给敲定的人选挨个打电话。既然被冠上反派名号，那就必须做反派事情，挑拨离间不在话下。

"喂，孙强哥，你还在龙知吗？哦，刚刚离职呀，那是要休息一会儿，还是已经有新规划？其实最近有一家公司联系我，但我感觉你比我更合适……"

"茜茜还在龙知做运营吗？被调到其他部门了？但我记得你适合运营。

"哦哦，公司安排你也没办法，既然都换新部门，不如换个新环境？你还记得怡文吗？她刚刚去新透，正在组建团队，你俩当初在公司很少遇到，但我一直觉得你们能投缘。

"有个朋友也想跳槽，但跟怡文关系不好？哎呀，可以叫上她一起来，工作上吵架很正常，领导要是安排不好，下面自然就一团乱，主要还是李总不行，怡文肯定不会在意。

"怡文级别不一样了，格局也跟李总不同，好歹都是老同事。"

楚稚水一晚上顺序致电，她专挖龙知的核心成员，反正新透的薪资摆在那儿，有钱不赚是傻子，不信他们不动心。

外人想挖墙脚不容易，光搜集资料就需要时间，说服对方参加面试更费精力。毕竟新公司都有风险性，很多人不敢贸然去试。

然而，楚稚水以前在龙知有极高威望，离职至今也没爆出任何不是，这就有得天独厚的优势，自然可以让人信服。

前同事接电话后还遗憾于她不在新透，不然他们没准会更加有冲劲，但知道她成为公职人员后就释然了。

就这一晚上，楚稚水疯狂挥锄头，挖掉李龙科不少得力干将。

王怡文诧异："但你好早以前就能这么做，为什么突然想起这一出？"

楚稚水根本没提李龙科，无情道："最近想装修院子，先从齐总这里赚猎头费，然后我就有钱买家具了。"

王怡文对楚稚水的决策没意见，反正她已经在新透站稳脚跟，其他人就算跳过来，职级也不可能压过她，这等于变相加强她在公司的力量，她自然全力支持楚稚水的做法。

王怡文在龙知任职时，由于跟楚稚水贴得太近，后来被逐渐挤出核心区，再加上跳槽到新透有一段时间，很多事情就不再清楚。

楚稚水跟其他人联系时，还随口一聊龙知近况，间接打探出不少情报。

"龙知也打算推中小品牌？"楚稚水一怔，"以前不是还说主推精品大牌。"

"因为新透这次促销节数据不错，而且现在大趋势就是消费降级，所以我们也将目光放到小品牌上来。"对方道，"对了，楚总您关注新透销量榜吗？就是龙知照着那个分析品牌，看有一两个牌子挺厉害，最近打算对标也推一波类似的，推到能跟新透那边打擂台的程度。"

话都说到这里，楚稚水该懂的都懂，网上可以查到观局公司部分信息，估计李龙科早知道她跟新透合作，见面时装迷糊打探王怡文的情况。

如果楚稚水答应跟他合作，那他就从善如流地应下，断掉观局和新透的深度联系。但她要是没答应，他同样早有准备，内部已征集一批零食和化妆品牌子，打算对标观局推出一个品牌跟新透竞争。

好熟悉的做法。

李龙科当初就是让她来运营，背后再偷偷找新运营团队，瞅准时机就妄图"逼宫"，依旧还是老一套招数。

楚稚水不懂他有多畏惧自己，这才会对标观局推荐品牌。李龙科明明该跟齐畅掐架，然而他的目光总跟着她转悠，仿佛是她一手将齐畅推上位，她才是真正的幕后黑手。

龙知要是推火竞品品牌，势必会对观局造成冲击，但楚稚水目前挺有自信，认为这不算太大的挑战。

一是观局商品成本极低，核心竞争力是真材实料，加上黄黑白三妖组的劳改，变相压低了商品里的人工支出；二是观局公司体系健康，只要直营店顺利运行，很难在短时间内垮掉，而最大的难题店面租金也被解决了。

即便观局短期内遭遇风浪，只要挺过第一波依旧没问题，就算没有李龙科推竞品，市面上照样有无数竞争者，市场就是大浪淘沙，看谁能够笑傲最久。

从龙知挖来的人才需要时间离职，观局直营店也需要时间筹划，或许下一次交锋才是全力掰手腕，基本就是直营店正式开张的时间点。

银海观察局内，叶华羽他们经过不懈的努力，终于没让楚稚水被挖走，避免出现神君滞留银海的情况。

胡臣瑞临走还告诫一番，意味深长道："叶局，你可不要放松警惕，多盯着店面的装修，要是直营店搞垮了，没准小楚还会走的，在槐江干不下去就回银海。"

"为什么年轻人总要来大城市打拼？这多辛苦啊！"叶华羽惊道，"老胡，你倒是劝劝她，槐江局里稳定，比外面好太多！"

胡臣瑞悠哉道："我倒是想要劝，但年轻人都有想法。"

叶华羽思忖："不然你们帮她解决个人问题，据说成家后就会懒得跳槽。"

出差之旅结束，胡臣瑞带着事业费和店面满载而归，而楚稚水则突如其来被提拔副处，回局里就开始走票选大会的正规流程。

楚稚水走的是破格提拔，按理说她的入职时间不够，在普通单位很难火箭晋升，但一年来观察局绩效显著提升，加上妖怪们对时间最为麻木，所以全票通过。毕竟人类同事就工作四五十年，同事们都不好意思卡她，这时间对他们而言确实太短了。

这种破格提拔也有前例，所以楚稚水办的手续繁杂却还算顺利。

没过多久，经济开发科就变成经济开发处，楚稚水正式被选为副处，找洪熙鸣完成剩下流程。

人事办公室内，窗户被推开一条缝透气，微冷的小风钻入屋内，驱散冬季供暖带给人的昏昏欲睡感。

楚稚水坐在沙发上等待，她听到耳侧噼里啪啦的声响，犹豫要不要先回经济开发处，等洪熙鸣弄好再上来领取相关表格。

洪熙鸣坐在电脑前工作，好似看出楚稚水的犹豫，她一边动作敏捷地敲打键盘，一边热情洋溢地聊天搭话："小楚，别急啊，马上就弄完了。"

"好的，洪姐，我不着急，您慢慢来。"楚稚水听闻此话，只得继续坐着等，不好意思先离开。

"真是年少有为，这么年轻就提副处，我当年是在银海提的，仔细一想有几百年啦。当然那时候还不叫副处，用的不是这套职级系统。"洪熙鸣露出怀念神色，她手上的动作也没停，键盘还在清脆地发响。

他们偶尔会使用具备年代特征的词汇，比如"大人""神君"，还没有摆脱一些岁月的痕迹。

"您原来在银海工作？"楚稚水好奇，"居然不是一直在槐江。"

"是的，咱们观察局有条不成文的规定，就是一般想被提拔，都得来槐江走一趟。"洪熙鸣解释，"槐江局的名额最多，你看吴常恭也是，从漆吴过来被提。"

楚稚水恍然大悟，看来槐江局常年属于边防高危区，不光压着四分之一龙神，还存在完整体的竹子妖，难怪胡局被发配过来耿耿于怀。

虽然槐江观察局名义上是在维护安定，但说实话根本打不过辛云茂，真要有冲突就是最先倒下的。好在辛云茂是无所事事家里蹲，他对广收信徒和扩张势力毫无兴趣，跟当年叱咤风云的龙神截然不同。

植物可能都是和平爱好者，平时只热衷浇花和种地。

楚稚水和洪熙鸣有一搭没一搭闲聊，人和人聊天就那么几套，人和妖聊天同样是这样，不知不觉就拐到办公室经典话题。

这是无数体制内单位绕不过的一环，然而楚稚水思及观察局特殊性，一直就没有对此多加注意，直到洪熙鸣出言打探。

"小楚，你最近感情生活有什么发展吗？"

楚稚水听到跳跃的话题，蒙道："啊？"

"你看你的工作那么优秀，没琢磨过个人问题吗？"洪熙鸣笑道，"怎么不考虑成家立业？"

……不是吧不是吧，领导都会八卦是否单身？

楚稚水僵笑："经济开发处很忙，马上又开直营店，我确实顾不上这些。"

洪熙鸣若有所思："那倒是，你确实好忙，我记得你们搞活动那几天点灯熬油，比我下班都晚。"

楚稚水微松一口气，用官方语气道："对，所以不想这些，先忙局里工作，我刚被提拔起来，不能辜负大家信任。"

"你一心扑在局里，我们也过意不去。"洪熙鸣热心道，"不然这样吧，我给你介绍对象，帮你惦记这件事，你有没有什么要求？"

楚稚水："？"

楚稚水惶恐地婉拒："这太麻烦洪姐了，您平时也有工作，还让您操心这些。"

洪熙鸣："不麻烦，不麻烦，就是顺手的事！"

楚稚水为难地咽咽："主要我觉得这事难度大，耗费精力实在太多……"

"难度再大比得过牛郎织女？"洪熙鸣干脆道，"我们物种在牵线搭桥方面有丰富的经验，小楚你完全可以信任我，尽管提要求就行，都能给你找得到！"

"……"

这就是喜鹊的自信吗？顶着王母娘娘的压力也敢搭桥的胆量？

楚稚水心中默念"单身大法好"，但她也不愿出言扫兴，索性故意刁难："我找对象要求也不高，只要长得好看，孝顺我父母，能够做家务，还能挣钱养家……"

洪熙鸣应得爽快："好，我给你找！"

楚稚水将心一横，咬咬牙道："……还得会生孩子！"

洪熙鸣："？"

楚稚水看对方面色迟疑，她顿时知道抓住要害了，变本加厉道："洪姐，其实我一直觉得自己不比男的差，但要面临生育风险好亏，还会耽误局里面的工作，只要能解决这个问题，我觉得其他都不是问题。"

洪熙鸣恍惚："原来如此，有道理。"

楚稚水满意一笑："所以谢谢洪姐惦记着我，但这个问题比较难解决……"

"这个问题不难解决。"洪熙鸣不知想起什么，她欣喜地一拍手，似有所悟道，"你办公室里那个就会生啊！你就直说看上他了呗！"

楚稚水愕然："我跟金渝不合适吧？"

洪熙鸣朝她使个眼色，打趣道："怎么会是金渝？那不还有一位。"

楚稚水被洪熙鸣调侃的目光一烫，她惊得差点从沙发上跳起，面红耳赤道："他怎么可能生孩子？他是男的！"

"小楚，你这就是人类固有思维，动物和植物是不一样的。"洪熙鸣耐心解释，"动物妖怪化人时，确实跟本体性别有关，但植物妖怪大多雌雄同体，他们根据自身特质分性别，人形完全跟男性无差别，却会保留一些本体特点。"

Zhu and Zhi

第六章

竹子君的家

签名

辛云茂

楚稚水办手续较慢，归来时已经是中午。经济开发处内，金渝和陈珠慧好像先去吃饭了，只有辛云茂站在屋里摆餐具。

他听到动静回头一望："我以为你要好久。"

楚稚水如今见他，更是心慌意乱，只感觉浑身发热，又瞥见桌上饭菜："你帮我打饭了？"

"嗯。"

"谢谢，要一起吃吗？"楚稚水看他双眼放光，又连忙补充一句，"当然，我们提前分好饭菜，你不要等我吃完再挑！"

辛云茂一撇嘴，倒是将米饭拨开，弄成两人份状态。

两人将餐盒打开，直接放在楚稚水桌上，然后并排在桌边用餐。辛云茂将自己的椅子推来，习惯性在楚稚水身边落座，长腿随意一展开，膝盖偶尔碰到她。他们并肩坐一起，加上空间较有限，就会挨得比较近。

竹叶的草木清新飘来，刺激得她鼻尖微动，不是花朵芬芳，而是一种清冽，使人瞬间联想到竹子的傲然临风，还有他清俊挺拔的身影。

楚稚水隔着腿部的布料，感受到若有若无的酥痒感，她不动声色地收敛动作，将椅子往侧边轻滑一些。

辛云茂发现她滑得老远，他眉头微蹙，奇怪道："为什么躲那么远？"

"刚知道一点事情，我觉得要注意些。"她轻咳两声，"也是在保护你。"

辛云茂越发狐疑："保护我？"

"……对。"她唯恐平时不小心碰到他，愣给他搞出一个人工授粉，那就是乌龙事件了。

食堂饭菜依旧美味诱人，但楚稚水心里揣着事，现在是食不下咽，她靠着辛云茂很局促，只盼着赶紧吃完饭，找时间上网查资料。

"饭菜不好吃？"辛云茂发现她不动筷夹菜，他睫毛一颤，若有所思道，"看来该捏一次饭团了，你上次在那里就吃得多。"

"不，饭菜很好吃。"楚稚水吐槽，"竹都价格那么贵，我不吃才有问题，不要见缝插针骗我开伙做饭。"

"哼。"

辛云茂最近盯上厨房，无奈一直没机会进屋，加上新冰箱刚送到，家里没有任何食材，便迟迟没契机研究料理。楚稚水是不会放他进厨房的，植物妖做饭太奇怪，他烧到自己怎么办？

辛云茂用余光瞄她，见她用餐三心二意，他越发感到迷惑："你今天话也很少。"

"食不言寝不语。"楚稚水道，"神君不是一向遵循古人的生活方式？"

辛云茂被她教育礼数，顿时散发怨念，恨不得满脸写着"你都不跟我聊两句真过分"。

楚稚水心虚地低头，避开他凉飕飕的目光。她平时有心情闲聊，但刚接受完爆炸信息，还在纠结植物繁殖的问题，更麻烦的是这事偏偏不能找他说。

她不是不跟他聊天，只是她想聊的话题，没准会让他感觉有伤风化。

饭后，两人将餐盒收拾完，重新回到各自的座位。楚稚水坐在电脑前，终于有机会上网解惑，然而刚打开网页想要搜索，却突然想起辛云茂坐在后面，没准会不经意间扫到她的屏幕。

她要是搜"竹子怎么繁殖"被他发现，那基本上就可以告别槐江观察局，留下她人生中不可磨灭的尴尬记忆。

楚稚水当即随便点开网页，又鬼鬼祟祟地掏出手机。她假装自己在看电脑，实际视线浏览手机屏幕，就像身后坐着教导主任的学生，偷偷摸摸地展开行动。

洪熙鸣说植物大都雌雄同体，但楚稚水不确定竹子是不是。

万能互联网很快给出结果：竹子有两种繁殖方式，一种是无性繁殖，依靠地下根茎，跟她记忆里一样；一种是有性繁殖，依靠开花结籽，果实叫作竹米，掉入地里会长出新笋。

楚稚水看完更是震撼不已，他居然真有雌蕊和雄蕊！

她一目十行地继续阅读，后面介绍的是竹子开花周期，还有各类竹子开花后会怎么样。有些竹子开花就会死掉，有些竹子开花后还能活，反正品种不同还不一样。

楚稚水看完倒不忧虑，辛云茂自称高端品种，而且曾说杀他非常难，那他开花肯定不会死。

一到惊蛰，春雷阵阵。

槐江市的温度逐渐升高，陆续有数场淅淅沥沥的小雨，催发出蛰伏一冬的植物嫩芽，正是万物苏醒的好季节。

观局直营店还未正式开张，但新透已经组建新团队，有不少龙知视频的旧人。楚稚水最近顺利收到巨额猎头费，快乐地扎进家具城，逐渐将新家装点起来。辛云茂时常过来帮忙，不过楚稚水近期没怎么叫他，主要是院子还没有布置好。

收房时，小区里是一片荒芜，唯有溪边竹林四季常青。春雨贵如油，轻纱般的雨雾飘落人间，地面就染开点点绿意，呼啦啦地连成一片。明明前两周还是光秃秃的草坪，现在却是嫩芽遍地、春光无限。

美中不足就是，她院子里大部分还是秃的，种下的花草早就冒头，唯独竹子区域毫无反应，偏偏有妖当初给竹子留的地方最多。

楚稚水将一切弄好，她四处检查一番，终于出声喊道："辛云茂。"

片刻后，黑色裂缝破空，辛云茂从无人角落中迈出，穿一件宽松的白色长袖，细节处被青色纹路点缀，看上去随意大方。他还没完全踏进院子，抱怨声就先一步抵达："你还知道叫我，都两周没……"

话音戛然而止，他看到布置一新的小院，一时间有些愣怔。

熟悉的藤摇椅、原木制作的古典小桌、光洁闪亮的木架子，摇椅上摆着崭新软垫，小桌上层放着抹茶蛋糕及鲜果，下层放着青色茶具。数样家具填满小小的空间，瞬间就让院子里大不一样。他们前不久共同清理过院中杂物，现在一切都有条不紊，放完家具就古色古香。

"生日快乐。"楚稚水欢声鼓掌，"怎么样？按约定给你搭好了。"

今天是惊蛰后第一天，所以她最近抽空，将说好的"庙"建起。

辛云茂都忘记了自己的生日，他错愕地走上前，望着眼前的庆生角落，问道："这些是什么时候买的？我以前都没见过。"

"我最近去买的，幸好送货挺快，还怕今天不到。"

原来她最近没找他是独自去家具城了。

辛云茂垂下眼睑，还奇怪她近两周没叫过他，这两天都闷闷不乐，不料她在准备这个。

洒满阳光的庭院，古典简约的一角，紧挨着她的住宅，是她答应好的家。千年过后，他居然会有落脚的地方，还真是一件奇妙而新鲜的事情。

忽有春雷落入他心扉，惊醒孤眠一冬的苦闷，让他胸腔内翻涌起寒冰消融的柔水。

辛云茂看到一侧的木架子，放在小桌边挺显眼，便出言询问："这是什么？"

"用来放伞的，平时还能放点杂物。"楚稚水逐一介绍，"然后是蛋糕，挑的奶油较少的抹茶味，配新鲜瓜果和热茶。因为你也不怎么吃东西，所以就用糕点水果来庆生。"

她欢快地小幅度拍手，好像憨态可掬的小海豹："恭喜神君。"

辛云茂眸光微闪，他突然不好意思，轻轻地应声："嗯。"

"来吧，让你切蛋糕，要点蜡烛吗？"楚稚水将一根蜡烛插在蛋糕上，突然又想起什么，犹豫道，"但家里好像没打火机，去灶台那边……"

辛云茂平和道："不用。"

下一秒，那根蜡烛随风燃起，绽放出明亮的火花，在抹茶蛋糕上摇曳。

楚稚水惊叹："真方便。"

小桌旁边摆有两个圆凳，正好供他们坐下用餐。遍布阳光的午后，两人在室外吃甜点，终于有空欣赏春日景象。

辛云茂切下第一块蛋糕，将其完好地放入盘子中，抬手递给一边的楚稚水。

"第一块不自己吃吗？"楚稚水迟疑地接过。

辛云茂摇头："既然是我的，那就由我分配了。"

"也行。"楚稚水吃下第一口，浓郁的抹茶甜香，再配一杯微苦的热茶，是无法形容的美好滋味。

辛云茂眼看她愉快地眯起眼，他往日清冷的脸庞柔和下来，这才动手给自己也切一块，陪她在原木小桌边小坐。一口蛋糕下去，绵软细腻的质感，丝丝缕缕的甜在口腔内蔓延，清浅又悠远，丝毫不会腻。

和风习习，阳光遍地，这是一顿安宁的下午茶。

片刻后，辛云茂抬手一指摇椅区域，确认道："那这也归我？"

"对。"

他心满意足地点头，顺势往藤摇椅一靠，身上的衣着眨眼间变化。如墨的长发披散，青白色的古袍，唯有衣袖处黑焰翻飞，他一瞬间就恢复古装，懒洋洋地躺在摇椅上。

楚稚水不是没见过他古装，只是没见过他如此散漫，过去好歹束发戴冠，现在就直接披下头发来，连领口都松松垮垮，露出里面的锁骨及一小片肌肤，透着霜雪般的润泽光芒。

他深黑的睫毛也垂下，似涌生些许的睡意，像个悠闲度日的谪仙。

辛云茂往常撤去障眼法，身着古装是矜贵清雅，偏偏现在有一搭没一搭晃摇椅，便透出几分散漫和不拘。他连衣服都不好好穿，加上容貌出众，显得慵懒而惑人，不再冷冰冰。

楚稚水握着蛋糕叉，愣道："你是回自己家了？完全不注意形象。"

"庙就算是家。"辛云茂扭头望她，"你不知道吗？"

楚稚水吐槽："没有像你这样衣冠不整的吧，是谁以前被多看一眼都要嚷嚷？"

他回得漫不经心："你没见过现代人的装束吗？"

"怎么你一个老古董打算向现代人看齐？"楚稚水听他频频顶嘴，她面无表情地反击，催促道，"那赶紧啊，继续脱吧。"

果不其然，辛云茂方才还若无其事，听到此话却惊得坐起身，耳根烧红地回头瞪她，还一把将自己的衣服拉好，既羞又恼地上下扫视她，似乎想要怒斥她的放肆，最后却只是抿抿唇，什么都没有往外说。他从耳根到领口露出的皮肤都泛起粉意，完全暴露内心的燥热不安，显然还是被此话镇住了。

楚稚水最近发现他越来越不正经，但老古董竹子妖明显还有点操守，真听到现代人的恶作剧调侃就会阵脚大乱。

这两天由于雌雄蕊的事，她面对他总束手束脚，现在看他恼羞成怒，突然又放松下来，故意打趣道："我给你编个小辫吧。"

他一头青丝，发质很不错，适合编辫子。

"不行。"辛云茂果断拒绝，他一拢满头长发，连玉冠都戴上，唯恐她真动手。

现在又变回衣冠楚楚的神君，不敢再露出吊儿郎当模样，生怕被当洋娃娃捣鼓。

楚稚水瞧他这样有趣，她继续笑着吓唬："刚吃完蛋糕，闲着也是闲着，玩儿玩儿嘛。"

辛云茂听闻此话，他眉头紧皱，似感到害臊，震撼道："你闲下来就要玩弄我身体？！"

她如今吃饱喝足，怎么就像个纨绔，开始想法子磋磨妖？

楚稚水语噎，她瞬间脸热，惊道："是跟你玩编头发，不是玩弄你身体，你不要瞎改词！"

"这有什么差别吗？"他目光幽幽，淡声道，"不、都、是、玩、我。"

她张嘴欲言，却被他的劲爆发言搞得失去措辞能力，一时间竟不知该回什么。辛云茂看她说不出话，他的表情越发笃定，就好似一针见血戳破她。

楚稚水都要崩溃，提议编辫子就是玩弄他，这跳跃的逻辑简直离谱。她干巴巴道："聊点别的，聊点别的。"

辛云茂冷眼乜她："玩点别的？"

楚稚水耳热，她一瞄院子里，连忙打岔道："对了，为什么竹子还没长出来？冬天不都要过去了？"

其他草木好歹有萌芽，竹子区域什么也没有，连根绿苗都看不到。

辛云茂身躯一僵，他避开她的视线，一扫空荡荡的院内，现在就剩下竹子区域毫无绿意，在万物复苏的春季格外扎眼。

辛云茂故作淡定："快长出来了。"

楚稚水质疑："可都没有一根冒头。"

"吃水果吗？"辛云茂拿起小桌下方的橙子，他徒手就将橙皮扯开，手指丝毫没触及果肉，将其递给一旁的楚稚水。

"谢谢。"楚稚水道谢接过，她刚低头咬下一口，只觉迎面飘来一阵凉意，抬眼就看到春雨落小院，细密雨帘如薄雾般笼盖，淅淅沥沥，淋淋漓漓。

下一刻，数根青翠的竹子拔地而起，骤然破土而出、直冲云霄，柔软细嫩的叶子一展，被细雨打得湿漉漉，绿油油的叶片在风中摇摆。

小院一隅被翠竹填满，跟崭新的古典家具一衬，宛若精心打点过的庭院。空气潮湿，雨声轻击，竹林的清新味道随风扑来，在惊蛰的阵雨中越发绝艳。

一颗橙子很快吃完，口味酸甜，汁水饱满。

楚稚水用纸擦干净手指，她一把握住摇椅的椅背，笑眯眯道："神君，你最懂植物的想法，跟我解释一下，为什么竹子这么长？"

一冬天连芽都没有，一场雨下来就长成，这是什么原理？

辛云茂视线飘移，平静道："竹子在雨季长得快。"

她闻言拼命晃摇椅，好似要将他晃清醒，戳破道："有没有雨都是你说了算！"

辛云茂被怒摇一阵，但他自知理亏，别扭地一捞袖子，此刻倒是不敢搭话。古袍的袖口有黑色纹路，像是火焰烧灼的痕迹，又像墨水在宣纸晕染。

楚稚水被黑纹吸引注意，疑道："为什么你衣服上总有这种花纹？"

她发现他以前总穿深色系，现在浅色系衣物增多，但时常会有黑色痕迹，跟龙骨伞伞面一样。

辛云茂一怔，他沉默良久，偷瞄她一眼，纠结地试探："不好看？"

楚稚水："还好，你喜欢这种风格？"

"因为我本体被龙焰烧灼过，所以一直会有这种痕迹。"他低声道，"我当年砍断他一爪，他想用黑焰烤枯我躯干，导致我们的力量交融在一起。"

楚稚水听他沉声讲述，再端详那黑色纹路，不由心中一震。

"我原来是不会用火的，自那开始能够用火，龙骨伞的伞柄就是用他断爪的骨头制成。"他的目光飘向远方，不知道在回忆什么，冷声道，"这是一把神器，有一天他再露面，肯定会过来找我，到时候就用伞将他拆成八块、十块、十二块。"

"那又要出现好多观察局。"楚稚水无奈，她拈起袖子，抚摸着纹路，轻声道，"你被烧时很疼吗？"

辛云茂被她柔和的语气触动，他心中微颤，竟有点委屈："疼，很疼，现在还疼。"

他如今仍被龙焰折磨，黑色火焰饱吸怨恨，甚至污染了他的名字。

他最初的名字叫云茂，大战过后才是辛云茂。

名字是天地的恩赐，他却没法将名字净化，深刻意识到从诞生起，有什么东西就已经失去，只在胸口留下一个遗憾的空洞。

他从大战后就克制各类情绪，绝不靠近欲望滔天的人类，以无感的态度面对世间，原因就是漆黑龙焰乃诅咒之火，一旦过多跟心怀不轨的人打交道，那股阴暗力量就会冒头将他污染更深。

他千年来在槐江徘徊，仍然找不到解决办法，只有待在她身边好受点。很多时候，他认为她比自己更纯净。

楚稚水听他小孩般抱怨，她拈着黑焰袖子吹口气，笑着安抚道："行了，疼疼飞飞。"

"果然还是很难看。"辛云茂一把拉回袖子，脸色阴沉下来，明显耿耿于怀。他一向有洁癖，留下烧痕，就像心里扎根刺。

"好啦，不就是炭烤竹子。"楚稚水劝道，"炭烤竹筒饭多香啊，我们接受这些变化！"

辛云茂听她浑不在意，心里这才好受一些："哼。"

清雨敲竹叶，更有绵绵诗意。

两人坐在屋檐下赏竹观雨，楚稚水刚听他讲完往事，见他连反感的龙神都能提，忽然就冒出点勇气来，想要问点私密的问题，小心翼翼道："我想请教你一个植物学问题。"

"什么？"

"竹子一般什么时候开花？"她唯恐被他误解，连忙补充道，"就比如院子附近的竹子，溪水那边的竹子。"

只要不往他身上扯，应该就不会闹误会。普通竹子和植物妖肯定不同，她最近被好奇心搞得抓心挠肺，但直接问他这种问题像骚扰，只能这样旁敲侧击一番。

辛云茂思索："小院外的竹子没准会开，但院子里面的不能开花。"

楚稚水："为什么？"

他撇嘴："院里竹子是由我根茎长出来的，类似于我的分支，我不能开花的。"那些竹子还是他，会跟随他变化状态。

楚稚水恍然大悟："原来你不会开花。"看来洪熙鸣搞错了，竹子妖不是开花品种。

"是不能开花，不是不会开花。"辛云茂凝眉，严谨地纠正。

"这有什么区别吗？"

他眉头微蹙，似不好解释，喉结上下微动，终究还是开口："我以前不是说过，没法回应人类或妖怪的感情，要是动心的话，竹子就会开花。"

楚稚水思及竹子知识，愕然道："所以你开花就会死？"

"不会死，只是力量会大幅削弱，都被用来开花，但竹子开花是无意义行为，明明可以用根茎长出新芽，没必要用结籽方式来播种。"辛云茂解释，"而且开花不一定会结籽，要是结籽力量削弱更快，竹米长出的新竹子不是我，却会吸收我的力量，成为新的生命。"

"新的生命？"

"对，如果有新的生命诞生，前一个就会有感觉，同时心里躁动不安。新的生命要诞生，旧的生命必衰落，这是我诞生之初天地告知的。"他淡淡道，"所以我很清楚那条龙为什么想吞掉我，在我诞生之前，他也心烦意乱。"

天地的法则自有其道理。世间力量就是此消彼长，漆黑龙焰会带来龙神当年的感受，他想到竹米也会烦躁，像是刻进骨子里的排斥感，当然就抗拒开花。

"原来如此。"楚稚水怔怔道，"……好神奇。"

她心中疑惑终于被解答，但不知为何隐有失落感，她应该庆幸他还没动心开花，否则会带来一连串麻烦，只是现在她的身体里像被灌入发涩的海水，如同夜里无人的海边独自沿海步行的落寞。

他确实没有说谎，说不能回应任何感情，全都是认真的。

她可以理解他的想法。

辛云茂倏地察觉她低落，他连忙转过头看她，询问道："怎么了？"

"没什么。"楚稚水一笑，她提起茶壶，"我去屋里再泡一壶。"

他不明她心情不佳的缘由，瞬间就忧心忡忡起来，下意识地嘴唇紧抿，闷声提议道："……回来要编辫子吗？"她好像对他的头发兴趣很大。

她莞尔："今天不早了，下次再说吧。"

楚稚水的背影消失在院里。

辛云茂从躺椅上起身，一时间手足无措，就像当初名字被污染时一样，感受到有什么东西从指间遗失，却只能眼睁睁地放任其溜走，完全想不出任何办法。

他伸手捏紧心脏处的衣料，只感觉胸口发闷得不像话，暗处像有一颗蓄力已久的种子，即将不管不顾地冲出来。种子妄图解除一直以来的克制，却又碍于黑焰的污染，迟迟不敢更进一步。

由于龙焰的折磨，他压抑各类情感，但跟人类和妖怪的恶意及仇恨不同，现在环绕他的是一股浓烈而高热的情绪，仿佛再不喷薄而出，就要让他彻底爆炸。这股冲动在他五脏六腑沸腾，快要将他彻底烤干，比漆黑火焰都熬人。

好难受，比她两周不找他还难受。但他们明明就在一个屋檐下。

片刻后，楚稚水提着茶壶归来，她已经重新整理好情绪，却发现辛云茂一动不动站在院内。

"怎么起来了？"楚稚水道，"我就接壶水。"

辛云茂难以形容内心的不安，他垂下眼眸，声音微哑道："我以后还能来吗？"

"当然可以。"楚稚水疑惑，"这不是你的庙？"

辛云茂见她满脸真挚，他心里稍安，这才缓过神。她一向信守承诺，没有食言的时候。可他依旧有种怅然若失感。

刚开始是思绪被牵引，接着是想频频见她，现在连碰面都无法解决，像渴望甘泉的植物奋力蔓延，无力地四处招展，心火越发烧得慌。

她就站在他面前，但他仍觉得不够。

临走前，藤摇椅被放在院内，楚稚水思及他平时要喝水，最后还是将钥匙交给他。她告诫道："你可以去厨房烧水，但不许做奇怪的事。"

他都毫无形象地躺在椅子上了，没准下班后还会来落脚，反正大门对他形同虚设，一直不给他钥匙都算掩耳盗铃。

辛云茂望着钥匙，却没有伸手去接，小声道："你把钥匙给我，你不过来了吗？"

"我只有周末能来，平时要跟爸妈住，你不是知道？"楚稚水诧异，"我工作日都回家吃饭。"

"哦。"他脸色稍缓，这才拿钥匙，又抬眼瞄她，"那周末来这边吃饭？"

他目光闪烁，却紧盯着她，随意地出言试探。

"吃什么饭？"楚稚水暗骂他真"绿茶"，她当即提高音量，恼火道，"这边哪里有饭？！"

他支吾："你说的，炭烤竹筒饭。"

"……"

惊蛰过后，楚稚水周一到周五工作，下班后回家吃饭，周末却时不时到新家一趟，连她自己都感觉最近频率有点高。

饭桌上，谢妍握着筷子，她轻笑一声："明天是周六，去新家那边？"

"不，不去。"楚稚水补充，"……周日再去。"

"哦，你那边收拾得怎么样？"楚霄贺道，"我记得你买床了，但是没从家里拿被子，改天我给你送过去吧。"

楚稚水："不用，我还没买床垫，现在只有床架子，等一切弄好再说。"

谢妍讶异："那就是还没法住人？"

楚稚水闻言，忙道："当然，我都没办法住。"现在新家还不能住人，只能住竹子妖怪，他靠晒太阳喝水就能活，甚至连睡觉都不用。

楚霄贺随意道："不急，早晚会住的。"

楚稚水不知道哪来的心虚感，明明父母说话听起来正常，但她一琢磨就觉得不对劲。

饭后，她陪父母稍坐一会儿，一溜烟地跑回自己屋，开始研究直营店的事情。

近期，龙知和新透彻底拉开争斗，前者在市场上出现较早，算是模式创新者，后者则实力雄厚、财大气粗。现在又有一大批龙知老员工跳槽，来到新透视频工作，此事还被财经公众号报道，宣称是龙知视频正式分家。

新闻报道里列出两家公司数据，评点龙知视频获得 A 轮融资后的表现：它迟迟没创建出有效的盈利模式，还处于持续烧钱的状态，甚至远不如刚刚成立的新透视频转化率高，恐怕很快就要将账面数字耗空。这文章里居然还提到楚稚水，认为龙知衰退的原因之一，就是其中一位创始人带团队出走。

她刷到这篇报道，感觉真像齐畅买的水军，她都在局里"上岸"了，还能出走去哪儿？明明是两家公司的对峙，偏偏要扯上她的名字，好似没她就讨论不下去。

两家公司的争斗要拉上楚稚水，连龙知视频新活动都对标观局，他们同样铺开各品牌创意特色店，打算等观局直营店开张后打擂台。

最近，龙知和新透已经展开舆论宣传战，都为各自支持的品牌狂推流量，各大平台上都能看见店铺开张预热。

网上的喧嚣跟楚稚水无关，她近来频频往返银海市，主要忙于最后的开店准备。店面重新修整完毕，商品分门别类。胡臣瑞掐算一个良辰吉日，便敲定观局直营店开业。

银海的繁华市区，一家焕然一新的店铺出现在街头，古色古香的门匾写着"观局"，门口放置鲜花庆祝开业，还摆满各类小动物的立牌，有金鱼、黑猫、狐狸等，看上去热闹极了。

"新店吗？"有一女生驻足，"以前没见过。"

"是不是这两天网上宣传的那个？我好像买过这牌子的姜糖。"

"这牌子不是卖洗头发的吗？"

两人被门店吸引，便踏进屋里观望，店内是竹竿制作的各类柜台，既有五颜六色的零食，又有令人眼花缭乱的其他商品，方才说的风味姜糖和头皮滋养膏都能找到。

"这是开实体店了？"

女生们走到柜台前，向上抬眼一扫，发现有根竹竿，上面挂着无数小牌子。最左侧的圆形牌子上写着"饮品"，后面的几个牌子都是饮品名字，右下角还有一个小小的数字标价。

柜台前站着一个店员，微笑道："您好，请问要喝点什么？"

"都是饮料吗？大概是什么类型？"

各个小牌上的饮品名极具特色，有"生活再苦都要养参""一画大饼就姜信姜疑""上好假绿茶竹叶青"等，单看名字搞不明白，好在菜单上都有成分和味道介绍。

"这些都是店里的特色饮品，养参水对身体比较好，会有一点回甘的味道，姜信姜疑是甜辣的滋味，但是辣味并不多，适合天冷时候喝，假绿茶跟传统奶茶差不多，可以加芝士或不加芝士。"店员热心道，"我可以给您弄小杯装，先试喝一下再来选。"

女生讶异："这太浪费了。"

"没事，现在店铺刚开业，主要是收集顾客的评价反馈。"店员笑道，"您还可以在店里试吃各类零食，为我们留下一些宝贵意见。"

"饮料价格确实也不贵，最贵的一杯才十二元。"另一人偷偷道，"这条街上一杯咖啡动辄三四十。"

女生了解地点头："哦，懂了，难喝也能接受。"

两人没有要小杯试喝，直接各自点一大杯，抱着试毒的猎奇心理买单。趁着饮品的制作时间，她们还在店里闲逛起来，随手拿起旁边的牙签，进行各类零食的试吃。

"这个是姜丝吗？"其中一人用牙签戳起，饶有兴致地咀嚼，"尝起来比姜糖有嚼劲，神奇的味道，比姜糖好吃。"

同伴在旁边挑拣其他产品："我不喜欢吃姜，我就买过他们家的头皮滋养膏。"

"请问这个是卖的吗？"那人高声道，"网上可以买吗？"

柜台店员正在制作饮料，连忙抬头回道："这边都是新品试吃，目前网店还没有货，只能在直营店购买。"

"那我买点这个，拿两袋好了。"

"网上是不是更便宜？"

"没，这里和网店一个价。"

两人买好东西，她们拿着饮料出来，漫不经心地猛吸一口。

养参水和假绿茶听着就奇怪，原本是怀揣试一试的心态，没想到味道意外不错！

"这个绿茶真的好喝。"女生深吸一口，痛饮大半杯，惊叹道，"真的有茶味儿，而且特别茶！"

"不是说假绿茶吗？"

"但比真绿茶还茶！"她不敢置信地看杯子，绿茶标价仅为十二元，她赶忙折回身进店，"我突然想再买一杯！"

观局直营店正式开张，不但摆放出旧商品，还上架新品试吃，供来往顾客品尝及提意见。然而，没人料到最红火的竟是饮料生意，凭借低廉价格和独特口感，观局直营店成为整条街近期最热门的饮品店。

无数顾客源源不绝，还有外地游人慕名前往，甚至在店门口排起长队。他们扫码买完饮料，就会在店面里瞎转，用等待的时间来尝试各类新品，顺势带动门店的其他产品销量。

观局直营店开业没多久，店内商品就补了好几轮库存，甚至新品还发展出代购业务。

网上同样引发热议，不少网红前来打卡，惹得其他城市的人大感羡慕。

"便宜好喝！养参水味道很棒！"

"姐妹能帮忙代购风味姜丝吗？我愿意加价付邮费，在门口帮我寄出去就行。"

"十几元算便宜吗？我家门口奶茶也这价。"

"实话实说在银海算便宜，这条街的店价格都贵，旁边咖啡馆最便宜咖啡三十。"

"租金贵啊！市中心商业街，附近还有景区！"

"这么开店能赚钱？"

"强烈要求推出'上好假绿茶竹叶青'茶包，还有人参汤料包，茶包不是很容易！"

楚稚水出差在银海观察局，她得知近两天饮料售罄，惊叹道："看来还是价格低了，当时按成本来定价，没想到有那么多人买。"

观局直营店的租金非常低廉，饮料配方是特别研制，各类原材料早有储备，说实话就店员工资和水电花销比较多。他们开店是树立品牌形象，征集新产品的改良意见，没打算赚多少钱，谁料副业发展起来，饮料薄利多销，居然还本了。

目前，最受欢迎的就是"上好假绿茶竹叶青"，那是由茶园后期收下来的大片茶叶制作。

绿茶都是早几轮嫩芽特别值钱，后面茶叶越来越老，价格就会越来越低，掺杂的妖气也变少。槐江局茶园面积小，总体茶叶产量低，这些茶向外批发也不合适，正好就供给直营店做饮品。

辛云茂望着饮料名，他不懂这个名字，质疑道："为什么是上好假绿茶？这明明是真绿茶。"

"这是现代人的调侃。"楚稚水笑道，"神君不懂很正常。"

他蹙眉："但这是龙井茶，也不是竹叶青。"

她面色和煦，张口就来："这不是想沾神君的光，觉得有个'竹'字就高端，你看果然变成畅销品。"

辛云茂顺利被说服，他心满意足地点头："原来如此。"

两人最近忙于直营店，楚稚水这段时间都驻扎在银海，直接导致辛云茂也不走了。

这可吓坏银海局的叶华羽，他如今确信胡臣瑞说得没错，要是不帮忙将店面搞利落，神君就会长期待在银海市。

办公室内，叶华羽抓住机会，他等到楚稚水独自来办今年的绿茶订单，这才小心翼翼地催道："小楚啊，你们店也开了，茶叶也卖了，打算什么时候回槐江？"

楚稚水思索："只要最近没什么事，应该很快回去，就是要麻烦您……"

"好好好，不麻烦！"叶华羽果断道，"什么事都给你办妥了！"

楚稚水："？"

观察局的计划很好，但可惜赶不上变化，没多久就有一家新店在对面开张。

龙知视频模仿观局开设集合店，将各品牌的产品齐聚在一起，美其名曰线上和线下联动，为客户们提供更好的服务体验。观局只出售自己的产品，龙知集合店却是主推品牌都有，甚至也推出低价饮品及甜点。

据说，龙知打算大范围推广这种形式，用此方案帮助李龙科再融一轮资。只要有新资金到位，龙知就能续命，依靠烧投资人的钱苟延残喘。

龙知集合店计划启动后，在众多城市多点布局，很快还涌现大批"水军"。

"观局那家就是饥饿营销，什么饮料排那么久？要我说，现在隔壁也十几元一杯，还不用排队，都照着这个来好吗？"

"这家确实营销过了，而且只卖它家产品，东西实在少，不如对面那家。"

"确实，网上炒太多就烦了，它新品只在银海卖，总不能老代购？"

王怡文看到各平台抹黑，还愤愤地跟楚稚水通话。

"他怎么还像以前一样小肚鸡肠？"王怡文恼道，"原来是在公司抹黑你，现在又是找水军黑，真是一点长进没有，连开店都要模仿你。"

观局直营店是楚稚水的主意，但碍于观察局的性质，不可能多城市扩张，这是一开始就定好的，倒让李龙科捡了便宜，略改她方案发展一波。

楚稚水："你指望他有什么大本事，他不就会骗人圈钱？"

王怡文："现在齐总还琢磨要不要开集合店，最近这波开店宣传下去，对龙知转化率确实有提高……"

"拉倒吧，你们也想迅速倒闭？"楚稚水一扯嘴角，"他很快就会知道，学我开店是最失败的事。"

"但最近对你们店里生意应该也有冲击？"

"那是由于他们刚开没多久，而且局里不靠开店赚钱，这是我最初就想好的，主要是用来带动网店销量。"

楚稚水一直计划用直营店打口碑做长线，李龙科模仿她在多城市开集合店，应该是想借着风头拉到新的资金，并不代表这个模式就能维持下去。

接下来就是僵持的价格战，而观局偏偏是最不怕打价格战的，两家在成本上就不能一概而论，这是对方想破头都琢磨不出来的。

龙知公司内，会议室内坐满高层干部，李龙科位于中间的主位，正在跟其他人商议集合店多城市布局的事。

有人汇报道："李总，说实话这样坚持不了太久，尤其是银海那家烧钱过快。虽然集合店带动了公司数据，但目前还是亏损的状态，主要实体大环境就不景气。"

"你以为他们不烧钱？"李龙科道，"新透和直营店现在都在烧钱，为的是迅速抢占市场，等把我们挤出去就行了。这一付绝不能退，资方全都盯着呢，真打输就全完了，打赢才能拉到钱！"

楚稚水和齐畅都不是傻子，他们不会做赔本生意，无外乎是先期抢市场，等稳定后再重新定价。只要市场抢到手，规矩随他们来，有收益也容易。

李龙科那天去观察局，他知道楚稚水认识不少投资人，但投资集团同样要看公司数据，只要龙知的数字比对方漂亮，那依然能立于不败之地，一旦有外面的资金进入，又能解决目前的干涸局面。这是不少公司的常见发展套路，对外的嘴脸光鲜，每年都有新活动，实际内部资金早摇摇欲坠，各种大动作就是搞噱头，为了骗新钱存活下去，直到公司上市那一天。

李龙科已经打好主意，只要观局直营店一调整定价，他就借机将集合店定价也提高，然后依靠更广泛的布局忽悠投资人，顺带踩一波在价格战中失败的新透及观局。

观局直营店跟网店定价一致，加上高昂租金和廉价饮品，背后没有强大资金支持，不可能坚守过长时间。观局是事业单位的全资公司，一旦无法营收，很快就要关门，不会打烧钱战。

李龙科胜券在握地等待，只要等到观局调整定价，那价格战就能彻底分出胜负。然而，观局直营店每天人来人往，却迟迟听不到提价传闻，连变花样圈钱的营利手段都无。

李龙科等啊等，双方连续僵持几个月，观局直营店依旧在营业，居然还有内部员工说近期利润升高了！李龙科听闻此事难以置信，这得是怎么做生意才能赚？！

店铺租赁、新品研发、原料购买和员工雇用等样样要钱，只有空手套白狼，才能产生利润吧？她是什么横空出世的商业奇才？

直营店形势未稳，楚稚水不敢回槐江，一连又在招待所逗留许久。

银海观察局招待所类似于槐江局新建的职工宿舍，基本是不对员工收费的，以后银海职工去槐江，同样可以住在宿舍里。

楚稚水不走，辛云茂就不走，叶华羽终于坐不住了。

办公室内，叶华羽将楚稚水叫来，他为难地扯扯花哨衣服："小楚，我最近考虑了一下，其实老胡谈的租金本来也不高，那点钱就意思意思，不然干脆就免了吧。"

"啊？"楚稚水一蒙，"这好像不合适。"

店铺租金本来就够低，正因如此价格战才能打下去，而且眼看要迎来胜利曙光。她不料叶局还会降价，他比她更恨李龙科啊？

"合适，绝对合适，我们是兄弟单位，怎么能让你做赔本生意？"叶华羽急道，"所以你就回槐江吧，店铺亏了也会帮你填账，肯定把对面那家店搞垮！"

"……"

叶华羽都将话说到这地步，楚稚水确实不好再多待。正巧新透视频即将推出新活动，观局经历完直营店的意见收集，已经迅速地调整新品设计，楚稚水同样得回槐江筹备。她这才订购机票，带着辛云茂返程。

叶华羽得知消息，总算长舒一口气，一时间心情相当愉快，信守承诺帮槐江经济开发处盯店，甚至还自费打造一块孔雀立牌放在店门口。杜子规将店门口拍给楚稚水看，告诉她直营店一切安好，让她可以安心待在槐江。

楚稚水被照片中花里胡哨的孔雀立牌闪花眼，无奈她早就回到槐江局，没法点评叶局的审美。

观局直营店和龙知公司集合店的僵持战，迫使龙知公司账户里资金不断减少，让高层们都深感压力。

"李总，如果继续这样下去，对内部资金压力太大，再加上新透又有活动，想要跟他们争夺流量，势必还会有大笔支出。"

"没错，而且新透没有集合店业务，都是安排商家开店帮宣传，真有情况会灵活不少。"有人道，"集合店对公司数据有带动力，但后续品控和管理耗时耗力，不是长久之计。"

观局直营店只出售本品牌产品，但龙知集合店是多品牌汇总，听起来更厉害，运营起来也难。

李龙科沉默良久，他搓搓手掌，拍板道："坚持到新透下次活动结束，只要把我们这回的数据弄漂亮，后续就着手逐步提价或大范围关店。"

"啊？"有人诧异道，"但有些店才刚开起来，还有几家正在筹备。"

"那就继续运营下去，有利于融资的评估，等融资结束再闭店。"

疯狂开店又一朝闭店，这会对不少人的工作产生冲击，唯一作用就是能靠集合店计划搞来更多融资。

众人面面相觑，即便知道这是想拉钱救公司，但还是对李总的主意感到惊异。或许每个人很难对他人的痛苦感同身受，高管们内心唏嘘一番，却也没有出言去制止。

没过多久，新透品牌特惠节拉开帷幕，观局作为重点推出的店铺之一，经过前几个月的大范围宣传，将要在这一天全线上架新品。

这些产品过去只能在直营店购买，现在推陈出新、更新换代，根据顾客反馈意见，创造出了更多的亮点。

陈珠慧最近还用各平台账号配合新透预热品牌特惠节活动。

观局：感谢顾客们的耐心等待，经历数月的新品调研，风味姜丝和人参汤料包都将推出新口味供挑选，更有万众期待的"生活再苦都要养参"饮料包首次推出，敬请关注活动详情。

"天呢我终于不用代购姜丝，邮费都要赶上零食钱。"

"比直营店味道还多！汤料包居然变成四季版！"

"为什么没有假绿茶饮料包？更想喝那个。"

观局：实在不好意思，为保证饮料包和直营店饮品味道一致，公司研发组已经加班加点、熬秃头发，但假绿茶由于原材料稀缺，难以保证有直营店现泡的风味，所以暂时无法上架。

"不愧是高达十二元的假绿茶，店里最贵的饮料，难以复刻。"

"我一直很好奇，你们能赚钱吗？"

"确实，我上菜市场买材料炖汤，都比他们汤包贵，所以我现在拆包用，一半自己买，一半用汤包，美滋滋。"

观局：小本经营，薄利多销，是您的支持让我们经营下去～

经济开发处内，楚稚水随手一刷观局微博，看见官博回复相当惊讶，尤其是那句"公司研发组已经加班加点、熬秃头发"，难道是老白的根须掉了吗？

她将手机收起来，又抬头询问金渝："厂子那边都联系好了？"

"没问题，提前打过招呼，产量和发货都跟得上。"

"那就行，这回折扣力度大，而且前期宣传猛，没准会爆单。"

观局直营店开张以来，新透视频一直在推流量，品牌特惠节就是变现好机会。一旦新透本次活动再度刷新数据，那齐畅就能彻底抢过李龙科话语权，起码主投资方绿盈集团会有判断。

但这些凡尘琐事和楚稚水无关，反正谁给的优惠力度大就跟谁，就像李龙科那天说可以合作她也应，可惜对方不愿意给优惠条件让她薅羊毛。

新透品牌特惠节当天，王怡文等人还布置不少活动，线上有开屏预热和知名主播带货，线下跟现场晚会深度合作，在电视节目右下角放上二维码供观众扫。

品牌特惠节直播间，主播依次介绍，观局新产品赫然在列。

主播拿起人参汤料包，笑道："好的，大家都一直催一直催，现在终于到这家牌子。观局新推出的汤料包，直营店当初只有春季版，其实我昨晚已经炖过，更喜欢新推出的夏季版……"

　　"夏季版异端！春季版才是最牛的！"

　　"这家店在直播间还有优惠吗？就记得便宜大碗，我买它家都不看折扣。"

　　"应该不是店铺打折，是新透的联合折扣，它家线上和线下一个价。"

　　"天呢天呢，手速不够，错过前 5W 的小礼品，哭了。"

　　"点开就卡了，能有一秒吗？"

　　一场品牌特惠节直播下来，"生活再苦都要养参"饮料包就冲上十万件销量，人参炖汤包（四季版）冲上八万件销量，风味姜丝也有五万件以上销量，在直播间一众商品中相当突出！

　　这还仅仅是直播间，更多买家不蹲直播，默不吭声掐点抢货，一等观局网店上架就直接付款。

　　全天活动结束，养参饮料包打破五十万件销量，人参炖汤包超过三十万件销量，风味姜丝超过二十万件销量。新品上架又带动旧产品出售，头皮滋养膏经久不衰，同样冲破二十万件销量大关，剩下的风味姜糖和人参泡脚粉也卖得不错。尽管产品定价极低，但挡不住销量暴涨，拢共计算下来，净利润竟超过两千万元！

　　相较观局的公司体量来说，这笔钱不亚于天文数字，更何况只是活动当天，新品后续还会有源源不断的收入！

　　其他公司人员多、体量大，产品定价高达两三百元，没准才能做出这种金额。观局的小而美模式也在行业内引发讨论，别看小公司不显山不露水，它是真的在疯狂赚钱，靠的还是平价类产品，至今都没有上调过价格。品控没问题，价格也亲民，只要将观局品牌一打响，以后摆脱新透照样能活。

　　新透视频则依靠品牌特惠节的成绩，轻松获得公司第一轮融资，同时被行业内人士赋予厚望。相比龙知视频，他们的盈利模式更清晰，而且成功案例有说服力，能将名不见经传的观局推火，还获得槐江市当地扶贫政策支持，看上去前途坦荡多了。

　　银海市，李龙科最近在公司里焦躁不安，他将手里的报告撕得粉碎，气急败坏地丢进垃圾桶。

龙知针对新透推出相似活动，但在大范围铺店宣传后，活动数据居然勉强跟新透战平。这场战役只要龙知不是高数据获胜，那就算满盘皆输，投入成本不一样。

李龙科近期都在联络投资人，对方却都含糊其词，不然就是让他直接碰壁，主要圈内都认为新透体系更健康，龙知像是强弩之末。有人还想低价收购龙知，劝李龙科提前退场，这是斗不过了。

他怎么能低价退？他在上轮融资还自己投钱，此时决不能低价卖股权！

办公室外有人轻轻敲门。

李龙科烦躁道："进来。"

"李总，现在活动刚结束，售后出现点问题，咱们活动当天数据很好，但最近老有顾客投诉发货和品控，有些品牌可能存在……"

"我是网店客服吗？还要解决这种问题？！"李龙科怒道，"你们怎么连这点小事都处理不好？！"

"但集合店当时是我们牵头……"

李龙科勃然拍桌："那直接关店！现在着急的就不是这个，要紧的是公司账上没钱！"

"……好的，那我们下去处理。"

按照李龙科的计划，龙知只要在活动上击败新透，新一笔融资就会顺利进来，到时候会缓解公司资金链问题。

然而，新透靠品牌特惠节融资成功，龙知原本说好的投资方退却，估计都是感觉风头不对。毕竟有更好的选择，为什么还得是龙知？

李龙科这两天如热锅上蚂蚁，要是不抓紧时间拉到钱，恐怕公司就要撑不下去。屋漏偏逢连夜雨，没人想到压死龙知的最后一根稻草，居然来自内部员工。

经济开发处内，金渝用手机上网吓了一跳，她忍不住回过头，询问道："你以前待的那家公司是叫龙知吗？"

"对，怎么了？"

"有员工跑出来讨薪，还痛批现在的老板贪污公司钱！"

楚稚水一愣，她连忙掏出手机上网，果然看到有账号发文章。这个账号自称是一帮龙知员工联合讨薪，倘若迎来关键时刻，他们愿意公开姓名，指责李龙科长期以来的不正当手段。

文章里讲述龙知视频默认加班文化，在繁忙活动结束后却公然拖欠薪水数月，不少同事点灯熬油病倒，还要拖着病体处理工作。公司内部斗争严重，迅速扩张又骤然关店，致使在不少地方产生债务。平台大批量删除顾客投诉，妄图以此来平息售后风波。

其中还有最重要一点，有人怒斥李龙科挪用公司资金，不但用投资人的钱给自己开高额年薪，将其余创始人排挤出团队后，甚至依靠不少渠道非法为自己敛财。他们要求投资团队彻查，认为李龙科未将融资款用于承诺的正当用途，涉嫌违法。要知道，这种情况一旦调查后属实，投资团队完全有权要求赔偿，能够撤回原来的投资款！

文章写得字字泣血，读完让人声泪俱下，足以见背后员工的文案功底。

楚稚水没料到李龙科敢挪钱，她在公司里时还没发生这种事，原以为他是搞融资擦边球，不承想已踏入违法区域。

金渝看完员工的血泪文章，她难过得眼泪汪汪，感同身受道："我以为自己原来工资不到两千就够惨，没想到你过去比我还惨，竟然连工资都被拖欠。"

楚稚水没想到有天会被金渝心疼，忙道："不不不，我在上家公司的时候，他们还没拖欠薪水的！没有那么惨！"她好歹是创始人，不会被拖扣钱。

"那你为什么离职？"

"因为当时生病……"楚稚水望着金渝微妙的神色，她越说声音越小，心虚道，"到医院急救了。"

金渝惊道："你还说没有那么惨！这不就跟文章写得一样！"

楚稚水婉言解释："当时大环境都那样，而且胃病来得急，急救听着很严重，后面调养就没事……"

高强度工作都会带来病痛，只能说该自己权衡身体和工作。

辛云茂闻言皱眉，他冷不丁插嘴："那你现在还不按时吃饭？"

她偶尔在茶园忙碌，同样会遗忘用餐，还需要他来提醒。

楚稚水无力扶额："这话我爸早上出门前刚说过。"

金渝瞪大眼："对，你偶尔不跟我去食堂，都没有按时吃饭。"

她眼神飘移："……我吃了，真吃了。"只是有时在屋里跟辛云茂吃。

楚稚水面对二妖来击，他们一前一后包围自己，都用目光谴责她的疏忽，仿佛她是一个不懂照顾自己的无行为能力人。

金渝不知思及什么，她眼神一亮："我知道局里接下来该搞哪里了。"

既然知道情况，就能对症下药。

龙知丑闻被曝后，楚稚水和王怡文还私下通话，好歹都是曾经共事过的人，必然要关注后续情况。

爆料账号最初被公关了一番，后来又陆续发出新消息，说李龙科为平息事端勉强补发工资，但依旧还有项目奖金拖欠，不少员工走上劳动仲裁。集合店的债务依旧在堆积，更可怕的是绿盈集团开始清算，质疑李龙科过去在公司的布局决策。

李龙科现在焦头烂额，公司资产要来赔偿员工、抵销债务，他本人还面临投资集团的追责，现在只有退钱坐牢一条路可走，倘若不将过去挪用的钱吐出来，那面临的惩罚只会更重。

经此一役，龙知视频一蹶不振，未来不是申请破产，就是被什么公司吞并。

电话中，王怡文唏嘘道："我问了几个人，他们工资倒是拿到了，就欠着些奖金没发，主要还是集合店债务算大头，铺得广就累赘，很难切割清楚。"

楚稚水："工资拿到就行了，剩下的等法院来吧。"

"哇，我最近心情很复杂，一直盼着它倒闭，但真到这步又不是滋味。"王怡文低落道，"我昨天晚上还做梦了，梦到我刚进公司的时候，我们那会儿多开心啊，当时会议室那么小，一个两个意气风发，怎么就到这地步了？"

龙知从小小的办公室搬到金贸中心，曾有许多年轻人为之奋斗和付出。

楚稚水对当时的疲惫和病痛无感，说不定也是记忆里仍牢刻那股冲动。她在二妖提醒下，才忽然醒悟过来，那段时间确实辛苦。

王怡文："我倒不是同情李龙科，他牢底坐穿才好，可你懂我这感觉吧……"

"我懂，你不是同情他，也不是同情龙知。"楚稚水一笑，"你是怀念自己那段拼搏的时光，龙知恰好就是那段经历的符号。"

"对对对，就是这意思，反正当时上班和现在感觉不一样！"

楚稚水语气很轻："我也是，我偶尔也会想，就算后来离开龙知，也庆幸经历这一切，要是能从头来一遍，没准还会做相同选择。"

王怡文果断道："从头来一遍还是算了，你可别再选李龙科共同创业了。"

"但那不就遇不到你了？"楚稚水好笑道，"你当初还是他介绍进公司的，凡事有利有弊，一切自有缘法。"

"行吧，知道你真的爱我，以后养老院的钱我出。"王怡文愉快道。

两人聊一会儿即将坐牢的李龙科，又回忆一番年少气盛时的热血拼劲，这才缓缓挂断电话，将龙知彻底抛脑后。

岁月可以洗清很多东西，让万事万物从萌芽到凋落，记忆里还残留往昔美景，可睁眼时一切早就变样。值得庆幸的是，那美好的感觉并未消逝，就像平静无痕的水面，只待投进一枚小石子，依旧能激起闪闪发亮的水花。

品牌特惠节订单陆续完成后，观局公司账户里已有巨额数字，完全可以继续进行建设。

职工宿舍圆满建成，目前还在通风透气阶段，效率可谓惊人。楚稚水不敢深思苗处使用多少炉子里的妖怪，她总感觉按照这种速度，观察处的炉子能被掏空。

局里，大树附近的小院同样完成，白墙灰瓦，古典庭院风格，没在墙上绘画，却在一侧绿化带里种植竹子。院子里有喝茶用的象棋桌和石椅，树下的石质圆凳无妖敢动，却在新庭院里分外和谐。

辛云茂对新院子很满意，他近期频频流连于此，尤其看到种竹子，越发挑不出毛病。

楚稚水初次在院内看到竹子，心里一咯噔。她前两月在银海，没顾上局里面，不知是谁的主意。这种植物真是彻底无法从她生活里退出去了。

苗沥是唯一敢对院中竹子提出不满的，不管是普通竹子，还是竹子妖怪。

午休时，辛云茂坐在圆凳附近晒太阳，楚稚水同样刚用餐结束，在阳光下透透风、走两步。

局里职工陆续从食堂里出来，恰好会经过新建成的院子。

苗沥途经此地，他瞧见两人，又瞥到角落竹丛，质问道："为什么要种竹子？"

楚稚水目光闪烁，迟疑道："苗处，你这不该问我，应该问后勤科。"

"不种竹子种什么？"辛云茂语气傲慢，"难道给你种荆芥？"

楚稚水："荆芥是什么？"

"人类管它叫猫薄荷。"

苗沥幽幽盯着两人，他嘴里喷喷发声，似乎是痛心疾首，用眼神责怪楚稚水。

楚稚水忙道："不是，苗处，我前几个月都不在局里，种竹子真跟我没关系。"

"确实，她哪用在这里种竹子，她都在家……"

"住嘴！"

职工宿舍和庭院装修完成，局里食堂同样升级换代。金渝以楚稚水曾有胃病为由，建议牛仕将食堂工作餐改为自助餐，取消标配二荤二素一汤，直接向银海局的伙食靠拢。

现在，食堂里有两条长桌，放置着保温容器，里面盛满各种美食，考虑到职工物种不同，海陆空什么都有，终于踏入富裕的生活。

槐江局只有二十几口子，楚稚水一度感觉自助餐铺张浪费，毕竟银海局食堂还开放给无编人员，比如在招待所工作的人类员工。但牛仕保证饭菜都能消耗空，加上胡局也双手支持此事，员工自助餐就顺利推行。

局长办公室内，胡臣瑞还特意将楚稚水叫来，讨论有关公司内资金的事。

楚稚水轻敲屋门，她听到应声，这才走进来："胡局，您找我？"

胡臣瑞见她露面，连忙站起身来，手里捏着枚古币，开始在屋里踱步，感慨道："小楚，我确实没想到你这么能干，居然一年多就将经济开发处干成这样，还让我们局里第一回遇到这种难题。"

"难题？"楚稚水一怔，"财务的账有什么问题吗？"

观局公司守法经营，各类手续都没有乱办，按理说不会有任何差错。

胡臣瑞无奈："财务的账没有问题，这就是最大的问题。"

他知道楚稚水会赚钱，但没想到那么会赚，一次活动进账两千万，确实是意料外的情况。

楚稚水面露不解，不懂此话的意思。

胡臣瑞长叹一声，拍板道："这样吧，我安排你一个任务，你给局里留出绩效和奖金，然后想办法将账上其他钱能花就花了！"

楚稚水："？"

楚稚水惊道："胡局，挪用公款是违法……"

胡臣瑞："不，你就花在局里建设，想点办法把它用掉。"

楚稚水试探："那建个办公楼？"

胡臣瑞当即应下："可以，列入下次全局大会，还有呢？"

"再建个电梯？"

"这也简单，其他的呢？"胡臣瑞道，"这都是小打小闹，还花不完两千万。"

"但我想不到别的。"楚稚水苦恼，"那就别花完，先放着……"

"不能放，一定要花！"胡臣瑞果断道，他诧异地看她，"你怎么年纪轻轻，光会赚不会花呢，这是什么毛病？"

"这……"楚稚水被问得一噎，"没有那些世俗的欲望？"

她要是物欲强的人，当初就不会回槐江，估计留在龙知捣鼓钱了。

胡臣瑞对她大失所望，他惋惜地摇摇头，摆手道："算了，还是靠全局大会商量，听听他们离谱的点子吧。"

楚稚水进局里工作以来第一次被领导批评，竟不是由于不会赚钱，而是由于不会花钱。

槐江局的全局大会没让胡臣瑞失望，大家举手表决通过很多离谱想法，不但着手修建新办公楼和电梯，还打算在局里建成图书馆及篮球场，甚至计划修建游泳池。

"建起来也得审批手续吧？"楚稚水道，"而且后续维护还需要钱。"

职工宿舍节省了人工成本，但前期有报批流程，局里面会联系解决。

胡臣瑞："没事，维不维护再说，先把钱花出去。"

楚稚水："……"

胡臣瑞紧张地组织大兴土木，然而世上的事都有墨菲定律，最不愿面对的情况还是发生了。

财务处办公室内，胡臣瑞、贺寿贵和楚稚水齐聚小屋，小虫和小下待在外面的房间，这是一场有关局里账务的私密会议。

贺寿贵一改往日的迟钝拖延，严肃道："胡局，今年轮到我们帮扶了。"

"银海局账上的钱怎么会比我们的少？"胡臣瑞皱眉，匪夷所思道，"那么多地方光收租都不该这样。"

楚稚水："但叶局给我们免租了。"那就有一家店面没有租金收入。

贺寿贵："今年卖茶还是四倍价格，等于我们账上钱变多，他们账上钱变少。"

胡臣瑞暗骂叶华羽败家，叹息道："算了，只能认栽，需要帮扶多少？"

"大概要借给漆吴局一百来万。"

楚稚水错愕："胡局，贺处，这是什么意思？"

贺寿贵无力地解释："观察局基本都盈利不佳，只有银海局收入不错，其他局常年来依靠他们帮扶，如果碰到有灾或赔偿过多，哪个局的账面抹不平，就要从其他局借钱来填，不能拖欠工资和赔偿款，一般是账上钱最多的局出面。"

胡臣瑞笑眯眯："但我们以前没经历过这种情况，这回还是经验不足，吃了不会花钱的亏。"

难怪胡局最近疯狂花钱，宁肯乱建设施都要支出。

楚稚水虚心请教："那借完什么时候还？打借条吗？"

"一般借条上写着以资抵债。"胡臣瑞道，"但你也知道局里基本没资产。"除了银海局外，其他观察局相当萧条，根本没有值钱的东西。

楚稚水："这不就是有借无还？"

"名义上说是会还的，但你在职期间可能等不到。"

叶华羽当初让店面、免租金如此痛快，看来也是对被要钱一事麻木，怪不得一副破罐破摔的败家子模样。

楚稚水却不死心，妄图垂死挣扎："那以资抵债都拿什么抵？真的一点资产没有？"

"漆吴局跟咱们局建设前差不多，最就是靠个海，没事可以捞点鱼。"胡臣瑞道，"你真想找的话，可以自己去那边一趟，跟他们商量要什么。"

他思索："沙局是条鲨鱼，你上次也见过，我不确定鲨鱼能卖多少钱。"

楚稚水："？"

这可真是海边光脚的不怕内陆穿鞋的。

Zhu and Zhi

第七章

漆吴烟花秀

签名
楚稚水

经济开发处内，金渝听闻要借钱给漆吴局的消息，她怔怔地出声："漆吴不是吴科长原来待的地方？他明明说海边洋气又发达，比我们槐江要好一百倍，怎么会没资产抵债呢？"

"恭喜你，终于发现他骗你了。"楚稚水道，"同样是有海，漆吴可不是银海那感觉，你一查各城市生产总值就知道。"

金渝难以置信，这才幡然醒悟。

休息时间，办公室里就剩下楚稚水和辛云茂，辛云茂起身时扫视到她的屏幕，发现上面都是漆吴市特产及经济状况，凝眉道："你打算去漆吴？"

她回道："有这么个想法，主要局里营收搞起来，没准每年都得往外借，不能开这个头。"

楚稚水可不要像叶局般做冤大头，万一槐江局年年账上钱最多，岂不是没完没了？

"我可以不去吗？"

楚稚水一怔，她回过头来，发现辛云茂垂下眼，站桌边像一棵古木。

"当然可以。"楚稚水眨眨眼，她痛快地应声。

辛云茂愣道："你都不问原因？"

"我以前就说过吧，局里的事你想做就做，不想做可以不做，关键是你怎么想。"楚稚水笑道，"同理，任何地方你想去就去，不想去就不去，不用考虑其他事。"

她轻松调侃："你不是神君吗？既然都无所不能，那就自己做选择，做人都可以这样，对于你应该更容易。"

辛云茂睫毛微颤，他沉默良久，好似在犹豫，最后坦言道："我需要点时间。"

"什么？"楚稚水询问，"需要时间思考吗？"

"嗯。"辛云茂声音发闷，"漆吴是他的诞生之地，我现在被龙焰缠身，可能会有点影响。"

他当年被龙焰烧得漆黑，黑色火焰里蕴含龙神追随者的怨气，而漆吴就是龙神追随者最多的地方。

楚稚水脸色微变，她思及黑色纹路，忙道："有危险吗？那你别去了。"

"没，不会有危险，但容易烦躁。"他嘀咕，"稍微难受一点。"

"没关系，我估计就去看一眼资产，然后让他们写个欠条，没准一天往返，不是什么大事。"楚稚水软言安慰，"慢一点就两天。"

辛云茂一抿嘴唇，眉宇微微皱起，漆黑眼眸闪着光，看上去让人捉摸不定。

良久后，他终于做出决定，低声道："但我想跟你一起去。"

"以前没去过其他地方，不过最近感觉还不错。"辛云茂避开她的视线，似有点别扭，语气含糊道，"没准这回也一样。"

他过去从不离开槐江，对排斥他的妖怪冷漠相待，但丹山之行还挺愉快。他现在甚至对银海局都有所改观，因为他们在银海市留下不少宝贵回忆，所以连叽叽喳喳的孔雀都不再讨人烦。

他莫名有一种预感，觉得可以用跟她的快乐记忆，覆盖掉对漆吴市的反感，起码前几回都成功做到了。她所到之处总洋溢着生命力，让他发自内心地愉快。

楚稚水不料他这么说，她沉吟数秒，莞尔道："可以啊，那就多待两天，听说漆吴局在小岛上，你坐过飞机又可以再坐回船。"

两人敲定行程，开始计划海边之行。

机场内，楚稚水和辛云茂坐在候机厅，却不料会碰到局里其他妖。他们听到一首热闹的《好运来》，不禁扭头看座位上的吴常恭，眼看对方手忙脚乱地接电话。

楚稚水吐槽："我没想到他铃声还没换。"

她刚进后勤科时，吴常恭手机铃声就是《好运来》，每回音量还调得特别大。明明他跟楚稚水等人不在一间屋，但响亮铃声总能传到隔壁，打扰到后勤科的其他同事。

辛云茂听着吵闹的音乐，淡声道："写这首歌的人类到底在想什么？"

辛云茂化人就拥有听觉，这也给他带来噪声困扰。

"跟写歌人无关，跟放歌妖有关，这歌寄托人类的美好心愿，是让人高兴振奋的好歌。"她说道，"但耐不住他天天这么放。"

《好运来》没准同样寄托吴常恭的心愿，谁让歌词是"迎着好运发达通四海"，简直将一只海蟹的梦想写尽了。

据说，吴常恭每年都要休探亲假，回到漆吴的大海休息，正好跟两人撞上，但他的机票座位跟他们不靠着，只是在候机厅碰见时都颇感意外。

登机时，吴常恭不愿在辛云茂眼前多转悠，他客套地摆手："楚处长，那下飞机见，下飞机见！"

吴常恭是返乡休假，经济开发处是过来办公，估计出机场就很难再见到。

楚稚水还算有道德，抛开以前的小恩怨，她和吴科长没大仇，打扰同事度假天打雷劈，她决定一出漆吴机场就不联系。

飞机顺利升空，一路航行正常。

机舱内，楚稚水看着屏幕上的小地图，发现飞机已经行驶到漆吴上方，又想起辛云茂曾说自己被龙焰缠身。她连忙转头，认真询问道："快到漆吴了，你有难受吗？"

辛云茂闻言一愣，他感受到飞机降落，这才发现居然快到了。

他见她满脸担忧，略微停顿一下，眸光微闪道："难受。"

果不其然，楚稚水越发忧虑，上下扫视起他："哪里难受？"

"这也难受，那也难受。"

楚稚水抬眼瞄他，只见他双眼含光，像故意博关注的大型犬，哪还不明白他在想什么。她面对茶味四溢的竹子妖，无情道："那就受着。"

"哼。"

漆吴机场内，两人下飞机，果然没有再看到吴常恭的身影，甚至连拿行李时都没有碰见。

楚稚水拿着手机等待漆吴局的对接者，辛云茂则推着行李箱跟在后面，他们一前一后走出来，竟然在出口看到眼熟的男子。

蓝泉先穿着黑色制服，领口左侧有个眼睛形状的银扣，正是观察局的标志。他依旧扎一根小辫，刚一看到他们就眉头紧皱，露出满脸戒备和警惕，牢牢地盯着辛云茂不放。

辛云茂对着楚稚水总叽叽歪歪，一到外面又切换回高傲漠然。他一只手随意插兜，面无表情地站在她身边，连一个眼神都没有丢给蓝泉先，好似对方不存在。

楚稚水看到蓝泉先一怔："没想到是蓝科长过来。"

这确实跟她想的不一样，她记得蓝泉先在观察处工作，按理说不可能对接经济开发处。

银海局的杜子规就专管经营业务，因此那段时间才忙来忙去，频频接送楚稚水。

蓝泉先明显不如杜子规会来事儿，他脸上丝毫不见热情，面对栏杆内的他们，硬邦邦道："楚处长，先出来吧。"

楚稚水和辛云茂从栏杆内绕出，她眼看蓝泉先在前带路，领着他们顺电梯往地下走，不禁询问道："我们要去地下车库？"

"不。"

片刻后，蓝泉先将他们带到地下一层一间咖啡馆，他将椅子拉开，示意他们落座："楚处长，我们就在这里谈，直接聊帮扶条款。"

楚稚水沉吟数秒，她没有落座，提醒道："难道不该在局里谈？"

"我是不可能让你们进局里的，上次全局大会时，应该解释过原因。"蓝泉先眼睛一眯，他直视辛云茂，"楚处长带他过来就该知道没法进漆吴局。"

辛云茂闻言冷眼回望他，点漆般的黑眸沾染锋利。

楚稚水："这年头都是借钱的比债主还横？我以为在打借条前，好歹会虚与委蛇下。"

"漆吴局常年跟龙神庙斗争，本身就有很大的维稳压力，要是再贸然放入不安定隐患，势必会酿出大祸。"蓝泉先肃穆道，"我知道银海局态度不同，但没切身体会过灾厄的人，自然无法感同身受。"

气氛瞬间僵化，蓝泉先态度冷硬、语气锐利，完全不是友善体贴的东道主。

楚稚水微笑道："蓝科长，我给你一个机会，撤回刚才那些话。"

蓝泉先正义凛然："我今天过来，就不怕威胁，如果他想要踏进局里，那就先踏过我的尸体。"

如果是第一次到银海市的辛云茂，或许此时就开始尖酸刻薄，出言嘲讽面前的蓝泉先，就像当初对待叶华羽等妖那样。但他这回是主动跟楚稚水过来，跟上次无意间进入银海局不同，一时不好放狠话绝不踏入漆吴局。

　　"我们为什么要踏过你尸体？你的尸体又不值钱。"楚稚水淡淡道，"辛云茂，我向你许愿，让他今天别再说一些我不爱听的话。"

　　辛云茂难得听她许愿，顿时脸色微微一怔。他揣摩一番她话中含义，领悟她不爱听的是什么，这才轻巧地垂下眼，嘀咕道："这算什么愿望？都是一点小事。"这条鲛人都不配让她烦心。

　　蓝泉先听见"许愿"二字，他心中警铃大作，神色愈加紧绷，提防道："你们缔结过仪式？你知不知道这种仪式会……"

　　楚稚水听他声音高昂，推测后面又是对竹子的妖身攻击，她正要板起脸来，忽闻响亮歌声，带着难以遮掩的喜庆氛围！

　　"好运来，祝你好运来……"依旧是红红火火的曲目，却不再是女声版，而是男声版。

　　"吴科长？"楚稚水下意识环顾四周，却不见吴常恭的身影。

　　她定睛一看，注视蓝泉先，这才发现竟是他在唱《好运来》！

　　"这是怎么回事？"蓝泉先惊慌失措地捂住嗓子，恼道："你们到底做……好运带来了喜和爱……"

　　他刚要驳斥两人，谁料话都到嘴边，说出来就变成歌，还是一首热热闹闹的歌！只要他想叱责二人，就会放声高歌！

　　楚稚水愕然回头，她望向辛云茂，问道："这是怎么回事？"

　　辛云茂迷茫："你说的，让他别再说你不爱听的话。"

　　楚稚水："但怎么唱起来了？！"

　　"这歌寄托人类的美好心愿，让人高兴振奋？"

　　好家伙，她希望辛云茂让对方别说她不爱听的，他直接再进一步，让对方唱人爱听的！但这是海蟹爱听的歌，也不是她的审美啊！

　　蓝泉先气得满脸通红，他愤愤地怒视他们，嘴里却还在唱不停："好运来，我们好运来，迎着好运发达通四海……"

　　这滑稽场面真像只野猫在骂骂咧咧，无奈人类只能听懂它在"喵喵喵喵"，完全起不到威慑作用。

"我以前真没听过男声版本。"楚稚水若有所思，她索性欣赏起来，"你别说，还挺好听的。"

蓝泉先音色不错，唱这种歌也动听，可能是鲛人天赋。

辛云茂当即冷脸："这样在人前晃悠，果然该让他变哑。"

"你是跟美人鱼做交易的魔女吗？"她吐槽，"居然还要变哑。"

蓝泉先很快摸到破解之法，只要他不对辛云茂加以攻击，基本就不会触发《好运来》模式。他强忍屈辱，咬牙道："楚处长，该谈条款了。"

他只要拿到协议，将两人送走，那就大功告成。

楚稚水一口回绝："我不跟你谈，都没进局里，怎么以资抵债？"

"但以前叶局都是……"

"那你找叶局。"楚稚水掏出手机，给胡臣瑞打电话，敷衍道："我不跟你聊这些，我们职级不一样，你就是一个科长。"

官大一级压死人，她以前不在意这些，但不代表她不会用。

蓝科长被楚处长撑得哑口无言："……"

片刻后，楚稚水结束跟胡臣瑞的通话，和煦地发声："沙局说让我们进局里。"

"怎么可能？"蓝泉先质疑地扬眉，"沙局深知漆吴安定的重要性，绝不会为了区区一百多万……"

手机突然嗡嗡振动。

"不好意思，我接个电话。"蓝泉先取出手机，他走到旁边接电话，应声道："喂？沙局，是我，对，我见到人了……"

楚稚水漫不经心等他打电话，只听蓝泉先声音越来越小，最后陷入漫长的沉默。

很快，蓝泉先僵立在原地，他手里握着手机却不说话，不知是否跟沙局交流完，一直没回头看两人。

辛云茂："哑了？"

楚稚水："呵，还踏过他的尸体，他尸体值一百多万吗？"

蓝泉先背对他们却尽收耳里："……"

他迟缓地转过身，面对两人，生硬地鞠躬致歉，心如死灰道："实在对不起，方才一时失言，对二位多有得罪。我们在此稍等片刻，这两天会安排熟悉的导游，等帮扶条款落实后，二位还能在漆吴逛逛。"

沙局竟为一百多万低头，还劝他小不忍则乱大谋，在关键时刻站到对面去。

楚稚水满意地点头，笑眯眯道："蓝科长还是年轻，社会就是这样子，要早点习惯才行。"

蓝泉先被一个二十多岁的人类教育，一时间心情复杂，但还是忍耐下来。

没过多久，蓝泉先领着他们到停车场乘车，漆吴局找来的当地导游也出现。

楚稚水眼看不远处朝他们招手的吴常恭，她心说漆吴局真是好狠，该不会以为同在槐江就能玩到一起，这安排真是既打扰两人办公，又打扰吴常恭休假，堪称弄巧成拙。

吴常恭同样面色如土，但他还是跟蓝泉先打过招呼，又给他们拉开车门，自己坐进副驾驶座，寒暄道："楚处长，我刚才还出来找你们，不是说下飞机见吗？还说这两天带你们转转。"

楚稚水和辛云茂坐在后排，她无奈一笑："这不是怕打扰吴科长休探亲假？没事，您回去陪亲人吧。"

"不打扰，怎么会打扰？晚上也能陪，我得尽地主之谊嘛！"吴常恭强颜欢笑，他注视着车窗外，又轻轻蹦出一声，"唉。"

这叹息满含逃出机场又被叫回来的辛酸。

汽车驶出机场，开进漆吴的大道，沿途隐约可见天际线连着海面。云和浪在海边交汇，看上去似融为一体。

这是一座新旧交替的海滨城市，老城区墙面早被海风侵蚀得斑驳，白墙皮脱落以后，留下深黑色痕迹。街道上有不少电动车穿梭，惊险刺激地从人行道驶入马路，看上去横冲直撞。

蓝泉先沉默地开车，明显不想有所交流。

吴常恭倒健谈得多，还真给他们介绍："这边是以前的老楼，基本住的都是老居民，不远处还有个海鲜市场，可以自己买海鲜让店里加工，现捞现吃那种，比槐江要便宜。

"新城区在另一头，漆吴局则在海面的一座小岛上，我们现在去码头坐船才能过去。"

楚稚水思及金渝游泳上班，没想到海边妖怪会坐船，好奇道："局里会有职工游过去吗？"

蓝泉先一直安静，此刻却插嘴："漆吴海里饱含龙神的妖气，海底有无数流亡鲛人的居所，贸然下水会徒生事端。"

漆吴局和龙神的斗争至今未停，他们跟生活在海边的人类不同，可以说是流亡鲛人眼中的头号仇敌。

红灯亮起，汽车停下。他们有空看窗外街景。

老城区有无数弯弯绕绕的小道，海洋气候让这里温度偏高，无数藤蔓缠绕简陋的小巷，其中竟然有原住民居所。数根晾衣竿横跨空中，悬挂着不少泛黄衣物。

天色渐渐阴下来，更衬得巷子里光线不佳，角落里布置一个小小的木质祠堂，台前还放着不新鲜的瓜果，红烛的蜡油沾染在木板上。

辛云茂瞥见木祠堂，他不禁眉头微蹙。

楚稚水察觉他的躁动，她顺着他视线望去，同样看到人类居所边的祠堂，问道："那是什么？"

辛云茂不言。

吴常恭扭头一看，干巴巴地解释："人类给龙神搭的据点。"

楚稚水道："龙神不是都被压在地下了？"

蓝泉先："我们和人类联手多次，想扫除这些据点，但依旧有很多人被蒙在鼓里，遭受他的蒙蔽。"

辛云茂轻嗤一声，他眼底泛起寒光，嘲笑道："虽然那条龙也不是好东西，但说他们遭受蒙蔽，也显得太无辜了吧。

"不管是人类，抑或是鲛人族群，你们扪心自问没过错吗？"他勾起嘴角，讥诮道，"因为他一朝失势，就将错抛他头上，这也是自欺欺人。"

蓝泉先作为鲛人，他不悦地反驳："我们有什么错？他最初并没有问题，善待一切有灵之物……"

"顺着你们的心意就叫善待，不合你们的心意就要翻脸，是他最初就没有问题，还是你们知道有问题，但对你们有利就无所谓？"辛云茂目光幽深，冷声道，"难道这种高高在上的姿态不是被你们捧出来的？

"只要拥有无尽寿命就是神，只要实现你们愿望就是神，愚蠢又浅薄的想法，世界上根本没有龙神，他是被你们造出来的，现在的一切都是咎由自取、自作自受。"他斜睨一眼祠堂，语气不屑一顾。

因此，他从来不觉得这些人和妖可怜，更不会有闲心插手他们的生活，反正双方目的都不纯，肮脏东西扎堆聚而已。

他才不要照天地意思来，他也不要善待。

蓝泉先被对方的话一刺，好在他早就脱离族群，此时也认清龙神真面目，倒没有气急败坏地还击。他静默数秒，脸色微变道："我没想到你会说这种话，居然认为他不是龙神，明明你也……"

如果辛云茂认为没有龙神，他又怎么看待自己？

辛云茂面无表情："真恶心，不要将我跟愚钝的他相提并论。"

楚稚水察觉他不快，她笑着打圆场："好啦，神君是打击封建迷信第一妖，自然思想觉悟就会不一样！"

蓝泉先："……"

蓝泉先从后视镜看两人，听完辛云茂的话，忽然就有所改观，倒是打开话匣子："你们这样出行，让我想起一个传闻。"

"什么传闻？"

"据说是空桑当地传言，我不确定真实性，也是听他们说的。"蓝泉先道，"他们说龙神恋慕上一个人类女子，无奈人类寿数有限，连龙神都不能改变，所以他得知第二位神诞生，想要借此为女子续命，跟你们的情况还挺像。"

辛云茂瞪大眼，他显然也第一次听闻此事，一时间露出诧异神色。

楚稚水惊得坐起身，脸热道："蓝科长，饭可以乱吃，话不能乱说，什么叫跟我们很像？"

龙神恋慕上一个人类女子，跟他们有一毛钱关系？！

蓝泉先一愣："不像吗？"他看两人关系亲密，自然就觉得相当贴切。

"不是，知谣传谣是一种恶劣行径，但凡理性分析一下这事，都应该知道不可能吧？"楚稚水一本正经地辩解，"格局打开一点，纵观人类的战争历史，哪有单纯由于爱情爆发？这是一种狭隘的思维方式，我们要客观地看待问题。

"这话就等同于'男人，本来大半可以做圣贤的，可惜全被女人毁了'①，完全是一种推卸责任的理论，明显就是漏洞百出的！"

蓝泉先听她侃侃而谈，蒙道："我确实也不知道真假，这就是个传闻。"

吴常恭："对啊对啊，我们就是闲聊，楚处长不要着急。"

"我没有急，只是用逻辑分析，蓝科长说相像不合理。"楚稚水硬着头皮解释，她又看向默不作声的辛云茂，咬牙道，"你也说两句，不是说旧神感知到新神会衰落？他肯定是怕变弱才挑起争端，不是由于什么人类恋人。"

只要龙神的恋情被否，下一条推理自然被否，蓝泉先的话就会被全盘推翻。

辛云茂瞄她一眼，非但不肯澄清，还理直气壮道："我又不知道他怎么想。"

他是故意的吧？明明也没开花，在这里搞什么？！

蓝泉先说的龙神传闻让气氛凌乱起来，他和吴常恭还悄悄打量两人。即便楚稚水认为龙神引发战争跟人类女子无关，但他们现在显然发现更感兴趣的事，偶尔会观察楚稚水和辛云茂，让人想提醒蓝泉先注意驾驶安全。

这使她如坐针毡。

但车里的闲聊没坚持太久，主要是随着海边越来越近，辛云茂的脸色越来越紧绷。他在飞机上故意说自己难受，但等真的心烦意乱起来，却一声不吭地靠着车窗。终年缠身的龙焰变得滚烫，仿佛在将他反复煎烤，大战后造成的伤害不可逆，一如断爪，一如烧痕。

天色更暗，阴云翻滚，厚厚的云层遮天蔽日。海边的天气总是这样，一阵狂风就能携来阵雨。微风从车窗外钻进来，夹杂海水腥涩，还有泥土味道。

楚稚水察觉辛云茂不适，她探身确认起来，出声道："先停车，他有点难受。"

辛云茂嘴唇紧抿，脸色微白，眼眸的光明明灭灭，像在克制着什么。他双臂环胸横在身前，仿佛建立起一层保护墙。

楚稚水用手抚摸他额头，被高温一烫，可妖怪不应该会发烧。

辛云茂感受她的冰凉，这才微微闭眼小憩，似乎缓解一点痛楚。

车辆停在路边。吴常恭和蓝泉先面面相觑，他们认为辛云茂无所不

---

① 出自鲁迅《阿Q正传》。

能，自然不理解现在的异常。

片刻后，蓝泉先一瞄不远处的海岸，他恍然大悟，发声道："海水蕴含龙神妖气，跟龙焰有相同效果，他靠近会不适，但漆吴局有安全区域，就跟外面的感觉一样。"

漆吴局位于小岛，那里跟内陆差不多，只是乘船跨海要经过那些据点。

黑色龙焰里饱含人类的贪怨，即便是辛云茂也没法彻底净化，这才导致姓名被污染。他现在就像自带游戏里的负面效果，只要靠近龙神势力强的区域，就会不断被炙烤折磨。

楚稚水将矿泉水递给辛云茂，忧虑地问道："你要不要先回槐江？"难怪他只待在槐江，要是不小心踏入龙神领地，就会加重龙焰的焚烧。他要是不跟来，就不会难受了。

辛云茂摇摇头，态度还挺固执。

她眉头微拧，看向另外二妖："没什么解决办法吗？"

吴常恭小心翼翼道："他都没法解决的话，我们更不会有办法。"

蓝泉先："如果待在不靠海的地方，或者进我们局里的话，那应该就不会难受。"

"还是治标不治本。"楚稚水思索，"你们局里有竹子吗？"

"这……"蓝泉先面露为难，"这里是海边，很少种这个。"

"那这回可以种上。"她拍板道，"我们先去乘船，再把他叫进去。"

辛云茂不愿意回槐江，或许他最初对进不进漆吴局并不在乎，但现在被龙焰挡在外面，跟他自己不去是两回事。

她可以领悟他的倔强，恨不得将漆吴种满竹子，以此来还击龙神的挑衅。

安静的码头角落，蓝泉先和吴常恭已经去办理船票。

楚稚水让辛云茂坐在长椅上，她发现他脸色好转，这才略微放心下来："那我去安检了，你稍微休息下。"乘船要进入码头，再通过安检才行。

辛云茂点头。

楚稚水转身欲走，辛云茂望着她背影，不知为何，抬手牵住她，掌心仍滚烫。楚稚水被辛云茂一拉，她疑惑地回过头，又见他不说话，拍拍他脑袋，笑着保证道："好啦，半小时后就叫你。"

小岛距离码头不远，乘船只要二十分钟，加上排队就半小时。

辛云茂闻言，这才松开手。

码头门口，楚稚水遥遥就看到蓝泉先，从他手中接过纸质船票，得知吴常恭先去安排船了。

她望着特殊船票一愣："这是内部票？"

蓝泉先："对，我们有专门去局里的船，现在好像刮风了，游客船票都停售，等一两小时才能再开。"

漆吴靠海会有游客船，但附近没什么景区，旅游业就不发达。现在天色转阴，便停售游客票。

楚稚水淡声道："我再给漆吴局拨些钱，你们把那些据点都扫了吧。"

她现在就像第一次带他到银海局，叶局越不让他们来，她的逆反心理就越升起，偏要频频带他露面。

蓝泉先无奈："捣毁不难，关键是搜索很难，他的妖气像油一般漂浮海面，天然给流亡鲛人形成庇护，除非直接从海底释放力量，否则根本没法探明全部位置。"

她平静道："那就攒钱买潜艇，再来些高端设备。"

"……还能这样吗？"

楚稚水和蓝泉先通过安检，他们走上码头，果然空无一人，只有远处的小船，船身还有观察局的眼睛标志。

天空黑沉沉地压下来，大团大团的乌云翻滚，连海风都汹涌起来，眼看就有暴雨降临。海水的味道越发浓烈，空气潮湿发闷，让人感觉憋得慌。

道路边的树木盛开紫红色花朵，这种植物好像叫作洋紫荆，如今花瓣都被狂风摧残，凄凄惨惨零落一地，留下数抹残红痕迹。

"楚处长，我们跑两步，争取早点到。"蓝泉先在前带路，他脚步加快，又不闻声音，回头确认道，"楚处长？"

他身后空无一人，只有一串洋紫荆花瓣，歪歪斜斜地排满一路，好像诱捕猎物撒下的诱饵。

另一边，楚稚水一脚踩过花瓣，她眼看小船近在咫尺，却不见蓝泉先的踪影，出声道："蓝科长？"

"人呢？"她取出手机想打电话，又想起吴常恭上船早，抬头向小船那边喊，"吴科长——"

楚稚水一边往小船走，一边伸手打电话联络，浑然不察地面上湿漉漉的水痕。

　　巨大的水花溅起，扑通一声，紧接着是双眼一黑。意识清空前，一连串女子的悦耳声音响起，好似坐在礁石上用优美嗓音引诱水手的鲛人。

　　角落里，辛云茂坐在长椅上有所恢复，却突然感觉浑身烈焰翻涌，无数青黑色的火焰从他左臂蔓延而出，最后在他左手掌心中凝结成扭曲的龙头。

　　大战过后，他遭遇那条龙污染，双方力量彼此交融，致使他的妖火都是青墨色。龙头声音嘶哑，这不是龙神的本体，而是他及其追随者的怨气。

　　"你也该体会一次永失所爱的滋味。"

　　辛云茂一把捏碎龙头火焰，他面色一凛，猛然从长椅上起身，大步前往乘船码头。

　　船只边，吴常恭听闻蓝泉先搞丢楚稚水，惊叫道："你完了，你完了，你今天死定了！"

　　辛云茂不将蓝泉先扒皮抽筋才怪。

　　"我知道，死前也要先找人，让局里观察处出动。"蓝泉先紧握手机，严肃道，"我给沙局打电话，肯定是流亡鲛人，要尽快定位才行。"

　　"她呢？"说曹操曹操到，辛云茂冰冷刺骨的声音响起，不知何时竟然已经抵达码头。

　　吴常恭惊惶地回头，他看清对方模样却一怔，忙道："神君，你身上……"

　　辛云茂往日障眼法早被青墨妖火烧毁，如今是一袭青黑色的古袍，只是袖口处还涌动着深黑火焰，可怖的妖火如影随形，甚至将要把他完全覆盖。

　　只是他面若寒霜，丝毫不顾烈焰灼身，手中还紧握着龙骨伞，唯有持伞的右手完好无损。龙骨伞是神器，对妖怪有致命效果，勉强护住他一片皮肤。

　　辛云茂越靠近海边，他身上的火势越盛，反复烧灼玉白的脖颈。浓黑火焰使他斑驳，青色火焰使他恢复，好似在他的躯干上僵持缠斗，仿佛千年前的大战仍未结束。

　　蓝泉先："流亡鲛人族群里，有一种战斗力很弱，但擅长诱捕人类，专门钻进人类意识操控人心，她应该是被对方拽进海底，现在沉浸在幻觉里。"

辛云茂陷入沉默，他静心感受信物，却找不到她位置："这海水表面有他的妖气？"

"对。"

辛云茂握着龙骨伞，他眼底浸润杀气，果断道："上船，只要劈开这海就行。"

天空一声惊雷，船只缓缓启动，没有开向漆吴局，反而朝向海面中心，那是海底龙神庙聚集最多的区域。

吴常恭眼看着辛云茂身上妖火烧得更旺，甚至发出刺啦刺啦的声响，不禁惊得咋舌。豆大雨点落下，将船身击打得叮当作响，依旧无法扑灭深黑龙焰。

辛云茂冷峻的脸庞有雨滴滑落，他的领口彻底浸湿，伸手举伞隔空一劈，凌厉浪花瞬间涌起，在半空中形成巨大水幕，然后眨眼间淅淅沥沥落下，重新掉进海里形成一片幽深。他只能劈开这海一瞬，竟然无法将它掀起来。

蓝泉先注视着他身上的青黑火焰，小声道："你和他的力量融为一体，很难将这片大海掀起。"

漆吴海面附着深黑妖气，跟辛云茂身上的同出一源。

吴常恭扼腕："应该让神君跟着保护她才对！"

"她从来不需要我保护。"辛云茂紧握龙骨伞，他如今骨节发白，又挥手再次一劈，冷声道，"说半小时后叫我，那就肯定能做到。"

吴常恭连忙摇头，他怯懦地嘀咕："完了，气疯了。"

蓝泉先："人类在幻境中只剩本我，完全没有自主意识，很难喊出你的名字。"

楚稚水必须有意识，才能喊出辛云茂的名字，但鲛人编织的幻境专攻人类内心弱点。

辛云茂斜睨二妖一眼，他眼眸中迸发出冷火，怒道："那是你们以为的人类，即使再活十年、百年、千年，你们都无法理解她的所思所想。真要打比方的话，你们不过是一群有妖气的愚昧凡人，但凡失去妖气，连普通人都不如，比不上她的一根头发丝！"

他无法容忍他们惋惜的语气，就好像将她视为无能的弱者！不过是区区小妖，便以为自己能比她强？

"他的信徒是一群无知的空壳，而我的信徒是世界上最完美的人。"辛云茂眺望沉沉大海，只见暴雨云团边缘，隐现一丝丝光亮，"她一点也不弱，她为所有爱她和她爱的人披荆斩棘、所向披靡。"

而他只要相信她就好。

从很早以前，他就清楚知道，她不一定需要他，但他肯定需要她。

他不明白天地为何让妖怪化人。他认为不应该让妖怪修炼后变为人形，更不该赋予他们在人间行走的名字。他曾经对人类不屑一顾，认为他们都弱小如灰尘，脑中认知永远肤浅，汲汲营营苟活一生，只为追求虚妄之物。但某天起，他逐渐对人类改观，隐隐揣摩出天地用意。

他开始学习她的行为，体会她的所思所想，跟随她踏过不同地方，乐在其中感受一切，真情实感地变化——这才是真正修炼化人。

他绝不高高在上、睥睨众生，用无尽的力量招揽一群混沌追随者，然后在虚伪又可笑的吹捧中飘飘然，绝不像龙神般将对自己有利的一切攥得死紧。

"神"是磨难、是奉献、是牺牲，是明知不可为而为之，是自己力量有限也善待旁人，是清楚生命必然有所残缺却不会失落，是一股清泉从坚硬地表喷涌而出，是柔和溪水将冥顽不灵的硬石打磨圆润。这看似弱小的力量，如涓涓细流绵延不绝，无声无息感化沿途万物。

没错，她从来不是他的信徒，反而他才是她的信徒。

他通过她习得"神性"。

深黑无光的礁石底部，一座残旧不堪的建筑分外显眼，此处没有海水涌进，倒像是地下水族馆。部分鲛人可以编织御水纱，他们将其布置在周围，建造出能在海底呼吸的空间。蕴含妖气的海水环绕，为流亡鲛人提供庇护。

楚稚水湿漉漉地躺在礁石上，她如今双目紧闭、脸色煞白，显然还没有自主意识。

流亡鲛人在她身边走来走去，他们打算将这个人类奉给被封印的龙神，以解当年辛云茂砍断龙神手臂的仇恨。

一名男鲛人询问："已经攻破她心防了吧？"

女鲛人答道："没，当时只用洋紫荆制造幻境，还没来得及进行下一步。"

男鲛人一惊："那还等着做什么？她要是中途清醒，就能把他叫过来！"

流亡鲛人在楚稚水脖子上发现信物，他们越发确定没找错人，倘若没海水阻隔，辛云茂早就出现了。

女鲛人连忙应声，用气息探入楚稚水的精神世界。

古怪的花香弥漫，头脑昏沉醒不过来，楚稚水的意识好像陷入一片纯白空间。

她的身体像随着海浪起起伏伏，突然就失去知觉，脑袋里遗忘一切，只感觉有人伸手在她头颅里胡乱翻找。

女鲛人妩媚的笑声惑人，让人类落入更深的睡梦，只要找寻到对方的弱点，就能一击致命彻底操控楚稚水。女鲛人肉搏能力很弱，但她擅长操纵人心，每个人都会有弱点，只要抓住他们的命脉就无往不利。

楚稚水的世界被迫展开，她的意识如今脆弱如幼童，毫无还手之力。

女鲛人潜心进入楚稚水的空间，这里没有任何污秽，竟然是纯净的白色，无限地向外延伸，一眼都看不到尽头。明明只是人类，但精神很广阔。

女鲛人伸出手来，她站在白色空间里，拨拉楚稚水的回忆。鲜活的记忆碎片被粗暴翻出，如胶片般在女鲛人眼前陆续闪现。

现在，这个人类的一切都展露，从她诞生到现在，什么都不会错过。

这是名为楚稚水的人类的痛苦——

婴儿在产房的第一声啼哭。

谢妍和楚霄贺变白的发丝、皱纹加深的眼角，开始佝偻无力的身躯。

她在医院病床上苍白无助，胃部疼痛宛若撕裂，门外双亲悲痛长叹。

金渝的眼泪，哀求她活过百岁。

童年劝父母再生男胎的大人，歇斯底里指责她虚伪的联合创始人，顽固地用偏见待她的无数妖怪。

丹山合照后的"水"字，是她早知有一天会离别，既不希望他彻底遗忘，又不希望他记得太清楚，所以不写全名，只留下一个字。

他说不能开花，因为能理解，所以求不得。

她的喜乐、忧愁、烦闷、欲望凝结在一起，凝成一团火，带给她永不停息的烦恼。

女鲛人刚要伸手触摸那团火，却只见它啪嗒一声熄灭，在纯白空间中杳无声息，这片纯色天地重归安宁。女鲛人大为不解，她茫然地四顾，想要再次伸手翻找，却迟迟无法捞起碎片。

一个稚嫩的童音响起："你在找我吗？"

女鲛人侧过头来，发现纯白空间出现人影，竟是一家三口温馨手牵手的场面。

男子和女子只有模糊的背影，他们中间站着一个粉雕玉琢的小女孩，看上去只有三四岁的模样。

小女孩如今个头矮小，只能牵着父母的小指头，一手牵爸爸，一手牵妈妈，正回头凝视女鲛人，那双眼眸清透泛光、明澈如镜，丝毫没有怕生的模样。

她的脖子上挂着一枚水晶星星，鸡蛋般的大小，正在熠熠生辉。

女鲛人神色变幻，她现在手指微颤，不料楚稚水的本我居然在精神世界化人，这是以前从没遭遇过的情况。人类陷入幻境就任其揉搓，从来没有能逃过五毒八苦的。

小女孩看女鲛人呆愣原地，顺势松开父母的手指，男子和女子的背影随风化为碎片。她转过身来正视对方，手中不知何时又握着一根细竹竿，悠闲地在柔嫩掌心把玩。

"虽然管他叫神君，但说实话是为了哄他开心，我从来没将他当过神。"小女孩语气软绵绵，她手中的竹竿晃来晃去，好像在指教学生的小老师，朝着女鲛人一指，"你们是不是都把人类当蠢货，认为抛出利益诱饵，或者出言威胁一番，就能牵着人类鼻子走？"

她刚才被女鲛人翻个底朝天，真是什么秘密都没法隐藏。

"是的，我没有妖气，也没有天赋，更没有漫长寿命，但那又怎么样呢？"小女孩慢条斯理道，"能用妖气完成的事，我靠自己可以做到，做不到也不用遗憾，就算我只能活一百年，照样可以过得精彩圆满，当个普通人又不丢脸。"

她垂眸："人类都不肯接受自己，还能期盼谁来接受你？谁都不会看得起你。"

她年幼的时候，拼尽全力想证明自己，却只换来外人对父母讲"你们这要是男孩，那就完美了"。有时候，她同样会思索，是不是生而为男，活着就容易很多，起码不用遭受这种无理挑衅。但她如今不会这样想，要是有选择的机会，不管从头来多少次，她还是会做相同决定。

在越困难的处境就越要坚持，她为她的女性身份而骄傲。再大的狂风暴雨，她照样能从中获胜，一点不比无数的"他"差。

现在也是同理，即便在局里工作很久，见识过无数神奇怪事，她依旧未想过摆脱普通人身份。她为她的人类身份自豪，这就是她努力至今的意义。

不管欢乐还是痛苦，幸运还是不幸，完美还是遗憾，她都心甘情愿地尽数吞下，否认其中任何一部分，都是在否认靠自主选择走到现在的她。

她不是没有欲望，只是到头来凭借本心释怀，选错或没选错，只要是她选的，都可以接受。

如果这世界上真的有"神"来主宰她命运的起伏，那就只能是她自己。

"没什么事的话，可以请你离开我的世界吗？"小女孩礼貌道，"不然我就要喊他了。"

女鲛人脸色大变，她伸手欲拦，却无济于事。

"辛云茂。"

暴雨倾盆，颠簸的船头，辛云茂手持龙骨伞，他不断掀翻巨浪，借着海面被破开空隙，寻觅楚稚水下落，然而迟迟无法准确定位。

他墨发披散，浑身古袍早被黑火烧透，再也看不出丝毫的青色，最初还是青墨交织，如今就只剩焦黑一片。

吴常恭慌道："你先回去吧，你好像不太好……"这要完全烧黑了。

海风肆虐，乌黑厚云被一道金辉破开，太阳终于刺透云层，让海面荡漾起微光。

辛云茂："她叫我了。"正好半小时，她没有失信。

蓝泉先正联系同事，他还未领悟，疑道："什么？"

下一刻，黑色缝隙将辛云茂吞噬，他挺拔的身影在船上消失，只留下吴常恭和蓝泉先。

四周是安静的一片白茫茫，却泛着柔和的淡光，能够感受到她的气息。清浅的，温暖的，平和的，没有一点肮脏之处，可以浇灭所有焦躁和怒火。

辛云茂刚落地时，还不知降落何处，后来才发觉进入了她的精神世界。他深吸一口气，清新的空气涌入肺部，怔怔地抬起手来，忽然发现身上的黑焰熄灭，连古袍长袖都变为纯净青色。

他方才的伤口全部愈合，只感觉浑身前所未有的轻松，他一直以来无法摆脱诅咒之火，如今竟误打误撞地破解长久以来的困扰——倒也不是误打误撞，这里是她搭建出的世界，没有沾染任何肮脏，所以才将他净化。

他现在重新拿回"云茂"这个名字了。

辛云茂想起她不喜黑衣，他如今一袭纯青古袍，再不见丝毫的烧痕，开始左右环顾寻找她。

没见到成人的她，倒看见幼年的她，同样挺新鲜。

另一边，女鲛人想要抓住小女孩，谁料她刚一靠近对方，小女孩就用竹竿抽她，看着力气小却又挺疼，抽得她眼泪都掉出来，无数珍珠叮咚落在地上。这里是楚稚水的世界，所以只要她找回意志，就能将女鲛人来回揉搓。

小女孩看着满地珍珠很新奇，她本来就是示威式反击，一看见珍珠产生实验心理，忍不住又抽女鲛人两下，果然漂亮珍珠掉得更多了。

下一刻，青色古装的冷峻男子骤然现身，他一把单手抱起小女孩，另一手握着同样恢复深青色的龙骨伞，冷飕飕地凝视女鲛人，语气冰寒道："就是你拐卖人口？"

女鲛人认出辛云茂汗毛倒立，二话不说拔腿就想逃，然而龙骨伞已经升空，嗤的一声展开，甩出青色火焰！

小女孩环住他的脖颈，她顿时瞪大眼睛，惊声制止道："不要烧成灰，她会掉珍珠！"

辛云茂一愣："所以呢？"

她震声道："珍珠能卖钱，还要借出去一百多万呢！"

"……"

龙骨伞在半空中旋转出一圈青火，直接镇压妄图溜走的女鲛人。青色的链条四散而出，如藤蔓般牢牢拽住女鲛人，随即就将对方捆得严严实实。

纯白空间没有消散，辛云茂也没有将楚稚水放下来，他新奇地来回打量起她。

小女孩的皮肤软嫩，脸蛋略有点婴儿肥，一双眼睛圆润又透亮，扎着可爱乖巧的丸子头，胸前还挂着一颗水晶星星。她好像一枚白色糯米团，总感觉咬一口都会是清甜绵软的滋味。

楚稚水方才任他抱起，主要是跟女鲛人存在身高差，要是被抱着就能俯瞰对方。她如今被他盯着瞧，由于要保持平衡，一只手揽着他脖子，另一只手忍不住拍他肩膀："看我干什么？"

辛云茂兴趣盎然："没见过。"

他没见过她童年的模样，不承想在这里弥补遗憾，原来人类幼崽还有这样的，跟游戏城里的菜狗小男孩不同。

楚稚水望着自己的小手，错愕道："为什么我变成这样？"

"这是你的本我化形，所以有可能代表……"辛云茂偷瞄她，"你心理年龄是这样。"

"不可能。"楚稚水严肃凝眉，无奈她现在身材缩水，非但没有威慑力，更像小孩装大人，"我又不是你，我很成熟的。"

她连声音都变稚嫩，说出的话奶里奶气。

辛云茂一抿翘起的嘴角，安抚道："嗯嗯。"

楚稚水一听他比平时多蹦出一个"嗯"，她顿时感觉不好了，抗议道："放我下来，我要出去。"

辛云茂对此话充耳不闻，他还厚脸皮地抱着她溜达两圈，看上去乐在其中。

她恼道："你才是拐卖人口。"

辛云茂："出去就看不到了，玩会儿。"

楚稚水瞬间炸毛，突然理解幼崽都针对辛云茂的缘由。她变回小女孩后，看他也颇不顺眼，还伸手去握他的墨色长发，威胁道："放我出去。"

辛云茂没管她捏自己头发，他犹豫地盯她良久，还是无法压抑好奇心，缓缓地伸出手来，在她柔软脸蛋上轻捏一下，果然是糯米团般的触感。

楚稚水气得真扯了一下他的长发。

纯白空间消散，两人出来回到现实世界，辛云茂还遗憾地叹息一声。

海底龙神庙内，成人版楚稚水已经醒来，她扶着礁石坐起，只感觉浑身湿透，幸好有家用一体机在身边。辛云茂打一个响指，就将她衣物都弄干。

楚稚水稍微收拾完自己，就开始搜寻起珍珠，果然看到不远处的女鲛人，还有滚落在地的漂亮珍珠，只是相比纯白空间里的要少。

楚稚水捡起一枚珍珠，疑道："为什么数量变少了？"

"那里是精神世界，传导到现实世界，可能就会弱一点。"辛云茂解释，"精神很痛苦，但现实里流多少眼泪因人而异。"

她虚心请教："他们都会掉珍珠吗？"

"我不太了解他们族群，好像是有分工的，可以去问小辫子。"他答道，"他以前应该在族群里生活过。"

楚稚水稍微思考一下，这才领悟"小辫子"指蓝泉先。

鲛人族本是龙神死忠派，拥有复杂严密的家族体系，在大战后就分裂成两部分。一部分类似蓝泉先，认清龙神的真面目后，基本都在风平浪静的海面居住；一部分就是流亡鲛人，他们深信龙神会归来，在漆吴附近兴风作浪，迫使人类保持对龙神的服从。

楚稚水就被抓到流亡鲛人的居所，无边无垠的海底有无数御水纱装点的据点，这是龙神势力在漆吴无法消散的原因。

"那要是想有更多珍珠，是不是就要找到更多的据点？"楚稚水环顾一圈，端详起内部的构造，"不然筛选不出会掉珍珠的鲛人。"

辛云茂露面，早将鲛人们吓得一哄而散，纷纷一头扎进深海，飞速地向外逃窜，都想着保住小命为好。

辛云茂望向头顶幽深的海水，他举起龙骨伞瞄准，说道："他们的窝点太多，我们来找太费力，但要是将海水表面的妖气去掉，可以让那帮吃干饭的慢慢搜。"

如果不是楚稚水叫辛云茂名字，连他都要反复将海水搅拌，才能探明海底的情况。

辛云茂刚要炮击海面，他抬手时却看到青色袖口，在精神世界被净化的身躯，果然也在现实世界显现。他思索片刻，突然放下手，望向楚稚水："你要试试吗？"

楚稚水疑惑："试什么？"

"将海面妖气去掉。"辛云茂将龙骨伞递给她，"用伞瞄准释放就行。"

楚稚水望着面前的伞柄，她不禁一怔，提醒道："但我没有妖气的。"

"龙骨伞不需要妖气，它专攻妖怪和人类的弱点，这才是它能成为神器的理由。"他垂眸道，"以前不确定，现在知道了，你应该能用。"

楚稚水都能涤清龙神带给辛云茂的污痕，那代表龙骨对她没用，不会遭遇反噬。

楚稚水闻言，这才颇感神奇地接过，尽管多次看到龙骨伞，但还真是首次拿到手里。漆黑伞柄的手感坚硬粗粝，深青色的伞面轻薄柔韧，现在伞面上不再有焦黑火星点，取而代之的是缕缕淡色的竹叶纤维。

龙骨伞一展开，好似有片竹林笼盖头顶，说不出的浪漫诗意。

楚稚水将伞面收起，她用伞尖瞄准上方，询问道："就这样瞄准？但怎么释放？"

辛云茂走过来，他缓缓靠近她，一只手轻扶她手腕，帮助她将伞尖举高，指导道："想象你刚才在自己世界里的感觉。"

漆黑阴暗的海中，唯有灯火带来光亮，然而浸润霜寒的竹伞纸却散发清芬，遮住蜡油及海水的难闻味道。

楚稚水身处海底，原本还感觉手臂微冷，被海里游动的古怪生物激起鸡皮疙瘩。但他温热的身躯靠过来，瞬间驱散侵入骨髓的诡异阴寒，带来地表植物饱吸阳光后的生命力量。

他好像有一点变化，不知不觉甩脱沉郁，自然地舒展开枝叶，不似往日总在强压着什么，无波无澜的表情下是暗流涌动。

或许真是夏季到来，连竹子都迎来最茂盛的季节。

楚稚水握着伞柄，她静下心来感受，在竹枝环绕中回忆自己的酸甜苦辣，只感觉有一种冲动激涌进龙骨伞中，不受控制地朝着乌压压的海面放射！这一击还有后坐力，好在辛云茂扶住她，让她靠在自己怀里。

声势磅礴的白光如火山爆发般从海底涌出，随着一阵轻微的震荡，在海面上炸成纯白烟花。

普通人的肉眼无法看见，只能瞧见数道金光穿透乌云，阵雨来得快、去得快，漆吴海面在雨歇后水波荡漾，恢复宁静祥和的景象。

小船上，蓝泉先和吴常恭是妖怪，他们却能发现海面变化，纯白色力量在浓黑海面上绽放，宛如一朵盛开的繁花，不但没被黑色力量侵蚀，反而不紧不慢地向外扩散，直接将海水涤荡得干干净净。

吴常恭诧异："这是神君……"

蓝泉先愣道："不，不是他。"

"泉先，情况怎么样？！"

不远处，沙局他们乘船赶来救援，他们望着澄澈海面，同样露出惊讶神色："龙神妖气散了。"

漆吴是龙神的诞生之地，但如今有人动摇他的势力。

天空大亮，海面平息，连带有光线照进海底。

阳光投射进海里，照亮五彩缤纷的浅海，泛起不一样的奇异光彩。

阴天里，海底憋闷又伸手不见五指，只能依靠龙神庙的点点灯火探路，但当烈日从云层中露头，他们便能将轻轻摇曳的水草还有米黄玲珑的贝类一览无余。龙神庙斑驳的屋檐上，竟也落下暖阳光晕。

楚稚水和辛云茂就站在门口欣赏这一切，要是没有御水纱的作用，普通人难有机会看到此景。

波光粼粼、美轮美奂的光影里，他转头望向她，往日漆黑的眼眸含光，唇边露出一丝笑意："恭喜你。"

楚稚水手里还握着龙骨伞，她总看见他使用能力，还是第一次自己做到。尽管他说这不是妖气，但依旧带给她莫大震撼，又或许正因为不是妖气，她才会那么感动。现在听闻他这么说，她越发感受到心间振奋和快意，好似小雀在激动地扑扇翅膀。

片刻后，吴常恭眼看两人在船头现身，连忙欢天喜地阔步奔来，完全是海蟹在沙滩高速移动的架势："太好了，我这就通知胡局，楚处长找到了……"

"哎，楚处长你手里拿的是……"吴常恭眼看她抱着龙骨伞，惊慌失措道，"你怎么会拿着这个？！"

龙骨伞一直让妖怪闻风丧胆，属于触碰必死的杀伤性武器，现在却被她抱在怀里。她好像完全没受影响，但按理说这伞对人类也管用。

"对了，还给你。"楚稚水将龙骨伞递给辛云茂，他们刚才凭借御水纱上来，她就帮他拿了一会儿。

漆吴局的妖怪显然也看见此幕，他们都露出愕然神色，不料楚稚水能用龙骨伞。

"果然，刚才不是妖气。"沙鲸纹审视纯青衣裳的辛云茂，"他的妖气不是那颜色。"

白色力量洗清龙神妖气后就消失，再也没留下半分痕迹，如水一般融入大海里。

蓝泉先痴痴望着焕然一新的海面，他无法按捺内心的激动，竟然触景生情、眼眶发涩，哽咽道："都多少年了……终于……"

楚稚水一听他语带哭腔，她连忙委婉地劝道："蓝科长，打扰一下，可以请您多憋一会儿眼泪吗？"

蓝泉先眼底泛光，不明所以地望她，他突然就落下一滴泪，但没有形成漂亮珍珠，反而凄美地贴着脸侧滚下。

楚稚水眼睁睁望着泪花摔碎，她的心好像也跟着摔碎了。

沙鲸纹好似看透她的想法，解释道："泉先不是会掉珍珠的鲛人，他是编织御水纱的那一类。"

但御水纱和失忆泡泡水一样，不是能流入人类市场的产品，属于妖怪的天赋。辛云茂刚才也说过鲛人族内部有分工。

楚稚水询问："沙局，那会掉珍珠的是哪一类？"

"基本是擅长幻术的女鲛人，体力比较弱，但精神力强。"沙鲸纹道，"当然，流亡鲛人是群居，找到据点基本都有，现在海面被净化，我们搜寻会容易，应该很快能找到。"

漆吴局观察处正好被叫来，可以趁着龙神妖气消失，扫除一波流亡鲛人势力。

楚稚水从善如流道："好的，那只要扫除完，就能黑吃……"

沙鲸纹："？"

楚稚水："……嘿哧嘿哧地发展扶贫经济。"

Zhu and Zhi

第八章

满院竹花开

签名

辛云茂

海面，漆吴局观察处出动，直接下海逮捕四处潜藏的流亡鲛人，捣毁长期在漆吴附近兴风作浪的势力。以前的海水有龙神妖气，观察处人员不好搜寻龙神庙，现在能一目了然地探明情况。

细细的海浪荡漾，舒爽凉风钻进船内，把楚稚水的长发都吹得飘起，在温暖阳光下轻盈地跳舞。

她坐在船只窗边，一拢耳边的秀发，遥望安宁的波涛美景，又看向正对面的辛云茂，惊叹道："你现在也能坐船，一点都不疼吗？"

辛云茂刚刚无法靠近海面，如今却能安然地乘船，可以跟他们共同跨海抵达漆吴局。

"对，我和那条龙的力量原本交融在一起，所以没法避免他的影响。"辛云茂举起左手，他望着掌心出神，"现在他被踢出去，加上海水被净化，那就没问题了。"

从今以后，他再也不会由于龙焰疼痛，他彻底完整了。

辛云茂现在是深黑短发，宽松的浅青短袖上衣，露出冷白的皮肤，看上去轻松悠闲，一副来海边度假的懒散样。

吴常恭坐在过道那侧的座位，他眼看辛云茂完好无损，吹捧道："还是神君牛啊，刚才都被烧黑，现在又变白了！"

楚稚水一愣："烧黑？"

"没有黑。"辛云茂斜睨吴常恭一眼，将对方吓得当场住嘴，他不愿被提起狼狈模样，厉声道，"一直都是白的。"

楚稚水吐槽："明明一直都是绿的。"

他不悦地蹙眉："绿的怎么了？你就那么喜欢白的？"

"不是……"楚稚水耐着性子道，"这怎么又扯到我头上？"

辛云茂双臂环胸，面无表情地追问："那你现在直接说，你喜欢绿还是白？"

楚稚水众目睽睽之下遭他质问，她一时间颇不好意思，尤其其他妖怪露出看戏表情，越发让她整个人蒸腾如烧开的水壶，开始呼呼地冒热气，心道他真能找事儿。

吴常恭一拍大腿，劝道："楚处长，救援也不容易，就当感谢一下。"

蓝泉先："绿色环保。"

吴常恭和蓝泉先亲眼看见辛云茂不顾黑火进海，现在感触自然不同，对他有了新认知。

"绿绿绿，行了吧。"楚稚水瞪辛云茂一眼，又见他满脸得意，故意道，"略略略。"

漆吴局位于一座风景极佳的小岛，起伏山丘上潜藏不少建筑，零零散散地坐落其间。这里四季常青，遍布各类植物，除了经济不发达外，倒是适合短期休养的安静地方。

楚稚水和沙局商议出帮扶条款，槐江局将向漆吴局出借资金，逾期不还就用流亡鲛人的珍珠抵债。

观局公司会将珍珠根据品级分类销售，所获收益按比例分配给两局。漆吴局需要抓捕流亡鲛人，定期分批按数量完成原材料供应，直至欠款全部偿还为止。如果后续有需要，还可以继续合作，重新沟通分成比例。

观察局工作告一段落，蓝泉先带两人在局里转转，吴常恭则偶尔领着他们出去逛。

不得不说，楚稚水和辛云茂当真体验到公费旅游的乐趣，尽管漆吴没什么景区，但胜在海鲜便宜量大，能吃到很多内陆没有的特色菜。他们还怀着报复心理，没事就种两棵竹子，这样以后来很方便，还能增加漆吴的绿化面积。

临走，楚稚水、辛云茂和吴常恭作为槐江局代表，还跟漆吴局妖怪们站在门口合照，整齐而官方的队列，极度清晰的拍摄技术，透出正经单位的大合照气质。

楚稚水收到照片，忍不住放大细节观看，嘀咕道："果然这种照片会把人拍得很土。"单位合照就很难有拍得好看的。

辛云茂凑到她身边，他端详一番，冷不丁道："我想要一张这个。"

"你想要合照？"她挑眉，"这么难看也要吗？"

"不算难看。"辛云茂伸出修长手指，在屏幕上一圈自己和楚稚水，淡然道，"你把这里截出来，把其他部分删掉，不就好看了？"

"……"楚稚水语塞片刻，一口回绝道，"不给。"

辛云茂瞪大眼："为什么？我只是想要张照片而已。"

她硬气道："没为什么，就不给你。"

她不会承认是合照里的自己好憨，当时海风刮过，将她头发吹乱。他万一以后要看，这也显得太傻了。

辛云茂耿耿于怀："哼。"

漆吴之行正式落幕，吴常恭的休假还未结束，所以返程时只有楚稚水和辛云茂。

抵达时，夜幕已至，槐江市难得有满天繁星，好似无数明亮珍珠撒满深色绸布。

街角的绿化带里发出阵阵虫鸣，他们一起乘车抵达小区门口。辛云茂帮她将行李箱提下来，又熟门熟路地将她送到楼下，他现在都无须指路，自己就能找到楼门口。

夜风微凉，沁人心脾。小区院内早就没有人，唯有昏黄路灯亮起，照着他们的影子交叠在地上。

楚稚水握着行李箱拉杆，她回头注视辛云茂，只见他侧脸被暖光映得柔和，轻声道："那我先上去了。"

不知道为什么，每次跟他告别，她都有种负罪感。

"等一下。"辛云茂手指一抬，他取出龙骨伞，"这个给你。"

龙骨伞已经合拢，彻底变成深青色，安安静静地躺在他手里。

"啊？"她没有伸手接，蒙道，"为什么突然……"

"既然你可以用，那平时就带着，说不定会需要。"辛云茂避开她透亮的目光，他抿了抿嘴唇，又略微收回手，似乎有点别扭，闷声告诫道，"但还是希望你多用我，这只是一个备用选项。"

按照他对她的了解，万一她只用伞，那他就得不偿失了。

楚稚水面露窘迫，她耳根瞬间发烫，惊声道："多用你？！"

辛云茂见她反应如此大，越发不满，皱眉道："难道你以后遇到事真不打算叫我名字了？"

楚稚水沉默数秒，她这才反应过来，无力道："我们说话的时候，能不能有条理点，少省略一些关键词？"

他直接说少用伞，让她多找他就行，为什么要说"用"他？

她不理解，她大为震撼，她至今摸不清他的羞耻点在哪儿。

辛云茂发现她没正面回答，他当即就收回伞，微抬下巴道："你快保证，多用我，少用它。"

她一向守信，没有失言过。

楚稚水被赶鸭子上架，小声道："不然你留着用？我每天带伞也不方便。"

"我可以帮你放在吊坠里，它们在某些方面同源。"辛云茂一指她脖子上的信物，他又揣摩出什么，越发怨气四溢，哀声道，"我送你东西，你居然不要？"

好家伙，这是战争爆发的信号。

楚稚水一笑，连忙软声道："要，当然要，神君关心我，必须收下。"

辛云茂不依不饶："那你快许诺，多用我……"

楚稚水听他第三次说虎狼之词，她面红耳赤地打断："用用用，行了吧，多叫你名字，少用龙骨伞！"

辛云茂这才满意，缓缓抬起指尖，一触她脖颈上吊坠，便将龙骨伞放进去。他忽想起什么，又悠然地提醒："对了，你以后该叫我云茂。"

楚稚水听他变本加厉："？"

她神色微妙，难以启齿道："你不是古人思维？难道不觉得这有点……过于亲密？"

"这亲密吗？"辛云茂一怔，他紧盯她许久，喉结上下微动，眼神闪烁起来，嘀咕道，"亲密点也行，那就没有云，直接叫我……"

茂。

他还没来得及说出口，就遭遇她的愤愤一拳。

楚稚水猛捶完他，恼羞成怒道："差不多就行了，你还要不要脸？！"

"走了，懒得理你。"

她推着行李箱转身，心道他不愧是植物，真是给点阳光就灿烂。

辛云茂目送她上楼，他站在夜色中心情舒畅，不知不觉唇角就扬起。

熟悉的暖流在他五脏六腑里激荡，跟每回接触她时毫无二致，甘泉般滋养伤痕累累的躯干。

不对，他已经没有伤痕，完全蜕变成他自己了。

即便她是没有妖气的人类，即便她没有天赋或漫长寿命，但她是被他认定的，当之无愧的"人神"。模仿她的行为，追随她的脚步，感受她涉足的天地，领悟她全部的所思所想，他乐此不疲。

他跟那条愚蠢的龙不一样，对天地的指引不屑一顾，他有自己的独立思维。他有种预感，成为像她一样的人，他才是真正的自己，不再是被天地钦点，而是他自主的选择。

这个认知在他脑海中轰然炸开，就像他初化人时听闻"云茂"二字，产生醍醐灌顶式的醒悟。

难以言喻的欢喜溢满心间，这是日升月落、云卷云舒，是四季的更迭变换，是二十四节气的百种滋味，是浩瀚无垠中的斗转星移，是永远无法冲破束缚的种子终究在泥地里破土，是无边无垠生命的大圆满。

夜空中，无数莹绿色光点绽开，如萤火虫般将他环绕。

是怦然心动，也是心花怒放，在痛苦的烈火炽烤过后，新长出的身躯终于夺回原来的能力。

辛云茂怔怔地望着指尖，一朵小小的花绽放，在路灯下柔美欲滴。

"开花了。"

龙焰压制他的感官，迫使他以无感态度面对世界，连带影响他的部分力量。现在一切复原，能力也就归位。

原来很久以前，他就对她动心了。只是以前无法开花，所以才会不知道。

槐江观察局内，辛云茂独自坐在石质圆凳上，他聆听着不远处草丛内的虫鸣，依旧无法缓解浑身的燥热，只想到她心脏就怦怦直跳。

皎洁月色从树缝间漏下，落在辛云茂的脸庞上。他轻轻合上眼睛，静心感受这一切，竟也感到愉悦而奇妙。

明明以前认为是无意义的行为，但由于跟她沾边，现在又有新滋味。

鲜活的，灵动的，令人期待的。

胡臣瑞从办公楼出来，正要前往职工宿舍，经过院子时吓一跳。他脸色微变，细细打量一番，犹豫道："你这……"

辛云茂身边遍布淡绿色光点，他的气息在随风飘散，一点点消失在夜里。

辛云茂抬起眼皮，一见是胡臣瑞，镇定道："气息太多了，所以放一点。"

胡臣瑞："？"

"看什么？"他见胡臣瑞欲言又止，随意地跷起腿来，出言挖苦道，"就算再放几百年，你们也照样打不过我。"

胡臣瑞早习惯辛云茂的高高在上，如今被撑两句也不恼，他倏地有所领悟，意有所指地笑道："神君不爱世人，唯爱世间一人。"那双狐狸眼里盈满调笑，颇有些恶作剧的意思。

果不其然，辛云茂当即收声，不动声色地避开视线，看上去有点别扭及赧意。良久后，他才轻轻应道："嗯。"

槐江局内，楚稚水从漆吴归来后，总感觉周围气氛不一样。金渝倒是跟从前无异，但偶尔碰到洪熙鸣他们，她发觉他们更加八卦，近日连遮掩都没有。

走廊里，楚稚水迎面看到洪熙鸣，连忙笑着打招呼，双方又聊起近况。

洪熙鸣朝楚稚水挤眉弄眼，暗示道："小楚，你们从漆吴回来，我就发现情况，个人问题解决了？"

楚稚水干巴巴笑道："洪姐说笑了，什么就解决了，您肯定有误会。"

"哎，你是不是不好意思了？"洪熙鸣忙道，"好吧，那我不说了，知道你面皮薄。"

"……"

楚稚水发现对方满脸调侃，她越发感到头皮发麻，洪熙鸣以前就是拐着弯儿聊两句，自从跟自己聊过择偶标准，便莫名其妙地确信什么，这两天就差指名道姓了。

双方寒暄完，楚稚水就加快脚步，一溜烟地蹿向经济开发处，不敢再在走廊里多待。

办公室内，她进屋时步伐较急，迎面就碰见辛云茂。

他肩宽腿长，将路口堵住，差点让她撞上。尤其他看到她冲来也不避不让，颇有一种眼睁睁等撞车的架势。

楚稚水连忙降低速度，堪堪跟辛云茂擦身。她发现他仍不动，索性侧身通过，随口吐槽道："你这两天是不是总在我眼前晃来晃去？"

她以前就经常看见辛云茂，但绝不会像这两日一样，连起身接水、出门领东西，都能瞧见他从视野里经过。

"有吗？"辛云茂语气漫不经心，实际早用余光偷瞄她，跃动的心脏都要蹦出胸腔，"你是总想起我吗？"

"……"

很好，她现在也不确定了，究竟是他在刷存在感，还是她老观察他过于敏感。楚稚水不敢纠缠此话题，连忙装没听见般走开。

辛云茂目睹此景，他一方面期盼她能察觉，下意识地围着她打转，一方面又紧张得发闷，不知道该从何说起。毕竟开花时间被龙焰莫名拖后，他现在回想她生日那天的事，便意识到当初竟错过最佳时机。

他那时不知道自己能开花，一直都没有往这方面思考，居然回一句"不知道"。这件事的尴尬程度不亚于他最初误以为她心悦自己，他的黑历史似乎都跟她有关。

家中，楚稚水跟父母围坐桌边用餐，一边吃饭一边聊两句。

楚霄贺突然想起什么，他忙放下筷子，取过一旁手机，向妻女献宝道："对了，我昨天不是去你新家那边放被褥，你猜我看到什么？"

楚稚水蒙道："爸，你昨天去那边了？"

"对，我看到一件有意思的事，就在你院子里……"楚霄贺笑呵呵道，"我还拍照片了。"

"我院子里？还拍照片？"楚稚水顿时心里一咯噔，暗道该不会是辛云茂被拍，那她可解释不清楚。

"对，你看看，是竹子。"他将手机屏幕冲着她，让她能看到照片，饶有兴致道，"竹子开花了。"

楚稚水听到前半句都手心冒汗，她一瞧照片中的翠绿竹丛，又听闻后半句的提示，倏地屏住呼吸，愣怔道："……开花？"

"是，我头一次见，真有意思。"楚霄贺用手指放大照片，还递给谢妍欣赏，"你看看，多有趣。"

"确实，我也没见过。"

"这是你找人移栽的？那应该是老竹子，新竹子都不开花。"

竹花并没有鲜艳色彩，反而是低垂的小粒状，随清风摇曳在叶间，不仔细瞧都无法发现。它静静地潜藏在竹丛里，乍一看过去颜色都融为一体。

父母还在笑着聊天询问，她却感觉耳畔声音渐弱，思维早不知飘到何方，只是机械地点头应声，心里一片空茫茫的。

他说院里竹子不能开花，因为那就是他的一部分。

次日，楚稚水心里藏着事，她没在午休时跟金渝去用餐，反而说要处理点事情，磨磨蹭蹭地等对方离开。

辛云茂听到此话，他目光闪烁起来，同样也没有出门，就坐在她身后，仔细盯着她瞧。这气氛真像他们在办公室有什么不可告人的秘密。

金渝出门后，楚稚水起身。

辛云茂修长的手指在桌上敲来敲去，看上去像在弹钢琴，面上故作镇定，心跳却在加快。

"我有点事想问你。"楚稚水深吸一口气，她回头瞄他一眼，小声试探道，"你是开花了吗？"

辛云茂忽然不敢跟她对视，他双手从桌上收起，下意识地往后一靠，几不可闻道："对。"

即便早有心理准备，楚稚水仍面露愕然："你不是说不能开花？"

他的视线挪向窗外，佯装在看风景，闷声道："没忍住。"

时值夏季，办公室内残余空调的冰凉冷气，但透气的窗户却钻进炎炎夏风。黏稠而燥热的微风涌入，跟室内冷空气冲撞在一起，带给人忽冷忽热的知觉。

他们一时间都没有说话，被变幻的温度反复折磨。

"所以……"楚稚水沉默良久，她内心掺杂最后的希冀，声音发哑道，"力量真的会大幅削弱？"

辛云茂却坦然又平静："嗯，已经开始了。"

他的妖气随开花而溃散，要是结籽就会衰弱更快。

"那怎么办？没什么办法吗？"楚稚水焦心道，"比如停止开花，或者别的什么……"

"为什么要停止开花？"辛云茂不料她神色惊变，愣道，"为什么你那么慌？"

"我怎么可能不慌？"楚稚水刚要反驳，她又瞬间收声，狐疑地打量他，支吾道，"难道你开花不是由于……我……"

辛云茂近日都在推测她得知开花的反应，一边满心欢喜想给她看，一边又担忧她并不喜欢，却从没料到她会让他停止开花。

她的表情跟他猜的不一样。

他忽然有点喘不过气，连喉咙都干涩起来："是为你开的花，但那又怎么了？"

楚稚水为难道："那你现在开始衰弱，我肯定得想些办法，总不能放任……"

巨大的失落如潮水般袭涌，好似骤然抽去他浑身力气。他开花后力量就在流逝，却也没有如同这一刻，只感觉连支撑身躯的骨架都支离破碎，远比黑色龙焰的炙烤还难熬百倍。

心脏像被猛地捏碎，留下一摊残破的红。

"为什么不能？"辛云茂垂下眼眸，他双手交叠起来，声音无波无澜，"你是在可怜我吗？因为是为你开花，你就要负起责任，想办法解决这一切？"

她颤声道："不是可怜，只是……"

"只是觉得不值得，或者别的什么？"他抬起眼紧盯她，眼眸像夜空的星子，既像是平和询问，又像是隐晦哀求，"知道我开花以后，你一点都不高兴吗？哪怕就一点点？"

楚稚水沉默。她现在同样心慌意乱，一时间不知道该如何回答，只感觉脑袋里混乱如糨糊。

开花结籽就是倒计时，无所不能的他开始迎来衰弱，而导致这一切发生的居然是她。她怎么高兴得起来？

辛云茂见她不言，他眼神彻底黯淡，只觉空荡荡的。他要的不是这些。他都在内心决定转变，想要变得跟她一样，谁料她跟他想法不同。

她从来就没有打算跟他互相占有彼此剩余的全部时光，甚至早就做好离别的准备。她的一百年里或许有他，但她没强求过他往后的岁月。

"我不需要你可怜，也不需要你心疼，开花是我自己的选择，跟你没有任何关系。"

辛云茂眉头紧皱，他的心脏像被利刃反复戳刺，又如冰尖在身体里来回搅拌，语气却骤然强硬起来："即便我的妖气大幅削弱，我照样比那帮吃干饭的强,依旧能够再活数百年,没有妖气又仅有百年的你,为什么会认为自己能可怜我呢?"

他直视着她,冷声道:"我是妖怪,而你是人,你可怜错对象了!"

他认为她圆满得挑不出错,期盼着跟她完全靠拢,但她却认为这样并不好。他没想到最后无声驳斥他的会是她。

辛云茂站起身离去,实在没法面对她,完全处于崩溃的边缘。他总感觉多待一秒,就要被蔓延至胸口的悲伤击垮,再说一句话就会彻底倒下。

楚稚水望着他清冷挺拔的背影,宛若陡峭凛冽的雪山之巅,透着不可靠近的锋利。

高瘦的身影最后消失在门口。

他许久没流露出如此疏离的神情,明明提起龙焰就委屈喊疼,故意在飞机上叫嚷难受,总期盼着被人哄一哄,然而真正痛楚时却一声不吭、咬牙隐忍。

她没有被他刻薄直接的话刺伤,她知道他的疼痛比自己多百倍,摆出一副若无其事的冷冰冰模样,不过是在掩盖内心的摇摇欲坠,就好像狂风呼啸过竹林,竹竿看似稳若泰山、纹丝不动,竹叶却早被刮得哗哗作响,仿佛在叫着"看看我吧,抱抱我吧,我好难受"。

自那日起,楚稚水再想找辛云茂就不容易了,她想要跟他谈谈,他却总是躲开她。工作时间屋里有金渝,休息时间他立马消失,双方很难有交流的机会。

食堂里,洪熙鸣站在自助餐长桌边打饭,她瞧见过来取餐的楚稚水,便主动伸手打招呼。

洪熙鸣闲聊起来:"最近没看到神君。"

楚稚水思及躲猫猫的辛云茂,心情麻木道:"他在躲着我。"

"啊?"洪熙鸣迷惑,"我以为他会天天在你面前晃?"

楚稚水:"为什么?"

洪熙鸣:"你还不知道他开花了?"

楚稚水轻叹:"我知道,就是为这个,他才躲着我。"

"不可能吧。"洪熙鸣迟疑,"小楚,你该不会说他的花不好看之类?"

"当然没有。"楚稚水道,"洪姐,为什么突然这么问?"

洪熙鸣眨眨眼："植物妖开花，基本是为求偶，除非你嫌弃他，否则他会围着你转，想方设法让你看的。"

他前不久确实是这么做的。

楚稚水被"求偶"一词惊得脸热："但开花不是无意义行为？还会消耗植物本身？"

"你这话说得，人类送花送礼物也是无意义行为，还要专门花钱破费，这不都是相同道理？"洪熙鸣道，"这就是人类思维。要按照这种逻辑，你们又怎么看待雄性被雌性吃掉的物种？"

楚稚水弱弱道："我们认为公螳螂是牺牲和奉献。"

洪熙鸣："真是想当然啊，你们有问过螳螂吗？不要将你们的感情色彩强加在其他物种身上。"

对不起，我们确实一向爱借物抒情，这不就把竹子都吹得飘飘然。

楚稚水："我没说花不好看，但让他停止开花……"

"那他就会理解为你对他没意思。"洪熙鸣恍然大悟，"自尊心受挫了。"

"……"

不得不说，洪熙鸣给楚稚水提供新角度，她开始能领悟辛云茂的想法。

她在想他的妖气衰弱，他却想的是表白被拒，或许开花对植物来说也代表一种欢喜，然而她却给他直接泼一盆冷水，就好像对暗恋的人说"别喜欢我不值得"。

被暗恋者认为阐述事实，暗恋者听完却心神俱碎。

楚稚水在工作日等不来时机，总算熬到周末能好好聊聊。

庭院内草木茂盛，藤摇椅依旧在屋檐下，木质架子却空无一物，好像他再也没来过。楚稚水站在小院内，她面对虚空，轻声道："辛云茂，我们谈谈。"

无人应声，一片寂静，唯有竹叶沙沙作响。

楚稚水一扬眉，深知他闹脾气，索性一连串地召唤。

"辛云茂。

"云茂。

"茂。"

一声更比一声短，总算将他叫出来。

黑色裂缝中，辛云茂终于犹豫地现身，他看着院子中的楚稚水，跟她保持着不远不近的距离，最后双臂环胸半坐在藤摇椅上，眸光微闪道："谈什么？"

　　"谈谈有关你开花的事。"楚稚水瞥一眼竹丛，她瞧见低垂小花，惊叹道，"这还真是开了不少。"

　　楚霄贺拍过照片，但她前不久上班，今天也是第一次实地看。

　　真正的竹花远比照片中繁茂，也可能是最近又绽放更多。

　　辛云茂硬气道："我不谈。"

　　楚稚水一撇嘴，好脾气地规劝："你能不能放下情绪，心平气和地聊一聊？"

　　辛云茂分外别扭："不聊。"

　　她耐着性子："我们讲讲道理……"

　　他直接侧过头，斩钉截铁道："我不用你可怜，也不用你负责！"

　　"我为什么要可怜你，又为什么要对你负责？"楚稚水被他不听人话的态度一激，她瞬间也火冒三丈，心理建设一秒崩塌，提高音量道，"不是，我们从头分析一下，我是玩弄你感情，还是玩弄你身体？你要这样甩脸给我看？"

　　她想要正经交流，他却偏要惹毛她！

　　辛云茂被她声势一震，他同样瞳孔颤动，看上去手足无措。

　　楚稚水眼看他终于有反应，她当即乘胜追击，勃然追问道："是谁当初说没法回应人类的感情？是谁天天嚷嚷人和妖怪没好下场？是谁就坐在这里说他不能开花，绝对不会动心的？！

　　"你都知道开花会衰弱，为什么还上赶着招惹我？！"

　　她以前不了解状况，但他明显也不无辜，一直在做奇怪的事，想尽方法撩拨她！

　　辛云茂嘴唇一颤想说话，却被她撑得直接哑然。他惨遭连环暴击，瞬间窘迫得满脸通红，浑身上下都火烧火燎，回忆起以前的各种言辞，还有过去做的无数蠢事，恨不得找条地缝钻进去！

　　她现场逼他回想黑历史，简直让他想狼狈地逃走！

　　"啧啧，我都不想说你以前干的破事，一整个就茶里茶气，一直让我想不明白。"楚稚水越说越恼火，又见他僵硬地侧过头，不满道，"你能不能看着我说话？不要搞得好像我欺负你，我有哪里说得不对吗？"

辛云茂冷白的皮肤如今完全烧红，连肩膀都在不自觉地微颤。他用手捂住滚烫的脸庞及耳根，清透的眼眸泛着光，依旧死活不肯跟她对视，摆出宁死不屈的架势："不能，你要把我叫出来就是打算羞辱我，那你继续。"

她要用旧事将他当场凌迟，那他也没什么办法，只能死扛着接受。

"又往我头上扣黑锅。"楚稚水被他的话一刺，她瞅他嘴硬的模样就不顺眼，冷嘲道，"你都给我定罪，我要是不坐实，岂不是吃亏了？"

"看着我说话，不要老躲闪，你都躲我几天了？"她直接伸出手，将他脸庞扳正，强迫他正视自己，似笑非笑道，"说实话都叫羞辱，那这样又算什么？打算给我定什么罪？"

辛云茂由于她的动作，被迫转过下巴，双眼如潮水春意激滟，盈盈发亮地盯着她。他现在嘴唇紧抿，明明身体万分紧绷，然而一被她触碰就回头，根本没让她费什么力气。

他如今含羞带恼，却又似满含柔情，竟让她有种任她为所欲为的错觉。

他的眼里只有她，倒映着她的身影。

她本来还有点生气，但现在撞上他眼神，瞬间就被浇灭怒意。她突然就哑火，像是遭到蛊惑，只能愣愣地盯着他，同样微微一抿嘴唇。

辛云茂见她不言，他拉过她的手，轻轻地握了握，用脸侧的皮肤亲昵磨蹭，最后在她掌心落下一吻。轻柔如羽毛的触感，甚至让人觉得像幻觉。

他做这一切的时候，还在用澄澈目光望她，显得懵懂纯真又惑人。

可恶，他好像在勾引她。

接下来，所有事情都失控，只有不断靠近的两副身躯。

潮湿而温热的触觉，彼此相融的吐息，如履薄冰地试探，却像有无数电流蹿过。不是深入地掠夺，就像轻吻冬天绽放的第一朵花，是微凉而润泽的甜美滋味。

浅尝辄止，保有克制，却让他们分开时都不住喘息，只感觉五脏六腑都灼热起来。好像就度过一瞬，又好像是一万年。

他还在用那双眼睛望她，只是不再透亮得发光，反而泛起浅浅水雾，青涩而悸动的感觉。

"看我做什么？"楚稚水被他含有隐晦情意的目光直视，她忽然就羞涩起来，避开他灼灼视线，嘀咕道，"你们妖怪这样要被判几年？"

一双手温柔攀上她腰部，像缓缓诱导她再次弯下。

"再来一次，判你无罪。"

这一吻比方才绵密缠绵得多，以至于她跌坐在他怀里。

明明最初是她弯腰低头，然而他的手臂轻轻环上，就像枝叶般将她缠绕，拢进一片草木芬芳的繁荫中。淡淡的竹清味弥漫进口腔，甘洌清寒冲散夏季的烦躁高温，直刺她的神经末梢，带来头晕目眩、神魂颠倒的感觉。她的腰不知不觉发软，无力地向一侧瘫倒，却被他的双臂支撑住，继续感受他的气息。

他微微仰起头，露出微凸的喉结及玉白脖颈，刚开始是略微启唇，隐忍等待她更进一步，察觉她柔软得再无动作，这才小心翼翼地试探上前。修长的手指稍一用力，就将她压得离他更近，越发热烈的呼吸，轻巧游移的舌尖，头皮发麻的知觉。

他们在旖旎缱绻中分享彼此的世界，如难舍难分的藤条，凭借着春意无限的日光，牢固而紧密地攀附住对方。

一吻结束，她好像被人夺走呼吸，大脑依旧一片空白，等到彻底回过神来，这才发现压住竹林。

辛云茂悠哉靠着藤摇椅，当真在做安静的竹凉席，任由她扑倒在自己身上，还散漫地让摇椅轻轻晃起来。他刚刚将她揽进怀里，现在也没有改变姿势的意思。他终于成功完成实验，这把摇椅能承载两人。

微风袭来，藤摇椅一下又一下地晃，甚至让人涌生出午后睡意。

"不对，怎么就……"楚稚水勉强找到一丝神志，她扶着脑袋回忆对话，竟像是被喷失忆泡泡水，记忆莫名其妙就丧失一截，"我刚刚想跟你说什么来着？"

她肯定被他施加妖法，就像古代话本子里被勾搭的书生，倏忽间就鬼迷心窍，连最初话题都遗忘。

辛云茂目光幽幽，提醒道："你想要羞辱和亵渎我，然后得手了。"

楚稚水面红耳赤："你少胡说八道！"

他喉结微动，又瞄她嘴唇，似意犹未尽："怕什么？都说判你无罪。"

两个吻好像让他解放天性，又恢复往日的厚颜无耻、胡言乱语，再也没有刚才别别扭扭的样子。

楚稚水羞得暗自咬牙，越发感觉他装纯引诱自己。他平时摆出一副冰清玉洁、守身如玉的模样，说两句话就要脸红如大虾，关键时刻却骗她上钩。

过后，他还要摆出遭她蹂躏的态度。

好绿茶！好心机！

"不对，我今天本来是想跟你正经谈谈，上回是你误会了，你开花我很开心……"

没想到还没正经谈完，就干一些不正经的事。

楚稚水扶额，她想要站起身来，稍微远离辛云茂。谁料他本来用手臂撑着她，现在却偷偷撤开，致使她重新跌回他怀里。

辛云茂充当靠垫，愉快地应声："嗯，现在我知道了。"

楚稚水见他怡然自得，便愈发不爽，感觉上当受骗，狐疑道："等等，但你怎么会现在开花？是谁以前说他不知道的？"

这开花的时间点也不对，前面有好几次，他都在装迷糊！

辛云茂闻言，他面露困窘，坦白道："我也是最近才发现，我以前好像没法开花。"

楚稚水面无表情："你是残疾竹？失去部分功能？"

"不是残疾！"辛云茂被此话一激，羞耻道，"只是被龙焰抑制部分能力！"

"啧啧啧。"

辛云茂气闷闷地忽略她异样的目光，解释道："大战以后，我砍掉那条龙一爪，他则让我被龙焰缠身，我们的力量纠缠在一起，导致我一直被炙烤，连带让我烦躁起来。

"我原来的名字叫云茂，由于这件事才叫辛云茂，名字对我们很重要，这种伤害是不可逆的，我很长时间都没法解决。后来，我能看到人类的欲望，所以我从来不跟凡人牵扯过多，否则就会被他们影响。"

他的洁癖由此而来，以漠不关心的态度对待人世，否则他会被无止境的欲望拖累得更惨。

"怪不得你上回让我叫你……"楚稚水迟疑，她还以为他厚脸皮，没想到他的真名是云茂，又道，"稍等一下，你从来不收信徒？你确定？"

她刚认识他时，他拉着她不让走。

"你是特例。"辛云茂得意道，"毕竟是我唯一的信徒。"

辛云茂拈起她的一缕长发，平时只能眼睁睁看着，现在总算有机会绕指间把玩，继续道："我在漆吴就是被污染加重，但当时被你叫进精神世界，那里是纯净的，龙焰就熄灭了。

"这是很了不起的事，连我和那条龙都做不到，所以你当之无愧。"他将她柔顺的发丝放到唇边，无声无息地虔诚一吻。

不管是他，抑或是那条龙，依旧逃不开这些弱点。

永无止境地追求力量及寿数，或许是想要人类女子长生，或许是不愿自身地位被动摇。那条龙对他产生杀心，他也由此生怨，滋生出愤恨和傲慢，被龙焰封闭种种情绪，以抗拒排斥的姿态对待世间万物。

"你是不是在偷玩我头发？"楚稚水警惕侧头，又没有发现异样，她上下扫视他一番，抿唇道，"那要是没有龙焰，你什么时候开花？"

她确实很好奇，是哪个时间点。

辛云茂一愣，他似忽想起什么，蹙眉反问道："那你是什么时候心悦我的？我都开花了，你却没说过。"

楚稚水不料他会反杀，她身躯一僵，竟无言以对："……"

她面对他期盼的目光，脸颊渐渐涌现出粉意，嘴唇微动想表露心意，夸两句他的花好看，或者倾诉些许情愫，然而却分外不好意思，连往常擅长的话术都调动不起来。

辛云茂见她面红耳热，他了然地点头："不用说了，我知道了。"

她干巴巴道："你知道什么了？"

"我们是一见钟情。"他凝视她，笃定道，"你一开始就对我图谋不轨，贪图我的皮囊。"

苍天啊，大地啊，他的老毛病卷土重来了！

楚稚水闻言，她一捏他耳垂，制止他的言论，笑眯眯道："我想了想，可能是贪图你本体，作为竹子的特性。"

"什么竹子的特性？"他被她一碰，便扭捏起来，"做竹椅和竹凉席吗？"

"不，是脑袋空空和厚脸皮。"

"？"

不要问她喜欢他什么，她偶尔看他这副傻样子也想不出来。

不管如何，从今天起，她要长期跟满院竹花相伴了。

楚稚水看着随风飘摇的竹花，又一望身边的辛云茂，她唇边露出浅笑，温声承诺道："虽然你力量开始衰弱，但我会好好照顾你的。"

辛云茂："我都说了，就算再衰弱几百年，我也……"

"你以后不想去局里也行，可以待在家里面等我。"

"……"

辛云茂越听越不对劲，他想说现有妖气完全够用，起码在她的百年里没影响，但她却已经是一副要豢养他的口气。

仔细一想，他的"庙"还被建在她院子里，连现在坐着的藤摇椅都是她买的。

次日，槐江观察局，局长办公室。

胡臣瑞推门进屋，他一进来看到沙发上的辛云茂，不由面露错愕："神君，你这是……"

什么风将他吹过来？他以前从没来过这里。

辛云茂静坐在屋里，他眼看胡臣瑞终于露面，神色淡淡道："给我一笔钱。"

胡臣瑞："？"

胡臣瑞语气委婉："神君，感情不顺，也不能走上犯罪道路。"

"谁说我感情不顺？"辛云茂自傲地微扬下巴，冷嗤道，"你当时拿我说事儿，找那只孔雀要了不少好处，真当我不知道？"

胡臣瑞一时语塞，他皮笑肉不笑道："我以为神君不在乎这些。"

"以前是不在乎，念在你当初跟我说两句话，就被安排到这个地方，所以懒得计较。"辛云茂凝眉，"但不代表我是傻子，不知道你们的收入。"

胡臣瑞情商比较高，他大战时就是跟辛云茂打了个招呼，说实话也并不熟悉，谁被直接推选来槐江，被人认为狐狸能够镇得住场子。

胡臣瑞笑着打马虎眼："是这样的，我们单位发工资就得进编……"

"那你解决一下。"

"？"

胡臣瑞欲言又止："其实你想赚钱，各种办法很多，何必非要进局里呢？"即便辛云茂妖气衰弱，但他依旧没丧失天赋，外面的妖怪跟人类缔结协议可以收入更高。

"但她不喜欢作弊的方法。"辛云茂垂下眼睑，眼眸里晃着光，低声道，"而且我想跟她做一样的事，体验她的工作和生活。"

胡臣瑞怔然，他沉默良久，长叹一声道："好吧，但我要提前说一下，我们清算过去的工资，是从建局到现在，统计出总额打给你。"

反正楚稚水挣到很多钱，目前局里都消耗不完，给他补一下工资也没事。

辛云茂平静道："不用打给我，直接打给她。"

"这么打钱是违规的，账户名得是你才行。"胡臣瑞轻笑一声，"而且上交工资卡也是人类男性的乐趣之一。"

"……哦。"

财务处小屋内，贺寿贵迎来前所未有的挑战，他佝偻的后背第一次挺直，噼里啪啦地狂敲键盘，恨不得要拿出毕生最快的速度计算金额。电脑屏幕光打在他脸上，照亮他紧张的脸庞，连额角都微微冒汗。

辛云茂和胡臣瑞一左一右站在贺寿贵身后，他们犹如两尊门神，紧盯财务人员工作。

胡臣瑞好言劝道："神君，你完全可以先回经济开发处，没必要在财务处等着。"

辛云茂一天里前往两个新地点，一是局长办公室，二是财务处办公室。

辛云茂懒散地插兜，他冷眉冷眼，又一扯嘴角，嗤笑道："啊，然后被你骗吗？"

胡臣瑞："……"

果然，感情生活只能让妖怪柔和一点，依旧改不掉骨子里阴阳怪气。

"神君，胡局，金额算出来了……"贺寿贵长吁一口气，抹汗道，"两位可以看一下。"

辛云茂面无表情地审视数字，他沉吟数秒，冷不丁道："你按谁的工资给我算的？"

贺寿贵心虚："啊这……"

"五十年前的钱，跟五十年后的钱，好像也并不相同，能买到的东西不一样。"

"这个……"

"我以前只是懒得理你们的小把戏，但不代表我头脑有问题。"辛云茂蹙眉，冷声反问道，"为什么你们都认为我没有常识？"

楚稚水就总觉得他生活不能自理，他只是很少见识现代设备，但人们研究算账的历史长度，跟诗词歌赋的差不多。

以前由于观察局同事的警惕，他懒得跟他们搭话，又嫌恶溜须拍马的外来妖怪。但不愿和不能是两码事，那条龙当年权势滔天，好歹是有两把刷子，他自认在能力上不比对方差。

胡臣瑞轻咳两声，打圆场道："我们第一次这么算工资，有些疏漏也没办法，你先回办公室吧，等重新敲定好金额，我们再找你确认。

"你一直站在这里，老贺心理压力大，自然而然就走神。"

辛云茂作为正直清高的竹子，他斜睨对方一眼，提醒道："不要耍心眼。"

"……当然，当然。"

辛云茂离开后，胡臣瑞捏着手里的古钱币，望着电脑屏幕，叹息道："认真给他算，然后你看看利息什么的。"

贺寿贵面露难色："胡局，这……"

"这也就是他没兴趣出手，不然直接把四大观察局掀了。"胡臣瑞自我安慰，"可以了，起码他不乱来，就当花钱保平安。"

贺寿贵偷偷道："那我等经济开发处新一笔钱到账再算。"反正都是楚处长在赚，这不就是左手倒右手，完全可以等她忙完这段再说。

经济开发处内，槐江局和漆吴局的珍珠帮扶大业正式展开，漆吴局没过多久就顺利交付第一批珍珠，其中既有鲛人落泪产生的昂贵珍珠，也有海里贝壳产生的普通珍珠。

据闻，不少流亡鲛人会培育珍珠，跟编织御水纱的技术一样，主要是为建造据点。海底龙神据点由御水纱和珍珠装点，随着各据点被逐步拆除，自然就收集来一大批建筑材料。

鲛人珍珠光泽明亮锐利、形状饱满正圆，还自带伴色和晕彩，根据制造时情绪不同而颜色不同，无奈产量较低；建筑珍珠就是海水养殖珍珠，跟海边人类培育的珍珠差不多，品质参差不齐。

蓝泉先还告知楚稚水，鲛人族以前受伤时治疗，会将一颗鲛人珍珠磨成粉末，然后跟普通珍珠粉搅拌在一起，敷在伤口上帮助愈合。

这逻辑还很顺畅，鲛人疼哭就掉珍珠，再用珍珠粉来治疗。

楚稚水查阅资料，发现《本草纲目》真有记载：珍珠味咸，甘寒无毒。镇心点目。涂面，令人润泽好颜色。涂手足，去皮肤逆胪，除面斑，……解痘疗毒。

两局果断敲定主意，既然海底据点是流亡鲛人违规建造，那就让他们亲手拆除并磨珍珠粉，说不定看到此情此景还会潸然泪下，又能生产出鲛人珍珠。

品相优秀的珍贵鲛人珠，局里会想办法卖给珍珠收藏家；品相一般的鲛人珠，还有拆下的普通珍珠，全部磨成珍珠粉作为原材料。

办公室内，楚稚水原本还琢磨将珍珠粉制造成面膜或护手霜，然而漆吴和槐江相隔甚远，他们熟悉的厂子都在槐江，新厂房合作又成问题。

正值假期，陈珠慧恰好在经济开发处工作，她听闻此事，随意询问道："不能直接卖珍珠粉吗？"

楚稚水一怔："珍珠粉可以直接卖？"

"我们农村那边有些土方子，就是买珍珠磨成粉，然后加蜂蜜或芦荟，自己调配出一些东西，抹在身上保养或者祛疤。"陈珠慧不好意思地笑笑，"我不是背上有个斑，然后村里婆婆教我的，我试过不管用，但有人说管用。

"可能是天生的就没用，疤痕什么的没准有效果。"

陈珠慧后背上生来有斑，楚稚水不经意间见过。陈珠慧穿衣服保守，从来就不会显露，但听她话里的意思，还是想要消除掉的。

楚稚水语气柔和："你要是很在意那个，我改天带你去市里医院，好像激光打一下能消掉。"

陈珠慧摸摸后背，小声道："让我再想想，我有点怕疼。"

楚稚水也没有强求，她经过陈珠慧提醒，用手机直接搜索珍珠粉，果然看到不少的店铺，显然有人早发现商机。

一般来说，珍珠粉都是淡水珍珠制成，原因是普通海水珍珠有核，磨粉后要去核，成本就会增高。但鲛人不通过加核来培育海水珠，这也导致建造龙庙的珍珠形态各异、参差不齐，不具备收藏价值，只能磨粉当原料。

楚稚水决定按比例将鲛人珠和海水珠混合配粉，提高观局珍珠粉的功效。要是以后龙庙珍珠被消耗完，他们还可以通过收购淡水珍珠，替换掉现有的原材料。反正海水珠和淡水珠磨粉后成分一致，消痕祛疤的关键是鲛人珠。

没过多久，银海市的观局直营店，一批罐装珍珠粉默默上架，开始提供给往来顾客试用。

"这是粉末吗？"有人用手拈起一点珍珠粉，她询问柜台的店员，疑道，"这是用来吃的，还是什么？"

店员微笑解释："这是珍珠粉，店里建议外敷，您可以阅读一旁小牌上的提示，根据不同的需求来 DIY①使用，这是纯净珍珠粉，基本不掺有杂质。"

女顾客看向一侧，果然瞧见提示牌，上面写着珍珠粉的使用建议，如蜂蜜法、牛奶法、芦荟法等。下方还有友情提示，如不建议内服，不建议长期外敷，会导致营养过剩，一周 1 至 2 次即可，还有不建议敏感体质使用等。

这就是一罐纯珍珠粉，买回家做什么，全看顾客自己。

新产品上架，网上还掀起一波 DIY 热潮，不少人在各平台分享独特的使用心得。

杜若香还专门出了一期视频介绍，她手里握着一罐珍珠粉，说道："最近总有姐妹催我测评这个，本来说等全网上架再买的，但没办法还是找人代购新品，提前给大家试用评价一下。

"众所周知，这家牌子都是平价产品，看背后商标信息就知道了，珍珠粉写的是初级农产品，所以它其实不算化妆品，它是一罐原材料……"杜若香摆出小碗和刷子，她开始加东西调配，一边搅拌一边介绍，"我们需要发动巧思，自己来创造出面膜，看你想美白还是淡斑，加的东西就不一样，还有蛋白质过敏的姐妹不要用。

"这是纯珍珠粉，大家去查珍珠成分表，或者在耳后试用一下，毕竟人和人的体质不同。

"这种程度可以上脸了，自己慢慢地涂好，敷一会儿就洗掉，跟普通面膜一样。"杜若香洗净后，她拍了拍脸蛋，露出亮泽皮肤，"感觉还不错。"

> "我是懒人，直接丢干面膜进去，往里面一蘸就贴上，连涂抹都不需要。"

———————————

① Do it yourself，亲自动手制作。

"这个可以的！我以前买过别家珍珠粉，但这个淡疤效果更好，手上的伤痕已经没了！"

"这是我奶奶当年的护肤方法，历史果然是一个轮回，返璞归真。"

"如果是纯珍珠粉，那其实可以内服？"

"体寒者不建议内服！虽然说珍珠粉能入药，但还是自己去中药局配！"

"中药局进货渠道可能还不如这个，是不是好珍珠粉就看谁心不黑了。"

"奇怪的知识增加了，我今晚就试一试。"

观局一向出售便宜大碗、技术含量较低的商品，主要就是靠真材实料打优势，跟同类产品竞争。珍珠粉在直营店刚一上架，还没有怎么被大肆宣传，居然就有人上门来订货。

这批人都不是过去散客，而是其他工厂的老板，他们主要看中观局珍珠粉质量，想要用来做原材料生产自己的产品。

新产品研发需要很长时间，但向外批发原材料却很快，尤其观局有鲛人珠技术，基本在珍珠粉领域横扫一片。

漆吴局职员最近赶班加点抓鲛人，楚稚水还寻找起人类珍珠厂，万一现有珍珠被全部用尽，到时候鲛人珍珠粉也不会断供，依旧能用鲛人珍珠和人类淡水珠继续调配。

风风火火的赚钱大业展开，槐江局原本出借一百来万，但等工厂的大订单一完成，漆吴局的债务就会被迅速扫清！

这种工厂订单远超零散顾客，需求量高，总金额大，一两个单子就是巨款。沙局得知消息后万分高兴，他还跟胡臣瑞和楚稚水联络一番，打算长期进行供应业务，为局里职工谋些福利。

反正漆吴观察局本来就要逮捕流亡鲛人，现在不过是开辟出新的产业链，双手一起抓。

周末，竹丛茂盛的院内，楚稚水经历完紧张忙碌的珍珠粉销售，终于有时间歇息一下，开始盘算起经济开发处未来规划。现在各项业务走上正轨，只要观局店铺正常经营，就能持续不断地发展下去。

接下来，赚钱不是主要矛盾，花钱是主要矛盾，必须想办法将账上钱用掉。

楚稚水躺在摇椅上悠闲晒太阳，她听闻门口的声响，知道是辛云茂归来。辛云茂提着茶壶，他将其放在小桌上，又坐上摇椅旁小凳，突然就轻咳一声。

户外清风宜人，楚稚水半闭上眼，眼看着就要小睡。

辛云茂偷瞄她一眼，发现她毫无反应，忍不住又咳嗽两声。

"喝点水？"楚稚水抬起眼皮，她诧异地望他，"你不是定时喝水？比我记得还清楚。"

喝水是竹子的乐趣之一。

辛云茂微微扬眉，他一扫院内摇椅，意有所指道："你看到此情此景，是不是该想起点什么？"

楚稚水满目茫然："想起什么？"

辛云茂嘴唇微抿，他语气颇幽怨："你不觉得最近忘掉什么事吗？"

楚稚水越发迷惑，满头雾水道："我忘掉什么了？"

她在脑海里思索一圈，又坐起身环顾院内，完全不知遗忘哪件事。

辛云茂见她仍不开窍，他终于脸色一沉，义愤填膺道："你最近好忙，都没有亲我。"

楚稚水闻言都蒙了，她工作日跟他在局里同进同出，周末还有一天同他在院中喝茶，恨不得所有时间都被他占满，但他愣是说出一种双方数月不曾碰面的怨气。

她脖子上挂着吊坠，小院里也种满竹子，明明一喊名字他就出现，可听他说话的口气，不知道的还以为是异地恋。

"这……"楚稚水羞耻道，"我在局里怎么……"

她每天在正常上班，突然抱住他来一口，怎么想都不太对？

"前两天在局里，现在呢？"辛云茂冷笑，"又有什么借口？"

"不是，你突然提这种要求，我真的会尴尬。"楚稚水扶额，"这不应该水到渠成，哪有像打卡一样的？"

他们上回一时昏头，只能说是情不自禁，但现在她还挺清醒，确实就有些不好意思。

辛云茂一声不吭地坐在凳子上，如今眉头微皱、嘴唇紧抿，又开始用那双漆黑眼眸来回扫视她，默不作声地等她过来，不然就用怨念眼神盯她。

他如今穿着淡青短袖上衣，露出流畅的胳膊线条，修长手指还放在膝盖上轻点，像是在无声催促什么，皮肤被阳光一照，白得发亮。

楚稚水酝酿许久，她依旧耳热不已，温声道："为什么要我来？"

为什么他还要通知她主动？搞得她现在骑虎难下。

"难道我能来吗？"他轻哼一声，"我不是只有被你玩弄的命？"

……真是离谱啊，他好擅长给她扣黑锅。

楚稚水犹豫地发声："你有没有想过，你还挺变态的，总有这种念头……"

辛云茂恼道："你到底还要找多少借口！"

"来了来了，不要喊了。"楚稚水只得站起身，她捧着辛云茂侧脸，只感觉脸庞在发烧，扭捏地没有看他，在他唇角浅吻一下，小声道，"行了吧？"

"你好敷衍——"辛云茂扬眉，他拉着她的手不让走，不依不饶道，"你工作时是这样吗？"

楚稚水恼火："你好烦！"

辛云茂被她一吼，这才打算收敛一点，以免将她彻底惹毛。他刚要松开手，却感觉下巴被捏住，脸庞遭她不容置疑地抬起，连带脖颈的喉结也上下微动。

"张嘴，满足你变态的念头。"她道。

温热微甜的湿润触觉，近在咫尺的秀美面容，他顺势就闭上眼睛，仰头沦陷进她的柔情。

熟悉的气息覆盖而来，能嗅到她身上清浅香味，肺部的空气不断燥热，彼此交融的吐息仿佛在身体里酿成滚烫的蜂蜜。

他下意识地伸手搂住她，不断拉近双方的距离。

腰部被人一扶，沉醉的梦惊醒。楚稚水突然回过神，她扶住辛云茂肩膀，慌张将他推远一点："等等……"

他闻言睁开眼，眼眸里还泛着透亮水泽，看上去迷惘不解。

楚稚水面红耳赤，磕绊道："就是……那个……"

辛云茂："？"

"现在这种行为……"她支吾，"不会导致你……"

辛云茂神色微变，瞬间明白她的意思。

辛云茂总感觉她偶尔对自己怪怪的，不是说他娇羞，就是要给他穿女装编辫子，现在又摆出一副要负责的架势。

他是一根挺拔洒脱、宁折不弯的好竹，四季常青，不畏严寒，她却总将他想得特别娇弱，明明不管怎么看，都该他照顾她才对。

辛云茂羞愤科普，他跳过部分关键词，道："我原来说过不是开花就能结籽。"

如果只是开花，没有重点环节，依旧不会结籽。

楚稚水怯怯道："你不是结籽就衰弱更快？所以说平时注意一点。"

辛云茂沉默数秒，他冷不丁询问："如果不考虑这个，你会想要小孩吗？"

楚稚水不料他会突然问这个，一时间错愕地望他，却见他静候着答案。

"虽然很多人排斥这个，但我的童年还挺开心，所以想体验为人父母，还幻想过不结婚就有小孩。"她一边思索，一边坦白道，"不过你不想要没事，这不是什么必需的。"

她以前对结婚没兴趣，但不代表对小孩没兴趣。血亲是她长久以来的支柱，自然使她有所联想：假如她成为家长，能不能像谢妍和楚霄贺一样？

不过辛云茂没有血脉至亲，没有这一份体验，不理解也正常，不用非要接受。

辛云茂闻言默然，他不知在想什么，最后点头道："可以接受，也可以结籽。"

楚稚水听他如此果断，愣道："不是，你接受也可以不结籽，你不是结籽就会……"

"你在胡说什么？"辛云茂斜睨她一眼，他双臂环胸，颇为傲慢道，"我就算结籽衰弱也比你强，你只是一个没妖气的人类，说不定会直接死掉。"

除了人格和精神层面，她都比他要弱小太多。

他眼眸里溢出光彩："我们一起来创造新的生命，听着很有意思。如果是我的力量，加上你的所思所想，没准会比我强大。"

他以前被龙焰影响，但现在释然了。倘若竹米从小经历人类的生活环境，像她般体会人生百味，再接手他剩下的力量，没准更出色。

很早以前，他就知道自己不是神，但他可以比天地更出色。而她是负责守信的人，肯定会好好养育新生命，让新生命领悟人间的诸多道理。

"这样百年后，就将力量给它，不用全部开花释放。"辛云茂淡然道，"原本还怕用不完呢。"

楚稚水听闻此话，她胸口发闷，怔然道："你本来……"

他若无其事道："本来打算最后一次性开花绽放，虽然我们的起点不同，但可以迎来相同终点，这样不是很圆满？"

陪她盛开百年，然后花开花落，这是他早想好的结局。

尽管过去的岁月无法共度，但从今往后的日子，他们将共享每分每秒，完全拥有彼此的全部。

或者说，草木就该随四季变化，既然有破土萌发的那天，那必然有凋零败落的日子。不用惦念叶片未来会消逝不见，记住现在的郁郁葱葱就好。

他们有浓烈炙热的男女之情，还有超越此情的更高的东西。无关于性别，无关于物种，无法用言语准确描绘，但只要想起就魂牵梦萦、精神激荡，让人涌生敢于面对任何考验的大无畏之情。

这生命如烈火般将他炙烤，但他追寻着稚水濛流，便有扑火萌芽的勇气。

楚稚水面对他平静的神色，她鼻尖发酸，倏地就喘不过气来，瓮声瓮气道："其实你不用……"

辛云茂不紧不慢道："这是我自己的选择，即便你不理解，我也会这么做，或者说这么做，我才会变完整。"

这是他的寻道之旅。

"过去千年我见识过无数人类，他们以为只要不断追寻金钱、权势和寿命，追求虚渺的无限概念，就一定能够获得幸福，然而只会换来无边的痛苦和不幸，越有就越想再有，越有就越怕失去，自己折磨自己，最后咎由自取。"

他不是凡人，他展望的世界，远比这要开阔得多。

执着于无限本身，依旧是困守有限。

"我不会像那条龙，做那种愚蠢的事情，遗失掉更重要的东西。"他微扬下巴，自得地笑道，"不管是挑信徒，还是别的什么，我都一步到位，体验过一次最完美的，就不会再经历残次品。"

这一番话依旧是神君的高高在上，却让她的眼睛莫名其妙有水雾，酸涩而柔软的情绪在五脏六腑内发酵，如果实经历无数日夜化为酒液，带给人麻麻的、热热的知觉。

如果说，她也曾困惑于自己是否做对选择，那他现在便是肯定有关她的一切。不管拥有的，还是缺失的，他都领悟了她的全部。

辛云茂见她眼圈发红，自然地朝她张开双手。

楚稚水顺势就靠进去，将温热液体蹭他一身，以防被他看到什么。

辛云茂被她依偎，他不禁身躯一僵："第一次见你这样。"

她以前很少依靠他，他现在简直受宠若惊。

楚稚水将脸庞埋在他身上，嗅到熟悉的草木清新，好像风暴中矗立的巨树，任狂风大作，平和又安然。

她闷声道："但是竹米就会很可怜，以后没有爸爸妈妈。"

辛云茂听她担忧还不存在的竹米："？"

"凡人都会经历这一遭，它看破才能够获得新生。"他当即不悦，骤然抱紧她，"你可怜它干吗，怎么不可怜我？"

"但你说不用我可怜，我可怜错对象了。"

"……"

片刻后，楚稚水情绪稳定，依旧窝在他身上，感受竹子的凉意。

辛云茂被她靠着，他偷瞄她一眼，又将视线移开，莫名涌生躁意，漫不经心道："所以你们都想那么远的事，是打算跟我共同创造新生命吗？"

她原本还算安宁，现在一听此话，惊得将头抬起："？"

他眼神发虚，故作正经道："这可是天地都做不到的事。"

她一拳捶向他，恼羞成怒道："不要总进行这种发言！"

待到天光不断收束，渐渐染上晚霞辉光，互相倚靠的他们才收拾起茶具，将东西放到屋里面。

两人一般待在院里，主要前不久屋里还没收拾好，加上植物在外晒太阳是天性。

新家现在布置得差不多，各类日用品也购置好，连冰箱里都保存了一些水果，唯有厨房区域还稍显冷清。楚稚水基本不在这边吃饭，辛云茂更是不吃饭，所以厨房利用率相当低。

辛云茂将茶具放回柜子里，他在厨房里溜达一圈，又将煤气灶拧开观察："我想去上次买家具的地方。"

他没事就爱东摸摸、西碰碰，现在已经研究懂厨房构造，无奈找不到尝试的机会。

"不许玩火。"楚稚水眼看他观察火苗，故意道，"不带你去，不给你买。"

她哪能不知道他的主意，他就是想买厨具，然后在家里捣鼓。

竹都经历带给辛云茂巨大自信，他总感觉自己是厨神下凡，恨不得都能吊打米其林，但一问才知道只看过别人烹饪，实际上完全没亲自试过。他做完肯定要求她吃，这不是给自己找事儿？

楚稚水总结出经验，辛云茂在动手操作上不太行，就像游戏城里的娃娃机，只擅长讲究概率和运气的事情，比如游戏转盘和买零食刮奖等。

辛云茂双臂环胸，硬气道："那我自己去，然后自己买。"

"你哪里有钱？"楚稚水打趣，"龙骨伞都给我了。"

神君可谓真正的身无长物，连唯一的纸伞都转手送她。

"我怎么没有？"辛云茂唇角微翘，他手指一抬，翻出银行卡，"早猜到你会这么说，他们拖欠的工资，我已经拿到了。"

他一直以来就觉得哪里不对，她好像总想要包养他一样。

楚稚水一怔："拖欠的工资？"

"对，胡臣瑞前两天给我的。"

"等等，你在局里有编制吗？"楚稚水走上前，她紧盯那张银行卡。

他慢条斯理道："虽然你以后没法再拿钱说事儿，但大可以放心，既然我都答应你，就会信守承诺的，不会反抗任人玩弄的命运。"

楚稚水："？"

她一时语噎："我只是想正常跟你谈恋爱，你却总在想奇奇怪怪的事。"

楚稚水翻来覆去核对银行卡，发现卡面是崭新的，应该刚制成没多久。辛云茂见她认真检查，他索性随手插兜，云淡风轻道："你拿着吧，密码是你生日。"

"密码是我生日？"楚稚水惊讶地望他，嘀咕道，"你这都跟谁学的，怎么一套又一套？"

他连手机都没有，居然会设置密码？这就不合理。

"据说上交工资是人类男性的乐趣之一。"他笑道，"现在也完成这个体验了。"

楚稚水思考数秒，她将工资卡收下，软声道："谢谢神君，真有担当，简直是家里的顶梁柱，不对，顶梁竹。"

辛云茂闻言，他嘴角彻底扬起，完全没法压下去。

她笑眯眯道："好了，现在你又没钱了，所以还是不带你去、不给你买。"

辛云茂难以置信，他朝她伸出手来："那我买完再给你。"

"没用，一切已经晚了。"楚稚水悠哉道，"因为一点买东西的小钱来回扯皮，这也是人类男性的乐趣之一，神君也有这个体验了。"

毕竟人类男性上交工资卡后，就会迎来新一个阶段，开始每次打申请要钱，深入探讨每一笔支出。

辛云茂哀怨地瞪她。

"真要去你也列好清单，不能像上次一样在厨房区乱试，自己想好买什么东西。"楚稚水没好气道，"哪有还不会做饭，就又要搞中餐，又要搞西餐？最后买的厨具比做出来的饭多。"

"这又不是很难。"

"你上回可连微波炉都没见过。"

"哼。"

两人敲定改天逛厨具，楚稚水这才准备返程回家，她临走还疑惑不已："但你为什么对做饭那么执着？我以前都不知道你喜欢烹饪。"

辛云茂眨眨眼，坦然道："如果这边可以做饭的话，你晚上就不用回去吃饭，一直留下来也没事。"

楚稚水脸热道："你想得美！我就要回家吃饭！"

他不懂她发恼的缘由，疑道："这不是你家？这边才是回家吃饭。"

……对了，这房子是她买的，购房合同都是她自己签的。

"好了，我哪天给你下载点电影，或者将游戏机带来，装在客厅里给你玩。"楚稚水安抚，"毕竟偷偷打游戏也是人类男性的乐趣之一。"

他的娱乐活动实在太少，总感觉没什么兴趣爱好。

"电影？"他微微蹙眉，意有所指道，"又是你们那些很那个的片子吗？"

她斜睨他一眼，咬牙道："你有没有想过，不是我们的电影很那个，而是你的延伸很那个，一看见开花，就想到授粉，植物妖的想象力唯有在这一层如此跃进。"

楚稚水将他说得满脸羞恨，这才心满意足地告别离开。

Zhu and Zhi

第九章

开水煮白菜

签名

楚稚水

家中，楚稚水进屋后跟父母打声招呼，她现在都不用解释太多，稍微休整一番就蹿回屋，真挺好奇胡臣瑞会给辛云茂开多少工资。

屋门一关，谢妍和楚霄贺就互相使眼色。

谢妍感慨："回来得越来越晚了啊。"

"这都有段时间了吧，改天跟她提一句，不然带回家看看。"楚霄贺低头刷手机，叹息道，"现在搞得我都不好去那边。"

楚稚水每周末以布置新家为由，时不时就在外飘荡一整天。他们不确定她是真在新家，还是找个借口跑出去约会，一般都不会往她新家那边走，唯恐不小心撞上，让女儿感到尴尬。

她在外面有没有情况，跟她愿不愿意介绍给家人，这完全是两码事。

楚稚水和辛云茂是漆吴归来后才讨论开花，但在楚霄贺和谢妍眼里，她频繁外出都好长时间，自然认为她已经谈很久，完全可以踏入下一个阶段。

房间里，楚稚水并未听到父母窃窃私语，她研究一番银行卡，将生日组合排列两回，便顺利地登入账户，用电脑查询起余额。工资卡里的数字相当庞大，反正比她进局以来挣的都多。

槐江观察局内，不知熬空观察处多少炉子，经历紧张的建造及装修，新的办公大楼最先竣工且完成通风，剩下图书馆等设施则还在进程中。

楚稚水现在已经对他们的基建速度见怪不怪，胡臣瑞等妖仗着槐江局地偏人稀，不像银海局那样引人注意，大肆地修造各类新楼。即便偶有路人经过，只要喷一下失忆泡泡水，也会忽略局里的诸多细节，不再细究这些事情。

现在，全局大会不再将职工们聚到食堂，而是搬到崭新明亮的大会议室。尽管投影仪等设备还没装配好，但宽敞空间及极佳采光，大幅度提升了职工开会的积极性，显得正式而隆重。

胡臣瑞笑道："今天开全局大会，主要就是三件事，一是局里最近以特殊渠道引进了新人才，二是跟大家商议接下来的发展建设，三是银海的叶局近期会带队来交流，我们得抓紧时间搞一搞，不要让兄弟单位在槐江有遗憾。"

"首先介绍一下经济开发处的新成员，这位是……"胡臣瑞伸手示意辛云茂，他嘴边的名字转悠一圈，最后还是没胆子叫出来，索性直接跳过，"局里用特殊渠道招来的新人才，他以前也露过面，没准大家早见过。"

辛云茂面无表情地坐在下面，他毫无自我介绍的意思，仿佛被胡臣瑞重金挖来的不是自己。

其他同事也神色有异，明显不懂在外飘荡千年的神君怎么这时候突然进编。洪熙鸣倒是很给面子，她兴高采烈带头鼓掌，欢迎辛云茂的加入。

只要有人一牵头，会议室瞬间掌声如潮，原本还有人怕神君不悦，现在都跟着拼命地拍手。

洪熙鸣还笑望楚稚水，意味深长地开解："小楚，没事的，你的工作不会受影响！"

楚稚水一惊："洪姐……"

苗沥一瞟楚稚水，又一瞥辛云茂，啧啧道："世风日下……"

"唉，事情哪有那么严重。"贺寿贵为捍卫摇钱树，难得出声制止苗处，缓和地宽慰，"楚处长，人无完人嘛，你已经够出色了，只要不是原则性问题，我们也可以理解。"

"水至清则无……"他扫到辛云茂冰冷神色，顺势就修改掉后半句，"水至清则无竹。"

"……"

楚稚水有苦说不出，她面对大家戏谑的眼神，不料辛云茂一朝身份转变，居然坐实办公室恋情。

全局大会的第二件事就是讨论未来建设。

"我们的职工宿舍建成以来，一直深受局里职工的欢迎，不管是冬季供暖，还是夏季制冷，目前来看都没有问题，入住率也很高。"胡臣瑞笑道，"多余房间现在也装修完，作为局里接待用的客房，这回银海局带队过来，就能正式投入使用。"

职工宿舍是广受好评的项目，金渝不再需要租房和游泳上下班，如今吃住都待在局里面，生活堪称完美。楚稚水要开车通勤，然而妖怪们连这一步都省略，尤其是观察处值班的职工，再也不用夜里换班后摸黑回家。

职工宿舍会象征性收一点管理费，但相比外面的租金不值一提。除了楚稚水和辛云茂外，其他职工基本都住在局里。

楚稚水和辛云茂也有自己的房间，不过前者是天天回家吃饭，后者是长期驻扎在树下圆凳，在宿舍露面的机会较少。

"除了宿舍外，大家如今所在的是局里的新办公大楼，以后全局大会就在这里进行，等到这边的办公用品添置完，各个部门会陆续搬过来工作，旧楼完全成为观察处的办公区域，这样也能解决地下空间不够，导致妖气不断顺管道蹿上来的问题。"

新办公楼装有电梯，视野更好，空间更大，各部门的电脑及办公桌也会更换一新。旧办公楼地下有观察处的炉子，不是很好进行搬运，所以暂时没有调整。

槐江局总算跟银海局一样，观察处有独立的办公楼，不会再出现妖气上移的情况。

苗沥漫不经心地挥爪，点头道："没错，以后那栋楼就完全归我，你们再想进来都不行，珍惜最后的时光吧。"

辛云茂冷嗤："明明是捡剩下的，你也只能挠旧楼。"

苗沥不屑地反击："毕竟我是猫，可不是植物，被养在后院，只会攀附人。"

辛云茂："？！"

楚稚水听到话头，她低头轻咳两声，打断即将爆发的战争，双方这才克制收声。

但苗沥依旧用幽幽目光在两人身上来回。

胡臣瑞眼睛一眯，连忙打圆场，岔开话题道："目前网球场和篮球场也投入使用，游泳池暂时没有完成蓄水，图书馆和活动中心还在建设中。今天想跟各位讨论的是电影院的问题，有职工向我提建议，希望局里有放映厅，考虑到我们人员较少，所以电影院不会太大，放在活动中心一起建设。

"过段时间，银海局来交流学习，各部门上交一些照片，我们就可以剪个影片，让叶局他们看看大家的精神面貌，以及槐江局这两年的巨大变化。"他笑呵呵道，"每个部门都要交材料，到时候由熙鸣整理好，再安排着剪辑一下。"

"用新电影院放局里小片？"金渝听闻此事，偷偷嘀咕道，"这是不是有点太……"

楚稚水吐槽："看来胡局很想在叶局面前长脸。"

胡臣瑞每年谈事业费都要前往银海局，经年累月明显有不少苦水，只盼着给叶华羽下马威。

既然各部门都要上交材料，经济开发处同样得准备照片。

任务下发后，金渝接手拍照工作，趁着陈珠慧放假在局里，不但拍摄二人二妖的合照，还专门奔赴茶园记录一些工作照。黄白黑三妖组居然也蹭到照片，好歹是技术研发组，这段时间的成果显著。

楚稚水找杜子规和蓝泉先帮忙，要到一些观局直营店的照片，还有鲛人珍珠粉产业的照片，再加上金渝拍摄的这些，总算凑够经济开发处的素材量。

办公室里，楚稚水、金渝和陈珠慧聚在一起筛选照片，金渝轻轻下滑着鼠标，楚稚水和陈珠慧则站在两边，浏览着电脑屏幕上的内容。

陈珠慧看到屏幕上的老白，她突然心里一动，恳求道："金渝姐，可以把这张发给我吗？这好像是我和须爷爷第一次合照。"

她本来就跟亲人合影不多，只有一张幼年时被爷爷抱着的照片，等到爷爷过世后，好像就不太拍照。除了学校的安排，她很少会有照片。

金渝一口应下："可以啊，没问题，我发你。"

"只要这一张吗？"楚稚水瞥她一眼，调侃道，"这时候得全都要，不然我们会伤心。"

陈珠慧一愣，撞上楚稚水清透的眼眸，当即领悟对方在开玩笑。她脸红起来，不好意思道："是我说错了，照片我都要，请把经开处的全发我。"

"好的，我打包发你！"金渝笑道，"顺手发给洪处！"

没过多久，陈珠慧就收到合照，她缓缓刷着手机，望着经济开发处的照片，不知不觉流露笑意，连带心情也愉快起来，坦白道："来这边工作应该是我最开心的事了……"

楚稚水愣道："工作都会让你开心吗？"

"倒也不是工作，在这里就很开心，反正比以前好得多。"陈珠慧手指滑动屏幕，她突然瞧见什么，好奇道，"咦，这张是稚水姐生活照？"

素材里大合照较多，而且都以工作场景为主，唯有一张照片格格不入。

楚稚水闻言，她疑惑地探头，去看手机屏幕："什么？"

屏幕上，楚稚水和辛云茂站在栏杆前，他们靠得非常近，背后是丹山林海。

"这是你们去景区玩儿吗？"陈珠慧眨眨眼，"拍得好像证件照。"

两人动作规矩，表情微僵却挨得近，看上去正式而官方，配上层林尽染的丹山，乍一看过去红彤彤，还真能让人以为是某种证件照。

楚稚水绝没有提交这张照片，难以置信地望向某妖，惊道："你什么时候偷偷放上去的？！"

辛云茂坐在座位上，他不动声色地侧头，心虚地看窗外景色，开始装聋作哑起来。

这照片要落入洪熙鸣手中，绝对会被放进局里影片，必须抢救一番。

"等等，刚才是发给洪姐了吗？"楚稚水紧张扶额，"有没有可能撤回？"

金渝盯着屏幕，答道："已经接收了，没法再撤回。"

楚稚水垂死挣扎："珠慧，请你删掉手机里……"

陈珠慧紧握手机，笑道："这张我会好好保存的。"

金渝："这张我电脑里也有了。"

楚稚水深感威严不再："……"

银海局队伍来槐江首日，楚稚水婉拒前往放映厅观影，完全不愿意接受公开处刑。

槐江局，曾经荒芜的野草被清理干净，如今变为崭新明亮的大楼。平整的石质小路将各个区域串联，经过郁郁葱葱的竹林小院，便能看到长满爬山虎的老楼，以及不远处窗明几净的新楼。

叶华羽刚一进门，就感受到天翻地覆的变化，不敢置信地后退两步，检查槐江局的牌子，确认没有走错地方。现在，门口的铁门都被翻新，连带铁牌子闪闪发亮。

叶华羽惊道："老胡，你们这里是……"

"穷乡僻壤小地方，你不要嫌弃才好。"胡臣瑞见对方脸色变幻，他深感得意，悠然地带路，"比不得你们银海，我们就只是乡下。"

叶华羽脑海里对槐江局还是穷酸印象，然而他一瞄不远处的篮球场及泳池，震撼道："你们怎么连这些都修出来了？"

银海局同样有健身房，但绝没有如此夸张。毕竟银海市寸土寸金，加上地处市区，可谓人多眼杂，兴建必须依靠人工，自然就不会那么奢侈。

槐江局位置偏僻，自然能大兴土木，而且建造速度极快。

"哎呀，就是想让职工锻炼身体方便点。"胡臣瑞随意道，"最近还考虑修高尔夫球场，你也知道我们什么都缺，就是不缺山不缺地的，乡下嘛。"

叶华羽闻言，倒吸一口凉气："高尔夫球场？"

"对啊，你们那边是不是流行这个？他们说高尔夫的学问可大了，都是那有钱有闲的人捣鼓这个。"胡臣瑞眯眼笑，"我也不太懂，不然你教我？你肯定经常打高尔夫，在银海闲着没少打吧。"

叶华羽总感觉这番话耳熟，跟自己聊手表如出一辙："……"

一番参观下来，胡臣瑞大仇得报，将槐江局炫耀一遍，还非拉着叶华羽到新放映厅看局里发展史影片。

放映厅空间不大，但设备相当出色，高清的银幕，环绕立体声，愣是将土气小片放出大制作电影的震撼感。

"这音响还是不够好，震得耳朵闹得慌，是吧？"胡臣瑞意有所指地长叹，"槐江局还是不行，比不上你们银海局，不然当年都不愿意来呢。"

叶华羽支吾："……老胡，你还记得这事儿啊。"

"呵呵，肯定记着，众望所归嘛。"

叶华羽感受到怨气，他紧张地咽了咽，又悄悄打量胡臣瑞，只见对方满面春风，这才说起正事："既然你们局里比较稳定，那最近方不方便支援空桑？"

"又要钱？"胡臣瑞驳道，"你们原来也没有一年掏两笔钱吧？"

"不是要钱，是让苗沥他们去支援，老黄好像要控制不住局势了。"

胡臣瑞一听此话，顿时脸色肃穆，问道："龙神庙更活跃了？"

叶华羽点头："对，老黄不是上回开会没来，当时就是空桑龙神庙极度活跃，导致他们那段时间人手紧张，最近愈演愈烈，感觉就快失控，想找我要支援。

"但银海是大城市，积压的工作过多，漆吴最近忙于逮捕流亡鲛人，两边能派出去的人马都有限。槐江观察处本来实力就最强，所以我想能不能让苗沥带队，前往空桑一趟。"

胡臣瑞："他们是想声东击西，万一我们过去支援，局里面被袭击怎么办？"

叶华羽："你们不用全派出去，我们银海也会派队伍，都留部分防守力量。"

"你是不知道槐江强的原因吗？"胡臣瑞扬眉，"我们局里还有一位……"

"但他不都进编了！"叶华羽一拍大腿，恍然大悟道，"对呀，你提醒我了，那你们还能多派点，有那位坐镇肯定没事！"

胡臣瑞暗骂疏忽，遗忘辛云茂进编，这就失去部分威慑力了。

"苗沥带队不行，槐江也有工作，但我会尽可能多派人手，帮空桑那边清理据点。"胡臣瑞道，"但你们也做好心理准备，这肯定是长期作战，毕竟镇妖袍对龙神无效，进度必然缓慢。"

镇妖袍是剥取龙神的力量制造的，对普通妖怪有压制作用，但对龙神及其信众，效果就会大幅减弱。尽管龙神相比千年前衰弱很多，还被大卸四块镇压，可总归有些实力。

没过多久，槐江观察处就派出一支队伍，悄无声息地前往空桑，甚至没惊动其他部门。

苗沥依旧待在观察处，对于大多数同事来说，局里没什么变化，只是食堂里用餐人员少了。

周末，楚稚水在家里用餐，她正在伸手夹菜，忽闻母亲出声询问。

谢妍："明天要去新家？"

"对。"楚稚水道，"打算买点厨具。"

"你买厨具做什么？"楚霄贺不紧不慢道，"家里柜子里有的是，你和他一起过来拿呗。"

楚稚水瞬间后背挺直，僵声道："爸爸……"

楚霄贺从容道："怎么？难道是你要买？"

"不、不是。"楚稚水瞪大眼，惊慌失措道，"但你怎么知道？"

"你从小就觉得自己可有主意了，但我和你妈偏偏清楚你那点主意，一丢丢都瞒不住。"

楚稚水闻言，索性承认："嗯。"

谢妍小心翼翼道："你是不想带回家让我们见？"

"不，就是还在考虑，要问他的意见。"楚稚水支吾，"而且不知道你们能不能接受。"

楚霄贺大方挥手："我们有什么不能接受的？你喜欢就可以。"

楚稚水视线游移："但情况比较特殊……"

楚霄贺推测："外地的？工作不稳定？家里关系比较复杂？"

"没，槐江本地的，就在我们局里工作。"她犹豫，"家里关系应该不复杂。"辛云茂都没有亲人，怎么会有家里关系？

楚霄贺微松一口气："那还可以呀，长得不好看？个子不够高？"

"容貌和身高没问题，肯定在平均线以上。"

"难道是道德品质不行？"楚霄贺惊道，"但我一直以为你最看重这个。"

楚稚水忙道："不不，道德也没问题！"

楚霄贺迷惑："那么问下来，这个人很完美，为什么你觉得我们不能接受？"

谢妍："对呀，这人什么毛病都挑不出来。"

"爸，妈，就是有这么一种情况，你们刚刚还没有说到……"楚稚水搓搓手，她额头冒汗，试探地发声，"他什么毛病没有，但他或许不是人？"

"？"

楚稚水看父母满头雾水，她知道此事没法让他们立马消化，静候谢妍和楚霄贺缓过神。

片刻后，楚霄贺愕然询问："不是人的意思是指？"

"字面上的意思。"楚稚水轻声道，"爸，你不是在我院子里拍到竹子？"

"对，那是他种的？"

"不，那是他本体，但平时会化人。"

"……"

楚稚水见他们同时陷入沉默，她抿了抿嘴唇，语气柔软起来："你们还记得我小时候，有一次刘阿姨来完家里，然后我后面好几天闹脾气的事吗？"

楚霄贺现在精神恍惚，但还是顺势应道："记得。"

谢妍："她骗你说我们要给你生弟弟，你不高兴好久，问你也不答，是这件事吗？"

楚稚水垂眸："对，你们当时说，不管是多自私的想法，或者是多困难的事情，但只要坦诚说出来就能交流，起码不会一直停在原地。我知道这件事，常人很难接受，可我希望你们能知道。"

她那时候认为让父母只有自己的想法很自私，可即便明白这个道理，年幼的她仍闷闷不乐。谢妍和楚霄贺不懂她突然闹别扭的缘由，问她好几次都没结果，便说出这么一番话。

她当然可以什么都不说，但那就是默认父母无法接受辛云茂，或者抱着船到桥头自然直的侥幸心理。她不认为他是妖怪难以启齿，也不认为父母就如此脆弱。

她不能代替他们做出选择。

"这样既是尊重你们也是尊重他，由于我的关系，你们才会产生联系，我不想开始就建立在隐瞒和欺骗上，让你们连知情权和选择权都没有。"她平和道，"你们可以接受，也可以不接受，我们都能讨论。

"需要些时间也没关系，或者不想见他也没事，我对他同样会这么说。如果你们双方都做好准备，那我们再商讨来不来家里的事，不是由于我被迫产生联系，而是你们和他决定要不要有联系。"

她缓缓说完，屋里就安静。

良久后，楚霄贺抓了抓脑袋，他似乎还有点混乱，率先开口道："等等，有个地方不对……"

楚稚水背部挺直、手指攥紧，她面上却故作镇定："什么？"

楚霄贺懊恼："这么说我已经见过他了？他不就待在院里，我还给他拍过照？我居然都没跟他打招呼，第一次见面有些不礼貌了。"

楚稚水："？"

谢妍气恼地猛拍他："哎呀，院里种的竹子肯定没法打招呼，那就相当于他的分支，或者是他的什么能力，你没听前面说会化人吗？那肯定是人形才能打招呼！"

"我怎么会知道这些？"楚霄贺深感冤屈，"而且你怎么知道这事？"

"你好老土，跟不上时代，没看过电视剧吗？"谢妍继续拍他，愤愤道，"前不久那个大火的电视剧就是，叫傅什么的人演的，那个女主角会长花花草草，但她只有人形能够交流，其他枝叶仅仅是她的超能力！"

楚霄贺被拍蒙了："我哪有空看电视剧？不都年轻人才会看，再说电视剧跟现实也不一样。"

楚稚水弱弱道："确实差不多，他一般是用人形活动。"

谢妍好奇："那他喜欢吃什么？也像剧里一样收集灵石？"

"不，那是电视剧设计的，他基本不吃饭，比较喜欢喝水，然后光合作用。"楚稚水解释，"其实连水都不用喝。"

楚霄贺："那要是植物的话，每年掉下叶子，岂不是会脱发？"

楚稚水："……竹子四季常青，掉叶机会很少。"

谢妍嫌弃道："天啊，你说的话都好蠢，我真是受不了了。"

楚霄贺不满："我又不知道这些！"

楚稚水原本是在介绍辛云茂，不知为何就挑起谢妍和楚霄贺争执，双方僵持不下。谢妍嫌楚霄贺的问题低端，这样下去很快就老年痴呆。楚霄贺争辩自己只是不懂妖怪，而且谢妍的知识储备也来源于电视剧，完全不具备科学依据。

父母二人都不纠结妖怪的事，反而开始关于妖怪的学术讨论，聊得是热火朝天。

不过楚稚水第一天进局里撞到黑影后，次日照样能按时去上班，不得不说心理素质也不差。

楚稚水来回观察，她面露为难，抬手示意道："那个……还有需要我解答的事吗……？"

她现在已经被甩出聊天对话，无法加入动植物是否都能化人、石头是否能够化人、孙悟空算猴子还是石头化人等讨论内容了。

谢妍这才回神，试探道："那他愿意见我们吗？"

楚霄贺："按照神话里面的说法，精怪都是天地灵气孕育而生，他还是植物而非动物，恐怕不懂人类的血脉传承，要是不愿意见也可以理解。"

人类中尚有无法体悟亲情的，又怎么能强求妖怪明白？

"我问问他吧，看他的意思。"

次日，楚稚水就开车前往新家，不但带来各式各样的厨具，还有一箱瓶装椰子水。小区里有地下停车库，可以直接乘电梯到楼里。

片刻后，辛云茂听到她呼唤，他在没监控的地方现身，走过来看到车辆，疑道："今天怎么开车了？"

"东西太多了，不然搬不动。"楚稚水一指后座，"你要的厨具。"

辛云茂手指微动，便将东西收起来，待会儿运到新家里。

楚稚水锁好车，他们乘电梯上楼，很快开门进屋，将东西搬出来。

家中，辛云茂打一个响指，无数厨具就分门别类，整齐码放在厨房区域，连装厨具的布袋子都干干净净，被叠成方方正正的小块，塞进柜子的角落里备用。

房间里，唯有一箱椰子水落在平台上，不知道该被归类到何处。

辛云茂新奇地研究起包装，请教道："这个要放冰箱吗？"

"可以，或者你要想喝，现在就开一瓶，这是给你买的。"

他听到此话，不禁翘起嘴角，愉快道："你专门给我买的？"

"不，我爸妈专门给你买的，说你不吃饭，可以多喝点。"

"……"

谢妍和楚霄贺连番追问，想知道辛云茂的口味，或者平时缺什么东西。尽管楚稚水坚称他无欲无求，但父母却认为这不合适，显得家里面没有礼数。

辛云茂扶着箱子，当场僵在原地，似乎不知所措。

"他们还说你要是愿意，可以到那边家里坐坐。"楚稚水软声安抚，"当然你不愿意也无所谓，看你自己的想法了。"

辛云茂沉默数秒，他睫毛一颤，低声道："以人类的身份过去吗？"

他见识过人类的风俗习惯，登门拜访应该是一件幸福的事，代表双方互相肯定，逐渐融合成大家族。但他不知道能否回应这份心意。

他过去对凡人不屑一顾，可现在又犹豫他的身份没准无法让她父母接受。他很清楚血亲对她来说的意义，就像他模仿她一样，她模仿她的父母渐懂人间道理。

楚稚水淡然道："不啊，他们知道你的身份。"

辛云茂猛然一愣："那他们能……"

"你要是犹豫这个，那可以不用担心，我这两天看他们还好，就是突然研究起植物。"楚稚水思及父母看植物纪录片，她想了想还是没有说出口，又道，"而且我在告诉他们之前，就有猜到他们能接受这件事。"

"为什么？"辛云茂不解，"他们胆子很大？"

"不，跟胆子没关系，但他们跟你一样。"她笑道，"就像你能接受全部的我，他们也能接受全部的我，其中包括你。其他事我不敢保证，但唯有这件事情，我从小就很清楚。"

或许是这样，她在纯白的精神世界里还是小孩，就好像天真烂漫的孩童，有一种被偏爱的有恃无恐，总感觉自己永远是父母的宝贝。

辛云茂嘴唇紧抿，闷声道："接受不代表喜欢。"

楚稚水眨眨眼："他们肯定会喜欢你的。"

他双臂环胸，略焦躁不安，蹙眉质疑道："你又怎么知道？"

她坦然道："因为我很喜欢你，所以他们也会很喜欢你，我们是一家人。"

这是她第一次直接告白，让他猝不及防、毫无准备。

辛云茂不禁一怔，接着从头红到脚。他瞬间燃烧起来，此话的杀伤力不亚于她直接碰他。一股微烫的温泉流过，仔仔细细疏通每一根血管，连带冻结心脏的积雪也被融化，冲刷干净过往一路的石子和杂质。

"对了，今天还忘了件事。"楚稚水见他身躯紧绷，她凑上前亲亲他，随意道，"忘记亲你了。

"好啦，不要担惊受怕的，不想去也可以不去，不是什么大事。"

辛云茂现在耳根发烫，又感受到脸颊湿润的触觉，非但没被她微凉的吻浇灭，浑身高热反而愈演愈烈。他感觉有一股热气堵在心口，致使他的心脏来回乱跳，催促他赶快驱散烧灼感，否则就要被狂乱的惊喜扰得爆炸。

他眼看她亲完自己便转身要去院子里，忍不住伸手将她拉回来。

辛云茂微靠着冰箱门，低头将发热的脸庞埋在她脖颈，用脸侧蹭她细腻的肌肤，好像在用寒冰冷却自己，又深深吸一口气，反复嗅闻她的味道，这才稍微平静下来，小声道："我想去。"

楚稚水被他的体温烫到，一时间没有再动，任由他靠着自己。

他听她不言，继续道："我想去见他们。"

"好呀。"

家中，楚霄贺和谢妍得知辛云茂愿意来，他们开始紧锣密鼓地筹备，一会儿询问应该做什么饭菜，一会儿询问要不要去买植物营养液。楚霄贺厨艺不错，但他现在面临新挑战，担心辛云茂的口味不一样。

楚稚水无奈："爸，妈，我告诉你们真相，只是想尊重你们，不用特意准备什么。"

"你这个想法就不对，我必须纠正一下。"楚霄贺严肃道，"这现在已经不单单是你和他的事，更不单纯是他和我们家的事，还要考虑到更广泛的影响。"

楚稚水迷惘："什么影响？"

"不管你和他以后成不成，我们第一次见都要有礼数，态度得足够端正，不能丢人类的脸。"楚霄贺一本正经道，"就算最后遗憾地散了，也要让他记住人类的好，我们不能做随随便便的那方，格局打开一点，别给他们留下糟糕的印象。

"为什么会有地域歧视？为什么老有人说槐江不行？那还不是有些人在外丢脸，搞得其他槐江人抬不起头来。我们要重视和解决这些问题，最初就在妖怪面前树立好人类形象。"

谢妍吐槽："你爸当领导惯了，就会搞视野和格局。"

楚稚水："……"

辛云茂登门的日子被敲定在某个周末，双方都需要一些时间准备，就在家里面用餐会面。

槐江局，窗外大树蝉鸣阵阵，倘若不将窗户紧闭，热乎乎的风就会弥漫办公室。好在屋里冷气充足。由于夏天的高温熬人，经济开发处连午休时都不关空调，不然用餐归来后会热得难受。尽管如此，依旧有妖怪焦虑不安，好似被烈日来回煎烤。

金渝和陈珠慧跑到食堂，她们要去找牛仕，捣鼓新买的冰淇淋机。自从局里经费充足以后，食堂就增添了一些稀奇古怪的设备，上到各类烤箱，下到饮料和咖啡机，让平时的菜色越来越丰富，甚至都有烘焙糕点出现。

屋里只有楚稚水和辛云茂，而她已经听到后方的敲击声很久。

辛云茂的手指放在桌面敲，一下又一下，都没有节奏，不知道在乱敲什么。他这两天都心神不宁，时不时就要沉默很长时间，连中午都不出去晒太阳，不知道是怕热还是没心情。

"不要那么紧张，不是什么大事，就只是吃顿饭。"楚稚水听着声音，她终于坐不住，起身走到他身边，安抚地拍拍他脑袋，"放松一点。"

辛云茂闻言，他不再弹桌子，反而向后一靠，还半合起眼，淡声道："我很放松。"

楚稚水眼瞅他下颌线紧绷，忍不住伸手捏捏他的脸，手动帮忙放松起来，安慰道："就算搞砸也没事的，我听他们的意思，就没有不能接受的。"

楚霄贺已经拔高到两个物种间交往的高度，估计只要不做伤天害理的事情，那辛云茂说出什么，他都能够顺利接受。

"你在说什么？"辛云茂抬眼瞄她，居高临下道，"我跟那些无能的妖怪不一样，就算是没法用妖气的事，也肯定不会搞砸的，不要把我当傻瓜。"

"完了，看来你的紧张一时缓解不了。"楚稚水叹息，"这嘴硬的架势跟第一次坐飞机一样。"

如果辛云茂真的不紧张，他估计就要哼哼唧唧，开始说自己好紧张，需要她安抚他、抱抱他。但他现在摆出凛然强势的姿态，那绝对是慌张无措到爆表，开始用这副面孔伪装自己。

紧张的时候是傲，不紧张的时候是娇，特别熟以后是傻。

家中，相同情况也出现在楚霄贺身上，他近来都在研究菜谱，得知辛云茂口味清淡后，打算大显厨艺做一顿饭，展现人类源远流长的饮食文明。

楚稚水得知此事后，无奈道："他很少吃饭，照家里以前的正常做就行。"

谢妍："你爸说这叫文化自信，很少吃饭都愿意吃，这才是真正的折服。"

约定好的日子终于到来。

家里一整天都飘着炖汤香气，楚霄贺在厨房里忙得不可开交，坐在客厅里能听到咚咚剁菜声。往常的餐桌还被铺上桌布，连餐具都齐全地摆好，确实有一种隆重感。

时间缓缓流逝，待到天色渐暗，柔和暖黄的灯光亮起，饭桌上也布满新鲜可口的凉菜。热菜和汤品还放在厨房里，没有立刻端出来，要再等一段时间。

"还有四十多分钟。"谢妍看一眼时间，"他出门了吗？路上不会堵吧。"

"肯定不会堵。"楚稚水见父母坐立难安，她索性取出手机，佯装要联系一下，"我问问他。"

楚霄贺："对对对，不然你去接他，免得不认识路。"

他来过楼下多少回，怎么可能不认识路？

楚稚水知道辛云茂不可能迟到，他要想过来就是一秒钟的事。不过她害怕自己坐在屋里，导致父母越发焦虑紧张，还是假装出去接人，打算在小区里逛一逛。

夏季的暮色里，户外有一点闷，好在晚风凉爽，不似白天烈日当空，像一把将人烤焦的火伞。天空中轻云浅淡，唯有天际线有一抹亮，朦朦胧胧的黄昏美感。

楚稚水不料刚出门，便看到熟悉的身影。

只见辛云茂身着白衣黑裤，坐在爬架下方的长椅上，不知道在静静地思考什么。茂密的枝叶铺满架子，落下数条弯弯曲曲的藤条，上面还点缀一些小小的花，他挺拔的身躯在密叶中若隐若现。

"你到了怎么不上来？"楚稚水赶忙过去找他，"明明知道是哪一户。"

暑意正浓，他长时间坐外面，必然会感到热。

辛云茂抬眼望她，小声道："还没到说好的时间。"

楚稚水："没到点也可以上来，你坐在这里多无聊。"

"不无聊。"辛云茂喉结微动，抿唇道，"这是我给自己留的准备时间。"

她疑道："准备什么？"

"准备上楼。"他认真道，"我需要点时间。"

楚稚水见他身躯僵硬，忍不住扑哧一笑，又上下打量起他："今天怎么穿得这么好看？"

辛云茂居然穿条纹白衬衫及黑裤子，甚至还配有锃亮的皮鞋，俨然一副事业单位的职员扮相。不过他相貌清俊、气质出众，穿这身非但不显得土，还有一种光风霁月的斯文感，透着长辈欣赏的踏实稳重。

楚稚水捏捏他的衬衫衣领，又很想偷摸他的喉结，最后还是没贸然伸手。不得不说，白衬衫是经典元素，要是再配上金丝边眼镜就更经典，完全是一根衣冠楚楚的好竹。

辛云茂听到夸奖，却从她的话中品出其他滋味，他不悦地挑眉："所以我平时不好看？"

"好看，都好看，时尚的完成度主要看脸。"楚稚水心知他发虚，自然就不吝赞美，"每天帅到新高度。"

他翘起嘴角："巧言令色。"

"所以现在敢上去了吗？"楚稚水取出手机，"你要是做好准备，我就跟家里说一声，让他们也做好准备。"

辛云茂闷声道："现在几点了？"

"还有半小时。"

"上去吧，早到一点。"辛云茂确认四下无人，他自然地站起身来，双手就提上数个袋子，满满当当的礼品凭空出现。

楚稚水愣神："这是哪里来的？"

"我找那只鸟问了一些人类习俗，她很了解这类事情，然后帮我准备好了，说这些是我以前的劳保用品折算出来的。"辛云茂平静道，"我看了一遍，准备得可以，你还能再检查一下。"

"洪姐准备的肯定没问题，她是专门干这个的，过节也是她发东西。"楚稚水怔然，"你还专门咨询洪姐了？"

难怪他连穿衣风格都变化，不像平时随意闲散，明显是听取过建议。

辛云茂挑眉："我说过，就算没妖气，我一样能行，全看想不想。"

楚稚水忍笑："嗯，看出你很想来我家了。"

"……哼。"

父母收到消息后，连忙让他们上楼。

家中，楚霄贺和谢妍站在门口，静待楚稚水带着人上来。

楚霄贺突然想起什么，他还转身告诫起妻子："或许他跟人长得不一样，要是人家相貌一般，你不要表现得太明显，以前就只知道看脸。"

谢妍："？"

谢妍："你可真是老了，你见过妖怪化人有不好看的吗？电视剧里就没有丑的。"

"那是电视剧，都是瞎编的！"

"她不都说在平均线以上，她平时说话多谨慎一人，居然会……"

正值此时，屋门被轻轻敲响，打断楚霄贺和谢妍的对话。

"来了——"楚霄贺连忙推开门，他热情满面地看向楚稚水身后。原本还怕辛云茂长得跟人类审美有差异，却只见到一名清逸脱俗的墨发男子，打扮得也干净利落。

"这是辛云茂，然后这是我爸爸妈妈。"楚稚水率先出言介绍。尽管辛云茂本名是云茂，但无奈证件上有"辛"字，就还是习惯称呼证件名。

"啊，你好你好，我是楚霄贺，是她的爸爸。"楚霄贺跟辛云茂握手，"你……"

辛云茂回握，他还躬身道："您叫我云茂就行。"

谢妍笑道："好的，云茂进来吧。"

辛云茂跟二人打过招呼，又将带来的东西提进去，少不了一遍客套的流程。楚霄贺和谢妍嘘寒问暖，辛云茂礼貌地轻声回应，即便脸上笑容不多，但看得出举止得体、礼节到位。

如果楚稚水没提前说他身份，辛云茂跟人类并无二样，甚至长相和身高拔尖。

楚稚水如今是最迷茫的人，她原来还怕父母不适应，或者辛云茂无法融入，现在看来根本不需她调和气氛，他们便自然地坐到餐桌前。

楚霄贺将备好的饭菜逐一端上，还询问辛云茂要不要开瓶酒。谢妍不甘示弱，频频用公筷给辛云茂布菜，满脸微笑地看着他吃下去。

辛云茂慢条斯理地用餐，还真将眼前饭菜吃完，偶尔会回答二人问题。

楚霄贺大笑："她还说你吃饭少，看来平时饿到了。"

谢妍："我看云茂胃口很好。"

辛云茂应声："很好吃。"

楚稚水听不下去，她用膝盖碰他，悄声道："不用硬吃的，后面还有菜。"

他就没有用餐需求，偶尔会陪她吃两口，现在显然是给父母面子。神君在外呼风唤雨、高傲不已，谁料今日会如此谦逊，简直让人大跌眼镜。

楚霄贺同样看出来，劝道："对了，留着点肚子，有道专门为你准备的菜，跟你的身份特别符合！"

辛云茂面露不解，转头看向楚稚水。

楚稚水："难道是竹筒饭吗？"

"说什么呢？云茂还坐在这里！"楚霄贺认为女儿提竹筒饭过于残忍，忙道，"稍等一下，我端上来。"

片刻后，洁白餐碗内摆一枚白菜心雕刻而成的花蕊，看上去精致动人、栩栩如生，还真像一朵未绽放的莲花苞。

楚霄贺提着一壶高汤出现，介绍道："这是我们人类的名菜，叫作开水白菜，我听说你口味清淡，等到这汤一浇上去，它就像荷花一样绽开，看上去漂亮极了！"

楚霄贺盘算得很好，此菜味道鲜美浓醇，连造型都吊打其他菜色，可以说是顶级水平。然而，他仅仅遗忘一件事：花朵确实贴合植物妖身份，但对植物还有另一层含义。

辛云茂如今看到盘中花苞也蒙了。

楚稚水同样脸色微变，她瞧出他如坐针毡，尴尬道："不好意思，我忘记给他们科普妖界生理学知识。"

当然，她现在不会戳破楚霄贺，会给父亲造成心理负担，倒不是怕影响双方感情，而是担忧他知道自己在辛云茂面前出岔子，没准会动摇大局观。

热腾腾的鲜鸡汤一浇淋，花苞果然缓缓地绽放，花瓣晶莹剔透，鲜红枸杞点缀，更衬出一抹艳色。

楚稚水认为辛云茂不接受，完全也可以不用尝试，不料他动作还要快一步，握着勺子轻吹两口，居然心平气和地喝下。

"味道怎么样？"楚霄贺热情道，"这道菜对我们有特别含义。"

开水白菜是名菜，经常用来招待贵宾，算是宴会常客。

"很好喝。"辛云茂眼看对方满脸期待，他露出郑重神色，点头承诺道，"我明白了。"

楚稚水见他满脸正色，惊道："……你明白什么了？"

楚霄贺只当辛云茂感受到自己被重视，欣慰地摆手："明白就好。"

五花八门的菜色较多，一顿饭就吃得慢，他们边吃边聊，偶尔还看电视，正好是新闻播报。

电视屏幕上，记者正在介绍航空科技新进展，各类激动人心的画面被剪辑播出，看上去气势恢宏，令人震撼不已。

楚霄贺认为这是好时机，说道："云茂，看看我们人类的发明创造，你不知道经过那段磨难史后，我们能走到今天有多了不起，你们估计都不清楚当年的艰苦日子了。"

辛云茂语气诚恳："我确实不清楚那段日子，当时我不小心睡着了。"

楚霄贺突感不对："……睡着了？"

辛云茂应声："对，没有经历这一段。"

"？"

楚霄贺身躯一僵，他打量一番年轻的辛云茂，又扭头望向楚稚水："这……"

楚稚水避开父亲视线，低头道："不好意思，有些细节忘记说。"

楚霄贺和谢妍那天争论起来，致使她都没有机会插嘴，连带没来得及说年龄。

楚霄贺的认知分崩离析，纳闷道："那你能活多久？"

"以前能很久，现在不一样。"辛云茂看一眼楚稚水，他眸光闪烁，平和道，"她能活多久，我就活多久，我们会相守一生。"

他的语气不紧不慢。一家三口皆被他的话一震。

楚稚水微赧地一抿嘴唇，即便已经听闻他说过一次，但没想到他会直接告诉父母。

楚霄贺原本还有无数迷惑徘徊在脑海中，然而他跟从容不迫的辛云茂对视，杂乱的思绪忽然就烟消云散，一时间有些恍惚。嘴边的万千疑问又吞回去，好像听完这句话后，其他事情就不重要了。

辛云茂是妖怪，他或许会说很多客套话，但不用拿寿命这件事保证，连人类都不会这样做。

良久后，楚霄贺镇定地回答："那挺好，我还怕我没她妈妈活得久，到时候她伤心欲绝，没我就活不下去。"

辛云茂面色泰然，他竟跟着炫耀："她没我也活不下去。"

"那她还是比她妈独立点，她妈妈进厨房就摔碗，指望她那吃不上一口热饭。"

"她也经常搞很脏，到头来是我收拾。"

他们你一言我一语地交流起来，听起来颇有找到知己的感觉。楚稚水和谢妍被当面抹黑，她们脸色都相当微妙，不知道该说点什么。

谢妍不屑："你爸还真是自信啊，真以为没他活不了？"

楚稚水开解："可能男的都这样，男人也是，男竹也是。"

桌上菜实在太满，楚霄贺聊得酣畅，他随手往桌边一搋，竟带翻一盘赛螃蟹。瓷盘在地上摔得四分五裂，连带盘中菜也铺洒一地，搞得现场一片混乱。

谢妍好似抓住他把柄："看看，到底是谁摔碗摔盘！"

"哎呀，可惜了，还没吃两口。"楚霄贺拍腿道，"我去扫一下，别扎到人了。"

"不用，我来吧。"辛云茂习惯整理家里，他随手打一个响指，满地狼藉骤然消失，碎片和菜肴被分类丢进垃圾桶里，地面重现光洁明亮。

楚霄贺和谢妍看着此景愕然，他们不可思议地望向辛云茂，现在才真正领悟他的身份。即便外表有多像人类，但一个响指就清扫垃圾，明显不是人类能做的事。

谢妍咽了咽，她露出微笑："……谢谢云茂，太客气了。"

楚霄贺站起身，他往厨房走去："还剩下点材料，我再去炒一盘。"

"爸，别炒了，就是做太多才会翻。"楚稚水劝道，"桌上的都吃不完。"

"但你不是喜欢赛螃蟹？感觉你今天没怎么吃！"

"……这桌上很多菜我都喜欢。"

辛云茂听到此话，他跟着楚霄贺，同样前往厨房里。

"你怎么……"楚稚水想要叫住辛云茂，却见他头也不回地进屋。

谢妍笑道："让他们单独聊两句。"

厨房里，楚霄贺系上围裙，回头见辛云茂进来，赶忙招呼道，"没事，云茂你出去坐着吧，这菜快得很，一会儿就好！"

辛云茂望着碗里的鸡蛋，还有一旁放置的鱼肉片，开始仔细记住桌上材料。他环顾一圈，又沉吟数秒，垂眸道："我想知道怎么炒菜。"

楚霄贺说她喜欢吃赛螃蟹，辛云茂自然就心生好奇。

"炒菜？"楚霄贺一怔，他拧开煤气灶，笑道，"可以啊，她喜欢吃这个，我教你怎么做。"

"……嗯。"

"主要就是鸡蛋和鱼肉，鱼肉要提前腌制一会儿，调料是盐、绍酒……"

"嗯。"

"炒的时候要多颠勺少搅拌，不然鱼肉就会碎得稀巴烂……"

"嗯。"

煤气灶燃着幽蓝的火。窗外彻底漆黑一片，唯有对面的灯光。

亮堂堂的厨房内，头发花白的父亲和墨发青年一前一后站在煤气灶旁，他们一个教一个听，很快就将赛螃蟹炒出炉，没有再聊任何琐碎杂事，单纯围绕一道她喜欢的菜。因为他们都同爱一个人，所以在此刻建立联系，完全不需要赘言，便做到心领神会。

或许，饮食作为人类源远流长的文明，在某些时候确实传递出更深的温暖，连妖怪都能理解。

片刻后，楚霄贺端着赛螃蟹归来，他身后还跟着辛云茂，招手道："这道菜必须尝尝，云茂也帮忙炒了。"

"真的吗？"楚稚水一瞄辛云茂，狐疑道，"不可能吧。"

这盘赛螃蟹手艺老到，难道他真是厨神下凡？

楚霄贺："当然是真的，你快尝一尝，跟我炒的一样！"

楚稚水夹一筷子，她担惊受怕地品尝，随即夸赞道："真的不错。"

这道菜软嫩鲜美，确实火候刚刚好，颇有楚霄贺的风范。

辛云茂果断道："下次再炒。"他已经牢记流程，下回就独立操作。

不知不觉夜色浓浓，辛云茂同样迎来告辞时刻，他跟楚霄贺和谢妍逐一告别，算是圆满结束初次会面。

"以后可以再来，我教你别的菜。"楚霄贺看出他对厨艺感兴趣，便顺水推舟地邀约下次家宴。

这话是正中下怀，辛云茂当即点头："好的。"

楚稚水："我送他。"

"去吧，你们路上当心！"谢妍关切道。

家门一关，两人乘电梯下楼。

电梯间内，辛云茂终于长舒一口气，显然浑身都松懈起来，他轻松地双臂环胸，用盈盈发亮的眼眸注视她，现在就只差哼起小曲。

"总算装不动了？"楚稚水好笑道，"挺好，我看我爸也要装不动了。"

这一顿饭着实厉害，楚霄贺和辛云茂都彬彬有礼，两人拿出毕生表演功力。

"我说得没有错吧，没什么事能难倒我。"辛云茂自得地微抬下巴。

楚稚水配合地鼓掌："确实，今天表现很出色，神君真是了不起。"

辛云茂能低调做事一顿饭的时间，都要将她感动得潸然泪下，她就没见他那么正常过。

"也没那么了不起，主要是他们配合。"辛云茂睫毛微颤，小声道，"对我爱屋及乌而已。"

他能看出楚霄贺和谢妍很给面子，跟楚稚水先前说的一样，由于深爱自己的女儿，连带善待登门拜访的自己。

当然，他们开始是客气，后面就消解隔阂，真的逐渐接受他。

楚稚水柔声吹捧："那也是被神君态度所感动！"

辛云茂被她捧得身心愉快，连带紧绷的神经放松下来，他冷不丁想起什么，又用微妙眼神看她，低声道："但我没想到他们那么着急，居然还专门端出一道菜。"

说实话，他看到开水白菜吓一跳，好在后面就理解二人苦心。

绽开的漂亮莲花，红艳的枸杞花粉，还专门介绍此菜对人类有特别含义。他确信自己没领悟错，就是暗叹楚霄贺和谢妍的迫切父母心。

"着急？"楚稚水一蒙，"你在说哪道菜？赛螃蟹？"

他们在厨房里炒赛螃蟹挺快，确实称得上风风火火很着急。

辛云茂眼神闪躲，他踌躇片刻，似难以启齿："他们端出一盘花，还用枸杞做花粉，不就是在暗示，显得很着急吗？"

"啊？"

他呼吸一窒，硬着头皮道："……着急让我们授粉结竹米。"

看来洪熙鸣向辛云茂灌输不少常识，连人类家长会挂在嘴边的话题都未遗漏，以至于他对那道名菜有所误读，理解为是催生小孩。

楚稚水欲言又止："不，我爸妈很开明，不会讲这些的……"

辛云茂蹙眉，振振有词道："那是不方便说，所以才用菜来表示，这种话题当然不会直接聊。"

"你现在对人情世故很有自信啊？"楚稚水长叹一声，惋惜道，"终究是我爸错付了。"

辛云茂："？"

楚稚水："他以为你在大气层，没想到你在地下一层，完全扎在土里，就只想着竹米。"

楚霄贺在思考人类和妖怪和谐共处，哪料竹子的观念归根到底不会离地，果然开花后，就再也想不到别的事。

"难道你不想？"辛云茂不满地驳斥，"是谁上回说竹米可怜？一转脸就不当好妈妈。"

楚稚水扶额，婉言道："不是，好歹等它真出现，你再出言指责我。"

"我提前告诉你，结籽并不容易，没你想得那么简单。"辛云茂冷声道，"它诞生很慢，最好抓紧时间。"

"这话是什么意思？"楚稚水神情微妙，"就像在说你的年龄比较大，不抓紧时间会不好结籽一样。"

这话不该其他妖对辛云茂说吗？为什么他自己还要焦虑一波？

他轻哼一声，竟还敢接下："本来就是，我至少都有千年，再不……"

"你少瞎扯！"楚稚水面红耳赤，她伸手轻掐他脖颈，想制止他胡言乱语，终于如愿以偿地摸到他喉结。

"所以下周末过来吗？"辛云茂盯她，强调道，"我现在会做饭了。"

"明明只是会炒一道菜。"楚稚水见他眼露怨念，忙道，"来来来，一定来，品尝神君的厨艺。"

"这还差不多。"

两人又在楼下磨蹭许久，辛云茂这才准备打道回府。

夜色里，万家灯火通明，树梢沙沙作响，唯有他身着白衬衫在灯下满身清辉。

楚稚水将他送到门口，辛云茂却突然拉住她，正当她以为他是不舍，只见他握住她的手，让她轻轻摩挲他微凸的喉结。

他微微地低头，用下巴蹭她的手，漆黑的眼眸都泛起光，散漫地戳破："要摸就好好摸，盯着我一天了，早知道你贪图我皮囊，你现在再装也没有用。"

"哪有……"

"每次工作很认真，对我就特别敷衍。"

指尖触摸到温热细腻的肌肤，每当他张嘴说话时，喉结还会轻微滑动，新奇得让人手指发麻，有火苗从她的指腹蹿起来。清浅呼吸拂过她手背，带来酥酥痒痒的错觉。

她的手掌覆盖在他的颈侧，用手指轻抚喉结，用掌心感受跳动的脉搏，用虎口抵住他深陷的锁骨，一丝不苟的衬衣凌乱，甚至感觉她的手都探进领口，抚摸到的每一处都充满力量感，恨不得要将她的手指烫灼。

他就拉着她的手，无声领着她摸索自己，眼底还透露说不出口的缱绻情愫，好似在夜风中引诱她。

他连声音都微哑起来："还要摸哪里吗？"

"……你快走吧！"

楚稚水一把将手抽回来，她耳根烧红地推他离开，恨不得直接将他撞进黑色缝隙。

她没想到今天多看他两眼，居然都会遭他抓住，还被借机指责一番。但不得不承认，她的发恼在某种程度上是被踩中痛脚，确实这一顿饭的时间都想要摸摸他，感觉他一身打扮秀色可餐。

她估计真被催眠成功，他天天说她贪图他皮囊，终于将她潜意识彻底搞坏。

回家的路上，她的心跳仍在加快，总感觉手心触感挥之不去，已经牢记住他皮肤的温度。

家中，楚霄贺和谢妍已经将餐桌收拾回原样，剩下的饭菜被装进冰箱，柜子上也摆满各类礼品，都是辛云茂今天提来的。

楚霄贺诧异道："居然还送得像模像样，我看他说话不太多，以为他不懂这些的。"

送礼是一门学问，楚霄贺不抽烟，里面就没烟草。其他礼品都不出差错，倒有一袋子石榴引人注意，果皮饱满艳丽，泛着红霞色泽，看上去新鲜不已。

谢妍拿起一颗红石榴，惊叹道："石榴上市了吗？"

石榴一般在秋季上市，现在时间还有点早，竟不知辛云茂从哪儿找来品相那么好的。

"专门去找的吧，真是有心了，就是有点急。"楚霄贺感慨，"要按古人思维理解，他送的真像是提亲礼。"

楚稚水一怔："啊？"

"你不知道吗？就这还银大高才生。"楚霄贺打趣，"石榴结籽很多，送给亲朋好友，祝福家族兴旺。石榴果是'万子同苞、金房玉隔'，代表美满姻缘，还有多子多福。"

在部分地区，新婚夫妻还会合种两棵石榴树，取永结连理之意，纪念他们的爱情。

楚稚水麻木道："本来还不懂，一听说结籽，我就明白了。"

植物妖就永远逃不出植物的思维局限。

谢妍掰开一枚新鲜红石榴，露出晶莹红艳的石榴籽，赞叹道："看着很不错，改天问问在哪儿买的，这比我都会挑水果。"

"你们要是想吃，改天再找他拿。"楚稚水含糊道，她怀疑是他用妖气灌溉出的，否则不可能出现反季节水果。

楚霄贺满意地点头："挺好，胜在很真诚。"

"多好，没有家里人。"谢妍道，"这要是碰到家里不讲理的，又得惹出好多烦恼，肯定要跟他们打交道，我受不了遇见刘柯美那样的。"

楚稚水无力道："爸，妈，你们是不是接受太快？这就开始谈论起优点……"

"当然了，我们也要为我们的日子考虑，你找一个家庭情况简单的，我们会轻松很多。"楚霄贺道，"到时候小孩要上学，就还送旁边的幼儿园，我退休后就负责接送。"

"……这是不是有点想太远了？"

她刚刚还跟辛云茂说，父母其实没那层意思，现在就直接聊到幼儿园，连竹米的上学问题都想好了？

谢妍忽然想起什么，她忙将手中石榴搁下，又将手指擦拭干净，将楚稚水叫到一边："以前不知道，我就没有说，现在有情况了，知道你也大了，稍微提醒两句。"

楚稚水面露茫然。

"自己平时注意一点，想好有些事怎么搞，保护好自己的身体。"谢妍委婉道，"要是周末晚上偶尔不回家，你跟我和你爸说一声就行。"

楚稚水语塞，不料成人话题扑面而来，倔强道："我要回家，就要回家。"

"你回来干吗？"谢妍错愕，"新家不是安顿好了。"

楚稚水咽了咽，轻描淡写道："这不是想保护他……"

谢妍："？"

楚稚水镇定道："妈妈你误会了。"

谢妍听女儿科普完竹米，她一时间神色恍惚，退让道："那你回家吧，不要太快了……"

楚稚水附和："对吧，你要考虑人家的感受。"

谢妍如今晕晕乎乎，她茫然地点头，应道："是，挺好。"

辛云茂跟父母的初次会面圆满落幕，楚稚水再前往新家就坦然自在得多，没什么好隐瞒的。

两人还在下个周末跑到实体店购买手机，终于让辛云茂踏入现代生活。他以前只跟楚稚水联络，可以借信物随意移动到她身边，又懒得跟其他人打交道，自然就不用通信设备。

现在，手机跟辛云茂的证件绑定，又加上楚霄贺和谢妍的联系方式，他总算拓宽一点点交流渠道。

楚霄贺经常给辛云茂发时事新闻，谢妍倒没有这样，她就给辛云茂朋友圈封面点了个赞，那是楚稚水和辛云茂的丹山合照。

楚稚水的家人如她般张开怀抱，逐渐将一丛翠竹纳入院内，润物细无声地滋养着他。

槐江观察局内，观察处人员从空桑归来，还带回一大批崭新的劳改妖，加快局里的建设进度。

楚稚水站在窗边，遥遥眺望施工现场，新奇道："怎么感觉工地变热闹了？苗处前不久不是还说炉子就要清空，找不到合适的。"

虽然局里基建能靠劳改妖，但实际操作仍有难度，不是所有妖怪都有能力盖楼。有些关押多年的老妖怪知识水平不够，根本没办法使用各类设备，必须抓能跟上时代的妖才行。

金渝："据说出差到空桑抓了一批，那边的观察处实在关不下，只能分流到其他观察局，他们就挑擅长建楼的植物妖带回来。"

"原来观察处还会限流吗？"

"会的，要是积压太多的话，局里也会不稳定的。"

"原来如此。"

空桑局内，黄局等妖怪经历漫长作战，终于在其他局支援下，将近来嚣张的龙神势力彻底扑灭。

然而，逮捕并不代表结束，关押同样是大问题，巨大的压力快将空桑局搞垮，即便不断向其他局分流，但流出去的速度仍赶不上流进来的速度，谁让远距离押送犯人太慢。

空桑观察处，一道龙吟长啸，漆黑妖气扑散开来，骤然挣脱束缚已久的铁链！只见一缕黑影从狰狞的石质龙头上冒出，眼看着就要蹿向苍穹，脱离沉睡千年的禁锢！

"关门，现在就关门！"黄局惊道，"别让他逃出观察处！"

无数铁链哗啦啦地响动，狠狠地将黑影拍回龙头，无奈那影子不屈不挠地起身，再次伺机溜出威严的大门。关押龙神追随者的炉子都骚乱起来，借势给空桑众妖施加压力，为龙神助阵。

天摇地晃，铁门被震开一条缝，下一刻又被撞上，谁料那黑影还是飘出去半缕。现场人仰马翻，大家都慌起来。

黄局吓得狂掉树叶，他猛拍脑门，惊道："完了完了，我就要被免职了，他居然逃出去了！"

"黄局，只逃出去半缕神魂，应该是他的八分之一，而且都衰弱千年了……"

"逃出去十六分之一也是安全事故！这种事就是有或没有，不看究竟逃跑多少的！"

这一消息迅速传到其他三局，残存的龙魂游荡出去，如今不知所终。

Zhu and Zhi

第十章

携手朝晖间

签名

辛云茂
楚稚水

局长办公室内，胡臣瑞深感局势紧张，他当即叫来辛云茂和苗沥，想商量对策，面色严肃道："现在龙神出逃，恐怕大事不妙，烦请您速速出手……"

辛云茂坐在沙发上，他倒是丝毫不紧张，从容不迫地反问："为什么我要出手？"

"啊？"胡臣瑞惊讶目视他，"但那是龙神残魂，他肯定会……"

"那是他八分之一的残魂，而且经历过千年已经衰弱，你觉得他以前打不过我，现在还会主动凑上来？"辛云茂蹙眉，"他又不是脑子有问题，总要休养生息，然后卷土重来。"

"那我们更不能让他休养，肯定得乘胜追击……"

"等他休养过后，都不知几百年，到时候没我事了。"辛云茂淡定道，"我就再活一百年，那是你们的工作，跟我没什么关系，为什么我要揽事情？"

如果龙神当年不打他，他其实根本不会动手，植物本来就不是好战分子。

"这不合适吧？"胡臣瑞瞠目结舌，好言相劝道，"咱们不能不干活啊！"

"我属于经济开发处，又不是观察处，你们管不着我。"辛云茂嘲道，"连八分之一都弄不了，你们未免也太没用了。"

胡臣瑞焦头烂额："苗沥，你也说两句，劝劝神君啊！"

苗沥轻喵一声，他眉毛微扬，懒洋洋道："有什么好劝的？他没一进来就结籽，我感觉挺有道德了。"

胡臣瑞："？"

辛云茂静默数秒，好似在思索什么，面无表情道："你提醒我了，这也是一个思路，是我享有的权利。"

苗沥见对方如此镇定，他一时间瞪大猫眼，惊道："原来你真这么想过。"

辛云茂过去好歹会羞怒反驳，现在开花后连竹子表皮都变厚，已经达到黄竹不怕开水烫的地步。

"有这种条规，为什么不用？"辛云茂相当平静，"我又没违法，这也不可耻，最近看不少新闻，我有很多新见解。"

辛云茂最近在时事新闻熏陶之下感觉这个社会变化很快，有些老观念确实应该更换。

苗沥作为处级领导，他眉头一拧，咋舌道："但你好歹过完实习期？这时间也卡太死？"

胡臣瑞听他们竟聊起来，他一向心态佳，难得被逼崩溃："我叫二位过来是争论这个吗？我们能不能说一点正事！"

"唉，我当初就猜到队伍不好带，来槐江肯定会遇到刺儿头……"他满含怨气地环视他们，头一回在重压下流露心声，长吁短叹道，"啧啧，看看他们往我手里塞的烫手山芋，这位就不用说了，苗沥你也是个看热闹的，大家都不愿意来做你的领导。"

观察处是局里的核心部门，局长和观察处处长必然得天天打交道，叶华羽等妖知道苗沥的德行，自然就敬而远之，跑得越快越好。

辛云茂见狐狸发恼，凝眉道："你们已经找到他行踪？"

胡臣瑞闻言，平复起情绪，回道："还没有。"

"那我怎么出手？"辛云茂不悦，"我身上的龙焰在漆吴被扑灭，已经跟他的意识断开联系。"

辛云茂以前能从黑火中感知龙神仇恨，现在浑身的龙焰消失，不会再被影响，也很难再定位。

苗沥心生好奇："这就是说他还没惹事？"

胡臣瑞："对，黄局发来消息，空桑安然无恙，就是找不到残魂。"

苗沥悠然道："那我们着什么急？胡局也不是空桑的局长，管那么多干吗？天要真塌下来，还有黄局撑着。"

"老黄很快就要被免职。"胡臣瑞神情微妙，挑眉道，"我听懂你意思了，你让我也一起烂。"

苗沥佯装无辜："我说的是实话喵。"

"但要是按照以前的推测，他逃出来是为找人的话，必然徘徊在空桑附近。"胡臣瑞犹豫片刻，他的心志动摇起来，"槐江局好像确实不用着急。"

即便辛云茂已经开花，相比衰弱千年的龙神，还是要强大得多。按照正常逻辑，他的确不该来槐江，应该恢复力量后再寻仇。

"所以还有事吗？"辛云茂沉着道，"没事我就走了，到点下班也是人类的乐趣之一。"

"……"胡臣瑞彻底被打败，破罐破摔道，"没什么事了。"

片刻后，办公室的门被轻轻关上。

胡臣瑞目送辛云茂离去，他在辛云茂面前毫无局长威严，感慨道："他真是一点没有小楚的责任心。"

苗沥："难道不是楚处长太有责任心才被他缠上？"

胡臣瑞眼神复杂，回头望黑猫一眼，劝道："苗沥，你总这样说话，真的很难保你。"

黑猫警长能存活至今，确实属于一大奇迹，难道猫真有九条命？

槐江局，现在时值夏末秋初，还没有到开学时间，地里的青菜一簇簇疯长，没两天就冒出一大片来，放眼望去碧波荡漾，让人看着心生欢喜。

牛仕以前会在绿化地里种菜，但那时都是小青菜和土豆，而且规模也不算特别大。如今，局里的经费较为充足，他就专门收拾出一片菜园，连带移栽来数棵果树，都没有施什么化肥，完全是天然有机菜。

楚稚水拜托辛云茂用妖气一浇，菜园里的果树就顺利成活，以后可以吃局里的果子。栽种的果树不多，完全就是为解馋，更没有打算出售。

食堂会从外面进购食材，还会在菜园里面摘菜，但在植物茂盛的季节里，一茬又一茬收不完，总会剩下一点，却不够局里用。

牛仕索性将多余时蔬摘出来，一箩筐地摊在象棋桌上，任由经济开发处成员挑选。楚稚水和陈珠慧要回家，她们时常不在局里用餐，就会带一些蔬菜回去。

牛仕找来一个布袋子，给楚稚水装一把辣椒叶，介绍道："这种菜外面卖得少，就要吃菜园现摘的，很适合拿回去炖汤。"

"辣椒叶还可以吃吗？"楚稚水讶异，"我好像都没吃过。"

"当然可以，跟瘦肉丸一起煮。"

楚稚水看向一旁的陈珠慧，问道："珠慧，你不拿点？"

陈珠慧摇头："我今晚在局里吃饭。"

金渝笑道："我们跟牛哥晚上开小灶，要一起吗？"

"下回吧。"楚稚水瞥见从楼道里出来的辛云茂，她答应今日让他下厨，婉言道，"改天一起吃。"

楚稚水现在是唯一坚持回家的人，连另一位人类陈珠慧都倒戈。陈珠慧由于家中空无一人，长期驻扎在观察局里，偶尔就直接睡在职工宿舍。这样的暑假倒也不错，起码金渝平时可以陪着她，时不时还能到茶园看老白。

辛云茂径直走来，他顺手接过楚稚水手中布袋，作势就要往停车场方向走。金渝等妖看到此景，便知道他们有约在先，自然聪明地不再劝。

陈珠慧捏着一枚水果，她摸着鲜嫩果皮，冷不丁道："稚水姐，茶园那边可以种果树吗？"

楚稚水微愣："在茶园种水果？"

陈珠慧点头："对，不用很多，几棵就好。"

"可以啊。"楚稚水一瞄她手里水果，笑道，"你要是想让老……想让须老尝尝，可以直接给他带过去，当然在那边种点也行。"

茶园是观局的原材料产地，基本不种瓜果食材，黄白黑三妖组就无缘品尝。

陈珠慧被识破小心思，她这才羞涩地应道："嗯。"

"我们改天开车过去吧，找个检查人参的日子。"楚稚水回头望辛云茂，询问起他的意见，毕竟果树要靠他栽。

辛云茂："好。"

两人跟他们作别，提着新鲜的菜园时蔬，满载而归地开车回家。

楚稚水今天不回父母家吃饭，约好跟辛云茂在新家用餐。

楚霄贺近日常发菜谱给辛云茂，致使竹子妖坚信自己厨艺大长，非要照着各类菜谱来一遍。

"牛哥送那么多菜，我们就不用买了。"楚稚水一瞥后座的布袋，"本来还说先去一趟超市。"

辛云茂坐在副驾驶座，淡声道："那你就欠我一次。"

楚稚水迷惑："我欠你什么了？"

"共同逛超市是人类的乐趣之一，但我们今天没法去了。"辛云茂扬眉，"所以你欠我一次，改天要补上这回。"

她好笑道："你比我还享受当人类，连逛超市都能算乐趣？"

"怎么不算？"他斜睨她，"是谁说小家不安何以安天下，超市都逛不明白，那还能做好什么？"

楚稚水见他满脸严肃，忍不住吐槽："听你这意思，就该放假一天，让全市人都学习逛超市。"

辛云茂沉吟道："好像也不是不……"

"好啦，我们去超市，今天就去逛！"楚稚水对他的思路甘拜下风，忙道，"可以买点调味料。"

辛云茂这才愉快起来。

超市内，货架上摆着琳琅满目的商品，顾客们推着购物车来来往往，看上去热闹极了。尽管两人计划买的东西不多，但辛云茂还是拉过购物车，默默地跟在楚稚水身后。

冰柜里放满五颜六色的饮料，楚稚水原本对购物没兴趣，一进来却觉得乱花渐欲迷人眼，新奇地左挑右拣起来，明明最初认为什么都不缺，现在却一股脑往购物车装东西，看到什么都想拿。

她站在货架前，脸庞被映上一层暖光，看到想要的东西就双眼发亮，睫毛忽闪忽闪地思考起来，两颊浮现出浅浅粉意，就像一颗健康的水蜜桃，想让人用手指轻轻揉搓，保不齐会嗅到清甜芬芳。

辛云茂一时出神，他静静地盯着楚稚水，眼瞅她在货架前晃来晃去。

"这里还有火锅底料，我们改天涮火锅吧，牛哥说最近菜园会有好多菜。"她惊喜道，"正好家里有一口新锅没用过。"

"嗯，好。"

"那可以拿些冰冻羊肉卷，我没吃过这个牌子，再拿一点牛肉卷试试？"

"可以。"

"买一些麻酱？再买一瓶香油？"

"好的。"

"你怎么什么都答应？"楚稚水听他连连应声，她本来正低头挑东西，狐疑道，"有在认真听我说话吗？"

辛云茂茫然眨眼："什么？"

他全神贯注地欣赏她认真挑选的样子，听着她雀跃的动听音色，思绪早不知飘到何处。

"你果然没听我……"楚稚水好似抓住他把柄，当即直起身来向后看，却在看清他模样后一愣，后半句话顺势咽回喉咙里。

辛云茂半弯着腰，他一身休闲装，双臂撑在购物车扶手上，正散漫地跟在她身后。那点墨的眼眸盈满笑意，好像林荫下的一汪清水，被温和春风吹皱，泛起潋滟的波光，目不转睛地望她。

楚稚水哑然，心扉像被猛地撞开，倏忽间被这幕感染，体会到怦然心动。

他发自肺腑地开心，如此纯粹的目光，引得她都想亲亲他。楚稚水意识到此念，突然手指微颤。她嘴唇一抿，郑重地凝眉，告诫道："就算你现在开花，还是少招蜂引蝶。"

辛云茂神色恍惚，他大感冤枉，反驳道："我什么时候……"

"不要再狡辩，真是绿茶竹。"楚稚水莫名脸热，不好说遭他引诱，咬牙道，"我已经看透你这套了。"

他有变态的爱好，就是想办法钓她，然后摆出被强迫的姿态。

装纯一向是他的拿手好戏。

辛云茂颇为不服，索性将购物车推一边，走上前围着她打转。他就贴着她后背，伸手去拿冰柜上的饮料，故意用胳膊限制她的活动范围，幼稚地将她圈起来，似有若无环住她。

夏季衣料轻薄，楚稚水察觉身后的坚实胸膛，她顿时浑身一颤，好像被火烫到，赶忙向前一步，跟他拉开距离，埋怨道："你要把我挤倒了。"

"还以为又要说我招蜂引蝶。"辛云茂垂下眼眸，他打量她神色，漫不经心道，"毕竟我推车都遭冤枉，拿瓶水估计会被说得更惨。"

楚稚水被他挡住，便无路可退，忙伸手推他："你好幼稚，走开一点。"

辛云茂振振有词："你都挑好久，我还没拿呢，为什么走开？"

她见他死活不动，好似一块顽石，没好气道："你今年有三岁吗？"

他嗤道："那应该比你精神世界里的年龄大点。"

辛云茂低头见楚稚水发恼，她露出光洁的脖颈，小片皮肤在光下发亮。他突然喉结微动，忍不住深吸一口气，又不动声色地呼出去，面上却是无波无澜的模样。

清浅温热的吐息一扫，酥酥痒痒的触感，好似一根细腻羽毛，调皮地往她耳朵里钻。竹叶淋雨般的清新，在有限空间内弥漫，以至于她的鼻尖发麻，彻底被他的味道灌醉，总感觉浑身浸润在他怀里。

若隐若现，勾人心弦，比柔和的吻还暧昧。他轻纱般的气息落下，骤然消弭她浑身力量。明明他没有触碰她，却比碰到还撩拨人。

楚稚水捂住被吹气的脖子，她如今浑身都烧红，惊声道："你朝我瞎吹什么？！"

辛云茂作为植物学专家，他眼眸中闪烁心虚，却一本正经解释："招蜂引蝶就是用外表和味道来吸引，除了视觉吸引，还得传递花香。"

楚稚水见他厚颜无耻，真想在超市买把剪刀，回家就把竹花全剪下来，让他别再搞传递花香这套。

辛云茂故意折腾她，磨磨蹭蹭挑东西，往购物车里丢好几瓶饮料，这才不紧不慢地放她出来。

楚稚水一扫稀奇古怪的果汁，她就领悟他被漂亮包装吸引，提醒道："就算尝完味道不好，你买回去也得喝完。"

"会喝完的。"辛云茂扬眉，"什么时候浪费过？"

"啧啧，但每次喝的时候都神色凝重。"

"……"

两人买完火锅材料，又开始闲逛起别的，居然还在货架上看到观局产品。

楚稚水以前就听父亲说过，但还是第一次自己逛到，姜糖、汤包等商品位置相当显眼，旁边还标有"热门""狂销"的贴纸。她掏出手机拍一张照，发到经济开发处群里，想让金渝和陈珠慧看到。

"对了，你下班前做什么去了？"楚稚水道，"本来想叫你一起去菜地。"

辛云茂随手插兜："胡臣瑞把我叫去聊些废话。"

"废话？"

"说那条龙的残魂从空桑逃出去，现在不知道在哪里。"

楚稚水沉默片刻，她怔怔地望着他，迟疑道："我们对废话的理解可能不一样，难道这不是要紧的事吗？"

"逃出来的是八分之一残魂，等于他没拿回自己的名字，而且是从空桑跑出来的，那里封印的是他在空桑的回忆。"辛云茂解释，"按照胡臣瑞他们的判定体系，槐江和漆吴是最危险的，漆吴是他的诞生之地，槐江是大战现场，这两段记忆的力量最强。

"空桑就属于不太重要的部分，加上他都衰弱千年，现在突然偷跑出来，要是碰到那只猫带队，没准都打不过。"

龙神神魂被撕裂成四部分，漆吴和槐江无疑怨气最深，代表他的开端和结尾，银海和空桑就平和得多。

　　楚稚水好奇道："空桑封印着他什么回忆？"

　　"就是小辫子上回说的，什么一个人类女子，我也不知道真相。"辛云茂道，"胡臣瑞他们觉得，他跑出来是想要寻人，不然为什么偏偏空桑那部分执念那么深，明知早晚被抓回去，还要想办法往外逃。"

　　楚稚水眉头一拧，质疑道："不是，这都过去多少年了，那位女子已经离世了吧？"

　　"谁知道，胡臣瑞还问我人有没有来世。"辛云茂微抬下巴，傲气道，"我跟他说，我一个活一百年的人从不想这种事，都是虚无缥缈的东西。"

　　楚稚水被他的言行逗乐，她望着购物车里的调味料，喃喃道："真有来世也不是我们理解的来世吧，要是连前世记忆都没有，我肯定也不是我了，各种食材差不多，调味和做法不同，那也不是一道菜。

　　"即便是这一世的我，如果过去的某个选择变动，也不会再是现在的我，一切是在变化的。这辈子都不一定活明白，怎么会想下辈子的事呢？"楚稚水思索，"不过人类倒一直对来世有希冀，有点类似潜意识的心理寄托，就像拖延症说'下次一定'一样。"

　　因为现在的状况很一般，所以期盼着下次能改变，可困难总是接踵而来，下次也会有下次的烦恼，最后还是老老实实解决现状比较靠谱。

　　辛云茂："所以你也认为他们的猜想虚无缥缈。"

　　"本来就是，而且你都说空桑那部分力量不强，那就代表那个人对他不重要嘛，还没有跟你打一架的回忆深刻。"她吐槽，"这样一想，很像部分人类男性的思路，声名鹊起、权势滔天的时候不在乎这些，一朝败北失势就念起旧人的好，还要越狱跑出来找前任，噫——"

　　抛开对辛云茂的心疼，楚稚水也不认为龙神为给恋人续命、借此挑起战争是多感天动地的事，更像将不正义的名号甩给其他人，以此来掩盖自己的心虚及欲望。爱而不得就要毁灭世界，这得是多浅薄无知的想法。

　　辛云茂千年遭受冷遇，照样没有殃及过无辜，只能说有些东西看本质，藏得住一时，藏不住一世。

　　辛云茂听闻此话，推着购物车，自得地点头："没错，那条龙确实不行，像我这样品行高洁又顾家的不多了。"

"这话确实也算事实……"楚稚水瞄他一眼，嘀咕道，"但你这么自夸怪怪的。"

难道品行高洁里不包括谦虚？他怎么总能自吹自擂？

两人将购物车推到收银台，结账后就顺利回家，着手准备晚上饭菜。

夜色深沉。

槐江市的夜晚相当清净，少有绚丽多彩的霓虹灯，等到小吃夜市一关门，便彻底陷入沉寂。新城区里矗立高楼大厦，还有各式各样的商区，然而远郊依旧建筑稀疏，仅有大片平坦的绿色农田。

城市里的电线杆早就陆续消失，取而代之是深埋地下的电缆管道，唯有这片还未发展的郊区，依旧立着不少石灰色柱子。

漆黑鞋尖在电线杆上一点，燃烧的龙焰凭空出现，黑衣古装男子现身。他面貌英俊却阴鸷，一袭古袍随风鼓起，左边的长袖却空荡荡的，在夜色中被吹来吹去。

千年让世界发生天翻地覆的变化，他失去自己的名字，现在只能被叫作"龙魂"。他如今出行不再被信众拥簇，了解他威名的人越来越少，但他知道还能去找宝珠。

宝珠永远都会接受他，他在她身上留下过痕迹。

但槐江是那根竹子的诞生之地，他在这片区域活动需要谨慎。好在观察局下方都镇有他的龙魂，加上镇妖袍源于他，一定程度上能混淆视听，不会让他一进槐江，便被对方直接发现。

龙魂伸出右手，他指尖冒出黑火，寻觅着宝珠的行踪。夜风带回恋人的消息，糟糕的是竹子和宝珠离得特别近，甚至连活动区域都重叠。

他有一双金色龙瞳，现在迸发出火焰，似有些难以置信，转瞬又涌出滔天怒火。

难道宝珠竟一直被他们囚禁？

次日，阳光明媚，万里无云。

开阔的马路上，楚稚水开车载着辛云茂和陈珠慧，打算前往茶园看人参田，顺便在附近种点果树。辛云茂坐在副驾驶座，陈珠慧则坐在后排，他们都对一路的风景相当熟悉。

车里流淌着轻柔音乐，楚稚水突然想起什么，询问道："珠慧是不是要开学了？"

"对，等下周就要回学校了。"陈珠慧叹气，坦白道，"不想上学。"

楚稚水好笑："我记得你以前高中很努力。"

"但大学很多课都是自学，跟高中时的感觉不同，还不如我待在局里看书。"陈珠慧低落道，"下次再来就是寒假了。"

"那课余时间可以在银海逛逛，没事就刷刷简历什么的，没准对毕业工作有帮助。"

"稚水姐，局里面会对外招人吗？"陈珠慧沉吟数秒，拐弯抹角地咨询，"你当初是直接报考？"

"我是被引进的，走的渠道不一样，银海局好像不招人，咱们局里要问一问。"楚稚水知道银海局效益不错，所以不需要招人类职工，招待所的服务人员都没有编制。

陈珠慧怅然若失："啊……"

"你毕业还有几年吧，未来的事不好说。"楚稚水领悟她意思，笑道，"这两年不招人，等观局更壮大，没准就缺人手了。"

陈珠慧听到此话，便压不住翘起的嘴角，欢欣道："好的。"

车辆停在茶园门口。

楚稚水等人一下车，黄黑白三妖组就现身，自然而然地聚到 起。

老白满面笑容地走向陈珠慧："珠慧，我昨天采到蘑菇了，待会儿就给你们拿啊。"

"我们先把果树种上，然后再到林区那边？"楚稚水回头望辛云茂。

"好。"

辛云茂打一个响指，地上就出现不少果树苗，连根部都沾着湿润泥土。

小黄和小黑看到此景，他们懂事地向前，手脚麻利地收拾，高声道："哎呀，不需要楚处长和神君动手，这点小事交给我们就行了！"

楚稚水："种到你们平时休息的区域吧，这是珠慧让我们过来种的，她想让你们也尝尝。"

老白感动地抹脸："珠慧还是那么懂事，没有比她更好的孩子了。"

陈珠慧无奈道："须爷爷……"

辛云茂跟着一行人走两步，倏忽间感受到什么，平静的神色微变，突然就看向天空，不自觉停下脚步。片刻后，他冷不丁开口："我回去一趟。"

楚稚水不解："怎么？"

他脸色微凝："那条龙在槐江，现在到局里了。"

小黄和小黑仍扛着果树苗，他们奇怪地望着两人："神君什么意思？"

"你要直接穿回去吗？"楚稚水担忧道，"有危险吗？那我们……"

下一刻，黑色缝隙就裂开，辛云茂的身影消失其中，他如今满面寒霜，看上去神情戒备，最后只仓促丢下一句话。

"没危险，但那只猫出手就搞破坏，不能让他把我们涮火锅的菜毁了。"

种地一定是植物妖的执念，辛云茂对打架毫无兴趣，但不允许龙和猫毁灭菜田。她昨天都买火锅底料了，说要过阵子涮青菜吃。

楚稚水："……"

这是事情的重点吗！他高速奔赴现场，竟不是爱岗敬业，而是要保卫菜园子！

槐江观察局，浓浓黑雾直接将附近笼盖。崭新办公楼如今彻底淹没在黑海之中，连带旧办公楼地底四分之一的龙魂都震动起来。

普通人类无法看到异状，但楼内的妖怪皆有所感应。洪熙鸣他们面露惊异，连忙挪步到窗外，很快就看到乱象。

龙魂从黑雾中现身，如今面容阴郁，悬空落在铁门上，踩住栏杆的边缘，俯瞰拔地而起的观察局。他宽大繁复的长袍在风中翻飞，跟当年傲立战场时如出一辙。

千年前，这里一片荒芜，如今欣欣向荣，连带高楼林立。

"苗沥——"胡臣瑞的办公室位于新楼，他匆匆从楼门口冲出，穿一身儒雅唐装，领口都有精致的盘扣，现在也撤去障眼法，不再是往日低调的现代打扮。

"来了。"

数团黑火显现，苗沥携观察处众妖出现在院内，他身上披着深色镇妖袍，最上方还被眼睛形状的银扣拢住，冷面跟铁门上的黑衣男子龙魂对峙。

龙魂一扫众妖身上的黑披风，他眉头紧皱，五官微扭曲，怒道："既然都夺得我的力量，为什么还要关押宝珠？！"

"你在说什么？"苗沥吊儿郎当道，"我们是废物利用，你以为我想穿工服？"

胡臣瑞火速抵达现场，他同样严阵以待，又道："神君呢？"

龙魂都已经现身，辛云茂作为头号仇敌，现在却不见踪影。

牛仕坦白："种地去了。"

胡臣瑞："？"

狂风大作，镇妖袍骤然消散！

龙魂一甩右臂的长袖，厉声道："既然不想穿，那就脱下来！"

"啧，没想到还得用老办法。"苗沥身上的镇妖袍逐渐消失，露出一袭利落的紧身夜行服，他左臂捆绑寒光凛凛的铁制利爪，看上去像能发射的机关暗器。

没有现代装，没有镇妖袍，这场面跟当年大战时一样，堪称剑拔弩张。

洪熙鸣呼喊其他人员避难，将外面交给胡局及观察处。小虫和小下慌慌张张逃出楼，又被洪熙鸣当场拦下来，询问经济开发处的情况。

"金渝已经跟吴科长出来了，楚处长他们好像不在局里。"

"那就好，你们去找贺处吧！"

院内，苗沥发现龙魂一直在游走，迟迟没有发动起猛攻，他不禁挑衅地笑道："不是吧不是吧，当年的龙神大人已经如此拉胯，都不敢踏进局里吗？

"我懂了，只有八分之一还是不行，你是当年走后门被天地钦点，怪不得那根竹子一诞生你就废了。"

龙魂脸色阴晦，他抬起手来，妖气就袭来："你找死！"

声势浩大的妖气聚成龙形，巨龙对天长啸一声，海浪般拍向前方的苗沥！

胡臣瑞手中紧捏古钱币，作势就要抛出："当心——"

"我能行！"

苗沥高声地回话，他双手弯曲成爪，正要全力撕开巨龙，却见一股青色妖气聚拢在面前，直接拦住狰狞昂首的龙头！

无数青火如竹叶般飘散，跟漆黑巨龙中和交融，零零散散地落在地上，转瞬就消失不见。

辛云茂长发束冠，他一袭深青古袍，突然就现身小院，蹙眉冷声道："猫科是不惹事不行吗？非要招他进来砸菜园？"

好在他顺利赶上，就猜到苗沥出手，非将局里撕成两半。

苗沥理直气壮："砸了不还能再建？！"

"速战速决，别在局里。"辛云茂果断道，"不许乱砸。"

龙魂凝视一身青衣的清俊男子，他金眸里翻涌着灼灼烈焰，叱责道："辛云茂，我不料你都封神，还跟他们是一丘之貉，居然会困守区区人类女子，实在下作。"

"不好意思，跟无名的你不同，我的名字叫云茂。"辛云茂听闻此话，他高傲地炫耀完，又面露不解，反驳道，"什么困守？明明是她把我圈院子里——"

胡臣瑞神色微妙，悄声地提醒："神君，世上不是只有楚处长一名人类女子，有没有想过，你理解错了？"

龙魂显然不是在说楚稚水，而是在说其他人类女子。

神君却当众爆料内幕，彻底坐实一直以来局中传言。

辛云茂："……"

"既然你来了，我就该走了。"龙魂身侧黑焰燃烧，他的面孔逐渐消失，好似随风飘散的灰烬。

苗沥不屑："将逃跑说得这么清新脱俗？"

胡臣瑞眼看龙魂离去，他骤然醒悟，惊道："不对，他是来打散镇妖袍，让我们没法移动……"

普通妖怪并不是都有传送能力，观察处人员的凭空移动，主要是依靠镇妖袍。实际上，这是龙神当年的天赋，他自然可以随意控制。

"神君，楚处长是不是带着一个人类小姑娘……"胡臣瑞猛然回头，然而却不见人影，"神君？"

辛云茂早就消失，他刚才所站的地方，如今已经空空荡荡。

另一边，茶园里的众妖不太好，辛云茂离开以后，陈珠慧忽然不适，总感觉浑身高热，晕头晕脑地站不起来。她被扶到一边休息，直接就地一坐，甚至无法走到小屋，现在额头汗涔涔，脸色痛苦得惨白。

老白一直围着陈珠慧打转，焦急道："这是怎么了？突然生病了？"

"水来了！喝点水！"小黄和小黑从屋里带着矿泉水归来。

"我打急救电话吧，你们别随便动她，有可能是急性病。"楚稚水原本忧虑局里，现在看到陈珠慧发病，她忙不迭取出手机，又轻声询问，"珠慧，你还有力气说话吗？具体是哪里疼？"

只有知道病症在哪儿，才能找到急救的办法，打电话也好描述情况。

陈珠慧声若蚊蝇："后背……好烫……"

楚稚水一愣："后背？"她还以为是急性肠胃炎之类的。

老白心急如焚："被毒虫子叮了？"

老白等妖不方便查看，楚稚水赶忙走上前，将对方衣服掀开一点，看到眼熟的漆黑痕迹。她上回没机会看到全貌，真以为就是胎记或斑痕，但那痕迹暴露在光线下，分明跟辛云茂衣袖上的烧痕一样。

陈珠慧五官扭曲，她隐忍地咬牙："头也疼……要炸了……"

无数不属于她的记忆碎片涌出，画面中男女相貌模糊，却都身穿古代服装。他们言笑晏晏，正在桥上赏灯，只能看到互相依偎的背影。

——"宝珠，好看吗？"

——"好看，这些灯是从哪儿来的？我还以为我都错过，听他们说早就没了。"

——"让他们再办一场灯会而已。"

——"果然，十里长街市井连，月明桥上看神仙，你就是神仙。"

陈珠慧轻念此诗，竟然心神一震："月明桥上……看神仙……"

"什么？"楚稚水茫然地听着诗句，她眼看对方失魂落魄，忙道，"珠慧，你还好吗？"

正值此时，天空不知何时被阴云笼盖，无数妖气凝结在茶园上方，乌压压的如波涛翻滚，云气逐渐汇聚成龙形。

远方传来阵阵怪声，不知是暴雨惊雷，抑或是愤愤龙吟。

黑雾中，墨色古袍的龙魂现身，他直直望向前方，很快就锁定目标，看向楚稚水和陈珠慧。

"是那位——"老白惊道，"楚处长，快逃吧！"

倘若龙神知道楚稚水和辛云茂关系，绝对不会放过她的，必然要除之而后快。

龙魂闪步向前，怅然道："宝珠，我来接你了。"

老白眼看对方径直朝向二女，他不管不顾地冲上前，挡在楚稚水和陈珠慧前面，想要给她们争取时间！

龙魂一掌拂开老白："不知死活！"

"云茂——"

纯净白光乍现，猛地冲向龙神，龙骨伞和辛云茂几乎是同时出现！

楚稚水看到龙神，她一边掏伞，一边呼喊他，都没有落下，堪称双管齐下！

这一击将龙魂打得倒翻出去，致使他都没法释放妖气消解，原因是白光本身不掺杂妖气。紧接着，青色妖气就如浩瀚茂林，铺天盖地冲袭过来，直接将他再次扣住，化为牢不可破的青绿枝条，狠狠地束缚住他。

深黑色的火焰冒起，妄图烧毁枝枝叶叶，却在妖气的压制下无济于事。

辛云茂在召唤中抵达，他冷笑一声："以为我跟千年前一样，还会再被你烧透一次？"

龙魂恨声道："你也不过是仗着我力量不全嚣张罢了！"

辛云茂嘲道："是谁千年前被砍手，需要我帮你回忆吗？"

"这里居然有你的信徒……"龙魂怒视不远处的楚稚水，"怪不得这么快，她还挟持宝珠。"

他故意拖时间，等辛云茂回去，想要伺机带走宝珠，谁料辛云茂还留下信徒。

"不好意思，你说错了，我才是她的信徒。"辛云茂没好气道，"这不跟你当年一样，打不过找来一群妖，她好歹就叫了我，称得上有道义了。"

辛云茂当年被龙神及其信众围剿，完全是一场苦战，后续跟群众妖短暂联手，这才真正脱离困境，就这样都是以少胜多。那时，龙神气焰滔天，敢跟他对着干的不多，这就是观察局的最初人马。

小黄和小黑已经跑过去，检查起老白的伤势，好在并没有大事。

龙魂落网后，楚稚水放下手中龙骨伞，仍未从陈珠慧身边离开，蒙道："等等，他说什么？我挟持谁？"

龙魂吼道："无耻之徒！居然挟持宝珠！"

下一刻，青绿枝条就抽他一耳光，不许他再对楚稚水咆哮。

"宝珠？"楚稚水满头雾水，她瞥见怀里人，突然福至心灵，"珠慧，你认识他吗？"

龙魂显然不是找楚稚水，那在场就只剩一个人类。

陈珠慧如今虚弱无力，她刚刚看到须爷爷扑上前，简直吓得魂飞魄散，现在依旧惊魂不定，盯着陌生男子，迷惘地摇摇头。

她从出生以来，就没见过龙魂。

龙魂："不可能，你不记得了吗？我们当年一起踏青作诗，每次你在家里不开心，我们就悄悄出去，在夜市里猜灯谜……"

陈珠慧越发迷惑，她强撑着坐起来，诧异道："我从来没去过夜市。"她娱乐活动很少，就连到城里逛街，也是上大学以后，还有跟经济开发处一起。

楚稚水："作诗？猜灯谜？"

辛云茂最近常读时事新闻，淡声道："好土，都不是这个时代的事了。"

龙魂见她满脸惘然，他出声帮她回忆："还有你那次被父母责骂错过灯会，我们一起到长桥上看灯，你那天特别开心……"

陈珠慧思及脑海中涌现的画面，迟疑道："……灯会？"

楚稚水镇定打断："你肯定认错人，槐江没有灯会，她也不是你说的人。"

龙魂："不可能！宝珠身上有我留下的烙印，不管她变成什么样，我都可以认出来！"

老白坐在一边，突然怒从心头起，声嘶力竭道："她才不是宝珠！她是陈珠慧，陈是陈东繁的陈。珠慧珠慧，不当谁的掌上明珠，她生来就会有智慧！

"这是她爷爷当年给她取的名字，我一个字都没有忘！"他猛然提高音量，竟公开跟龙神叫板，争辩道，"她叫陈珠慧，才不叫宝珠！"

名字对妖怪有特殊意义，老白也不允许陈珠慧的名字被抹除，一时间声势惊人。

"须爷爷……"陈珠慧竟被此话催得眼热，她差一点就要潸然泪下，勉强拾起些力气，跟跟跄跄地起身。

楚稚水见她倔强地起来，只得在旁边扶她一把，不知道她究竟要做什么。

陈珠慧鼓起勇气，直视被困的龙魂，询问道："我背上痕迹是你弄的？"

龙魂眼神一亮："对，你果然想起来了，只要有那个，我就能……"找到你。

"为什么要做这种事，你很恨我吗？"陈珠慧眼神灰暗，低头道，"我以前就发现，用刀都去不掉。"

楚稚水听到"用刀"，她心里一惊，骤然间反应过来。当初，陈珠慧拒绝前往医院，并不是害怕激光会疼，没准是料到不可能轻易消除。

老白同样吓得露出异色，慌道："珠慧……"

"须爷爷，放心吧，那是小时候的事，我现在不会这么做了。"陈珠慧小声安抚，"只是以前不懂事，又听到难听的话，所以才会做错事。"

爷爷那时将她臭骂一顿，随即也落下两行热泪，责怪自己没照顾好她。她开始学会懂事，或许总有人无法接受她，但她要为接受自己的人活下去。

陈珠慧望着龙魂，她眼含波光，哀声道："为什么留下这个？我以前做错什么，让你那么痛恨我？"

她不理解自己为何生来就有痕迹，就像不理解人生为何如此之苦，手中的东西遗失，挚爱的人不断离去，简直让人喘不过气来，好像看不到尽头的夜色，连一丝光线都没有。她以为旁人说自己身带霉运是谎言，谁料兜兜转转竟是真的，罪魁祸首还专门找过来。

龙魂六神无主地望她，他想要张口说点什么，却心如刀割得说不出话。

他想说爱，她却说恨。她认为遇到他是一件不幸的事。

力量被束缚并不会让他过于痛苦，但她的话却让他窒息般难熬，堪称致命一击。

辛云茂冷不丁道："如果没有协议的话，妖怪只要稍微施加一点，就会对人产生不可逆影响，一旦烙印产生，你就无力反抗，很难挣扎出来。"

龙魂以前为讨宝珠欢心，自然会不求回报抛出很多，殊不知阴差阳错将事情搞坏。

人类意志再坚定，但面对亲密的人总会松懈，很少能拒绝对方的示好及礼物。宝珠就随口一提的事，估计都可以应验。即便她不知情，但早已获取这些。大部分人都会期盼好事降临，很少有人能在走运时清醒思考：为什么走运的偏偏是自己？

忽视拥有的，只奢望更多，烦恼由此而生。

"你以为我不知道？"龙魂恨不得撕碎辛云茂，愤然道，"只要她拥有无边寿命，自然抵消一切。"

如果他当年成功，怎么可能被绑？

唯有超脱于众人及众妖，方能在天地间获得真正的自由。

"为什么要有无边寿命？"陈珠慧连连摇头，颤声道，"这么苦的日子还不够长吗？"

龙魂忙道："怎么会苦？到时候凌驾于万人之上，你以前说的烦恼，再也不算什么……"

陈珠慧沉默地望他，好似深感此话荒诞。

"不是每个人都这么想，你只是把自己的想法强加对方身上，误以为那是对方想要的一切，自己感动自己罢了。"楚稚水说完，她又看向辛云茂，请教道："那有什么办法解决吗？"

"如果是她身上的痕迹，你可以用龙骨伞解决。"辛云茂一瞄陈珠慧，平静道，"但要是她的命运，那只能靠她自己。"

如果陈珠慧一直怀有悲观想法，那不管外人扶她多少次，依旧什么都改变不了。人教事百遍不会，事教人一次就懂，全看个人造化。等她真的放下，那就能够顿悟。

楚稚水柔声问道："珠慧，你想要去掉那个痕迹吗？"

陈珠慧怔然："可以去掉吗？"

"试试吧，我小心一点。"楚稚水握住龙骨伞，"总不能轻易放弃？"

"……好。"

楚稚水接受完辛云茂指导，她带着陈珠慧走远一点，让对方撩起衣服来，没有用伞尖触碰，而是远程对准烧痕。

纯白光点凝聚，缓缓地覆盖而上，并不是强力攻击，而是如温水般流淌，无声无息地洗掉黑斑。

陈珠慧背对楚稚水，她感受到什么，惊道："真的没有了。"

"你都没回头，怎么会知道？"

"因为不疼了。"

两人返程回去时，陈珠慧身轻如燕，她随意舒展双臂，脸上再也不见遭受煎熬的痛楚。

老白激动得团团转："真的好了吗？真的好了吗？"

陈珠慧："是的，真好了。"

辛云茂面无表情地扣下龙魂，他望向楚稚水："现在叫胡臣瑞和那只猫来处理他，镇妖袍应该恢复作用了。"

老白犹豫道："神君，那我们……"

楚稚水想起正事，她看向树苗，提议道："来都来了，你们跟珠慧去把果树种了吧。"

今天本来是愉快的种树日，谁料会杀出来不速之客？

"好的！"

陈珠慧跟着老白动身，都已经走到一半，却突闻龙魂出声。

"你刚刚说的是真的吗？"

陈珠慧停下脚步，她手指紧攥，回头道："什么？"

龙魂黯然道："这么苦的日子太长……"

老白听闻此话，他面露忧色，同样注视着陈珠慧。

"嗯，我以前经常这么觉得，多活一天都难过得受不了……"陈珠慧垂眸，"不过总要活着，才能遇到好事，说不定再撑撑就是天亮。"

她过去没料到能进局里，但要是没有坚持下来，现在的一切就不存在。

她不知道未来会发生什么，更不会去畅想无边寿命，对于缺失幸福的人来说，漫长岁月不像祝福，倒像诅咒。她如今逐渐体会每一天的幸福，依旧无法想象出长寿的乐趣，但已经能勾勒出明日的快乐。

她会在局里工作，听楚稚水聊一会儿银大；午休时说笑用餐，跟金渝捣鼓冰淇淋机；等到傍晚时摘菜，再在牛仕的食堂开小灶。闲暇时，她就跑到茶园来，跟须爷爷一起吃果子。

没什么惊心动魄，都是些琐碎小事，但让人觉得很有趣。

她是局里实习生，正在学习变幸福。

楚稚水闻言，她放下心来，安慰道："好啦，去种树吧！"

陈珠慧神色也放松了，她步伐轻快起来，跟着老白等妖离开。

龙魂望着陈珠慧的背影，他好像浑身力气都被抽干："她不是宝珠，宝珠会接受我，肯定能理解我的想法。"

宝珠是出身世家的大家闺秀，陈珠慧则从小在乡野长大，自然不能领会很多东西。如果陈珠慧自小富贵，她就会紧握手中一切，死死地不肯放手。

楚稚水听闻此话，她眉头微蹙，制止道："是会接受你，还是不得不接受，根本就只能听你灌输想法？"

龙魂的思维如此顽固，想必当年也不懂宝珠。

他目眦欲裂："你说什么……"

"十里长街市井连，月明桥上看神仙。人生只合扬州死，禅智山光好墓田。"楚稚水一板一眼地背诵，"如此美好的时光，诗人却笔锋一转，不写'生'偏写'死'，看似不近人情，细思方觉巧妙，将死事入诗句，更显美得传神，乃全篇之警策。

"当年高考时积累的知识，你和宝珠离这诗的年代更近，按理说该更明白？"她平和道，"到底是你不懂，还是在装不懂？"

这句诗是陈珠慧方才吐露的，楚稚水隐隐猜测到什么，但不想让对方有压力，便一句话都没说。

她不认为陈珠慧是宝珠，或许是残余的黑焰带来龙魂记忆，致使陈珠慧莫名想到什么画面，就像辛云茂当初被迫跟龙神纠缠，感受到对方意识一样。

龙魂难以置信地望着楚稚水，他当然知道这诗出处，那是宝珠最开心的一天。他以为宝珠没提下半句，没准是感觉到不吉利，却不承想或许她是在暗示什么。

——"果然，十里长街市井连，月明桥上看神仙，你就是神仙。

"你说人为什么要有那么多烦恼？一件事接着一件事，简直让人喘不过气来。"

——"那摆脱现状，不要做人了，就没有烦恼。"

——"哪有那么容易，妖怪就没烦恼？我看你跟他们交流也累，他们同样不理解你，最近还偷偷议论你。"

——"以他们的心智，本来就没法理解我，只要你理解我就好了，你可以变得像我一样。"

——"……算了吧，这好累。

"只要你有空陪我看灯，我就没什么烦恼了。"

但他的事情越来越多，空闲时间越来越少，偶尔看灯出游都是妄想。新神崛起势必会导致他衰弱，倘若没有实力稳固，那现有的一切就如同镜花水月，都将支离破碎，簇拥他的信众会如潮水般退去。

他以为她会幸福的，他以为胜利后就会夺得幸福。

龙魂如丧考妣，他一瞬间颓丧下来，只能痴痴地望着楚稚水，好似深受冲击，还没从一番话里缓过神来。

辛云茂眼看龙魂视线黏着她不放，他当即寒气四溢，用力地勒紧枝条，以此来威慑对方。

片刻后，胡臣瑞和苗沥抵达，他们赶忙奔赴茶园，检查起现场情况。

胡臣瑞慌张道："小楚，你们没事吧？！"

"胡局，我们没事，原料产地也没事。"楚稚水道，"尾随人类女性的男妖已经被缉拿归案。"

龙魂恍惚道："我没……"

苗沥迅速掏出脚铐，果断逮捕龙魂，散漫道："很好，千年前是破坏安定被捕，千年后是骚扰异性被捕，确实越来越有出息了。

"以后再介绍观察处，底下镇压的就不是龙魂，而是跟踪女性的男变态。"

龙魂落网后，胡臣瑞迅速联系空桑局，终于解了黄局的燃眉之急。双方商定押送计划，要将八分之一的龙魂送回空桑，重新镇压在观察处下方。

电话中，黄局感动不已，说话都带鼻音，听着快要落泪："老胡，我就知道你是最靠谱的，关键时刻不会掉链子！

"那年奋不顾身前往槐江，现在依旧坚守，你当初被选果然是众望所归。"

胡臣瑞："……说点让我高兴的话。"

因为龙魂是被槐江局逮捕，所以胡臣瑞跟空桑局商议不少补偿条款，包括优先将北部植物妖分流至槐江、未来空桑局特产的长期合作、观局产品在空桑区域铺货等。

办公室内，楚稚水得知此事，她不由感慨起来："胡局真关心我们的生意。"

"还不是那条龙太没用了，用途只有做工服和镇炉子。"辛云茂嗤道，"胡臣瑞是抓不下一块鳞片，这才只能拿他谈条件，你以为谁都跟我一样，又有实力又会挣钱。"

观察局的主要作用就是制造镇妖袍、镇压观察处火炉。妖怪们从龙神手中夺得力量，这才渐渐形成小组织，处理起人妖、妖妖纠纷，以免再次酿出如当年大战般的祸事。如果单纯从生活层面考虑，植物妖确实比动物妖实用，和平派较多，且做事细致。

楚稚水欲言又止："虽然你说的是事实，但听起来就不太对劲，这话不该由别人说？你怎么还能自夸呢？"

辛云茂满含怨念地指责："还不是你作为人，一直都不愿夸我。"

楚稚水配合地鼓鼓掌，无力道："神君真棒，在幼儿园都是模范小标兵。"

"我一直都是模范。"辛云茂忽略她的前后句，只从中提取关键词，又轻哼一声，"好在菜园没被砸坏，不然把那条龙的鳞片扒下来，估计都不够赔的。"

这是他最在意的事，倘若局里被砸得稀巴烂，经济开发处就要赚钱重建，那她估计更忙了。

龙魂之事交由苗沥他们处理，经济开发处倒在陈珠慧上学前组织前往市区团建了一波。楚稚水载着他们奔赴市里，在繁华商区吃喝玩乐一整天，晚上还到夜市逛了一圈。

夜市里灯光灿烂，各类小商铺众多，既有贩卖小吃的零食铺，又有出售饰品的手工铺，不远处能听见曼妙的歌声，有一些身着华丽服饰的舞者在广场边跳舞揽客，看上去热闹极了。

陈珠慧目不暇接，她小时候无缘参加各类集会，还是第一次瞧见夜市的景象，甚至舍不得眨眼。

他们买来不少零食，还品尝夜市的鲜榨果汁，没有局里的水果味美，但胜在容器更有新意，连吸管都是弯弯绕绕的漂亮形状。

"又被外表欺骗了，我就说不能光看造型。"楚稚水搅动起饮料，研究道，"这就是下方有空间摆干冰冒白气，然后用一根好看的吸管。要是让牛哥买批新杯子，估计做出来不会比它差。"

陈珠慧沉吟数秒，老实道："总感觉食堂功能越来越多。"

随着局里经费充裕，牛仕明显更有闲情逸致，最近都研究起烘焙，成功地尝试出蛋糕，不但自己涂抹奶油，还用五颜六色的鲜果点缀，跟蛋糕店的如出一辙。长此以往，没准职工生日不仅有蛋糕券，更能直接在食堂领鲜果蛋糕。

夜市之行相当愉快，让吃过晚饭的他们又饱餐一顿，时不时进食一点夜宵，有一搭没一搭地聊着。

唯一的美中不足是，金渝撞见捞金鱼的小摊子大呼残忍，最后掏钱将一整盆金鱼买走，不允许鱼鱼被人类玩弄于股掌之间。

"不过这些小鱼怎么办？"金渝端着水盆，她迷惘地眨眨眼，又望向楚稚水，"你家里是不是刚装修完，不然养些金鱼有利风水？"

楚稚水小声道："我以为你刚刚义愤填膺，不会允许人类养金鱼的。"

金渝不接受用小网兜捞金鱼，坚持要将一盆小鱼买走，好在价格并不算贵。她如今工资上涨，自然有能力掏钱。

金渝："养鱼和玩鱼又不一样，要是住在你们家，小鱼肯定也开心……"

辛云茂脸色一沉，他斜睨金渝一眼，冷飕飕道："什么？"她给这条鱼盖出宿舍都不够，对方还想更进一步，这就打算登堂入室。

金渝自知失言，她心里一咯噔，赶忙聪明收声。

陈珠慧笑着打圆场："让牛哥养在局里吧，不是说马上修完水池。"

临走前，经济开发处还在夜市广场上合照，楚稚水将照片放到群里面，她感觉这张图拍得好看，满意道："不错，珠慧开学前也来过夜市，下次再出来玩就要等寒假了。"

"嗯。"陈珠慧轻声应道。她望着屏幕上的合照，将其加入特殊的相册合集，那里放着上回收到的照片，都是她在局里的点点滴滴。

屏幕上，清晰而触手可及的夜市合照彻底覆盖脑海中的朦胧碎片，这是她第一次来夜市，亲身体验新鲜的一切。

没有古装，没有灯谜，是属于陈珠慧的夜市记忆。

初秋来临时，菜园里天天都有新鲜时蔬，陈珠慧仅仅赶上第一波丰收，便遗憾地匆忙返校学习。

秋意渐浓，地里面的秋葵及冬瓜开始能食用，不远处池塘里的荷花也败尽，白嫩嫩的莲藕被挖出来，洗干净焯水凉拌，脆脆甜甜的滋味。

楚稚水当初购置新房时，还曾幻想在院里种地，如今在局里实现梦想。

牛仕显然比她富有经验，每天从菜园采摘时令蔬菜安排食堂伙食，基本很难有食材重样的时候。他还时不时给楚稚水塞点菜，让她带回家里自己炒着吃，连谢妍和楚霄贺都赞不绝口。

她最近迷恋上吃蔬菜叶片，不吃辣椒、南瓜及丝瓜，专吃辣椒叶、南瓜叶及丝瓜叶，这些是在超市里比较少见的食材。

秋雨淋淋滴滴，催熟地里的蔬菜，还洗净家中竹林。细细密密的雨滴落在竹叶上，将碧绿色细叶敲得乱颤，滴答滴答地向下流水。院内花草露出淡金的秋天颜色，唯有绿竹依旧挺拔常青，将新家装点得郁郁葱葱。

屋檐上积聚的雨水流淌而下，砸落出一圈圈痕迹，却没溅湿旁边家具。

辛云茂身着深青古袍，他如今墨发披散，毫无形象地仰着，懒洋洋往摇椅上一躺，优哉游哉地合眼小憩。深黑的睫毛垂下，在雨声催眠中睡着，看上去安静而毫无防备。

楚稚水推开小院门时，迎面就是一阵微凉的风，其间还夹杂湿润雨意，让她下意识打个哆嗦。她很想规劝辛云茂不要雨天在院里睡觉，但一想竹子四季都长在户外，又感觉没准是自己不懂物种差异。

辛云茂好似听见开门声，连带摇椅也晃来晃去。

"我们中午涮火锅吧？"

楚稚水眼看他睫毛微颤，就知道对方早就睡醒，无非是在闭目养神。他一向不需要睡眠，跑到院内是感受大自然。

果不其然，辛云茂睁开眼皮，声音还略微沙哑："好。"

楚稚水看他衣衫不整，长发凌乱，她一瞥往下滑落的领口以及露出的大片皮肤，流畅肌肉线条若隐若现，忍不住提醒道："虽然你有穿衣自由，但我还是不建议，你这样躺在外面。"

辛云茂一愣："为什么？"

楚稚水信口就来："一会儿短发现代装，一会儿长发古代装，别人会以为我有两个男朋友，传出去风评不好。"

辛云茂轻哼一声，不情不愿地起身，连响指都没有打，便换回短发造型。不过他现在穿着浅色家居服，看上去比往日柔和得多，走到厨房里处理涮火锅的食材。

火锅备菜并不算难，楚稚水在客厅里搭好鸳鸯锅，将两种火锅底料分别倒进去，开始起锅烧水，又调配起蘸料碗。

她还没有忙完，只见辛云茂已从厨房归来，手里端着冰冻羊肉卷及时蔬拼盘，菜叶上还沾染着晶莹水滴。白嫩生藕片、金黄土豆片、半透冬瓜片，搭配豌豆尖、娃娃菜、生菜等叶片，加上泡好的红薯粉，看上去相当齐全。

"你又用法术，这也太快了。"楚稚水惊道，"我连锅都没有烧开。"

辛云茂用筷子戳戳硬邦邦的羊肉卷："那我过一阵子再化冻，可以先玩会儿游戏。"

两人打开电视屏幕，他们不经常看电视，但现在连上游戏机，闲来无事能打发时间。

说来好笑，楚稚水和辛云茂在观察局种地卖菜，他们在游戏里依旧种地卖菜，每天收集素材卖钱，然后花钱建造房子。找一个植物妖男朋友，连玩游戏都永远种田。

这游戏可以联机，楚稚水一直在琢磨赚钱，辛云茂则天天钻研装修，由于他的妖气在游戏中对菜田无用，所以愤慨的神君四处寻觅竹子，开始推动竹林绿化大业。

每当楚稚水卖货归来，她就能发现庄园里更绿了一点，绿竹趁她忙于事业疯狂扩张，完全变成护眼模式，看得出他在乎她的视力。

火锅咕噜噜冒泡，连带香味飘散开。

楚稚水嗅到香气，她连忙放下手柄，掀开火锅的盖子，感受到热腾腾的浓郁味道，出声道："水开了，该吃了。"

鸳鸯锅红通通的，一边辛辣刺激，一边番茄味鲜，都让人很有食欲。辛云茂将羊肉卷倒入锅内，他用筷子缓慢搅拌起来，又将锅子调节到合适挡位。

楚稚水左右环顾一圈，她望着满桌食材，冷不丁道："好像差点什么。"

"你还想吃什么？"

"不，应该喝点东西。"楚稚水起身走向厨房，"我去找一找。"

厨房里，冰箱一拉开，竟没有饮料。椰子水早就喝完，他们最近总在局里拿菜，便很少会到超市购物，没有及时地完成补货。

楚稚水陷入沉思，突然想起点什么，赶忙打开下层柜子，从中抱住绿色竹酿酒。新家安定后，她就将竹筒带过来，无奈一时没机会品尝。

"我们喝这个吧。"楚稚水拿着竹酿酒及杯子回来。

辛云茂看到自己送出的竹筒，蒙道："你要大白天喝酒？"

"我那天尝过一点，这没有酒的味道，跟椰子水一样清淡。"楚稚水眨眨眼，"你还不许我给别人喝，那我什么时候才能喝完？"

她平时一个人吃饭，当然不会隆重地喝饮料，只有跟他一起时还算有兴致。

辛云茂听完此话，自然也没有异议，陪她浅酌一杯。

楚稚水将竹酿酒倒入杯中，她先是轻抿一点，依旧是草木芬芳、浅浅果香及清冽回甘，半分没有酒水的辛辣刺激，润物细无声似的流入喉管里，让人忍不住一口接一口，很快就停不下来。

她望着杯中清液，又一扫绿色竹筒，继续品尝起来，赞叹道："你是用这种竹子酿的吗？味道真不错。"

不知是什么竹子，才能酿出好酒来。

辛云茂淡定道："不，我是用自己酿完，拿它来装酒而已。"

"噗——"楚稚水听到此话，她还含着一口酒液，差点就要喷出来。

辛云茂见她大惊失色，他竟若无其事地歪头，好似不懂她的反应。

楚稚水脑袋一片空白，连带握杯子的手发颤："怎么用自己酿？"

辛云茂一指装酒的竹筒，云淡风轻道："就跟这差不多。"

她慌道："你上回还说装酒的竹筒不是你……"

"酿酒不用宽竹筒，这种适合当容器，只能拿来保存酒。"辛云茂扬眉，"为什么这么惊讶？"

"不、不是，你用自己酿酒，居然嫌我惊讶？"

"但捏饭团不是一样？"他诧异道，"你那天照样吃了。"

楚稚水被他说得愣神，她不知是自己一惊一乍，还是他过于沉着冷静，原来在他眼里酿酒跟捏寿司是同等概念？

楚稚水凝视杯中醇厚清透的酒液，一时间心情微妙，竟不知如何是好。

辛云茂看她举杯僵住，他握着酒杯伸过去，在半空中跟她碰杯，发出清脆的声响。

楚稚水麻木道："我这么举着不是想跟你干杯。"

辛云茂微抿一口，继续伸手涮菜，提醒道："这些可以吃了。"

楚稚水见他心安理得地喝酒，连带被感染得放松下来，开始反思自己脑回路。或许是人类的思维过于复杂，促使她产生许多奇怪联想，这才会感到难以下咽。

实际上，倘若不知道制作流程，竹酿酒的味道毫无瑕疵，丝毫没有烈酒的烧灼感，润泽可口的清新滋味搭配热乎乎的火锅，堪称解腻神器。如果提前冰镇一下，保不准口感会更佳。

室外雨雾如帘，他们为通风推开一丝窗缝，哪知潮湿的风就偷溜进来，好在沸腾火锅驱散秋日凉意。雨天本该阴冷，但浓郁微烫的新鲜食材一下肚，连冷雨都在其衬托下显得惬意，缓解麻辣的冲劲。

辛云茂偷瞄楚稚水一眼，只见她双颊泛红、认真用餐，时不时会喝两口竹酿酒，再也不提方才的话题，这才略微松懈下来。

他们用的是锤纹玻璃酒杯，造型别致却容量有限，装酒后在灯下玲珑剔透。楚稚水时不时举起竹筒添酒，看上去确实在当椰子水喝。

辛云茂不禁好奇："你酒量好吗？"

"还可以，说实话这个尝起来都不像酒。"楚稚水道，"比我和王怡文喝的鸡尾酒还淡一点。"

毕竟竹子不包含酒精，她都不知道如何来发酵，难道原材料是清水吗？

她思维开始延伸，下意识就要分析，赶忙遏制住诸多糟糕的想法。

午餐过半，火锅内依旧翻滚着食材，楚稚水拿起手柄继续游戏，有一搭没一搭地再挑两口菜，看上去相当清醒，进入饭后消食阶段。

待到锅内彻底不冒泡，辛云茂询问她一声，确认她已经吃饱，这才随手打个响指，同样拿起手柄来玩。

下一秒，桌上残羹剩菜骤然消失，屋里也变得干干净净，唯有空气中残留香味。

两人坐在地毯上，专心致志地盯着屏幕，继续种田基建的游戏大业。

前半段还好，楚稚水操作格外顺畅，然而逐渐就涌生倦意，既像是吃饱喝足后昏昏欲睡，又像是大脑皮层被刺激清醒，致使她整个人意识都割裂开来，好像被彻底分成两半，朦朦胧胧，迷迷幻幻。

"你再开点窗。"她原本后背挺直坐在地毯上，现在却身子一歪倚住沙发，连带声音都软绵绵，"辣锅吃得有些热。"

辛云茂闻言并未起身，他只消手指一抬，窗户就敞开一些，放进潮润润的雨意。

无奈潇潇寒雨并未吹凉她的燥热，反倒让雨声落进心扉，敲起细密忐忑的节奏。她一会儿想要闭目小睡，一会儿又丝毫没睡意，只感觉思绪像秋雨般粘连，仿佛被温暖的海水包裹，漂在海面上起起伏伏，胸腔里堵着一口热意。

辛云茂望着屏幕，他发现她的游戏人物停在原地，这才疑惑地回过头，却见她的手臂垂下，身体栽倒在软沙发里，眼神恍惚地盯着他操作。

屋内在阴天里开一盏小灯，她的眼眸却浮漾起流光，氤氲起柔雨般的水雾，透出几分酒酣耳热。白皙的脸庞酡红，明显不是由于火锅，反而更像是喝醉了。

"困了？"

"嗯。"她饮酒后唇齿留香，口腔内还弥漫丝丝甘甜，连带声音都轻缓如蜜。

"睡一会儿吧。"辛云茂放下手柄，他眼看她迷迷瞪瞪，索性伸手拍拍她，语气都温柔起来，"回房间去。"

楚稚水含糊应声，却感觉地毯柔软得不像话，完全不想撑起身站起，依旧靠着沙发窝角落里。

窗户微微合上点，挡住袭来的凉风。辛云茂怕她着凉，索性起身去扶她，耐心诱哄道："去床上睡。"

"嗯。"但她依旧没有动作，虚心接受、死不悔改。

辛云茂弯下身去抱她，低头却嗅到清冽又微甜的气味，触摸到她皮肤的温度，骤然间就不敢再动作。他感觉今口喝酒不太妙，他和她的味道完全融合，丝丝缕缕缠绕彼此。

她好像被酒液浸透，彻底软成一朵湿润柔云，他唯恐一不留神将她碰碎。她察觉他僵立，还抬起眼望他，眼底是盈盈的光，好似仔细打量起他。

近在咫尺的清俊眉眼，他碎发低垂又嘴唇紧抿，一动不动地弯着腰，喉结却上下颤动，最后倏地避开她视线，暴露泛起桃色粉意的耳根。

他轻轻扭头时，露出流畅的侧脸线条，连带就让人注意到宽松领口，深陷的锁骨若隐若现。他身上有熟悉味道，跟她嘴里的如出一辙，致使她对他的靠近毫无防备。他的唇形完美饱满，如今微微抿起，使人好奇滋味是否跟竹酿酒相同。

她像卷入湿漉漉的梦，慢悠悠抬起手臂，就着他的姿势，环住他脖颈。

辛云茂感觉她起身，他硬着头皮回搂她，打算速战速决，将她送回房间，却被唇角湿润的触感惊得轰然炸裂。

滚烫的吐息，交融的香气，缱绻的舔吻，重叠的身影，她下意识地搂住他脖子，像在不依不饶讨要酒液。身体里暖融融的，犹如温泉灌注全身，带来蒸腾的热气。

漫长的饮用过后，辛云茂用力将她揉进怀里，他墨玉般眼眸波光流转，同样涌生不可抗的情热，连带声音都低沉沙哑，肆意地拨动心弦。

"怪不得不睡床，搞半天是要……"

不知何时，屋内小灯一灭，窗帘也被拉上。

这是一场互相引诱的游戏，暧昧而急促，凌乱得发麻。酒液在他和她的五脏六腑中汹涌流窜，激荡得彼此攥紧对方的衣料，在深拥中分享呼吸及心跳声。

楚稚水的衣角被拉起，她的腰肢感受到凉意，不甘示弱地还击。手指探入他的领口，接着是紧绷而柔韧的背部线条，即便没有窥探到全貌，依旧能从指腹触觉想象到男性的力量美感。光滑丝绸般的皮肤，柔中带刚的肌肉线条，逐渐升腾起的炽热情意。

辛云茂轻柔拨弄，奏出一曲旖旎挽歌，让她被浓郁水汽笼罩，彻底沉沦在雨中竹林。

醺醺然酒意中，他们唇齿相交，滚烫肌肤相贴，又几乎同时喟叹，止不住地轻喘，一如霏霏不绝的湿黏细雨。

宜烟宜雨又宜风，拂水藏村复间松。侵阶藓拆春芽迸，绕径莎微夏荫浓。

阵雨过后，微汗涔涔，掩不住的春意盎然。

她的脚趾蜷缩起来，依恋地倚靠着他，能听到胸腔内灼灼心跳，嗅到四处弥漫的草木清香，像是嫩叶被揉搓般，扩散得到处都是，完完全全将她环绕。如竹叶饱吸甘洌过后，遗留下他的气味烙印。

昏暗中，辛云茂早就长发披散，俊美五官沾染欲色，连点漆般眼眸都惑人起来，有一下没一下地触碰起她。

"累了？"他伸手将她抱起来，让她坐在自己身上。

天空覆盖厚云，窗外雨声敲打。缠绵雨纱过后，滔天暴雨降临，滂沱而迅猛地哗哗流下，溅起一阵阵的白烟，好似飘云牵雾，人间仙境。这雨声如鼓一通又一通，消去他低哑的诱人音色，也隐去她婉转的绵绵轻吟。

失控过后，云销雨霁，迷离浓雾散去。

楚稚水懒洋洋缩着，她眷恋被窝的温度，又浑身使不上劲，感觉他轻蹭自己，懒精无神道："我要许愿。"

辛云茂声音带点混沌，但依旧好脾气询问："许什么愿？"

"我要洗澡。"

"洗什么澡？又没有脏。"辛云茂扯过她手指，放到鼻尖嗅闻一番，一本正经道，"明明是香的。"

她饮用过竹酿酒，像浑身被他气息浸泡，彻底融为一体。

楚稚水扯回手，争辩道："哪里香了？"

"哪里都香。"他一瞄她红润嘴唇，又一瞥圆润肩膀，意有所指道，"由内而外，从头到脚。"

"……"

楚稚水好想骂他，但她现在软绵绵的，根本没力气再张嘴。竹酿酒并无白酒的刺激感，如今身躯里的一股热气消散，只让她半梦半醒地眨眼，感觉浑身舒适轻飘起来。

室外阴雨连绵，屋里却很温暖，他们就静静地靠着，放任睡意缓缓流淌。

辛云茂目光柔和，他侧躺在她身边，眼看她上下眼皮打架，连圈弄她头发的小动作都停下，唯恐不小心搅散她在雨天的好梦。

草叶味环绕周身，楚稚水都闭上眼睛，倏忽间又想起什么，突然睁开眼睛看他。

辛云茂见她睁大眼，轻声道："怎么？"

她欲言又止："你……"

他静候下文。

楚稚水小心地伸出手，用指尖点点他腹肌："成功了？"

辛云茂挑眉："你怎么总惦记这件事？"

"你刚刚说……"楚稚水细声细气道，"当然会好奇。"

辛云茂没好气道："完全是你的问题。"

楚稚水一怔："跟我有什么关系？"

辛云茂指责："你一开始想要跑掉，那就不可能成功的。"

"跑掉……"楚稚水努力回想，她忽然领悟他的含义。最初就想抱住他亲亲，谁料直接被他搂在怀里。她当时抱完想起身，他却说自己不睡床有问题，接下来一发不可收拾。

辛云茂："如果你不期待它到来，那不可能成功。我早就说过吧，没有天地的包容大爱，想孕育出新生命很困难。"

新生命冥冥中听到第一声呼唤，劈开遮天的混沌，这就是诞生时刻。倘若掺杂其他思绪，或者没做好心理准备，竹米就永远不可能结出。

"我之前不是问过你想不想要小孩，你要是没这个想法，这件事概率就为零。怀揣着其他目的，同样不可能成功。"

万物涌生灵智本就困难，不可能像普通动植物般不断繁衍，更不包含世俗社会中养儿防老或传宗接代的意义。

天地创造生命无所求，只有领悟这种至高之爱，才能像天地般创造生命。善待世间有灵之物，则更像一条父母教诲，有些孩子会听，有些孩子不听，同样没法控制。

楚稚水若有所思，她偶尔会想起他的衰落，那要是按照这种逻辑，她还没有放下心理负担，确实不可能结出竹米。

楚稚水突然反应过来，惊道："等等，你都知道不会成功，为什么还……"为什么还干出那些不知羞耻的事情？！

他简直是故作清纯的心机竹子！每回还将黑锅扣她头上！

"这话什么意思？"辛云茂哀怨道，"难道我的心情就无所谓？"

楚稚水："不要把我说得好像逼迫你的坏人……"

辛云茂愤愤抿唇："难道不是吗？你连觉都不睡了，现在也不抱着我。"

"你都把我抱紧成这样，我还要怎么抱着你？！"她如今还被他圈在怀里。

他依旧不服气，幽幽地盯着她。

"好好好，抱抱抱。"楚稚水只得伸出胳膊，顺势搭在他身上，安抚道，"抱着了。"

辛云茂这才满意地轻哼一声。

"不过这样也挺好，不用担心出现奉子成婚的情况。"楚稚水宽慰道。

竹米能否诞生源于他们当下的思绪，那诸多乱七八糟的事就不会存在。

辛云茂眸光微闪，他陷入思索："原来还有这种方式。"

楚稚水提醒："你的语气好像有点危险？"

辛云茂遗憾道："不过这对我没用，反正完全就是你的问题。"

楚稚水头皮发麻："能不能说点人话？"

"就是你不够爱我。"

"……"

楚稚水由于无耻之词捡回力气，忍不住跟他在被窝里扭打起来，恨不得将他的空脑袋敲得梆梆响。他们幼稚地胡闹一会儿，又裹着软被子滚来滚去，彻底将残存睡意驱散。

片刻后，楚稚水坚持要去洗澡，惹来辛云茂的长吁短叹，好像她做出了令他惋惜的恶行。

窗外的雨早就停歇，正是最合适的温度。

沐浴过后，楚稚水简单一擦湿淋淋的发丝，被迫坐在床边接受服务，听见呼呼的热风声音。她错愕道："为什么不用法术？"

他非要帮她吹头发，明明打响指就可以，偏要使用人类方法。

辛云茂身着家居服，他握着吹风机，站在她的身边，居高临下道："我早就说过，即便没有妖气，我也做什么都能行。"

"行行行，没有妖气也能做托尼。"楚稚水感受到头顶热风，自然不好再跟高傲神君争辩，她顺手刷起手机，又瞥见他朋友圈，"我们等放假时候，再去一次丹山吧。"

"可以。"辛云茂认真地帮她吹头发，"怎么突然想起这个？"

"当时不是说哪年的冬天再一起看雾凇。"楚稚水笑道，"而且我觉得要是看过很多美景，没准心情也会改变，总有一天，它会期待来到世间。"

如果竹米真是感召他们的心愿而生，那简直是妙不可言的双向选择。期盼着成为家长，期盼着成为孩子，就像谢妍和楚霄贺曾经期盼她来临一样。

没有任何强烈的功利心，只是期盼能分享彼此生命的意义，从而成为血脉相连的家人。

她都开始期待这一切了。

"好。"辛云茂轻声应下，他心里跟着柔软起来，垂眸道，"你可真守信用，还把丹山的话记得清清楚楚。"

"说过的肯定要记着，哪里能像神君一样，天天说着没法回应人类感情，一扭头就开花把我院子占满？"

辛云茂面色一窘，争辩道："我也很守信用。"

"哪里守信用？"楚稚水直白地戳破，"你刚刚还在授粉上耍心机，仗着我不懂你们的生理常识，妄图蒙骗我。"

辛云茂被她撑得语塞，他难堪地抿嘴唇，支吾道："但有些事做到了。"

她质疑："什么事？"

"你想拿我当竹椅和竹凉席，我不是信守承诺……"

"你住嘴！"

丹山雾凇的观景时间是 11 月至来年 2 月，春节假期要在家陪伴父母，两人就将机票订在元旦假期。

槐江观察局内，观局公司已经走上正轨，只要正常运营，不搞风险操作，基本上没有垮掉的可能性。保持健康的盈利体系，追求细水长流的口碑，这才是比较重要的事情。经济开发处度过艰难起步期，现在步入平稳发展阶段，他们的工作压力也变小。

即便如此，新透视频的快速扩张，仍让观局公司获得不少流量。楚稚水看到新活动收益，还到办公室找胡局汇报，告知他账上的钱可能积压。

局长办公室内，胡臣瑞听闻此事，他悠然一摆手，安慰道："不用担心，我今年有经验，早让他们去申请手续，着手筹备职工家属楼的事。

"如果一切流程正常，那我们会开始修建小区，等彻底完工后，宿舍改为招待所，以后就只住外人了。"

楚稚水不料胡局动作那么快，竟考虑起经济适用房，惊叹道："这么急吗？"

职工宿舍只是落脚之处，职工小区却还得有配套，那建造起来就不是同一概念。

"什么叫急，这哪里急？"胡臣瑞蹙眉长叹，"小楚，你是不知道我的苦，最近听闻一点风声，必须抓紧时间才行。"

楚稚水疑道："风声？"

"黄局不是闹出安全事故？等他处理完后续的事，恐怕会有降职的处分，那空桑正局长位置空缺，没准就投票再选一位。"胡臣瑞为难道，"除了你这种被破格提拔的，观察局人员调动还是有迹可循的，空桑暂时提不上来局长，就有可能调动其他局长。

"那位局长原本的单位就会提个副局，他兼任空桑和原局的正局长工作，但未来几十年可能主要待在空桑。"

龙魂没造成人员伤亡，高层想的是降职黄局几十年做处罚，等到这段时间过去，再看是重新提回他，还是在空桑选出新局长。另一位临危受命被调到空桑的局长，只消事态平稳后，就可以回原单位，解除兼任的状态。

因此，胡臣瑞感到岌岌可危，生怕再来一次"众望所归"。

楚稚水似有所悟："难道有消息说是胡局您……"

"不要说这种晦气话，这还没有开投票会！"胡臣瑞崩溃发声，"我们要相信投票的公正度！"

楚稚水第一次见老狐狸如此惶恐，她内心已对结果有所预料，软言安抚道："没事，胡局，空桑同样是人杰地灵的好地方。"

"这是什么话？"胡臣瑞瞪大眼，"这叫什么话！"

楚稚水无奈："但是……"

胡臣瑞震声道："小楚，老实告诉你，我已经跟他们讲明白，不会轻易给你腾位置的！"

楚稚水面对胡臣瑞强烈的反应，很想说自己就没琢磨过被提成副局。

楚稚水镇定道："胡局，但您也要考虑一些现实条件，建家属楼审批下来要很长时间的。"

"我当然知道。"胡臣瑞有条不紊道，"我早规划好了，提拔你也需要时间，我们先定个小目标，申请后就盖家属楼，建成后办理房产证还需要几年，那时候就能提副局。"

楚稚水心说自己被安排得明明白白，一下子就搭进去将近十年，忙道："不不不，胡局是这样的，我们可以盖楼，但其他的事再聊，还是让局里的大家投票来决定干部选拔。"

胡臣瑞愣道："难道你认为还有可能投出别人……别妖吗？"

"为什么不可能？"楚稚水迷惑，"我很多事不懂，干不了观察处的工作。"

胡臣瑞开解："我那时还兼任正局，不是所有事都由你管，再说观察处有苗沥。"

"那为什么不让苗处……"

"小楚，你是还嫌局里不够乱，想要看着东西被砸吗？"胡臣瑞愕然，"难道你认为苗沥不被提拔是由于我们忘了他吗？"

楚稚水："？"

胡臣瑞："那还不是他净惹麻烦，像他和神君都属于落后分子，丝毫没有爱岗敬业的责任感！"

他们听闻龙魂出逃，第一反应就是置之不理，还教唆胡臣瑞也别管。

楚稚水麻木道："原来如此。"

"所以再提副局的话，会考虑其他突出贡献。"胡臣瑞心平气和，"你一向有责任感，我对你寄予厚望，大家也绝对会投你。

"当然，这些都是以后的事，现在就是跟你提前通个气。"

"……谢谢您。"

片刻后，楚稚水从局长办公室出来，她忽然顿悟胡臣瑞的遭遇：由于胡局比较有责任感及手腕，所以观察局哪里缺砖就把他往哪儿搬，以前是槐江，现在是空桑，总归是物尽其用、人尽其才。

而她在工作上竟摸出一条升职路，眼看就要步胡局的后尘。

她本来对家属楼工期没想法，现在思索不然退休前再建成，想办法让胡局留在槐江几十年，否则当上领导后她只会更累。

不管如何，明天的烦恼留给明天，家属楼还八字没有一撇，局里目前的工作重点是规划发钱。

槐江局吸取去年的经验，今年绩效发放合理得多，不但在前两个季度就绩效上浮200%，还时不时就下发精神文明奖，力求在规章允许范围内多发钱，还没有到年底时候，全年收入就超越去年。

职工们收入水平提高，日常的花销却降低，现在吃住都在局里，连各类娱乐活动也丰富起来。

图书馆和电影院都正式使用，还有游泳池和篮球场供职工活动。球场篮筐某天莫名被打坏一个，后来经牛仕实地核查，在现场发现猫爪痕迹，罪魁祸首不言而喻。

临近元旦，楚稚水进局以来第一次请假，打算延长元旦假期，跟辛云茂去丹山玩。其他妖怪基本不请假，主要职工宿舍都在局里，请假回家的意义不大。正好经济开发处近期事务不多，留下的金渝也能在办公室轻松一些，没有什么新工作。

假期申请完，机票早订好，两人就从槐江飞往丹山。

冬季的丹山没有萧萧红叶，楚稚水和辛云茂想要悠闲一点，索性将酒店订在丹山景区。他们不用忙忙碌碌地赶行程，完全可以在景区多住两天，看完雾凇还能去泡温泉，享受舒适的度假。

酒店位置便利，两人还约好看日出，只要掐算好时间，从半山腰的酒店爬上山，便能在观景台亲眼看见太阳升起的时刻。

丹山的冬是一片白茫茫，然而在暗无天光的时刻，又化为一片灰蒙蒙，看不见一丝光线。

昏暗中，楚稚水穿着羽绒服出门，冷风刮过皮肤，冻红她的脸颊，留下微微刺痛。她轻轻呼一口气，都能看到白雾出现，不禁下意识搓搓手。

一只温暖的手抚过她脸庞，当即如热水般消融寒冷，连带刀割般的疼痛消失。辛云茂见她裹得像白团子，鼻尖却还是冷得泛红，忍不住捏捏她冰凉的手指，又不知从哪儿取出手套，不紧不慢地帮她戴上。

"你怎么带着？"楚稚水看到手套一怔，"我都没找到。"

"被挤到沙发角落，我听你出门时说了，拿到才过去找你。"辛云茂听她说起过一句，索性趁她查地图的时候，折回酒店拿手套。

楚稚水感慨："瞬移真方便，我都没注意你回去了。"

楚稚水不知辛云茂做过什么，手套里面还暖融融，并不是凉凉的，瞬间让她的手指灵活起来。脸颊及手不再冰冷，浑身就涌现出活力，又有力气继续往上爬。

脚下是被修缮平整的上山路，早就没有积雪覆盖，但踩过仍咯吱作响。

楚稚水一边往上爬，一边新奇地拍拍手，赞叹道："手套好暖和，你提前暖过？"

辛云茂同样一袭冬装，他走在前面探路，漫不经心道："还能更暖和。"

"什么？"

他回头瞥她，理直气壮道："你要牵着我，就能更暖和。"

"……"

辛云茂见她神情微妙，他干脆转身正对她，不满地双臂环胸："上次来这里，我就想说了，你当时都累成那样，为什么不让我帮忙？"

两人上回来丹山赏红叶，楚稚水明明都疲惫不堪，却坚持不向他伸手求助，一声不吭地自己爬到山顶。辛云茂当时苦等许久，不料她一口气就登顶，彻底让他的期望落空。

楚稚水迷茫："原来你那时在等我找你吗？"

辛云茂挑眉："不然呢？"

她蒙道："我以为你在用眼神挑衅，认为我是人类太弱了，毕竟你的表情好欠揍。"

辛云茂："？"

楚稚水见他愤愤，连忙绽放笑容，柔声道："原来是我以小人之心度君子之腹，没想到神君当时就很体贴，还有助人为乐的想法，主要爬山也不好帮，我当然就没想到。"

"怎么不好帮？"辛云茂却不吃她这套，他轻嗤一声，反驳道，"你当时说想牵着我就行了。"

楚稚水面色慌乱，惊道："我当时怎么能牵你……"

"那现在呢？"辛云茂朝她伸手，他别扭地移开视线，闷声道，"能牵了吗？"

楚稚水不禁忍笑，她伸手回握住他的："能牵。"

辛云茂嘴角微扬，稍往前走一点，拉着她就继续走。

天光未明，周围景色如雾，他们一路携手攀到观景台。明明是寒冷季节，却意外地并不难熬，甚至感觉这条路顺畅而短暂，一不留神就抵达终点。

观景台晦暗不明，只能零星看到数个黑影晃动，都是在等待日出的游客。楚稚水和辛云茂挑一个空地，便手拉手静候太阳升起，现在放眼望去依旧是浓浓迷雾。

没过多久，天际线上迎来万丈金光，伴随游客欢喜的惊呼，新一轮明日冉冉升起。

金灿灿日光逐退群星与残月，直让雾蒙蒙的天空瞬间放晴，同时映出地表洁白如玉、明澈耀眼的雾凇及湖水，隐约可见振翅高飞的鸟雀，唤醒沉寂一夜的万物。

千里林峰，银装素裹，倘若夜色将万树涂抹成灰暗爪牙，那日光就将万千黯淡照透、刺破，顷刻间归还天地莹莹亮亮、白白茫茫。

太阳初出光赫赫，雾凇映日耀人眼。

他们目不转睛地欣赏美景，生怕一眨眼就错过朦胧云烟后的晖光，无法将每一丝变化纳入眼中。

倘若丹山的秋是怒放之火，浓艳红叶铺遍千山万山，那丹山的冬就是初融的雪，看似霜寒浓重却潜藏生机，寂寥过后隐有潺潺流水细涌，那是历经四季沧桑的荣辱不惊，用素净的白笼盖万物。

一如生命有起有落、有始有终，在岁月变幻中焕发无尽光彩，每一秒都独具韵味。

辛云茂远望雪景，冷不丁道："我其实以前不喜欢雪。"

楚稚水："真的吗？"

"对，但我现在觉得很美。"他侧过头，重复道，"很美。"

楚稚水闻言望他，却正好撞上他视线。

那双眼澄澈如粼粼的碧波，浸润着暖暖金辉，竟让她感觉比朝霞还动人。明明是在说景，他却双眼含笑，不偏不倚地望她。

她不禁握紧他的手，下意识靠过去。

银凇金日，绿竹绕水。

他们在惊蛰相遇，携手赏冬日绚烂，还将横跨无数四季，在水云间迎来朝晖灿灿。

Zhu and Zhi

番外

签名

番外 1　竹米

竹米在楚稚水和辛云茂婚后的某一年突然到来。

冬末春初的清晨，阳光轻飘飘洒入屋内，唤醒熟睡的楚稚水。她缩在被子里，半睡半醒摸索一番，发现辛云茂竟还没有起床，习惯性地向他靠过去蹭蹭。

辛云茂一向睡眠轻浅，他偶尔会早起晒太阳，偶尔会陪她多躺一会儿，全看太阳升起的时刻。对于植物来说，或许日出就代表醒来，不像人类常能睡到日上三竿。

然而，今日是一个例外，直到楚稚水彻底清醒，辛云茂依旧待在床上，墨黑的长发披散，跟她的秀发交叠，如柔顺的黑色绸缎。他一动不动地躺着，眼睛却时不时在眨，明显早没有睡意，但是不愿意起身，像名副其实的木头人。

楚稚水坐起后神色茫然，她最初以为他在暗示什么，还凑上前亲亲他唇角，心想这回应该可以了。

无奈辛云茂破天荒没反应，看来不是在借机生事，讨要她日常的关怀。

"怎么了嘛？"楚稚水伸手点点他额头，"还想多睡一会儿？"

辛云茂闻言，他的视线缓缓移动，最后落在她的脸上，嘴唇微微地张开，又不知如何措辞，好半天才艰难回答："我好像结籽了。"

竹米应妖气感召而生，辛云茂今早就察觉异状，一直躺在床上平复情绪。

楚稚水望着呆滞的他，她同样面色一蒙："……"

双方同时收声，他们大眼瞪小眼，皆身躯僵硬，在消化此事。

漫长沉默后，楚稚水快速调整状态，手指早不自觉收紧，面上强作温和镇定，声音却在发颤："那你今天还想去家里吃饭吗？"

今日是周末，两人原定回家吃饭，探望退休后的楚霄贺及谢妍。

"想。"

"那需要我为你做点什么？"楚稚水不懂结籽的注意事项，手足无措道，"你现在感觉还好吗？"

"就需要你做一件事。"

"什么？"

他抬眼瞥她："再亲我一下。"

楚稚水二话不说，她猛亲他两口，直接就翻倍。

辛云茂以前说过，竹米的诞生是双向选择，他们都在期待这一刻。因此，两人经历最初的惊讶，情绪竟然称得上平和，只是规划起未来的事。

起床后，辛云茂像往常一样饮水更衣，楚稚水就开始上网狂刷信息，搜索竹子结籽注意事项，明明在校时写论文还不错，但依旧没找到什么有价值的文献资料，深感专家在此方面研究不深。

辛云茂握着茶杯，他好似看破她的紧张，没看手机都知道她在做什么，安抚道："现在感觉还好，气息凝聚起码不会有性命之危。"

他结籽只是力量大幅衰落，原因是孕育果实会吸收植物营养。

"但总归要注意一点。"楚稚水低头摁着手机，嘀咕道，"我让爸爸今天将饭菜做得清淡点，不要放奇怪的香料。"

辛云茂："？"

没过多久，楚稚水和辛云茂就开车出发，驶入熟悉的主路，回到父母家小区。

家中，谢妍听到敲门声，接着是钥匙转动的声响，匆匆奔来迎接两人。屋门一开，楚稚水和辛云茂就陆续进屋，现在天气仍微寒，他们都穿得严实。

"云茂今天穿得暖和。"谢妍眼看辛云茂一身厚外套，她不由露出诧异之色，明明上周还衣着轻薄，现在升温后反而加衣服。

他们跟女婿熟悉后，逐渐得知他的生活习惯，比如冬天也不必加衣服，穿棉服主要是为了跟街上人保持一致，并不代表他畏寒。

辛云茂听到此话，他瞥一眼楚稚水，欲言又止道："她非让我穿的。"

楚稚水好脾气道："多注意一点。"

谢妍笑道："是啊，还说最近有倒春寒。"

"爸爸呢？"

"买菜去了，本来都买完了，你不是发消息了吗，他就说再买点。"谢妍宽慰，"没事，反正他现在退休，老领导无人理难免失落，好不容易接到你的任务，多出去转悠几圈挺好。"

楚霄贺退休后，跟众多领导一样，从工作彻底切换回家庭，还需要一段时间来适应。以前，他每天在岗位都有事情做，时不时还要开解年轻人，现在彻底离开旧环境，同样得调整心态。

在这方面，谢妍心态比他要坚韧得多，退休后依旧生活充实，没事跟朋友们出去打牌逛街，偶尔有闲情逸致还在家翻找年轻时的衣物，早就从容地接受退休日常，不像丈夫时常心里空落落的。

楚霄贺现在的生活重心就是做饭，听说近期重拾象棋的兴趣爱好，周末还会跟辛云茂下会儿棋，他们有不少共通的老年人爱好。

早晨，楚稚水难得提出要求，希望楚霄贺调整饭菜，他立马就欢欣领命，兴致盎然地回超市，非要圆满完成任务不可。虽然楚霄贺总说家里没他不行，但在某种意义上他没家人更不行。

楚稚水了然地点头，她打算在饭桌上公布消息，这样就不用等楚霄贺归来再说一遍。

午餐时，楚霄贺果然摆出一大桌菜，他热情洋溢地招呼起来："云茂，尝尝这个，你要是觉得不错，我可以教你怎么做。"

辛云茂应声，老实地夹菜。

楚稚水："他可能最近不做饭了。"

辛云茂一听此话狐疑地瞄她，他明显就没有说过这种话。

"现在是烹饪兴趣消退？"楚霄贺笑呵呵道，"那不然我俩待会儿下棋吧。"

楚霄贺倒没有强迫他学做菜的意思，辛云茂平时话不太多，他们一起做饭或下棋，算是一个打发时间的方式。

辛云茂："没……"

楚稚水一本正经道："他结籽了，多碰冷水不好。"

谢妍："啊？"

哐啷一声，是筷子砸落在瓷碗上。

父母二人皆瞠目结舌，尽管早就听说过此事，但得知消息依旧万分惊讶。

楚霄贺脑袋瓜嗡嗡的，他迷惘地望着辛云茂，结巴道："结、结籽了？那有几个月了……"

辛云茂坦白："第一天。"

"哦哦哦，第一天，好消息，这是好消息。"楚霄贺浑浑噩噩，机械地鼓掌庆祝，明显还没有缓过神来。

谢妍同样晕头转向，她当即握起汤勺，给辛云茂盛一碗汤："好，不碰冷水，多喝热汤。"

楚霄贺愣怔道："我当时知道有闺女后，确实没料到还有今天。"

楚稚水："你们把他当成我就好。"

谢妍作为有生育经验的女性，还是能坐稳场面，嘘寒问暖道："云茂，那你现在有什么反应？想吃酸的？想吃辣的？"

辛云茂："……"

饭后，楚霄贺既没有教辛云茂做饭，也没有叫他一起下棋，反而跟妻子钻进屋里，让楚稚水和辛云茂留在客厅看电视。

桌上的餐具早就收拾干净，辛云茂原本提出打响指解决，却被一家三口直接拒绝，认为能用人力的事不必使用妖气。

电视上，楚稚水特意打开一部竹子纪录片，这是父母当初为了解辛云茂找的，现在又派上新用场，可以复习部分结籽知识。

辛云茂陪她坐在沙发上，他突然脸色一沉，紧接着轻咳两声。

"怎么了？"楚稚水平时没准还睐他一下，现在却是一秒回头，关切道，"不想看这个吗？"

辛云茂如今的身份不同，没准看这些有心理压力，她或许该私下自己了解。

辛云茂犹豫片刻，难以启齿道："你让他们出来。"

"爸妈吗？"楚稚水瞄一眼屋里，"他们刚说去拿东西，没准一会儿就出来。"

辛云茂面覆霜雪，闷闷不乐地咬牙。

楚霄贺和谢妍在屋里讨论生育问题，却不知道妖怪能听到自己名字，加上敢喊辛云茂名字的人不多，导致他一句话都没有落下！

他们先探讨该去月子中心或植物种植基地，接着又说他的身份不能随便暴露。谢妍照顾辛云茂实在不方便，打算派楚霄贺去植物基地进修。

辛云茂越听脸色越黑，赶忙出言提醒楚稚水，让她打断这场离谱交流。

楚稚水听他语气愤愤，愣道："居然是躲屋里聊这个吗？"

父母肯定是交谈时提及"云茂",一字不落地传进他耳朵里,估计让他深受刺激。楚稚水考虑到他的情绪健康,她连忙高声呼唤:"爸,妈,出来吧——他想跟你们聊会儿天。"

他们可不要偷偷聊细节了,辛云茂听到背后嘀咕更难熬。

"来了来了,大家一起聊会儿,有助于情绪的稳定。"楚霄贺匆匆出来,摆出一副过来人姿态,好言相劝,"这头三个月很重要,不然跟你们领导打声招呼,以后多回家歇一歇,相信单位不会为难你。

"云茂别太操心工作,大家都有人情味。"楚霄贺语重心长道。

辛云茂:"……"

说实话,辛云茂从没将观察局工作当回事儿,但他看着比自己弱小百倍的一家三口,居然认为他柔弱不能自理,竟莫名其妙涌出一股倔强及骨气。他完全不能接受此等现状,认为有必要重整威严。

辛云茂表情紧绷,他像对待外人般严肃,毅然决然道:"我要上班。"

这大概是他诞生以来最有上进心的一天。然而,一家三口早跟他关系熟稔,完全没有被他的冷脸击退,还把这情况当作他的情绪起伏。

楚霄贺:"其实没事的,你可以休假。"

辛云茂固执道:"我不休假。"

谢妍听他如此敬业,出面解围道:"让他去上班吧,总在家精神也不好,只要小心一点,上班不要过于操劳,没准状态更好。"

辛云茂:"?"

楚稚水:"正好最近局里没什么事,应该还是挺悠闲的,院里春天风景也好。"

楚霄贺:"那我是不是该去问问幼儿园情况……"

辛云茂:"?"

辛云茂让楚稚水将二人叫出来,是希望他们结束此话题,不是让他们当面讨论,还贴心咨询自己意见!

他第一次体会到物种隔阂,确信接下来要多待在局里,等到结出竹米后再来这边,实在不能容忍楚霄贺和谢妍将自己当作娇弱之人。

楚稚水得知辛云茂要常驻局里,她没有提出反对意见,仔细一想局里对他的情况更了解,有什么事情也方便求助,确实比待在家里安稳得多。

今年，家属楼正式盖成，胡臣瑞信守承诺，将楚稚水提拔成正处。房产证还没有办下来，老狐狸自然赖着不挪窝，非要拖到最后一刻才去空桑。

尽管槐江局最近在商议分房，但新房还要装修及通风，目前仍然无法入住。楚稚水找后勤科要钥匙，将她和辛云茂的宿舍打扫一番，稍微增添一些家具，头一回真正地使用。

她最近也不回家，陪辛云茂待局里，反正食堂伙食同样不错。

院内树下，辛云茂坐在石质圆凳上晒太阳，他在局里就清闲很多，逃离楚霄贺和谢妍视线范围，可以避开很多让他为难的讨论。两人只要没瞧见他，就不会老盯着他，尤其受楚稚水开导后，最近主要讨论带孩子的事。毕竟他们在这方面不了解，很难有效地帮上忙，还是带小孩更实际。

槐江局同事就清醒得多，他们对辛云茂的实力有判断，知道他结籽衰弱后也够强，不会忧心忡忡围着他打转。当然，凡事都有例外，还是有同事没法当哑巴，习惯性要抓挠竹子两下。

苗沥途经小院，他感受到妖气流动，忍不住停下脚步，诧异地回头，望向辛云茂："你不都开花了，最近怎么又……"

怎么又大量释放妖气？难道老树开花是一波又一波，秀恩爱还没完了？

辛云茂嗤道："关你什么事？"

"不对，不像是向外放妖气。"苗沥上下扫视一番，他不禁瞪大猫眼，惊叹道，"你居然结籽了？！"

对妖怪来说，他们基本没繁育概念，主要是没法顿悟，像天地般进行孕育。他们都由天地而生，却很难做到像天地一样。

辛云茂却做到了，自然让苗沥发蒙，深感不可思议。

辛云茂傲慢一笑："至于这么大惊小怪？"

苗沥最初晃神，又见对方得意，转瞬就恢复镇定，难以置信地讥讽："天地不公，没想到你会结籽。"

那条变态龙都没做到！这根破竹竿却做到了！

"天地不公？"辛云茂悠然道，"我早就跟天地比肩。"

苗沥看不惯对方的嘴脸，啧啧道："跟我预想的不一样，看来楚处长彻底被缠上，一时半会儿还散不了。"

辛云茂听猫拱火，他当即蹙眉，冷嘲道："这不叫预想，叫痴心妄想！"

"那可难说。"苗沥斜他一眼，漫不经心道。

辛云茂："……"

苗沥瞧对方面色铁青，他还不紧不慢补刀，语气颇阴阳怪气："算了，不跟你说了，别真跟人类电视剧里一样，被你诬陷，到时候找理由打杀我，惹不起你。"

苗沥一番挑衅，彻底激化矛盾，终于引得神君出手。

辛云茂站起，眉头紧皱道："真是记吃不记打！"

他以前就看出这只猫闲得慌，其他妖想要暴揍苗沥一顿，都能被对方理解成闹着玩。因此，他一向懒得搭理坏猫，主要越理对方越来劲。

苗沥见辛云茂起身，当即眼眸一亮，兴致勃勃伸爪："你还打得动吗？我以为光会叫人呢。"

"哼，等你挨完揍就知道。"辛云茂倒没打算将猫打死，但敲爪子以示警诫又没事，反而能让对方消停一会儿。他们院中对峙，开始踱步绕圈，颇有要切磋一场的意思。

不远处，楚稚水和胡臣瑞从办公楼出来，他们遥望此景，连忙奔来阻止。

"苗沥，你干什么呢？！"胡臣瑞眼看苗沥连铁爪暗器都掏出，厉声呵斥道，"非要在我走前闹出件大事挽留我是吧！"

槐江局最近过于平静，致使苗处精力无处释放，居然盯上院子里的竹子。

楚稚水赶到辛云茂身边，她第一次见他要打苗处，忧心道："你现在的状态，居然还逗猫玩？"

辛云茂："？"

"确实，人类有这方面的讲究，神君最近要远离带毛动物。"胡臣瑞在旁点头，他一把扯住苗沥衣领，婉言道，"我和苗沥都注意点，这段时间绕着神君走。"

"啧。"苗沥好不容易能练手，谁料被局长当场逮住，争辩道，"不能接触猫狐实属谣言，说不定能避免小孩毛发过敏！"

辛云茂："？"

"闭嘴。"胡臣瑞拖走黑猫警长，"你这样说话，我很难保你。"

辛云茂目送二妖离开，他深感局里也不安宁，脸色彻底笼盖阴云，咬牙道："必须加快结籽进度了。"

"为什么？"楚稚水不懂他的愤慨，她拽拽他的衣角，安慰道，"顺其自然就可以，怎么突然要加速？"

竹米是一颗种子，凝结而出需要大量妖气，倘若结籽速度加快，辛云茂妖气流失就更快。

辛云茂相当郁闷："现在不耗妖气，就要活活受气。"

楚稚水："？"

他已经无法容忍被视为弱者的生活，竟连胡臣瑞等妖都敢小瞧自己，简直是无法无天！他如今连打猫的资格都没有，原因是其他妖怕惊动竹米！

楚稚水无法阻拦辛云茂，尽管她认为同事是善意，但他却在此等优待中大感受辱，有着莫名其妙的强烈自尊心。

辛云茂敲定此事，立马就放手去做，最近常在院中晒太阳结籽。他工作时间在办公室沐浴阳光，休息时就在新建成的花园及菜地徘徊，感受春天的点点滴滴，孕育等待萌芽的种子。

春花灿烂春来早，楚稚水总是陪在他身边，偶尔从食堂拿来金渝和牛仕调配的新饮品，偶尔在傍晚时流连溪边，让他枕在自己的腿上，给他讲一些童年的事。

现在，局里的杂草丛彻底消失，原有的溪水及青苔则被略加改动，成为别有韵味的景致。一旁的青石台，楚稚水坐在台阶上，辛云茂则平躺着，悠然地枕着她的腿望天听故事。

楚稚水用手指轻捻他的发丝，轻声道："但我小时候脾气还挺大，那时在幼儿园跟老师吵架，提起书包就打算自己回家，所以我爸妈总说我可有主意。"

辛云茂好奇："为什么吵架？"

"我觉得她不公平。"楚稚水叹息，"现在想来都是很幼稚的事，就是幼儿园获奖分小红花，她给一个男生两朵，但我就只拿到一朵。

"其实小红花没有用，可我就难受得不行，还想着再也不去幼儿园了。"她笑道。

后来，楚霄贺和谢妍得知情况，他们去跟幼儿园老师沟通，次日在班里补给她一朵花，这件事才算翻篇。

"谁说花没有用？开花很重要的。"辛云茂瞥她，意味深长道，"原来你从小就对花有执念。"

"小红花是贴纸，并不是真的花，你理解错了！"楚稚水忙道，她哪能瞧不出他的揶揄，不禁用手指轻点他额头，想要将空竹筒敲出声响。

辛云茂："不过人类这种经历很有趣，我基本都记不得幼年时的事。"

"你小时候长什么样？"

"准确地来讲，我们没有小时候，最多是若有若无的灵智，就像当初的人参幼妖一样，基本没办法被看到。"他解释，"等听到名字，就可以化人，但一般都是成人形态。"

因此，辛云茂在纯白空间看到幼年楚稚水新奇地抱着不撒手，确实是由于没怎么见过。

楚稚水恍惚："那好遗憾，虽然我有想过不去幼儿园，但说实话班里的饭挺好吃，你们是完全没这阶段了。"

"嗯。"辛云茂思及楚稚水父母，说道，"所以可以让他们不要再找幼……"

他刚想说别再慌记送竹米去上学，倏忽间却察觉什么，骤然就咽回下文。

楚稚水听他话说一半却愣神，疑道："怎么了？"

辛云茂攥紧手心，他方才发现妖气凝聚，瞬间就被吞掉大半。

楚稚水瞪大眼，她慌乱扫视平躺的他，手足无措道："我去叫人来……叫妖来？！"

"不，结束了。"辛云茂张开手掌，露出掌心的竹米，迷茫道，"这就是。"

楚稚水望着莹莹发亮的粒状种子："？"

局长办公室内，楚稚水、辛云茂、胡臣瑞和洪熙鸣齐聚一堂，他们望着盒内细绒布上的小粒种子，不禁同时陷入深思，接着讨论竹米现状。因为此事有关育儿，所以就找来洪熙鸣，而非喜爱闹事的苗沥。

胡臣瑞仔细观察辛云茂，又错愕看向小粒种子，奇怪道："神君妖气确实消失大半，但怎么会光结出种子？"

胡臣瑞作为阅历丰富的局长，不但能感受到辛云茂力量减弱，更能察觉竹米蕴含的巨大力量。无奈他想破头都不明白，神君为什么会诞下种子？

楚稚水："植物都是从种子长起的？"

"小楚，我们一般没幼年期，按理说植物妖诞生那刻，就能够立刻萌芽成长，同时转化成人形。"洪熙鸣疑道，"拥有那么多妖气，却没有化出人形，确实有点怪。"

辛云茂蹙眉："所以你们也不知道原因？"

胡臣瑞长叹一声："神君，这可是传说中的事，我们只知道原理，但也从来没见识过。"

辛云茂诞下的竹米具备他一半的力量，更不可能被当普通妖怪看待。

"你们当时有说什么吗？"洪熙鸣若有所思道，"我们都是感应而生，它会突然愿意出来，肯定是有什么理由的。"

"当时在说什么？"楚稚水努力回忆，试探道，"说幼儿园饭好吃？"

洪熙鸣拍板道："那估计就是这个，它想要吃点好的！"

楚稚水迷惘地盯着竹米："但它现在也吃不了什么……"

她从来没听说过植物幼儿园？

辛云茂果断道："那就种在地里浇水。"

楚稚水忙道："不不不，这个育儿方式有点莽撞。"

胡臣瑞："试试吧，它没有直接萌芽，就只能依靠外力。"

楚稚水眼看三妖态度笃定，她只得去找牛仕要花盆，认真挑选一个最漂亮的。辛云茂不知从何处找来泥土，还特意用妖气灌溉一番，让土壤潮湿而肥沃起来。

他们最后将竹米种进去，然后小心翼翼带回家。

由于竹米诞生的异常，楚稚水不知如何向父母解释，小朋友目前还是泥里的种子。

谁料楚霄贺和谢妍的心脏比他们的强大得多，连辛云茂都无法理解竹米不化人，但二老却认为竹子从地里长出来没问题。

他们还兴奋地买来植物营养液，最后在楚稚水制止下才没用，每天用掺杂妖气的清水喷洒小花盆，耐心地等候家中第三代露面。

楚霄贺现在围着花盆转，日常就是溢美之词："今天米米又长大一点！真厉害！"

"长出来是不是就叫笋笋？"谢妍望向女儿及女婿，"这些都只能算小名，你们想好名字了吗？"

楚稚水知道妖怪生来就有名字，她面对上心的父母，小声地回道："还没。"

楚霄贺抓耳挠腮："叫辛什么？辛笋？"

辛云茂："我不姓辛，这是证件名。"

"那这么说你姓云？"楚稚水问。

"不，我们没有姓氏概念，姓氏是表示家族血缘的符号，妖怪是不讲究家族联系的。"辛云茂思索，"非要一个姓氏，那可以跟你姓，反正看它现在这样，也不是天地赐名。"

名字是妖怪行走人间的符号，但他们没父母亲人，就不会有姓氏概念，等于是随机分配。

"那要好好思考一下才行。"楚霄贺郑重道，"我最近翻翻词典，你们有什么倾向吗？"

楚稚水观察着花盆里的竹米，她好似真看到一点绿意，若隐若现不甚清晰，不知是不是眼花了，说道："爸，这可以等它出来再讨论，不用那么着急的。"

楚霄贺："那也得先想几个才可以，又不是一拍脑袋就定下。"

谢妍："云茂有什么喜欢的字吗？"

辛云茂沉吟数秒，他嘴唇微抿，闷声道："水？"

楚稚水当即脸热："跟我重名不好吧！"

"对，那小名就重叠了。"楚霄贺道，"不过可以围绕着这个延伸想想。"

楚霄贺最后接过起名重任，他打算近期草拟出几个，让家人来讨论决定。父母二人原本还想带走小花盆，但遭到楚稚水的阻拦，坚持要放自己家里养。

"好啦，那米米再见，爷爷过两天再来看你。"楚霄贺临走还跟花盆招手，他的声音柔和慈祥得不像话，仿佛小花盆当真是婴幼儿。

谢妍笑道："你们周末记得带米米过来。"

待到楚霄贺和谢妍离开后，辛云茂终于憋不住，难以置信道："他们都不跟我们聊了。"

二人现在满心都是竹米，根本无心询问楚稚水和辛云茂，完全进入老人家带孙辈的状态。如果不是竹米还没化人，辛云茂怀疑楚霄贺就要教竹米烹饪及下棋，深深感到自己地位下降。他很想说竹米看似弱小，但它很强，根本不用关怀备至成这样！

楚稚水赶忙抱紧酸溜溜的某妖，软言安慰道："好啦，我以后跟你聊，我以后陪你下棋。"

随着时间流逝，竹米终于在小花盆里破土，露出稚嫩而柔美的绿意，在饱吸阳光及妖气后，不紧不慢探索起新世界。

化人的那一天，恰好是全家敲定名字的日子，楚霄贺综合各类想法，认为"楚枝雪"听着不错，一来枝叶和雪花分别代表辛云茂和楚稚水，二来"雪"对他们也是有意义的字眼。

辛云茂回想有关雪的回忆，点头道："是不错。"

"楚枝雪？"楚稚水道，"但这是女生名字，可以等它化人以后，再决定要不要……"

下一刻，沙发茶几上的小花盆就妖气扩散，楚稚水刚喊出这名字，竹米就被呼唤般化人，在沙发上凝聚成一个七八月的女婴，看上去粉雕玉琢、软糯可爱。

她有着一双明亮清澈的圆眼睛，跟童年楚稚水分外相像，但眉眼处又有辛云茂特点，乖巧地半卧着，抬眼环视众人，眼底透着好奇。她跟其他妖怪不同，没有直接化为成人，还是婴幼儿状态。

楚霄贺和谢妍目睹此幕，他们都是既惊又喜，刚想要上前抱小孩，又犹豫不决地悬着手，唯恐随便动她会不好。

楚稚水惊道："怎么跟她爸一样？一喊名字就出现。"

她原本疑惑竹米不化人，现在看来是没有名字，所以没法踏进化人环节。

"可以抱她的，她其实很强。"辛云茂望着小竹米，他像看到幼年楚稚水，忍不住想伸手抱她，跃跃欲试地走上前。

然而，辛云茂遗忘一件事，他不招幼崽喜欢。

白玉般女婴小嘴一撇，她躲开父亲的双臂，最后滚向爷爷奶奶那侧，连嫌弃嘴脸都跟幼年楚稚水如出一辙。

辛云茂大感悲恸。

楚稚水唯恐辛云茂失落，她连忙奔过去，试探地伸出手，顺利抱起小竹米，又坐到辛云茂身边，这才将事态稳定住。女童在楚稚水怀里还算老实，安安分分地玩起手指，任由一家人打量自己。

楚霄贺面色兴奋："我抱抱米米呢？"

楚稚水偷瞄一眼身侧的辛云茂，婉言道："先等她适应一下吧。"

万一楚霄贺真把小孩抱起来，那估计会更让竹子妖受打击。

谢妍："米米看着有七八个月了。"

"妖怪生来有灵智，前面应该就在长，只是还没有化人。"楚稚水道。

按照得知结籽的时间来算，米米的成长速度跟人类无异。

人类幼崽要是较聪明，没准七八个月就能讲话。竹米崽崽明显智商继承楚稚水，她刚一化人适应完，便奶声奶气道："幼儿园！"

不是爸爸，不是妈妈，第一句话竟是"幼儿园"。

楚霄贺赞不绝口："米米真争气！这就想着上学！"

米米又往外蹦一个字："饭！"

楚霄贺立马扩句，拍手道："对对对，要做小模范！"

楚稚水："……"

完了，她感觉洪姐推论没错，她和竹子妖的女儿确实是为幼儿园饭菜降生的。

果不其然，米米很快就展现惊人的干饭天赋，因为植物不存在哺乳环节，所以她直接进入辅食阶段，开始吃一些营养丰富的菜粥及肉末。

楚霄贺和谢妍本来还想尝试奶粉，但米米完全继承辛云茂的口味，对奶制品兴趣不大，偏好富含果味的食物。

二老最初有些担忧，害怕米米会营养不良，好在辛云茂出面解释。

"植物妖并不需要进食，一般饮水和晒太阳就行。"辛云茂望着坐在小椅子上等喂饭的女儿，"而且她有我一半的妖气，按理说连饮水都不需要。"

对辛云茂来说，饮水、睡眠及晒太阳属于兴趣爱好，同样不是必需的事情。

"那怎么行？"楚霄贺连连摇头，"米米在长身体，肯定要吃好点，你们要没空，就我们来养！"

楚稚水无力吐槽："爸，不能由于你退休后没事做，就完全围着米米打转。"她最近想亲近女儿，甚至完全插不上手，家中队伍排太长，轮不到她来照顾。

谢妍："你们上班时又没空，等周末来接米米就好。"

楚霄贺："周末都不用接，你们回家吃饭时看米米就行！"

楚稚水望着兴致勃勃的二老，她深感被安排得明明白白。

一家人开始商议米米的食宿问题，讨论该将她留在父母身边，还是送到爷爷奶奶身边。楚稚水认为小孩需要跟父母交流，但直接拒绝楚霄贺和谢妍，估计会让他们伤心失落，一时间难以抉择。

　　好在辛云茂的天赋发挥作用，家人们很快就发现，米米跟辛云茂一样，可以通过竹子来瞬移。

　　某天，米米留在新家跟父母同住，楚霄贺只得恋恋不舍地道别，还带走小花盆借物思人，谁料晚饭时就在家中沙发上看到孙女。小女孩开心地摆摆手，跟爷爷奶奶共进晚餐。

　　小花盆里有米米的根茎，新家院内则有辛云茂的根茎，而且楚稚水还戴着竹质信物，让米米能够在两个家里来回穿梭。

　　饭后，楚霄贺专门给楚稚水打电话，说米米跑到家里不用来接。

　　谁承想，他就进屋洗个碗的工夫，家里的孙女不翼而飞，吓得他赶忙通知谢妍和楚稚水，这才得知米米又回到新家了。

　　楚稚水在电话中安抚完老人，她望着家里软垫子上的女儿，欲言又止片刻，又道："宝贝，你这两头蹭饭是真绝啊，哪边都没有落下。"

　　现在，家中搭建出一片婴幼儿娱乐区，铺着漂亮的软垫子，还放有可爱的玩具。米米就坐在小围栏里，老实乖巧地将玩具摆弄来摆弄去，还用那双澄澈的圆眼睛看妈妈，满脸纯真懵懂的模样。

　　"刚在那边吃过，待会儿还吃吗？"楚稚水好笑道，"你爸在厨房忙好久了。"

　　楚霄贺和谢妍吃饭比他们早，米米在那边吃完上半场，正好赶回家就是下半场。虽然小朋友没有复杂心思，但楚稚水总认为女儿很聪明，必然是沾着点鬼灵精的机智。

　　米米一副听不懂的样子，她眨眨水汪汪的眼睛，还伸出两只白藕小手，软绵绵道："抱。"

　　很好，这是辛云茂的装傻充愣，加上自己的顾左右而言他，完美融合父母的特点，遇到困难提问就跳过。

　　楚稚水明知道米米在装乖，但对方眨眼睛像极辛云茂，好似在呆呆注视自己，终究是心底软成一片，走过去将米米抱起来。

　　她抱着糯米团般的女儿，嗅到一阵清新味道，轻柔地哼起小调，调侃道："竹叶味儿的小寿司，要被人一口吃掉。"

米米听到此话，她咕哝出一串声响，好像没料到会被吃，可怜兮兮地望妈妈。楚稚水见状，还故意凑上前嗅闻，忍不住逗逗女儿，摆出吃饭的架势，最后只亲她一口。

米米不安地晃着手，等半天也没有被咬，她不禁愣怔起来，然后模仿着母亲，同样回亲对方一口，紧接着咯咯地笑起来，好像发现新的吃饭方式。

辛云茂从厨房里出来时，映入眼帘的就是这温馨画面。他目光柔和，随即缓步走上去，从身后搂住楚稚水及女儿。

"你要抱她吗？"楚稚水感觉他环住自己，她怀里有米米，试探地转过身，"再试一次？"

辛云茂最近尝试抱女儿，但不知为何屡试屡败。辛云茂招幼崽排斥的问题较难解决，可能米米稍微长大点，才会懂事地任由他抱。

"不用。"辛云茂用下巴轻蹭楚稚水发丝，他将母女二人圈在怀里，闷声道，"这样都抱住了。"而且是拥抱住全世界。

楚稚水面露为难，小心翼翼道："我有个消息得告诉你……"

"什么？"

"米米刚才好像瞬移到爸妈那边吃了晚饭。"楚稚水无奈道，"我不确定她待会儿还吃不吃。"

辛云茂深感迷茫："她明明不用吃饭。"

他一直不懂这是哪来的基因，他并不是重视口腹之欲的人，楚稚水平时看起来也不贪吃。

楚稚水信誓旦旦："可能是你的基因。"

"怎么会？"

"竹筒变异成饭筒。"

"……"

晚餐时，餐桌上有赛螃蟹、白灼鲜虾及各类时蔬，还有一锅完全无刺的鱼片粥，早就被炖得软烂易咽，看上去让人食指大动。

辛云茂通过刻苦学习，近来厨艺大长，现在更是把持厨房重地，坚信家里没他就吃不上饭。

楚稚水不好意思说她会做饭，好歹曾经在银海市独自生活，从小也接受过楚霄贺熏陶，以前认为开伙没必要，不代表她不会烹饪。然而，辛云茂极度自信，她戳穿他好像不太好，索性就任由他去了。

楚稚水和辛云茂坐的是正常椅子，米米则有专属的幼儿小椅子，正前方还有放碗小桌板。米米现在安静地坐着，连看到父亲都满脸笑意，她时不时就张开嘴巴，等待下一勺鱼片粥，完全没有部分小孩挑食的嘴脸，对于吃食来者不拒。

"你不是说她不用吃饭，为什么现在还要喂呢？"楚稚水眼看辛云茂喂粥，提醒道，"她吃那么多不会撑坏吧？"

究竟是谁说女儿连喝水晒太阳都不用？他现在为拉拢关系，坚持要亲自来喂粥，妄图让米米记住食物带来的感情。

"吃东西算是她的爱好，不会对身体有影响。"辛云茂无辜道，"而且她都张嘴了，我怎么可能不喂？这不就跟你当初一样。"

楚稚水迷惑："我当初怎么了？"

辛云茂理直气壮："你当初想对我做什么，我也没有办法反抗，这不都是一样的。"

她又要把他当竹椅，又要拿他做竹凉席，相比她的为所欲为，米米想吃饭是小事，他没道理不答应。

楚稚水凭空遭遇黑锅，瞠目结舌道："你都是当爹的人了，现在对着小朋友，还能这么厚脸皮？！"

"哼，那不然呢？"辛云茂冷嗤，"表皮要是不够厚，怎么忍受你们踩躏？"

"……"

救命啊，不管共同生活多少年，他总能给她带来初遇时的崩溃。

别人都是婚后数年仍有新鲜感，他们是婚后数年仍有抓狂感，时不时就要感受神君的幽默天赋。

虽然米米一直心心念念上学，但她的年纪明显不能去幼儿园，需要再等一段时间。

楚稚水和辛云茂还带米米去过一趟局里，主要是为办理户口，顺便跟洪熙鸣了解到职工产后的单位福利。辛云茂的存在完善了局里条款，甚至领取了生育津贴。

办公室内，洪熙鸣办理完各类手续，热情洋溢道："如果是独生子女的话，说不定未来还有补贴。"

楚稚水一笑："应该就她一个，我也是独生女。"

楚稚水一直都只想要一个孩子，一来她是独女家庭，不了解其他家情况，自然下意识模仿自己的童年；二来结籽对辛云茂有影响；三来能否教导好米米，现在都仍是未知数，或许考虑不了别的。

洪熙鸣："那也挺好的，可以多带她来局里，她今天过来了吗？"

"来了，跟他们在院里晒太阳，还有找牛哥蹭吃蹭喝。"楚稚水叹息，"不知道为什么她很喜欢吃东西。"

洪熙鸣若有所思："植物没有口腹之欲，那可能就是遗传你。"

楚稚水瞪大眼："但我也不是……"

洪熙鸣笑道："小楚，你以前刚进局里想辞职，当时第一次涌生强烈念头，大概是什么时间？"

楚稚水一蒙，她仔细地回忆起来，尽管办手续那天撞见妖气，但隔天还是坚持来上班，连在办公室里识破金渝真身都还好。非要探究想辞职时间点，应该就是吃完工作餐，清汤寡水又没滋没味。

洪熙鸣见对方哑然，委婉地戳破："一般来说，都是动物喜欢吃东西，确实跟神君没关系。"

楚稚水神色恍惚，不料吃货竟是她自己，这才让女儿光想着用竹筒装饭！

走廊里，楚稚水从人事处办公室出来，还沉浸在发现自己吃货属性的震惊之中。她随意一瞥窗外，便瞧见院中的米米他们，正有说有笑地聚拢在一起。

树下，米米霸占神君的圆形石凳，迫使辛云茂只得站在一旁。他靠在树边扶着米米，一言不发地看女儿跟别人互动，脸上没什么表情，但目光却挺温和。

金渝站在旁边，她释放好多五颜六色的泡泡，以此来吸引米米的注意力。阳光下，泡泡闪闪发亮，慢悠悠地扩散，梦幻场面让米米彻底看呆。

不过金渝很快就失宠，牛仕端着饮料及糕点过来，将其放在象棋桌上，成功夺走米米视线。款式新颖的玻璃杯，里面装着清透苹果汁，还有一些适合小朋友的糕点。苹果泥被装在精致模具里，看上去是小熊形状，旁边是装有山药泥的小兔子，像一盘可爱动物园。

辛云茂不肯将喂食任务假手于人，当即接过果泥及菜泥餐盘，坚持由自己来刷女儿的好感。

楚稚水站在楼上，津津有味欣赏此幕许久，等到见他们开始吃零食，这才乘电梯下楼走出来。

楼外，阳光暖融融，花草正茂盛，半空中还飘浮着漂亮泡泡。

楚稚水深吸一口气，她感受完美好日光，又见辛云茂投喂，提醒道："不该在这里喂的，她以后就会记住，到时候自己跑来。"

院内还种有大片竹子，不知当初是谁授意。楚稚水极度了解女儿的思路，如果米米在小院里留下美食回忆，绝对会时不时偷跑过来吃东西。

院子一侧恰好能通向食堂，可谓米米的最佳传送点。

辛云茂闻言，他稍加思索，深感自己固宠手段没准被取代，果断道："那就在这里立块牌子，写上'禁止随意投喂竹子'。"

楚稚水："……你都是成年竹子还那么损。"

米米不知是不是听懂母亲的话，她连水果泥都顾不上，突然朝楚稚水伸手，脸上绽放灿灿笑容，开始转移父母注意力。

楚稚水哪能不懂女儿的讨好，她走上前轻摸米米的手，打趣道："小吃货，这会儿知道收买人心。"

她一度怀疑辛云茂不讨女儿喜欢，没准是以前老说植物妖不用吃饭，完全触到了米米的敏感点。只要是跟食物沾边的事，米米的领悟力都很强。

牛仕笑道："反正我平时都在食堂，经常过来这边看看，只要她没跑出局里，那就没什么事情。"

"对啊，米米也可以偶尔来跟我们玩。"金渝新鲜道，"我从没见过那么小的妖怪。"

米米的妖气相当强大，但小女孩外表欺骗性强，不会让金渝产生压迫感。她是楚稚水和辛云茂的孩子，遗传自母亲的部分特质冲淡了凌厉妖气，不像辛云茂，偶尔还会令大家战战兢兢。

正值此时，一旁传来吊儿郎当的声音："我也没见过，还挺好玩喵。"

苗沥难得没有穿镇妖袍，他从旧办公楼走过来，金色眼眸熠熠生辉，饶有兴致地观察小女孩，不知道又在打什么鬼主意。辛云茂感觉到黑猫警长的视线，他不动声色地上前一步，直接挡住对方的目光。

"啧，真小气。"苗沥歪头，无奈还是看不到，索性走到辛云茂身边，非要绕过对方打量米米。

米米懵懂地望着混血感五官的苗沥。

苗沥兴致勃勃地盯她，第一次见到妖怪化人后是幼儿，忍不住伸出爪子想摸摸她。然而，他的手还没触及对方，米米便嫌恶地侧过头，往楚稚水怀里躲藏。

苗沥："？"

楚稚水不料苗沥会被排斥，主要米米并不抗拒金渝及牛仕，刚才撞见胡臣瑞时也大大方方，没有回头躲避的意思，一时间颇为惊讶。

楚稚水小声劝道："米米，看看苗叔叔呢？"

米米缩在母亲身边，死活不肯回过头，还发出奇怪的声音："噫——"

苗沥："？！"

辛云茂大仇得报，他恨不得拍手称快，公然嘲笑道："我的女儿怎么会喜欢猫！"

楚稚水赶忙解围："不不不，应该是打扰到她用餐才这样。"

牛仕打圆场："小孩子对很多东西敏感，可能是不喜欢观察处的感觉。"

辛云茂凉凉地补刀："也可能就是不喜欢坏猫。"

大家接近米米都没问题，金渝甚至可以摸摸她，唯独苗沥格格不入，遭遇神君曾经的困境。

辛云茂最初同样被抗拒过，但通过坚持不懈的投喂，已经跟女儿逐渐建立感情，毕竟他在某种程度上跟"吃饭"画等号。

苗沥颇为发恼，他不信邪地绕树一圈，果然见米米三百六十度抵触自己，连喉咙里都要发出猫科的"呜呜"声。

金渝弱弱道："没准多见两回就好了。"

"不，肯定是见面方式不对，我重来一次就没问题。"苗沥气得转身，他决定想点办法，不信自己不招小孩喜欢。

辛云茂轻哼一声，讥诮道："何必自取其辱？"

楚稚水诧异："苗处要干什么去？"

片刻后，黑衣青年没有归来，取而代之的是皮毛乌黑、脚爪雪白的大猫，它优哉游哉地晃动尾巴，慢条斯理地走过来，顺理成章蹲到米米身边，完全没有再遭遇闭门羹。

"啊……"米米自出生以来，还没近距离见过小动物，她顿时露出愣怔的表情，就像看到七彩泡泡一样，目不转睛地盯着黑猫。

辛云茂对苗沥的无耻叹服，他面覆寒霜，蹙眉道："你是只会这一套？"

这只猫就光会卖乖献媚，无论化人多少年，还是靠本体讨好别人！

黑猫对辛云茂的鄙薄充耳不闻，它故意探身扶住圆形石凳，连柔软身躯都绷出一条弧线，还允许米米摸摸猫脑袋，不时地颤动猫耳朵，引来她的阵阵欢呼。

米米彻底被丝绸般手感吸引住，她沉迷的小模样让辛云茂闷闷不乐，好在楚稚水一直拍他才没发作。

然而，众人都遗忘了，幼崽对于新奇事物，总会有突然的反应。黑猫只感觉自己被小手一捞，下一秒就被紧紧搂进怀里，遭遇幼童的揉来揉去，力气并不算很大，但她没有顺毛撸，反将它揉得乱七八糟，让它当即就发出一声猫叫。

米米双手环住大黑猫，开始在它身上"搓麻将"。

楚稚水望着错误的撸猫手法，忙道："不能欺负苗叔叔！"

辛云茂冷飕飕道："不能随便抱野猫！"

黑猫一听此话，都想要起身逃走，却又忍耐地待下去，颇有硌硬辛云茂的意思，还真让米米胡乱揉搓自己，甚至容忍她逆毛抚摸猫身。这更将辛云茂搞得面色发沉，伸手要将黑猫赶出女儿怀里，偏偏黑猫灵活地闪避，死赖着不肯走。

场面一片混乱，可谓竹飞猫跳。

楚稚水见黑猫都被揉得不舒服，还要借此挑衅辛云茂，吐槽道："为什么非要这样互相伤害？"

辛云茂看不惯米米抱黑猫，黑猫不习惯被乱揉乱抱，双方却要僵持着一争胜负。只有幼崽没受伤的世界形成了。

槐江局的愉快时间总是过得很快，跟楚稚水预料的一样，米米建立新的传送点，偶尔会跑到局里蹭饭。她经常趁父母在家时溜到食堂吃点零食，反正局里一日三餐都有饭，比家里的食材还充裕。

时光荏苒，岁月流逝。

小朋友成长速度都很快，米米也逐渐从竹米蹿成竹笋，不但迎来上幼儿园的年龄，而且随心智渐长暴露出一些性格。她如今能够流畅说话，措辞具备楚稚水的逻辑性，但语气时不时带点辛云茂的臭屁。

家中，楚稚水和辛云茂商量一番，考虑到米米即将去幼儿园，打算找个机会跟女儿聊聊。

家庭会议在客厅展开，一家三口齐聚一堂，由楚稚水主持会议。

"米米，爷爷奶奶已经给你找好幼儿园，听说那里伙食不错，每天都有饭后水果。"楚稚水眼看女儿眼神发亮，轻柔道，"不过在你去幼儿园之前，能不能先跟爸爸妈妈做个约定？"

米米眨巴着圆眼睛，不解地注视着父母。

"幼儿园小朋友都是人类。"楚稚水道，"所以我们做个约定，米米在上学期间纯粹享受当一个人类，等放学后就随意一点，想做什么做什么，这样可以吗？"

米米或许将她的一天分为两部分，才能完整地感受到这个世界。槐江局为她提供接触妖怪的渠道，但她总有一天要独自接触人类，体悟有关人的喜怒哀乐。

米米思索数秒，回答倒挺干脆："可以。"

"答得好快，"楚稚水提醒，"那上学时就不能再传送回家吃零食，在幼儿园也不可以用妖气做事，要完全跟其他小朋友一样。你还是仔细思考一下再答应，到时候不能出尔反尔的。"

"不会出尔反尔。"米米得意叉腰，"就算我没有妖气，肯定也是最棒的，不然大家不会这么喜欢我！"

米米并不觉得没妖气有什么大不了，她在幼儿园绝对人见人爱、花见花开，毕竟爸爸妈妈和爷爷奶奶都那么喜欢她，连局里遇到的叔叔阿姨也很友好，怎么会有不喜欢她的人存在呢？

如果世界上有这样的人，必然是对方在害羞遮掩！

辛云茂赞同颔首："不愧是我的女儿。"

楚稚水被抬头挺胸的米米逗乐，哭笑不得道："简直跟你爸当年一样自信。"

他们应该不用担忧米米在幼儿园低落，主要是女儿没有受挫概念，透着一种饱满的勃勃生机。

果不其然，米米的幼儿园生活相当顺利，不但开学不久就招老师喜欢，还跟班里小朋友建立友好关系，听说算是学校里的小头目，没事带着同学用玩具模拟种田，时不时就要玩一会儿经营类过家家。

据说，班里最孤僻的小朋友都挡不住她的攻势，被稀里糊涂拉拢进种田经营的队伍。

幼儿园家长会时，楚稚水还有幸看到班里的植物角，据说是米米带领小朋友打造出来的，摆满各式各样的植物毛绒玩具，连墙壁上都贴满绿意盎然的竹子儿童画，顺利地让这种四处蔓延的植被以绘画形式潜入幼儿园。她连见缝就让竹子钻的习惯都跟神君如出一辙。

楚稚水忍俊不禁，站在角落看了很久，甚至拍一张照片发给辛云茂。

阳光下，微风吹动轻纱窗帘，也拂过幼儿园墙壁上张贴的竹画，竟让人产生未见真竹便听闻林叶沙沙的错觉。

画中，青翠的竹叶，微蓝的雨滴，还有一颗冒尖小笋。稚嫩童趣的笔触，却尽显小画家的惬意及欢愉，挥洒出无边无际的幸福感。

是暖阳，是雨露，是清风，是茁壮成长、静候未来的生命力。

四季轮转中，小笋在冬季饱吸爱意，终在万物迎春中苏醒。

番外 2　求婚

五月，夏雨阵阵。

万物茂盛的时节里，楚稚水和辛云茂在外散步归来，顺着河边的道路往父母家走。新家的家具已经添置整齐，但楚稚水还没正式入住，依旧跟父母住在一起，上班通勤路线也熟悉。

细雨，两人打伞穿过湿漉漉的路径，结伴走进小区，恰好经过长廊。长廊屋檐下都是避雨的退休老人，他们跟楚稚水父母熟悉，自然也能认得出楚稚水，见面难免就寒暄两句。

"稚水，回来啦。"

楚稚水看到长辈，忙不迭礼貌回话。辛云茂站在旁边，持长伞替她遮雨。

其他人看他们宛若璧人，问道："男朋友？"

楚稚水看辛云茂一眼，随即也没有遮掩，微笑着点头应下。两人感情日趋稳定，辛云茂经常在小区出现，还到家里拜访过好几次，不少街坊邻居都撞见过。原以为闲聊两句就能抽身，谁承想众人闻言两眼放光，兴致勃勃地八卦起来。

"谈多长时间啦？"

"什么时候结婚？"

"不要拖！感情好就不要拖，你俩看着多般配！"

"我们可等着喝喜酒了！"

长廊下的老人叽叽喳喳，瞬间就热闹非凡，恨不得围拢二人。

辛云茂本来对闲聊不感兴趣，但他抓住"结婚""般配"等词，很快就翘起耳朵倾听，还偷偷瞄向身边的人。

"在准备，在准备。"楚稚水没想到一句话捅了马蜂窝，她不好扫长辈的兴，只得含糊地应两句。

两人一路跑到单元门口，总算逃出包围圈，摆脱旁人的追问。

辛云茂收起长伞，脸上颇意犹未尽："跑什么？"

楚稚水诧异："你不是最讨厌被围着议论？"

毕竟神君曾在局里经历过大家的避让，她以为他会不喜小区邻居的八卦。

辛云茂煞有介事："不听老人言，吃亏在眼前。我觉得偶尔听一些老人建议，还是很有必要的。"

"什么建议？"

他眨了眨眼，拖长调道："感情好就不要拖——"

楚稚水一怔，哭笑不得道："你怎么还跟着他们附和？以前也没见你提起这事。"

她不清楚妖怪是否在乎人类的婚俗，再加上他们约定分享相同的岁月，其实有没有繁文缛节都不重要，没想到他真将旁人的催婚言论听进去。

辛云茂郑重道："此一时彼一时，现在不一样。"

楚稚水："怎么不一样？"

"以前寿命长，自然就没提。我现在寿命短，很多事拖不起。"

"？"

次日，槐江观察局办公室，辛云茂和前来串门的苗沥各坐一方，唯有金渝缩在工位上瑟瑟发抖。楚稚水拿个文件的工夫，谁料苗处会突然到访，现在没人带起话题，气氛多少有点凝滞。

尴尬寂静中，金渝尽量降低存在感，想要撑到楚稚水归来，却听见身后的神君冷不丁发言："我要结婚了。"

室内静默数秒，众妖都是一顿。

苗沥正百无聊赖地玩笔，他听到此话抬起头来："跟谁？"

"这话什么意思？"辛云茂双臂环胸，眉间微皱，不满地抗议，"我还能跟别人结婚？"

苗沥撇嘴："切，你可能没法跟别人结婚，但她有可能跟别妖结婚，话不要说得太满。"

下一秒，一猫一竹掐作一团，恨不得掀翻办公室，好在被金渝适时制止。

"结婚？那我有机会做伴娘吗？"

金渝原本担惊受怕，现在收到重磅消息，当即兴奋起来。她的圆眼睛闪闪发亮，脑海中涌现无数人类偶像剧的经典桥段，好奇道："你什么时候求婚的？"

辛云茂刚将苗沥打回原形，正要一把揪住黑猫尾巴，他闻言手下一滑，怔道："求婚？"

黑猫借机逃出危机，在角落里重新化人。

苗沥拍拍外袍，又见对方迟疑，轻啧一声："你该不会还没求婚？"

金渝弱弱道："……难道等着被求婚吗？"

辛云茂面对神情微妙的他们，一时间如鲠在喉，陷入诡异的沉默。

正值此时，楚稚水推门而入，打破屋内的气氛。她察觉苗沥到来，又发现大家面色有异，疑道："在聊什么？"

金渝支吾："没什么。"

苗沥："确实没什么，我们只是劝他，本来就是大龄剩竹，再拖几年没人要了。"

辛云茂："？"

槐江商场内人来人往，一层店门更是金碧辉煌。橱窗内，琳琅满目的戒指在灯光下闪闪发亮、璀璨夺目，这是一家颇负盛名的老牌珠宝店。

自从楚稚水将小区闲聊记进心里，就一直在寻找合适品牌，兜兜转转圈定眼前的店铺。既然辛云茂不懂人类习俗，那想完整地走流程，就只能靠她来推动。

柜员看到有人进门，笑容满面地上前："请问想看些什么？"

"戒指。"

柜员看向楚稚水手指，耐心地询问："是买来自己戴吗？您喜欢什么类型的？"

"不是，买来求婚。"楚稚水左顾右盼，"请问向男性求婚该用什么戒指？"

"这……"对方愣怔，"我带您看看男戒？"

柜员显然也很少遇到这种情况，她认真地寻找一圈，取出各类男戒推荐。

"您想要什么样的？要不要带钻？"

楚稚水站在柜台前犯难，尽管他提出想要结婚，却没说过偏好的戒指。钻石好像过于泛滥，但不带钻又显得朴素，其他设计用于求婚不太庄重，要不要考虑佩戴的实用性？

万般纠结后，她终于选完戒指，麻烦柜员帮忙取出来，又不经意瞄到旁边的柜台，问道："你们这里还卖三金？"

黄金在灯光下璀璨发亮，精湛做工让人惊叹不已。

楚稚水不自觉走过去，被漂亮的金饰所吸引。

"对，隔壁就是金饰……"

"有适合男性的三金吗？"楚稚水摸摸下巴。

柜员："？"

5月20日。

槐江观察局，晴空万里，草木茂盛。院子内，一切都在紧锣密鼓筹备中。

苗沥一边整理现场，一边出声抱怨："为什么我得帮忙？"

辛云茂望着忙碌的二妖，迟疑道："这可靠吗？"

"别的事情不敢说，但这件事打包票。"金渝难得不再怯懦，拍胸膛道，"我有丰富的求婚经验！"

"哪来的经验？"

"当然是无数人类热门电视剧的观看经验，尤其是爱情片。"金渝相当激动，"特殊的日子，特殊的场景，虽然神君穷没钻戒……不是，是上交工资卡，发挥比较有限，但其他方面绝对没问题！"

辛云茂那天提出想法后，金渝立马涌生无穷联想，自告奋勇筹划求婚仪式，务必要完美还原人类偶像剧氛围。众妖瞒着楚稚水筹划数日，终于敲定在5月20日举行。

没过多久，楚稚水在金渝引领下，在局里小院内露面。她环视一圈百草青绿的院子，满脸迷惑道："你们最近在忙什么？"

金渝推着她顺小径向前："你过去就知道了。"

楚稚水将信将疑地继续走。

下一刻，脚边园地里的花苞被微风吹得绽放，娇嫩的花蕾同时吐露芬芳，如同万花在五月的圆舞曲。五彩缤纷的泡泡漫天飞舞，在阳光下浮动绚丽的光，小径尽头是熟悉的人影。

辛云茂难得穿一袭正装，站在不远处静待她过去。

她和他在明媚梦幻的午后相遇。

黑猫用嘴叼着首饰盒，将其塞进辛云茂手里，接着如见证婚礼的司仪般坐在原地。

辛云茂握着戒指过来，那是一枚竹质戒指，透着古典的雅致美。明明他提前浏览过复杂的求婚词，但真撞上她盈盈发亮的眼睛，却莫名其妙地词穷，连脸颊都紧绷起来，少见地显得踌躇不前。

金渝躲在暗处偷看，发现他们僵持不动，恨不得无声呐喊：冲啊！

数秒后，楚稚水瞧出辛云茂的紧张，索性率先取出小盒子，露出其中晶莹的光芒："不知道是不是心有灵犀，其实我前不久也准备了……"

她笑道："虽然钻石算是人类的谎言，不过我最后还是选了这个，也不知道你喜不喜欢。"

那是一枚钻戒。

辛云茂内心微动，轻声道："喜欢。"

清风，鲜花，泡泡，宁静祥和的小院，无忧无虑的时光。

他们在熟悉的地方，再一次并肩而立。

他主动伸出手，彼此交换戒指。

"人间的婚约是一件没有意义的事，但你让一切无意义都变得有意义。"

后记

　　《竹稚》这本书写得顺畅，不管速度或手感，托前期筹备的福，基本都没有问题，让我自己很满意。可以说，我目前擅长的创作手法，都在这个故事里淋漓尽致，跟题材或风格无关，单纯是讲故事的方式。

　　随着写文时间渐长，不得不说我心态也发生变化。回翻我任何一篇小说评论区可以发现，相同情节都有不同解读，有人能精准解读文字深意，有人对情节领悟却南辕北辙，过去我总追求人人能懂，喜欢将一件事掰开揉碎讲，现在放下这种执念，真正地放松和释然。

　　这篇文同样如此，即便是通读全文的朋友，或许对诸多情节也看法不同，对"人神"的理解，对"百年是否圆满"的探讨，对各式各样问题的争论。言情小说是商品文学，商品针对特定的受众，文学则具备一定门槛，不同的阅读取向，不同的经历及阅历，让每个人产生不一样的共情，这可能就是阅读小说的乐趣。

　　从明面上来看，《竹稚》是事业线和感情线齐头并进，但在此之下还隐藏封神线。如果可以分析出这条脉络，整个故事就会非常清晰，楚稚水在漆吴封神，从此龙骨伞移交到她手中，又用神器释放同为人类的陈珠慧，只要真正领悟什么是"人神"，或许就能明白她不会有妖气、不会有永恒寿命的缘由。因为是人类，才能是人神。

　　除此之外，辛云茂的花开花落，也刻画出一条暗线。如果简单理解为为爱开花，很遗憾没有领悟这个角色，或许也不需要龙焰延迟开花的设定。竹子的封神之路，用一句话就能概括——"朝闻道夕死可矣"。抛开感性的情感冲动，衰落是他选择的寻道之旅，至于这个"道"是什么，每个人又会有不同理解。

这两个角色在文中笔墨最多，一旦读懂他们，小说主题就明确，情节逻辑也显现。不需要再解释任何细节，一切尽在不言中。

每位读者看文目的不同，有的喜欢沙雕搞笑，有的想要看感情戏，有的想要看事业线，有的则是追寻某一刻文字的共鸣，有一个桥段击中生命里的心灵碎片。

这些内容我都会写，却不会苛求全被接受，或许阅读小说本身就靠缘分，恰逢其书又恰逢其时，十几岁读过的情节，二十岁、三十岁再读感触不同，上学时理解的内容，出社会后又有不一样的见解，以前不喜欢的题材，喜欢后突然领悟其乐趣，这是多么奇妙的事情，相同的文字再次焕发生机，又是新一轮的期待，简直像个奇迹。

所以，我们在结尾后记相遇，也称得上是一种奇迹，即便见解或许仍不相同，但冥冥中牵引起缘分，可能会一直保持不同，也可能在某一天，真正共情及互通。

期待明天，期待未来，期待一切缘分的变化。

有人问，楚稚水没有妖气，那她用龙骨伞释放的白色力量是什么。对于这个问题，有一句话或许很合适——"从来就没有什么救世主，也不靠神仙皇帝。要创造人类的幸福，全靠我们自己"。非要问白色力量是什么，那就是人类自己创造幸福的能力。

再次感恩读完全书，鞠躬致谢。

人生代代无穷已，江月年年望相似。

愿你童心依旧，谢谢你的陪伴。